La Tierra de las Almas Perdidas

Virginia Blanes

La Tierra de las Almas Perdidas

Primera edición: mayo de 2016

© Virginia Blanes, 2016

Diseño de portada: Patricia Iranzo
Fotografía: Bárbara Diéguez

ISBN: 978-84-608-7423-2

Depósito legal: M-14236-2016

Impresión y encuadernación:
Impreso en España — Printed in Spain

A Santiago y Carolina, sois un pilar fundamental y precioso en mi camino. Fuisteis el soplo de vida e ilusión cuando apenas me quedaba aliento. Todas las palabras y todos los actos no alcanzarán para agradeceros y mostraros mi amor… Este libro también es vuestro.

Para Antonio, mi Amor de siempre y para siempre. Por posar tu mirada en mí, por acompañar mi vuelo, por el abrazo en el que me envuelves, ese que me recuerda que junto a ti estoy en mi Hogar. Te amo.

Índice

Índice

TERCERA PARTE
DESVELANDO LA REALIDAD

Índice

Antes de la vida,
antes de la muerte,
antes de las luces y las sombras,
antes de los sonidos y las formas,
antes de los hombres, de los ángeles y de los demonios,
antes del fuego,
antes de la memoria,
antes del principio,
antes de la guerra,
antes de antes,
existió el amor.
Aunque antes y ahora son la misma cosa...
de alguna manera lo son.

PRIMERA PARTE

ANTES DE ANTES

En un tiempo exento de tiempos, antes o durante el inicio de la eternidad. En una realidad exenta de guerras, de conflictos o de bandos. En un lugar inconcebible para una mente ordinaria, humana o celestial…

1

El secuestro

Han apresado a la Guardiana de las Palabras! ¡Venid todos! ¡Han flanqueado el Portal del Fuego y han apresado a la Guardiana! —Un aullido ensordecedor se acercaba desde el sur. Deslizándose sobre los colores que formaban el inexistente suelo, se aproximaba deprisa un joven mago. Llevaba sus faldones morados recogidos como si pudiera tropezar con ellos en su frenético vuelo. No miraba, solo gritaba con el horror del que acaba de presenciar algo imposible.

—¿Qué estás diciendo? ¿Quién ha sido capaz de llegar hasta aquí? ¿Dónde están? —Majestuosa y serena, una figura femenina, cubierta de sedas celestes, le interrumpió el paso.

—Se han marchado. Ni siquiera han entrado. La han cogido y se la han llevado.

—¿Y tú que has hecho?

—No he podido hacer nada; ha sido todo demasiado rápido. La vi intentando cerrar una fisura de aire frío que se abrió súbitamente en el portal y de repente desapareció.

—¿Cómo que desapareció? Eso es imposible. Además, acabas de decir que se la han llevado... ¿Cuál es la realidad?

—¡Solo te digo lo que he visto! Y deja de interrogarme de esta forma, se supone que tú eres la que todo lo ve; deberías haber previsto este terrible accidente.

—No te atrevas a hablarme de esa manera. —En el tono que cargaban las últimas palabras quedaba patente el poder de aquella dama que había crecido en tamaño al pronunciarlas. El aprendiz de mago calló y en su rostro se dibujó una mueca de vergüenza.

—Lo siento, Gran Madre.

—Las disculpas sirven de poco, hay que ser cuidadoso y correcto, así no necesitarás disculparte. —La dama, dando por concluida la conversación, se puso en marcha. Sus movimientos eran gráciles y mucho más veloces que los del aprendiz, que apenas alcanzaba a seguirla. Mientras avanzaba hacia el lugar donde todo había sucedido entonaba un canto exquisitamente armónico. A pesar de la distancia, los que eran llamados podían oírlo con total nitidez.

Cuando la Gran Madre llegó al Portal del Fuego ya la esperaban algunos Hombres Pájaro. Aquellos seres, de más de dos metros de altura y formas equilibradas, lucían unas tremendas alas de refulgentes colores; en algunos primaban los tonos cálidos, en otros predominaban los matices intensos, pero todos ellos eran igualmente imponentes y bellos.

Al ver acercarse a la dama hicieron una leve inclinación con sus cabezas y bajaron hasta la altura de sus pubis desnudos las espadas flamígeras que muchos de ellos portaban. Ella devolvió el saludo y se dirigió a la zona donde aún se percibía una leve entrada de aire frío. Era una especie de corriente eléctrica en forma vertical que con un solo gesto de su mano quedó sellada. Aunque ya no había peligro ella continuó con su mano abierta sobre la extinta abertura, concentrada en algo que nadie más podía ver. Cuando por fin se volvió hacia los guerreros, que aguardaban en respetuoso silencio, su mirada cargaba una inusitada tristeza. Nunca en todos sus eones de vida se había percibido en su rostro una expresión similar.

—Cuidad que el Guardián de los Silencios no llegue aún hasta aquí. Sé que ha percibido lo sucedido y necesito algo de tiempo —dijo señalando a tres de los Hombres Pájaro. Su forma recuperó su tamaño anterior y durante un instante pareció anciana y apagada, fue solo un instante antes de recobrar el brillo y la magnanimidad que la caracterizaban.

—Mi confianza ha sido excesiva, realmente esperaba que esto no llegara a suceder. No hice caso de mis visiones, de los avisos, he sido una necia. ¡Oh! Jamás debí permitir que ella ayudara a vigilar los Portales, ella no.

—¿Qué deseas que hagamos, Gran Madre? —preguntó uno de los Hombres Pájaro.

—Me temo que algunos de vosotros deberéis regresar al Tiempo. Solo vosotros, los Murciélagos, los Magos y los Dragones habéis estado allí. Vuestro camino hasta aquí os ha permitido conocer casi todas las dimensiones, las trampas y los peligros que existen por debajo de esta realidad. Envía a algunos de los tuyos. Solo deben mirar, averiguar qué ha sido de ella. Después que regresen, estas puertas seguirán abiertas para ellos. Amún, tú me acompañaras, voy a convocar un Consejo inmediato.

—¿Y yo? ¿Qué hago yo? —inquirió desconcertado el aprendiz.

—Avisa a Gálic, el también deberá asistir al Consejo. Y reúne a los de tu clan, es posible que pronto necesitemos también vuestra ayuda.

Acompañada por Amún, con un gesto templado que intentaba disimular su preocupación, puso rumbo a la Cámara del Consejo situada en el mismísimo centro de aquel lugar.

Mientras ambos se deslizaban suavemente entonó una vez más aquel armónico canto. Esta vez su llamada convocaba a algunos seres muy antiguos.

Cuando estaban cerca de la Cámara, por encima de sus cabezas se escuchó un estruendo, chispas de color morado cayeron cerca de ellos. Ambos se detuvieron y dirigieron sus miradas hacia arriba.

En el cielo, a pocos metros de donde se hallaban, un Hombre Pájaro se tocaba un hombro, aquel destello le había rozado. A su lado, dos de sus hermanos intentaban detener a un ser de aspecto feroz. Debía de medir al menos cinco metros y era de un color extrañamente negro. Tenía cuatro patas acabadas en poderosas garras, una larga cola y dos inmensas alas. De sus entrañas surgía un aullido desgarrador...

—¡Detente! —gritó la dama. Pero aquel extraño ser no parecía oírla. Ascendió suavemente hasta situarse frente a él, protegiendo con su presencia a los guerreros. Lo miró fijamente a los ojos y sin dejar de hacerlo, inclinó levemente la cabeza. Desde aquella corta distancia, en su rostro se podían adivinar cualidades poco animalísticas; aquel monstruo era hermoso, mucho. Sosteniendo la mirada de la dama emitió un nuevo rugido que podía contagiar el dolor del que era presa él en aquel instante.

—Lo sé —dijo ella. Y descendiendo hasta donde la esperaba Amún le invitó a acompañarlos.

Cuando el animal posó sus garras en el suelo, su cuerpo se transformó deshaciéndose de la aparente oscuridad, y la bestia se convirtió en alguien de aspecto casi humano. Era muy alto, sus formas eran fuertes y proporcionadas, su cabello era largo, abundante y blanco y en sus ojos, de un gris casi transparente, se contenían la fiereza anterior y el dolor exclamado en sus rugidos.

—Acompáñame. Hablaremos en el Consejo. —El tono de la dama era suave.

—¡¿En el Consejo?! No es necesario celebrar ningún Consejo. Sé que se la han llevado y me voy a buscarla, la traeré de vuelta.

—Sabes que en este caso las cosas no son tan sencillas. No es tan fácil salir de aquí, no sabes dónde está ni quién se la ha llevado. No sabrías qué hacer allí abajo. —La dama interrumpió la intención del Guardián de los Silencios de hablar y continuó. —No te estoy diciendo que no vayas, solo te estoy pidiendo que aceptes nuestra ayuda.

—Esperar es peligroso, ahora ella puede estar padeciendo el tiempo.

—Lo sé, pero debes confiar, sabrá cuidarse. —La envolvente dulzura de la dama no estaba surtiendo efecto en él. Ella era consciente. Aquella era una situación totalmente nueva para todos y por eso debían ser cuidadosos con sus decisiones. Una nueva voz irrumpió desde su espalda.

—¡Qué gran tragedia! ¿Quién hubiera podido decir que nos ocurriría una cosa así? —El tono era sutilmente mordaz. Un caballero corpulento de cabello oscuro y dientes afilados vestido con una túnica granate se acercó hasta situarse a su altura. Después de saludar a la dama, al Hombre Pájaro y al Guardián, siguió con su lento vuelo hacia la sala.

—Tienes que acompañarme. Sabes que si no compareces no te dejarán salir.

—¿De qué estás hablando? Estoy aquí libremente. —La Gran Madre cerró unos instantes los ojos como si se hubiera arrepentido al oír sus propias palabras, o como si buscara argumentos para convencer y calmar al Guardián.

—No me refería a eso, quería decir que esta es una situación delicada para todos nosotros. Somos muchos los que te queremos ayudar, déjanos hacerlo. Yo misma he mandado ya a algunos Hombres Pájaro a buscarla, démosles la confianza que ellos merecen.
—Aquellas palabras parecieron calmar al Guardián que finalmente se encaminó junto a la dama y a Amún hacia la Sala del Consejo.

2
El Consejo

De pie alrededor de una esfera fueguina que latía expandiendo una cálida luz, esperaban nueve seres de aspecto variopinto. Todos ellos guardaron silencio y dirigieron sus miradas al Guardián cuando este apareció junto a la Gran Madre y a Amún. Sin perder la ferocidad de su mirada, este posó un breve instante sus ojos en cada uno de los presentes. Uno a uno inclinaron levemente sus cabezas. Ilkur, el ser de rasgos y dientes afilados que vestía una túnica granate, observó la escena y, sin abandonar su altanero ademán, sonrió cuando el Guardián detuvo su mirada gris en él.

Cada uno ocupó su lugar mientras, bajo sus pies, se abría una especie de cuenco oscuro desde el que fluían hilos luminosos que se hundían en el centro del círculo que formaban. Al recibir aquella energía, la esfera de fuego creció hasta cubrirlos a todos de forma visiblemente protectora.

Alrededor de la brillante cúpula que resguardaba al Consejo se cernían seres pertenecientes a los distintos clanes; aunque no podrían oír lo que allí dentro se dijera, querían observar. Todos estaban atentos. En el ambiente se respiraba una tensión absolutamente inaudita en aquel lugar. Aquella sensación nueva y extraña incomodaba a muchos de los presentes.

Gálic, el Alquimista, tenía una expresión sombría y miraba de reojo al Guardián, parecía sentir lástima. La Gran Madre sostenía la expresión desafiante de Ilkur, situado justo frente a ella. El Guardián, después de contener el dolor que le provocó sentir el espacio vacío que debería haber ocupado la Guardiana en su mismo cuenco, centró su atención en la Gran Madre. Parecía que todos esperasen que fuera ella la que hablara dando comienzo al Consejo. Pero no sucedió así. Fue el Gran Dragón el que, con un tremendo rugido, inició las conversaciones.

—¡Entre nosotros hay un traidor! —Era la traducción de aquel bramido.

—No debemos pensar que esto haya sido obra de un traidor. —El tono de la Gran Madre procuraba ser apaciguador.

—¡Ja! ¡¿Y qué deberíamos pensar?! Nuestro plano es inexpugnable, inaccesible para los que viven por debajo de él. Sus mentes no pueden si quiera soñar que algo como esto exista.

—Eso no es del todo cierto —intervino Gálic.

—Nadie que llegara a intuir la existencia de este lugar se acercaría hasta aquí con la intención de usurpar lo que no le pertenece. No se puede llegar hasta nuestra dimensión con intenciones dañinas. El mero hecho de intuir la posibilidad de que este lugar sea real requiere un elevado grado de consciencia y una tremenda nobleza de corazón. Fuera de aquí estas son cualidades que raramente se dan, y en caso de alcanzarlas no tendría sentido elevarse hasta uno de los portales para secuestrar a uno de los nuestros —añadió Amún.

—Eso confirma lo que he dicho: ¡entre nosotros hay un traidor! —insistió el Gran Dragón—. Solo alguien desde dentro ha podido facilitar la información para sortear a los míos y llegar hasta aquí.

—¿Quién iba a querer hacer una cosa así? —La expresión de Gálic se había ido ensombreciendo a medida que escuchaba las distintas exposiciones.

—Preguntémosle a la Gran Madre —intervino Ilkur de forma sarcástica—. Se supone que es ella la que todo lo ve, aunque ha quedado demostrado que sus poderes no son tan absolutos como pretendía hacernos creer.

Ante estas duras palabras el silencio volvió a reinar entre los formantes del Consejo.

—Creo que todos deberíamos calmarnos —insistió la dama con su natural templanza; parecía que lo expresado por Ilkur no le había afectado.

—Sí, la calma siempre es la mejor opción —añadió Gálic.

—¡¿Calma?! —aulló el Guardián—. Mientras permanecemos aquí la Guardiana puede estar sometida al tiempo. Uno de nuestros instantes puede ser una terrible eternidad para ella. No estoy dispuesto a seguir manteniendo la calma sabiendo que ella puede estar sufriendo... sabiendo que la puedo perder.

—¡Ja, ja, ja! —Las carcajadas de Ilkur sorprendieron a todos los presentes—. Es irónico que te plantees que la puedes perder, yo diría que ya la has perdido.

El hombre de cabello largo y blanco retomó su forma mítica y se irguió amenazador. El Gran Dragón acompañó su amenaza contra Ilkur mientras este, sin amedrentarse, seguía carcajeándose.

—Por favor —suplicó la Dama—. Enfureciéndoos no vais a conseguir nada. Debemos buscar soluciones plausibles y enfrentándonos no lograremos encontrarlas.

—¡La única solución es ir a buscarla! Es lo que debería haber hecho en el instante que supe que se la habían llevado.

—Es más que suficiente con que uno de nosotros haya desaparecido. No creo que sea adecuado asumir el riesgo de tu partida, ni siquiera para ella. Nunca has habitado los espacios inferiores, podría ser peligroso para ti, para todos.

—¿¡Y qué propones?! ¿¡Que me quede esperando sin hacer nada!?

La Gran Madre no contestó. El mutismo fue intenso, tangible, todos permanecían a la espera. Finalmente fue el Guardián el que continuó.

—La Guardiana y yo somos las almas más antiguas. Cuando llegaste hasta nosotros, después de renunciar a tu posición como diosa en los mundos inferiores, te permitimos quedarte. Hemos compartido mucho contigo. Consentimos que crearas formas y colores donde nunca habían existido para que te sintieras más cómoda, accedimos a tu juego y acogimos al resto de los que hoy coexisten aquí...

—No necesito que me recuerdes mi historia, la conozco bien —le interrumpió la Gran Madre.

—Puede que la conozcas, pero no parece que la tengas presente.

—No te equivoques, es precisamente por mi agradecimiento y mi amor a vosotros por lo que quiero ser cuidadosa. No quiero que por remediar un mal menor perpetremos un mal mayor.

—¿Te atreves a referirte a esto como un mal menor? —Ante la fuerza con la que fue expresada esta cuestión la esfera tembló.

—Es importante que comprendas el riesgo que implicaría tu descenso a los mundos inferiores. Vosotros sois los únicos que no habéis estado nunca sometidos a las leyes y a las guerras que allí prevalecen. Todos los demás provenimos de algún escalón inferior. Y debes saber que, a pesar de ser quien eres, también tú correrías el riesgo de perderte.

—Cualquier riesgo estará bien, si al asumirlo puedo recuperarla.

La dama inclinó su cabeza con una gran tristeza y una profunda preocupación en la mirada.

—La Gran Madre tiene razón —intervino Gálic—. Las trampas allí son muchas y a menudo pueden ser tan sutiles que ni siquiera las percibas.

—¿De qué estás hablando? Tú, precisamente tú que provienes de la Tierra de las Almas Perdidas y lograste discernir el camino, ¿me alertas de lo difícil?

—Venerado Guardián, a menudo para vencer no hay que luchar y si te lanzas en busca de la Guardiana desde el desgarro que ahora estás viviendo y que te resulta del todo desconocido, es demasiado probable que pierdas.

—Si no la recupera, la vida de ambos se puede extinguir —interrumpió el Gran Dragón.

—Nadie debe salir de aquí para rescatarla. Ella debería saber encontrar el camino de regreso —dijo cínicamente Ilkur.

—¡Tú eres el traidor! —tronó el Gran Dragón.

—Deja de decir tonterías, ¿para qué iba a querer yo perpetrar un acto tan infame como inútil?

—Dímelo tú.

En aquel momento se oyó una llamada fuera de la esfera que resguardaba al Consejo. Los Hombres Pájaro que habían salido de allí siguiendo las órdenes de la Gran Madre, requerían ser atendidos. Tanto ella como Amún dieron un paso hacia su lado izquierdo desconectándose momentáneamente de la red de energía que formaban entre los doce, así abrieron una pequeña rendija por la que los recién llegados pudieron acceder al círculo.

Ambos hombres inclinaron respetuosamente sus cabezas y esperaron a ser invitados a hablar.

—¿La habéis encontrado? —les preguntó la Gran Madre.

—Sí, la hemos encontrado.

—¿¡Y por qué no la habéis traído con vosotros?! —inquirió el Guardián del Silencio

—No hemos podido.

—¿Cómo que no habéis podido? ¡¿Qué quiere decir eso?!

—Cuando la hallamos estaba demasiado abajo. Parecía inconsciente y la llevaban un gran grupo de Oscuros.

—¿Y qué problema suponen para vosotros los Oscuros? —preguntó el Guardián.

—Su rango era elevado y eran demasiados. Intentamos arrebatársela, pero entablaron batalla contra nosotros, mientras dos de ellos la lanzaban a la Laguna del Olvido.

Se escuchó una exclamación ahogada y el rostro del Guardián se crispó mientras apretaba sus puños. Una vez más todas las miradas se dirigieron a él.

—¿Y dónde está ahora? —inquirió Amún.

—No lo sabemos. Lo sentimos mucho, no hemos podido hacer nada.

—¿No habéis podido hacer nada? —repitió el Guardián en un tono muy bajo, como si no estuviera del todo presente—. Yo podré.

—No. Ahora ella está sometida a las leyes de los mundos inferiores y no tienes permiso para intervenir —dijo la Gran Madre.

—No necesito ningún permiso. Ella no debería estar allí, solo voy a deshacer lo que nunca debió suceder.

—No lo comprendes. Es probable que haya olvidado quién es y que ni siquiera te reconozca aunque te manifiestes frente a ella.

—¡Eso es imposible!

—La Gran Madre lleva razón —dijo Gálic.

—¿Y qué proponéis que hagamos? Hasta el momento nadie ha aportado ninguna solución.

—Tendrás que esperar. —La mirada que le lanzó el Guardián a la Gran Madre ante su propuesta fue gélida y dura.

—Espera tú, si es lo que quieres.

—No es que sea lo que quiero, es que es lo único sensato que se puede hacer. Tendrás que tener paciencia y confiar en ella. Sigue amándola desde aquí, haz que tu amor sea un sostenimiento y una guía para que ella pueda recordar, para que algún día pueda retornar.

—Eso lo puedo hacer mientras voy en su busca.

—Nadie más va a salir de aquí —insistió Ilkur sin perder su sonrisa.

—No os estáis dando cuenta de la gravedad de la situación. Si la Guardiana de las Palabras está perdida, los verdaderos nombres de las cosas también se perderán y ya nadie podrá acceder a la magia ni a la consciencia. No habrá camino para nadie —intervino Aruma, una mujer alta y estilizada de tez grisácea que tenía unas grandes alas de murciélago.

—Seguro que el Guardián de los Silencios también conoce el nombre de todas las cosas, no hay de qué preocuparse —dijo Ilkur intentando neutralizar el comentario de la mujer murciélago.

—¡¿Es que no lo veis?! Ilkur ha promovido todo esto, está disfrutando con lo que está sucediendo y se empeña en repetir cínicamente lo mismo una y otra vez.

—¡Deja de decir estupideces, Dragón! También yo soy muy antiguo y desde la tranquilidad puedo contemplar con más claridad los riesgos de lo que el Guardián pretende. Además, no estoy dispuesto a que entre en los mundos inferiores así: intacto en su poder y sabiduría. Eso podría generar un tremendo desequilibrio entre los distintos planos. Su presencia podría acelerar los procesos de crecimiento de las mentes dormidas y no tendrían tiempo de asimilar, ni siquiera darían los pasos necesarios.

—No es eso lo que me preocuparía a mí —dijo Gálic—. Los que no estén preparados no podrán percibir lo que él es. Mas como he dicho antes, me inquieta que también él se pierda. Eso sí sería fatal para todos.

—No estoy de acuerdo contigo —replicó Amún—. Muchos pueden ser quemados por la proximidad de un alma como la suya y otros muchos pueden descubrir cosas que les deben ser veladas. He visto cómo esto ha sucedido en otras ocasiones con seres menos antiguos y mucho menos poderosos. Que el Guardián descienda puede resultar azaroso, pero si esa es la decisión que finalmente se toma, le apoyaré.

—Nadie va a apoyar esa decisión —dijo rotundo Ilkur.

—Yo la apoyo —gruñó el Gran Dragón.

Durante unos instantes nadie más dijo nada. Hasta que Ilkur volvió a tomar la palabra.

—Si salís de aquí os destruiré. No voy a permitir que descendáis a los mundos inferiores con la consciencia intacta. ¡No consentiré que os saltéis las leyes y regaléis consciencia a los impuros!

—¿Prefieres asumir el riesgo de la pérdida de la Guardiana? ¿Esperar a ver cómo los nombres se desvanecen en el olvido? ¿Has pensado que gran parte de tu poder se extinguirá si esto sucede? —le preguntó la Mujer Murciélago.

—Te equivocas, mi poder no se extinguirá. Mi poder no se basa en el conocimiento de palabras o sonidos, está más allá de eso.

—Demasiado orgullo, Ilkur. Esa es una emoción que deberías haber trascendido hace mucho tiempo. —Atajó la dama—. Puede que Aruma tenga razón, debemos contemplar todas las posibilidades.

—No es cuestión de orgullo, lo que he dicho es la verdad. Lo que te pasa es que eres una blanda. El desgarro del Guardián te está enterneciendo, y utilizando tus propias palabras te diré que esa es una emoción que deberías haber trascendido hace mucho tiempo.

—No voy a seguir escuchando. Me marcho. —Al mismo tiempo que el Guardián decía estas palabras daba un paso hacia su izquierda, abriendo así una pequeña fisura en la esfera, justo a su derecha, por la que poder salir.

—¡Espera! Ni siquiera sabes cómo descender —le interrumpió la dama.

—Encontraré la forma.

—No acometas esta decisión desde la desesperación —aconsejó Gálic, cuyo rostro se había ido entristeciendo más, como si la conversación hubiera ido cargando sobre su faz un montón de dolorosos recuerdos que pesaran demasiado.

—No partirás solo, yo te acompañaré —intervino el Gran Dragón.

—¿Cuál es finalmente la decisión del Consejo? —preguntó Amún. La dama miró fijamente el centro de la esfera fueguina y suavemente contestó:

—Considero que deberíamos esperar...

—¿También tú te opones a mi partida?

—Si es tu decisión final no me opondré, pero creo que es prematuro y demasiado arriesgado.

—Es mi decisión final.

—Es la primera vez que este Consejo no llega a un acuerdo unilateral —apuntó Gálic.

—Así es, pues mi disposición de destruir al que se atreva a pasar los portales es firme —repitió Ilkur.

—Mi decisión también lo es. Y si vienes tras de mí lucharé contigo a muerte. Cualquier cosa antes que perderla. — Las últimas palabras solo fueron pronunciadas en la mente del Guardián, nadie llegó a escucharlas, aunque todos las intuyeron.

—También yo te acompañaré —dijo Amún—. Puedo servirte como guía en el descenso y en algunas de las dimensiones que existen por debajo de esta.

—Gracias.

—Está bien, yo me pondré en contacto con los aprendices que habitan en mundos inferiores. Ellos la buscarán; y si la encuentran y ha olvidado, procurarán que recuerde —dijo Gálic

—Yo también iré contigo. No es que quiera volver allí abajo, pero el riesgo es menor que el de perder a la Guardiana de las Palabras —añadió Aruma.

La Gran Madre en tono quedo dijo: «Así sea» y aunque muchos de los asistentes no habían intervenido y no se pronunciaron a favor o en contra de ninguna de las diferentes facciones, todos repitieron sus palabras. Al unísono, elevaron los brazos en un gesto bello y delicado; después todos dieron un paso a su izquierda dando por concluido el Consejo.

Cuando la esfera recobraba su tamaño original el Gran Dragón le espetó una vez más a Ilkur: «Traidor».

3
Un extraño suceso

«Vaya, vaya. Parece que hoy es mi día de suerte», pensó Varilia al encontrar el alma adormecida de la Guardiana. «Sí, sí. Seré el primer ser al que vea y ese simple hecho hará que confíe en mí. Un alma más para nuestro bando». Se acercó un poco más a ella y la examinó con detenimiento. Estaba tumbada, semiencogida, abrazada por sí misma. Emanaba un brillo insólito por aquellos lares, y en esa luz que desprendía se detectaba un pequeño temblor. «No debería calificarla como a un alma más. Su energía es mucho más potente, distinta. Es muy raro, no tiene hilos que la unan a un pasado reciente o remoto; no trae cargas de apegos o temores, ni se le ven máculas por parte alguna. Excepto esa... esa cosa granate que parece una herida sangrante, pero aquí nadie sangra».

Con delicadeza elevó su mano derecha y señalando con el índice el cuerpo exánime lo elevó y lo acercó hacia sí. Se detuvo a observar su rostro etéreo. No eran sus facciones lo que le extasiaba, sino algo que no podía ver, pero que no por ello estaba menos presente. Había algo extrañamente inusual en aquella alma femenina. Durante un instante dudo, tal vez sería mejor llevarla inmediatamente ante los de mayor jerarquía, ellos sabrían qué debía hacerse... «¿Para qué? Ellos harían lo mismo que voy a hacer yo, adiestrarla». Pensó finalmente. «Además, procurar que las almas que llegan hasta aquí disciernan cuál es el camino adecuado que deben seguir es justamente mi trabajo».

Mientras navegaba en el espacio neblinoso en dirección a algún lugar que no estaba a la vista, con la Guardiana flotando junto a ella, siguió pensando: «¿¿Cómo ha llegado hasta aquí? No había ningún ángel junto a ella y ningún novato es capaz de acceder a este plano sin la ayuda de los aliados de la muerte. Esto es muy extraño. ¿Estás segura de que no sería mejor llevarla ante los Ancianos?». Se preguntaba a sí misma mientras continuaba su vuelo. «Bueno, tal vez podría... Sí, es una opción intermedia, la llevaré a la cueva de Adae, ella sabrá decirme la procedencia de este exótico ser». Tan rápido como lo pensó cambió el rumbo de su vuelo algo más de un cuarto hacia su derecha y aceleró su velocidad.

Entre la niebla se distinguían blancas nubes que se entrelazan adornando una escalera de pizarra que no tenía principio visible. Al final había una gran abertura de piedra negra y gastada de la que salía una tenue luz morada. Al llegar a la entrada de la cueva, Varilia se detuvo y llamó con voz un tanto ansiosa:

—¡Adae!

—Pasa, te estaba esperando.

—¡Cómo que me estabas esperando! He sido cuidadosa, no he dejado señales de mi intención, no sería bueno que nadie supiera que estoy aquí.

—Los guías sois, a menudo, tan ingenuos. Olvidáis que hay poderes superiores a los vuestros. Básicamente olvidáis que sois aprendices de nada, y os conformáis con sentiros diferentes por haber sido elegidos para una misión absurda.

—Tú siempre tan agradable. Nunca he entendido por qué te ceden un lugar privilegiado en este plano.

—No estás preparada para entenderlo.

—Ponme a prueba.

—¡Ja, ja, ja! No es necesario, sería malgastar nuestro tiempo.

Varilia se ruborizó y procuró contener su enfado. Nunca había entendido a Adae, ni a ella, ni a los que como ella eran tan crudos y diferentes a los Ancianos, a los ángeles o a los de su clan: los guías. Mientras ella pensaba que esta era una batalla perdida y casi olvidaba el motivo de su visita, Adae tomaba forma muy lentamente entre las sombras. Primero sus ojos, rasgados, de un fiero color anaranjado, después su boca, sensual y de un tono similar al de sus ojos, sus manos delgadas de largos dedos, su cabello negro y ondulado y su figura alta y voluptuosa. Siempre que Varilia tenía la oportunidad de verla vivía una tremenda confusión en sus pensamientos. Por un lado, sentía una fuerte fascinación hacia su energía, hacia su presencia, y por otro un profundo temor que la alentaba a alejarse. Saber que ella ocupaba un lugar privilegiado le ayudaba a relajarse, aunque no podía conseguir que sus dudas desaparecieran. Le fastidiaba que hubiera tantas cosas que no llegaba a entender.

—Déjame verla —pidió cortésmente Adae. Varilia había dejado cuidadosamente sostenida en el aire, fuera de la cueva, el alma que había encontrado. Por eso se sorprendió ante la petición de Adae.

—¿Cómo sabes...?

—Sé muchas cosas, más de las que tu pequeña cabecita podría imaginar. Y ahora ¿vas a traerla o me vas hacer traerla a mí?

Varilia movió su mano derecha y atrajo a la Guardiana hasta situarla frente a Adae.

—Ponla junto al fuego. —En el instante que estas palabras fueron pronunciadas por la bruja, un fuego morado de tamaño medio comenzó a crepitar en el centro de la cueva. Varilia obedeció y se mantuvo a cierta distancia de las llamas, mientras Adae se acercaba cuidadosamente para observarla. Tardó algún tiempo en hablar y cuando lo hizo las llamas descendieron considerablemente.

—Es una absoluta locura.

—¿El qué?

—Lo que has decidido.

—Lo único que he decidido ha sido traértela.

—¡Oh, que feo!, una guía mintiendo.

—Bueno, quería adiestrarla. Yo la encontré y ese es mi trabajo.

—Tal vez sea ella la que te adiestre a ti.

—¿Qué quieres decir?

—Nada, nada de nada. Voy a necesitar que nos dejes a solas.

—No puedo hacer eso.

—Yo creo que sí.

—Has visto que es especial y quieres quedártela.

—Eso sería lo mejor que le podría pasar, pero no lo voy a hacer, no te arrebataré tu tesoro.

—¿Entonces para qué quieres que me vaya?

—Porque prefiero que no haya nadie observando cuando «miro».

—Ya debes haber visto algo, dime lo que sabes.

—Tú mejor que nadie deberías saber que hay un momento adecuado para cada cosa y este no es el momento de decir nada. Ahora vete y regresa dentro de tres días.

—¿Tres días medidos en qué tiempo?

—En el nuestro, ¿en cuál va a ser?

—Eso es demasiado. No me iré, mejor me quedaré ahí fuera sin molestar.

—¿Abandonarás a tus pupilos durante tres días? ¡Qué irresponsabilidad!

Varilia dudó durante unos instantes y finalmente accedió a marcharse. Mientras volaba alejándose de la cueva de Adae, no podía dejar de pensar: ¿había sido su decisión la más adecuada? ¿Y si aquella insólita alma se despertaba antes de que ella la recuperase? Entonces vería primero a Adae y ella tendría que ganarse su confianza, aunque la bruja había prometido no quedársela. O lo que era peor ¿y si los Ancianos se enteraban de lo que había hecho? ¿Y si sus jefes habían detectado la entrada de aquel espíritu extravagante y lo estaban buscando? Cuanto más pensaba, más desatinada le parecía su decisión. Se detuvo y titubeó, ¿debía volver y recuperarla? ¿Debía esperar? O ¿debía decir lo que había sucedido a pesar de la vergüenza que pudiera sufrir? «Y yo que creía que este iba a ser mi día de suerte, pues sí que... No, no, no, no pienses en negativo, todo va a salir bien».

Acababa de decidir que lo mejor sería volver a por ella cuando una bandada de ángeles cruzó por delante suya de forma algo atropellada. Uno de ellos se detuvo frente a la guía y la saludó con premura.

—¿Has visto algo extraño? —le preguntó.

—¿Algo extraño como qué? —Varilia le contestó con otra pregunta, actitud típica en los guías.

—Si hubieras visto algo extraño te habrías dado cuenta de que era extraño, ¿no crees? Si tuviéramos tipificadas las cosas extrañas tal vez no las denominaríamos extrañas ¿no te parece? —El ángel por su tono y aceleración dejó constancia de su inexperiencia y eso hizo que Varilia se relajara un poco.

—Llevas razón —dijo conciliadora—. Es que tu pregunta me ha pillado desprevenida, estaba pensando en otra cosa y... bueno eso no es importante. ¿Puedo ayudarte?

—Sí, claro. —Varilia observó el nerviosismo del ángel y pensó que lo realmente inusitado era que pidieran la ayuda de los novatos si realmente había sucedido algo extraño.

—Bien, pues dime en qué forma te puedo servir de ayuda, ¿o es que no os han enseñado aún que si no hay concreción en vuestras peticiones difícilmente obtendréis asistencia? —Al ángel no le pareció bien el comentario de la guía, un ser de su nivel no debería ser pragmático, aun así prefirió ser humilde en su respuesta.

—Puedes ayudar avisando de inmediato si percibes algo extraño.

—Varilia estuvo a punto de volver a preguntar: «¿Cómo qué?», pero se contuvo.

—Si pudieras darme alguna pista de lo que estáis buscando...

—Ha habido una interferencia, algo que nunca se había dado, no sé más. —Mientras el ángel novato daba esta respuesta el resto de sus compañeros le llamaron y rápidamente se unió al tropel de exploradores, que ávidos de encontrar «algo extraño», siguió su camino.

«Ahora sí que puede que tenga un problema». Pensó mientras aceleraba su vuelo de regreso a la cueva de Adae. Sin embargo, a pesar de la prisa que se estaba dando, tuvo que frenar en seco su trayectoria ante la llamada de uno de sus superiores. La conminaban a presentarse de inmediato en el Tribunal. Esto pintaba serio, excepto cuando uno de sus adiestrados fenecía, ni ella, ni ninguno de los demás guías, pisaban esa sala.

Se presentó en el lugar indicado de inmediato y al llegar pudo ver que no era la única que había sido convocada. En aquel salón marmóreo y circular en cuyo centro se hacían las revisiones de los contratos de todas las almas que debían por uno u otro motivo encarnar, se hacinaban en aquel momento seres de los distintos clanes que operaban en aquella dimensión. Ella se situó junto a los suyos, que ocupaban uno de los escalones de rango medio, en la zona derecha. Sus superiores, los Ancianos, se distribuían en el escalón de rango más alto entre los jefes de las tribus más honorables. Varilia observó con deleite. Era realmente atípico ver a aquel tipo de seres, muchos de ellos legendarios, que normalmente seguían su trayectoria ajenos a los problemas cotidianos de los ángeles, los guías y los Sin Nombre. Por el revuelo que había pensó que la reunión no había dado comienzo, pero al sentarse en su lugar se dio cuenta con cierta frustración de que se lo había perdido todo. Esos seres que tanta curiosidad le producían comenzaban a marcharse.

Un tanto turbada, preguntó a sus compañeros si ellos llevaban mucho allí, si sabían qué estaba pasando, si habían visto algo que ella no hubiera visto. No, todos habían sido llamados al mismo tiempo, todos acababan de llegar. Y todos esperaron pacientes hasta que la calma volvió a reinar en el salón. Finalmente quedaron solo los Ancianos y los guías y fue entonces cuando Varilia fue llamada a parte por su Maestro. Ambos se dirigieron a una sala adyacente. Aunque Varilia conocía bien aquel lugar, tembló ligeramente al entrar allí. Su mentor, el mayor de los Ancianos, se situó justo frente a ella y observó con calma el fondo de sus ojos celestes. Ambos permanecieron largo rato en silencio, los encuentros con él siempre se iniciaban igual, hasta ahí todo parecía normal, pero Varilia sabía que aquel día nada era normal.

—¿Tienes algo que contarme? —preguntó por fin su maestro. Varilia podría haber intentado evadir la pregunta, podría haber permanecido en silencio o podría haber mentido, pero todas esas opciones eran absurdas. Hiciera lo que hiciera, el Anciano sabría la verdad. Así que decidió no demorar más aquella incómoda situación y le contó todo lo que había sucedido, desde que se encontrara aquella alma aparentemente virgen. Cuando terminó su relato su mentor guardó silencio con gesto afectado mientras la guía esperaba, sin saber muy bien qué podía pasar a partir de ese instante. Después de lo que le pareció una eternidad, su maestro volvió a hablar.

—Está bien. De momento no comentaremos esto con nadie más. Antes debo ir a hablar con Adae.

—Pero Adae dijo que iba a «mirar», y me indicó que no volviera en tres días.

—Lo sé, ya me lo has dicho.

—Sí, claro, lo siento. —Varilia seguía sintiéndose incómoda y no dejaba de preguntarse cómo habría sabido su maestro que era con ella con la que tenía que hablar.

—Será mejor que me acompañes. —Varilia renovó inmediatamente su optimismo. Acompañar a su maestro era bueno. Sí, aquel era su día de suerte.

—Adae —susurró el Anciano desde la entrada de la cueva. En el centro de la oscuridad se dibujó la figura de la bruja. Tras ella resplandecía el fuego de color morado oscuro; al otro lado, elevada a poca distancia de la fría piedra, yacía una figura incorpórea especialmente luminosa. Adae no se movió, no era necesario, el Anciano sabía que le había percibido.

—Esperaré, pero debes darte prisa. —Por respeto no utilizaría sus ojos, no miraría a través de ella para saber qué era lo que estaba detectando; sin embargo, podía prestarle parte de su poder, así que centró su mirada en la nuca de la bruja y concentró allí su energía.

Ambos permanecieron en silencio con unas expresiones peculiares de ausencia o de absoluta presencia, hasta que el contorno de la bruja resplandeció de forma eléctrica mientras sonaba un golpe seco, como si su cuerpo acabara de caer de algún lugar elevado. Adae inhaló profundamente y abrió sus ojos felinos susurrando: «Sabes que no he requerido tu ayuda, Anciano». El maestro también abrió los ojos y al contrario que ella exhaló, aunque con idéntica rotundidad.

—Solo pretendía...

—Sé lo que pretendías —le interrumpió Adae—. Querías un tiempo que todos acabamos de perder. Puede que eso no sea lo único que hayamos perdido.

—Explícate.

4
Un alma intacta

—Esta dimensión acaba de ser utilizada para iniciar una terrible guerra.

—Hace mucho que estamos en guerra, de hecho no recuerdo que no lo hayamos estado alguna vez.

—Lo sé pero en todas las guerras hay normas que, de alguna manera, salvaguardan a ambos bandos. No es que me interesen vuestros códigos, pero quien la ha traído hasta aquí —dijo señalando con la mirada al alma que permanecía inconsciente— ha profanado todas las leyes.

—¿Qué propones?

—Soy bruja, no me dedico a hacer proposiciones, eso es asunto vuestro.

—Dime qué has visto.

Adae se rio y se acercó al Anciano sin apartar su mirada feroz de él.

—Me resulta bastante curioso que uno de los «grandes» tenga que recurrir a mi visión para conocer la verdad.

—No es momento de cinismos. Además, no he sido yo quien ha recurrido a ti.

—Entonces tendrás que tener más cuidado con lo que hacen tus pupilos.

—Adae —atajó el Anciano—, si la situación es tan compleja como me has dado a entender, también tú sufrirás las consecuencias. —La bruja se volvió a reír como si el Anciano no fuera capaz de entender algo fundamental y terriblemente sencillo.

—Si no estuvierais atrapados en la imagen que tenéis de vosotros mismos no temeríais tanto los cambios. Es irónico que procuréis enseñarles a vuestros discípulos que todo está sometido a la continua transformación y vosotros os aferréis a lo poco que conocéis.

—¡Calla bruja! Hablas sin saber. —La risa de Adae surgió en un nuevo estallido que resultaba incluso alegre, parecía divertirse con todo aquello—. No podemos continuar nuestra andadura mientras queden hombres perdidos, almas Durmientes —continuó el Anciano.

—Bueno, si esa es la cuestión fundamental puede que su llegada sea una gran bendición —concluyó en un tono irónico.

—Explícate —volvió a decir, esta vez de forma mandataria, el Anciano.

—¿Es una orden?

—Bien sabes que no.

—Acércate y juzga por ti mismo.

El maestro indicó con un gesto a Varilia que permaneciera fuera y se acercó hasta el fuego. Cruzó las piernas y se acomodó para observar a aquella extraña con detenimiento. Después de un largo rato y con expresión de preocupación en el rostro, se volvió a dirigir a la bruja.

—Es hermosa.

—Mucho.

—No debería estar aquí... este no es su lugar.

—Lo sé.

—¿Cómo ha podido caer?

—¿Caer? No ha caído.

—¿Qué quieres decir?

—Exactamente eso, que no ha caído.

—Entonces ¿cómo...?

—La engañaron.

—¿Cómo han podido engañarla? ¿Quién?

—Mira —dijo Adae pasando una de sus manos por el fuego. El anciano concentró su mirada interna en las llamas moradas y se transportó a un lugar remoto que carecía de materia y estaba exento de tiempo. Era una dimensión que le resultaba del todo desconocida, solo en antiguas leyendas que hablaban del principio de toda existencia se hacía referencia a algo similar. Allí pudo ver como unos demonios del más elevado rango, que sí le eran conocidos, se acercaban camuflados hasta un umbral. Un extraño ser de rasgos afilados los esperaba. A su llegada este último abrió una fisura en el portal y se transformó en una especie de animal de un color bronce oscuro que tenía grandes alas y poderosas garras. Cuando ella, la misma que yacía inconsciente en su mundo, se asomó poderosa y brillante por la pequeña abertura, el animal emitió un profundo lamento, como una petición de ayuda. Ella tendió su mano intentando alcanzarlo y en ese mismo momento los demonios la tomaron arrancándola del que sí era su lugar. Alcanzó a ver como el animal recobraba su forma real, un instante en el que fue consciente del engaño, antes de que la arrastraran hasta la Laguna del Olvido y la arrojaran vencida en su lucha.

—Lo que pasó después ya lo sabes —dijo Adae volviendo a pasar su mano por las llamas.

—¿Es lo único que has visto?

—No. —Ambos se miraron. El rostro del Anciano mantenía la expresión de preocupación; en los rasgos de la bruja no se traducía ningún sentimiento—. ¿Qué piensas hacer? —El Anciano guardó silencio mientras buscaba opciones.

—¿Me vas a ayudar? —le preguntó a Adae.

—¿Realmente deseas mi ayuda? —Él bajó su mirada hasta la extraña y volvió a callar.

—No has contestado a mis preguntas —dijo el Anciano mirando de nuevo a la bruja.

—Ni tú a las mías. Si quieres mi ayuda tendrás que dejarla bajo mi tutela.

—Eso no va a ser posible.

—Entonces no podré ayudarte.

—Deberíamos devolverla a su lugar.

—¿Acaso sabes cómo hacerlo? —El Anciano miró de reojo a la bruja con un gesto de impotencia y negó con la cabeza—. Entonces tendremos que mantenerla a salvo —continuó Adae.

—¿Por qué?

—Porque vienen a por ella.

—¿Quién?

—Los demonios no dejaron que cayera aquí por casualidad.

—¿Estás diciendo que van a volver para recuperarla?

—No lo sé, lo que intuyo es que su otra parte la está buscando, él sí vendrá.

—Bueno, entonces la cuidaremos hasta que aparezca.

—No es tan sencillo. Ella ha olvidado todo. Y que él haya decidido salir en su busca puede haber dado inicio a una guerra mayor a todas las que se han conocido hasta hoy. Además...

—Soy consciente del riesgo que supone que seres de esta magnitud desciendan a nuestra dimensión.

—¿Entonces qué propones? —preguntó Adae.

—Nunca me había visto en una tesitura parecida...

—Las situaciones nuevas son las únicas que nos pueden enseñar a todos.

—¿Qué harías tú si la dejara a tu cuidado?

—La ayudaría a recordar.

—Pero eso es peligroso. Ni siquiera ella puede soportar que sus recuerdos reales despierten de golpe.

—Me tomaría el tiempo necesario.

—¿Y mientras tanto?

—Procuraría protegerla.

—No estoy seguro de que sea una buena idea.

—¿Y qué es mejor: dejarla contigo para que la utilices como una fuerza a favor en tu bando? Eso va en contra de vuestras leyes.

—Ellos ya las han violado al traerla hasta aquí.

—Es solo una provocación, ¿vas a caer en la trampa? Recuerda que la guerra que puede haber estallado con su secuestro no es tu guerra.

—Está bien, la dejaré a tu cuidado si la sacas de aquí.

—¿Y dónde esperas que la lleve?

—A la Tierra de las Almas Perdidas.

—¡¿A la Tierra de las Almas Perdidas?! ¿Quieres que la obligue a mezclarse con los Sin Nombre?

—Es la opción más prudente.

—Si la obligas a nacer será mucho más difícil ayudarla a recordar.

—No es un alma normal. Aunque haya pasado por la Laguna estoy seguro de que será capaz de recuperarse; encontrará el camino, hallará la forma.

—Pero, es un descenso abismal...

—¿No confías en sus capacidades? Además, tú velarás por ella.

—Si nace no estará guiada solo por mí. Si desciende hasta la Tierra será vulnerable a la influencia de los tuyos y también estará expuesta al dominio de los Oscuros.

—Te repito que me parece la opción más prudente —insistió el Anciano.

—A mí me parece una locura. Aunque no recuerde quién es, su sola presencia puede fulminar a los Durmientes.

—O puede inundarlos de consciencia.

—Siempre tan optimista. Parece que aún no te has dado cuenta de que los Sin Nombre, en su mayoría, no quieren despertar. ¿O lo haces para poder acceder a ella sin infringir las normas? —El Anciano obvió la última pregunta y cambió de tema.

—Hay otra cuestión, ¿puedes hacer algo con la herida que tiene en el centro de su pecho?

—Nadie puede, es la nostalgia, la separación de su otra parte.

—¿Puede acabar con ella?

—Sí, puede.

—Confiemos en su fuerza. Bien, espera aquí, enviaré a un Ángel Azul para que la lleve hasta su nueva vida.

—Maestro... —intervino Varilia—. Si no es inconveniente, tal vez yo podría... Bueno fui quien la encontró y... Si va a nacer necesitará una guía...

Adae no estaba conforme con las decisiones del Anciano, pero no tenía rango, estaba obligada a acatar las disposiciones de los Mayores. Sabía que el juego iba a ser complejo, incluso sucio, todos pugnarían por adoctrinarla, por convertirla, por sacar partido de su poder. Ella se ocuparía exclusivamente de intentar que recordase, esa sería la única manera de que tuviera una posibilidad de volver a su Hogar.

5
El desgarro

En el mismo momento en que el Guardián atravesó el umbral del sur, un fuerte dolor le obligó a detenerse. Nunca había sentido nada parecido a aquello. La herida intuida en su pecho con la desaparición de su compañera, acababa de tomar forma: era una brecha grande de la que manaba un fluido denso y granate, semejante a la sangre. El Gran Dragón lo miró sorprendido, nunca había visto nada igual. Ellos, los dragones, antiguos entre los antiguos, no conocían el dolor, ni el desgarro, ni la separación; todas esas cosas nunca habían formado parte de sus trayectorias, ellos nunca habían caído. Sabía que eran comunes entre los que habitaban los planos inferiores, lo recordaba de los tiempos en los que aún prestaban un servicio a los que habían involucionado o se habían perdido y debían o podían despertar, pero nunca había presenciado algo tan absoluto como el desgarro del que era presa ahora el Guardián. Amún, al que no le eran tan ajenas aquellas heridas, sostuvo al Guardián y comenzó a hablarle:

«Respira. No podrás evitar sentir este dolor pero no debes caer en él hasta olvidar todo lo demás. Vamos…».

Sus palabras no surtían ningún efecto. El Guardián se retorcía sobre sí mismo mientras sus colores se oscurecían. Un centenar de sensaciones para él desconocidas se hacinaban en opresivos movimientos en el centro de su pecho. Su energía había comenzado a pesar, estaba adquiriendo densidad, mientras la fuerza del dolor le nublaba el alma, hasta aquel momento pura.

«Tú eres más fuerte, solo tienes que adaptarte a esta nueva situación. Debes aceptar el dolor, si no lo haces te devorará y ambos estaréis perdidos» —continuaba diciendo Amún.

Pero el Guardián no le oía. En ese momento la realidad se mostraba clara frente a él, estaba viendo lo que había sucedido: que los demonios, ayudados por Ilkur, habían secuestrado a la Guardiana. Y de repente sintió odio; él no habría podido ponerle nombre, pero aquella emoción desmedida y terrible le estaba inundando.

—¿Por qué? —susurró.

—No busques respuestas, ahora eso no es importante, debes aceptar y avanzar. ¡Vamos! No debes permanecer aquí.

—Déjame a mí —propuso el Gran Dragón, que estaba comenzando a comprender lo que le sucedía a su compañero.

—No te va a mirar.

—No necesito que lo haga, yo le miraré a él.

Amún le cedió su espacio y el Gran Dragón se situó frente al Guardián. Centró su mirada rojiza en sus ojos cristalinos, ahora perdidos, y miró. Miró más allá de lo visible, de lo obvio, de lo intuido, miró hasta encontrar su esencia y cuando la halló, exhaló su aliento de fuego y consciencia… Aquel soplo cardinal hizo que el Guardián volviera a sentir el Amor, esa sensación cálida y absoluta que tan bien conocía. La herida sangró con mayor violencia, pero mereció la pena.

—No hay más tiempo que perder—. Dijo Amún.

A pesar de haber logrado aquella pequeña victoria, el Hombre Pájaro sabía que el Guardián ahora era demasiado vulnerable y en su desubicación, la semilla del odio había rozado su corazón. Obviamente Ilkur había contado con esto y ellos habían vuelto a caer en su trampa. Recuperar a la Guardiana y regresar a casa no iba a ser fácil. Aunque este no era el mejor momento para dudar de sus capacidades y del poder de sus compañeros.

Aruma se había adelantado. Los Hombres Murciélago tenían accesos mucho más rápidos para descender y ascender por los distintos planos de realidad. Podían trasladarse por algunas espirales que estaban construidas desde los mantos de las Parcas. Sin embargo, ellos deberían acercarse por un camino más largo, tendrían que deslizarse a través de los rayos de luz irisada procurando pasar desapercibidos ante la mirada de los Oscuros. Sí, debía confiar en sus compañeros, tener fe en que Aruma llegara hasta la Guardiana antes de que estuviera del todo perdida, y en que el Guardián supiera aceptar el profundo dolor que ahora lo dotaba de un peso al que no estaba acostumbrado. Pero él conocía los territorios hacia los que se dirigían, y aunque hacía mucho, muchísimo tiempo que no navegaba por ellos, no había olvidado lo traicioneros y lo complicados que podían llegar a ser. Una parte de él no podía dejar de preguntarse qué podía ser lo que había llevado a uno de los del

Consejo a actuar de esa manera, pero sabía que esta cuestión, en el fondo, no era importante. Finalmente, lo importante, es hacer lo que hay que hacer, nada más.

Miró a sus compañeros. El Gran Dragón se mantenía enfocado en el propósito y al mismo tiempo atento al Guardián; este último intentaba habituarse a su nueva situación, procuraba ordenar la inmensa cantidad de nuevas sensaciones que el hecho de abandonar el que siempre había sido su hogar le estaba generando. Una punzada de pena atravesó a Amún cuando al mirar el fondo de sus ojos percibió que habían perdido algo del brillo original. Se recordó a sí mismo que lo trascendente nunca es lo aparentemente perdido, sino lo que se puede ganar, o sencillamente lo que se puede recuperar y, con un gesto que disimulaba sus temores, les dijo:

Seguidme, debemos entrar en el arco iris.

6
Los Hombres Murciélago

Aruma descendió veloz por un caracol perlado que enlazaba los territorios de las vidas y las muertes. Hacía mucho tiempo que no había entrado en aquella espiral. Mucho desde que decidió que la lucha en aquellos mundos no tenía sentido. Mucho desde que comprendió que las almas perdidas no querían dejar de estarlo y que sus protectores y sus enemigos estaban tan confusos y estancados como esas almas que justificaban su guerra y su permanencia en aquellas dimensiones.

A pesar del tiempo no había olvidado cómo navegar aquel remolino descendente sin sufrir ningún deterioro en su energía, y esa era una gran ventaja. Mientras se deslizaba veloz, enfocaba su mirada hacia el frente, en busca de la salida correcta; tendría que encontrar una alteración en el entramado, algo que no debiera estar allí, algo generado por un suceso que nunca debiera haber acontecido. Se daba cuenta de que estaba descendiendo demasiado, ya estaba cerca de la Tierra de las Almas Perdidas. Se preguntó si no habría pasado algo por alto, no podía ser que hubieran lanzado a la Guardiana tan abajo, tan lejos de su naturaleza, a un lugar tan inhóspito donde reinan la ignorancia y el sufrimiento. Aun así continuó. Cuando encontró lo que buscaba, estaba justo en el plano superior al Planeta Azul donde los Sin Nombre nacen y mueren sin atreverse a salir de la eterna rueda de la reiteración. Había una modificación reciente que había dañado el bello entramado de la espiral. Se detuvo y salió por ese mismo punto. Percibió la exaltación del ambiente. Conocía aquel sitio, era una de las zonas donde más batallas se libraban, pero a pesar de lo encarnizada que llegaba a ser la guerra allí, normalmente la energía era armónica, no cargada de tensión, como ahora. Esto no era más que una prueba de que había encontrado el lugar exacto donde habían arrojado a la Guardiana de las Palabras.

No pudo evitar sentir pena, era una emoción casi olvidada que ahora la invadía recordándole sucesos que era preferible no repetir. Hacía eones que los Hombres Murciélago llegaron hasta su casi total extinción. Eones desde que perdieron en una horrible guerra su mundo y hasta el objetivo mismo por el que habían comenzado a luchar. Fueron muy pocos los que, como ella, se rindieron, y encontraron otra oportunidad. Desde entonces, junto a sus aliados, había navegado en misiones de ayuda, casi todas de protección: ocultando algunas almas grandes que realmente estaban cumpliendo su misión, para que no fueran atacadas por los Oscuros. En realidad los Hombres Murciélago no pertenecían a ningún bando, conocían demasiado bien la guerra como para saber que ninguna tiene sentido; solo intentaban, después de haber perdido su mundo y a casi todos sus hermanos, ayudar a los que desde la línea correcta, que no es ni blanca ni negra, procuraban avanzar. Sin embargo, es complicado estar en medio de dos flancos opuestos y enfrentados, es difícil ver cómo otros se empeñan en cometer los mismos errores que habían estado a punto de acabar con su especie y permanecer indiferente. Por eso ahora no podía evitar sentir pena. No entendía qué había podido llevar a alguien a hacer algo como lo que habían hecho, a iniciar una contienda donde nunca las había habido; el único remanso de paz dentro de todas las dimensiones existentes, también había sido mancillado. Probablemente el Guardián de los Silencios y la Guardiana de las Palabras habían cometido un error al permitir que otros llegaran hasta su paraíso. Ellos no sabían de beligerancias y ahora habían sido empujados a una. Esto no estaba bien. Quien lo hubiera hecho no se había parado a pensar que si uno de los dos se perdiera hasta aniquilar su esencia, todos, absolutamente todos los seres existentes, se extinguirían. «No es momento de hacerme preguntas para las que no obtendré ninguna respuesta sensata. Es momento de actuar, de hacer todo lo que pueda hacer». Diciéndose esto, y con la esperanza de que ninguno de los que poblaban aquel plano hubiera encontrado a la Guardiana, enfocó una vez más su mirada, así encontró la cueva de Adae.

Cuando llegó, Adae estaba esperándola.

—¡Una Mujer Murciélago! ¡Fascinante! Es realmente difícil ver a uno de los vuestros, de los pocos que quedáis, es un honor —exclamó la bruja al verla.

—Me llaman Aruma.

—Adae.

—¿Se ha puesto Gálic en contacto contigo? —preguntó Aruma al identificar a la mujer como a una bruja.

—Sí, lo hizo.

—Vengo a recoger a la Guardiana.

—Lo siento, llegas tarde. E intentado impedirlo, pero no he podido hacer nada.

Aruma permanecía en actitud templada pero expectante. Los Hombres Murciélago eran seres de pocas palabras, en realidad todas las almas elevadas utilizaban poco el verbo, sabían del poder del mismo y preferían practicar el silencio. Adae no tenía intención de utilizar su astucia con ella, prefería observar, aprender, hacer lo que debía hacer, y con suerte, algún día, tal vez podría tener a aquella extraña como aliada. Aun así no pudo evitar mirar el fondo de sus ojos hasta encontrar aquel Universo extinguido, y sobre él o por debajo, aquella tristeza que caracterizaba las miradas de todos los Hombres Murciélago. Apartó la vista en gesto de respeto hacia aquel dolor antiguo que portaban como carga en sus alas y en sus corazones y prosiguió:

—El mayor de los Ancianos ha considerado que estaría más segura si encarnaba.

El rostro sereno de Aruma, durante un instante, fue rozado por el horror. ¿Cómo podían haber hecho algo así? Si hubiera llegado antes, si el Consejo no se hubiera dilatado tanto… Adae continuaba su prudente observación adivinando, al menos, parte de lo que pensaba la Mujer Murciélago.

—¿Acaso los Ancianos se han trastornado? ¿No pensasteis que vendríamos a por ella?

—Por supuesto, pero ya sabes cómo son, el temor les venció.

—¿El temor les venció? Ahora sí deberían tener miedo. ¿No han considerado lo que obligarla a descender hasta una frecuencia tan baja puede suponer?

—Supongo que lo han hecho, pero han preferido asumir ese riesgo a exponer esta dimensión. O tal vez la vean como a una potencial aliada de poder inestimable.

—¿Aliada? No pueden obligarla a tomar parte por un bando. —Adae, callada, observaba a Aruma. Aruma también guardó silencio durante un momento.

—Está bien, lo que ya han hecho no se puede deshacer. Muéstrame dónde está.

—Pasa —la invitó Adae, señalándole el fuego. Ambas se sentaron y la bruja movió una de sus manos haciendo que las llamas se elevaran y mostraran la nueva forma que había adoptado parte del alma de la Guardiana. Era un bebé de ojos luminosos, estaba en brazos de su madre que la miraba con ternura, su padre la observaba con sorpresa y admiración. Acababa de nacer, era una niña y habían decidido llamarla Ariadna.

—¿Por qué ellos? —preguntó Aruma.

—Aún guardan un pedazo intacto de su corazón.

—Pero ¿saben algo?

—No. Los Ancianos le han buscado una familia que no sea objetivo de las fuerzas oscuras, sabes que puede ser un trofeo a ganar para ambos bandos.

—No debería ser así.

—Demasiadas cosas no deberían ser así.

—¿Quién es esa que la acompaña?

—Varilia. Es una guía. Fue la que la encontró.

La expresión de Aruma se tornó más sombría y su mirada negra se perdió en el fuego, en busca de alguna solución que sabía que no iba a encontrar.

—La ayudaré a recordar —dijo Adae.

—Desconoces quién es, no puedes ayudarla a recordar todo lo que la forma.

—No necesito saber lo que ella sabe para guiarla hacia sí misma. —Ambas se miraron profundamente, había respeto en sus miradas.

—¿Qué han hecho con su alma? Sé que no pueden haberla manifestado por completo en un cuerpo humano, en esa niñita solo hay una pequeña porción de la Guardiana.

Adae sonrió, estaba esperando esa pregunta. Se adentró en la cueva y con un gesto invitó a la Mujer Murciélago. Al fondo, en una zona abrupta, aunque llena de luminosidad, entre esferas de cristal, reposaba inerte la Guardiana.

7
El veneno

Amún atrajo hasta su mano derecha una considerable cantidad de luz y desde ella creó una vara multicolor. Enfocó la punta hacia arriba y lanzó un gran rayo platino que se manifestó como un camino. Aquel sería el sendero que deberían encontrar a su regreso, el que les llevaría de nuevo a casa. Después enfocó la punta hacia abajo y proyectó un nuevo rayo, este de color dorado. Aquel sería el canal de apoyo para Aruma, para la Guardiana y para ellos mismos si se perdían. Por último enfocó el vértice hacia un punto invisible en el horizonte, y la luz emanada por su vara se dividió en siete colores, los mismos que relucían en el arco que se abrió a sus pies.

—¡Vamos! —dijo dirigiéndose a sus compañeros—. No es conveniente mantener el portal abierto demasiado tiempo. —Y los tres se adentraron en el magnífico puente.

———

A pesar de la velocidad a la que descendían, prestaban una exhaustiva atención. Nada debía ser pasado por alto; sin embargo, nada resultaba inusual, salvo el hecho, claro está, de navegar por aquel resplandeciente entramado de colores que les ayudaba a disminuir suavemente su frecuencia. En el Guardián se adivinaba una avidez promovida desde el dolor que estaba experimentado. Aunque su misión era importante y también urgente, la prisa no les ayudaría.

Habían llegado casi al final del puente y no habían encontrado ninguna señal, ni habían recibido ningún ataque.

—Nadie se atreverá a intentar detenernos —aseveró el Gran Dragón al salir del arco iris. Sin embargo, Amún estaba preocupado. No haber recibido ningún ataque no era necesariamente bueno. Puede que aquello fuera otra trampa, o tal vez fuera demasiado tarde para rescatarla y por eso no habían encontrado ninguna resistencia. Estaban pasando demasiadas cosas que carecían de sentido.

—No está aquí, no percibo su presencia —dijo con tristeza el Guardián.

—Dame un momento —pidió Amún. Cerró sus ojos, extendió sus alas y se enfocó en Aruma; no debía de estar lejos.

—¡A vuestra espalda! —rugió el dragón justo a tiempo de evitar que el Guardián recibiera la embestida de Ilkur.

Debía de haberlos seguido. ¿Cómo no se habían dado cuenta? El Gran Dragón escupió una llamarada que podría haberlo fulminado si Ilkur no la hubiera desviado en la dirección opuesta. El Guardián, en su forma animal, se lanzó sobre él y aferrándolo con sus garras, mordió su nuca. Parecía que estaba en una posición de poder, hasta que Ilkur le clavó una daga de un refulgente color negro en el vientre. Eso hizo que el Guardián abriera su mandíbula y soltara a su presa, desplomándose. El Gran Dragón se lanzó sobre él, pero Ilkur desapareció con la misma velocidad con la que había aparecido.

—¡Amún! —gritó el Dragón mientras se abalanzaba sobre su amigo. El Guardián yacía sobre un lecho formado por su propia energía. Se había vuelto a transformar y se apretaba la zona inferior del vientre con ambas manos. Amún se acercó hasta él, se agachó y se arrancó una pluma de color naranja.

—Ha seccionado una zona cardinal. —Mientras hablaba imponía la pluma sobre el corte. La energía dejó de manar, pero la herida no parecía cerrarse—. No ha querido matarte, solo pretendía envenenarte. Me temo que lo ha conseguido. Debes luchar contra el veneno, impedir que se apodere por completo de ti, o lo que vivirás será mucho peor que la extinción.

—¡Maldito sea ese monstruo! —rugió furioso el Dragón—. Seguro que hay algo que podamos hacer mientras le encuentro y le arranco la cabeza.

—No es bueno que permitamos que la ira anide en nosotros. Si lo hacemos estaremos vencidos y no podremos regresar.

El Gran Dragón bajó la mirada, sabía que Amún tenía razón. El Guardián intentó incorporarse y por primera vez en su larga existencia se sintió pesado y débil. El dolor era aún más atroz que antes del ataque. Pero todo eso le daba igual. Lo único importante era recuperar a la Guardiana.

—Continuemos, estoy bien.

—No, no estás bien, pero es cierto, debemos continuar. Aunque antes deberíamos enviar un mensaje a la Gran Madre. No sé si desde aquí será posible hacérselo llegar, hemos descendido demasiado, pero tenemos que intentarlo. Deben saber que es Ilkur el que ha promovido todo esto. Aunque me temo que será complicado que le puedan denegar la entrada, ahora que ni la Guardiana ni tú estáis allí. Creo que hemos hecho exactamente lo que él quería que hiciéramos, abandonar el lugar.

—Puedo regresar si eso les va a servir de ayuda —propuso el Dragón.

—Eres un gran guerrero, pero sabes que solamente ellos dos pueden mantener inaccesible su lugar. —Ambos miraron al Guardián a la espera de una determinación.

—No tengo lugar sin ella —fue lo único que dijo.

—Entonces confiemos en que el mensaje llegue a tiempo y que sepan cuidarse de la locura de Ilkur. A partir de aquí nos resultará muy difícil mantener la comunicación con ellos, y dependiendo de hasta dónde tengamos que llegar a descender, puede que ellos tampoco nos alcancen si necesitan enviarnos algún mensaje.

—No me preocupa que estemos incomunicados —dijo el Guardián.

—Lo sé. Solo quería que supieras en qué condiciones nos encontramos —añadió Amún antes de prestar atención a algo inaudible para los otros dos—. Vamos, Aruma la ha encontrado. Está cerca.

—Vayamos, allí podremos descansar y tal vez encontrar algún remedio contra el veneno.

—¿Qué lugar es este? —preguntó el Guardián mirando con extrañeza a su alrededor.

—Es la quinta dimensión —contestó Amún

—¡La quinta dimensión! ¡Hemos descendido demasiado! —exclamó el dragón

—Aún tendremos que descender un poco más, hasta la cuarta.

El Gran Dragón se quedó pensativo, con la mirada perdida en algunas formas geométricas de gran tamaño y brillantes colores que se movían a lo lejos. Era la apariencia usualmente visible de los que existían allí. Hacía una eternidad o más que había trascendido aquella dimensión, apenas la recordaba. Si para él era duro haber bajado hasta allí, no se imaginaba lo que debía estar suponiendo para el Guardián, máxime en sus circunstancias. Ellos, el Guardián de los Silencios y la Guardiana de las Palabras, siempre habían existido muy lejos de allí, muy arriba. Nunca habían conocido la densidad de aquellas esferas, ni el tiempo, ni el dolor, ni las guerras que allí se extendían, interminables, un eón tras otro.

—Algunos de los tuyos viven todavía aquí, también algunos de los míos —interrumpió sus pensamientos Amún.

—Lo sé. Como sé que más abajo no hay ninguno, ni de los tuyos, ni de los míos.

—Eso no importa. Vamos.

Ellos dos se pusieron en marcha, pero el Guardián no les siguió. Permanecía estático, su expresión era gélida y ausente y sus ojos se habían vuelto de un gris oscuro, casi negro. Sus compañeros supieron que estaba viendo algo lejano, y por los colores que emanaba temieron lo peor. Ambos esperaron, no era conveniente sacar al Guardián de su viaje, aunque los dos temían que aquello fuera demasiado en aquel momento. No era lo mismo viajar, cuando algo o alguien requería su atención desde su antiguo plano, que hacerlo desde aquella dimensión, y menos estando sometido al dolor y contaminado por un veneno cuyos efectos desconocían.

Poco a poco los ojos del Guardián de los Silencios fueron recobrando su habitual tono gris perlado, pero su rostro no perdió la expresión gélida. Durante un momento miró a sus amigos. La Guardiana no era lo único que había perdido aquel día, y él no era el único que había sufrido un daño atroz.

—Ya estaban dentro. El clan de Ilkur… los ha aniquilado a todos.

8
Los Sin Nombre

La Guardiana yacía aún inconsciente cuando Aruma, que no se había despegado de su lado, percibió la llegada de sus tres compañeros. Salió al exterior de la cueva para recibirlos y llevarlos hasta el lugar donde, como si estuviera dormida, permanecía inaccesible la Guardiana.

—¿Dónde está? —preguntó impaciente el Guardián.

—Está aquí, al menos en parte.

—¿Qué quiere decir en parte?

—Es complicado… —contestó Aruma mientras los conducía a la sala de las esferas. Iba a intentar explicarle la situación al Guardián cuando este, al ver de nuevo a su amada, a la que en verdad le completaba, se abalanzó sobre ella. Las heridas que ambos tenían en el centro de sus pechos, parecieron querer cerrarse. Durante un instante todos guardaron un reverencial silencio. La energía que comenzó a fluir entre los dos seres era tan magnífica que ninguno osó interrumpir al Guardián, excepto Adae, que en tono autoritario y un tanto elevado dijo: «¡No!», mientras cogía su hombro para intentar separarlo de ella. Bastó aquel gesto para que el Guardián, transformado en su forma animal, se revolviera amenazante contra la bruja. Aruma se interpuso con un gesto pacificador, y le pidió al Guardián que le dejara explicarle la situación.

—Ella está de nuestra parte. Solo ha querido evitar un mal mayor al que ya ha sido hecho.

Un fogonazo sonó en la parte anterior de la cueva.

—Algo malo ha sucedido —advirtió Adae dirigiéndose al lugar donde el fuego morado crepitaba. Los demás la siguieron. Entre las llamas se podía distinguir con claridad a una niña de unos nueve años desplomada en un trigal. Al ver aquella imagen Amún comprendió, el Gran Dragón también. Todos excepto el Guardián sabían lo que estaba sucediendo. Aunque él reconoció en los ojos abiertos de aquella niña a la Guardiana, aquello le resultaba inconcebible. Ninguno sabía muy bien por dónde empezar, qué explicarle a alguien para el que todo aquello era absolutamente desconocido.

—Hay que hacer algo —dijo Adae—. El contacto con él ha estado a punto de matarla. Ha sido demasiada luz, demasiado Amor.

En el breve lapso que ellos tres habían tardado en llegar hasta allí, en la Tierra de las Almas perdidas habían transcurrido años. Nueve largos años en los que Aruma y Adae habían visto cómo el brillo inicial que Ariadna portaba en su corazón se había ido oscureciendo. Los gritos de sus padres, las prohibiciones cuando ella solo quería descubrir el mundo que la rodeaba y disfrutarlo, las obligaciones que iban en contra de su propia naturaleza, los miedos de los adultos y algunas cosas más habían ido menguando su luz y construyendo en su lugar una fortificación gris. Aunque eso no era bueno, al menos servía para que pasase desapercibida. Solo en las ocasiones que se adentraba en aquel trigal y se tumbaba en el suelo de forma que nadie la pudiera ver, solo en esos momentos que se regalaba acercándose un poco a sí misma hasta ser consciente de ese dolor agridulce que de forma extraña le recordaba que había algo más, solamente en esos momentos de búsqueda, su corazón volvía a brillar. En aquellos escasos momentos, Varilia, que nunca se separaba de ella, se esforzaba por elevar su energía, por invisibilizar las protecciones que de forma constante le activaba… a su modo se empeñaba en mimarla.

El abrazo del Guardián había derrumbado de un solo golpe la fortificación que la mantenía relativamente a salvo. El Amor del Guardián la había inundado de una forma impensable, invisible para un ser humano. La luz del Guardián y la luz de su propia alma la habían cegado. Y ahora estaba allí, medio viva, medio muerta y tan sola como antes de aquel abrazo.

El Guardián seguía sin comprender, no sabía qué había de malo en que aquella niña hubiera recibido su abrazo, ni entendía por qué dentro de ella había una parte de su amada, ni por qué le habían vuelto a alejar de ella para evitar que la humana muriera.

—Al nacer como humana morirá como tal y si al dejar ese cuerpo no recuerda quién es, ni por qué está ahí, se perderá. Unos ángeles encargados de los perdidos la tomarán bajo su custodia y entre ellos y algunos guías le diseñarán vidas a la medida de los Sin Nombre. Así nacerá una y otra vez lastrada por el sufrimiento hasta que poco a poco sea capaz de recordar quién es y se atreva a asumirse como tal y a liberarse —le explicó, de forma muy resumida, Adae.

—¿Me estás diciendo que debo esperar a que muera?

Eso no es un problema, su tiempo lineal es lento para ellos, pero muy rápido aquí —explicó la bruja.

—¿Entonces?

—Confiaba en que su alma, ella, la que está aquí, recobrase la consciencia, pero los segundos pasan y no despierta.

—Yo la despertaré.

—No lo entiendes. Ahora está en una situación muy vulnerable. Su caída hasta esta dimensión fue demasiado abrupta y es eso lo que la mantiene aletargada. No puedes despertarla de golpe, hay que esperar a que sea ella la que se vaya ubicando… Además, antes de arrojarla aquí la obligaron a pasar por la Laguna del Olvido, y eso podría complicarnos las cosas de formas que no podemos anticipar.

—¿Y cuando despierte?

—Si no ha olvidado quién es, ella misma guiará al corazón que late con su esencia en la Tierra de las Almas Perdidas hasta fusionarlo consigo misma aquí —continuó respondiendo Adae.

—Nunca había tenido registro de seres tan grises como los que allí moran ¿Quiénes son esos Sin Nombre?

—Los caídos, las almas que se perdieron al principio de los tiempos, los que no recuerdan quiénes son, los que son incapaces de convocarse a sí mismos.

—¿A quién se le ocurrió arrojarla hasta un mundo como ese, donde las almas han olvidado sus propios nombres?

—No solo hay Sin Nombre.

—No me has contestado bruja.

—Al mayor de los Ancianos.

—¿Cómo se atrevió? Ella es… no debe permanecer en un sitio como ese.

—Él quería ponerla a salvo, o al menos mantener la seguridad en esta dimensión. Sé que no ha sido una buena idea. Pero al menos la tenemos aquí —intentó justificar la bruja.

—Adae, una guía, y yo —intervino Aruma— la hemos protegido desde el día de su nacimiento. Cuando duerme le susurro palabras secretas para que no olvide quién es. Cuando se tiende a mirar el cielo celeste y busca respuestas a preguntas que ni siquiera sabe que tiene, le muestro imágenes de vosotros dos, sé que eso le genera un gran dolor, pero es preferible que ese dolor la hiera a que muera en su propio olvido.

—No puedo quedarme aquí a esperar. Me acercaré hasta esa niña, mi presencia la hará recordar.

—No lo has entendido. Es aquí donde debe despertar.

—Sí lo he comprendido. Si tarda en despertar aquí y ese cuerpo fenece, quedará perdida como una Sin Nombre. —Adae guardó silencio, sí lo había entendido.

El Guardián miró a sus compañeros, sus heridas seguían abiertas y el veneno hacía que se sintiera cansado. Nunca se había sentido así y no le estaba resultando ni fácil, ni agradable.

—Antes de que tomes ninguna decisión deberíamos intentar curar tu herida y extirpar el veneno —propuso Amún.

—Se curará cuando la Guardiana esté a salvo y podamos regresar a nuestro Hogar, a nuestro lugar.

—Puede, pero mientras tanto podemos intentar hacer algo. Tanto si decides descender como si decides esperar, necesitarás tus fuerzas y tu energía real.

—¿Me dejas ver? —preguntó Adae. El Guardián se situó frente a ella con los brazos entreabiertos y la bruja miró.

—Es veneno negro. Había oído hablar de él, pero nunca lo había visto. Lo utilizan los demonios más viejos y solo cuando se ven en serias dificultades, cuando algún alma les está venciendo y su evolución puede servir a muchos otros.

—¿Qué es lo que hace? —preguntó el Gran Dragón

—Va extendiéndose lentamente, es un proceso agotador y a medida que el veneno avanza el ser va perdiendo la fe, la consciencia de la realidad, la capacidad de amar, hasta que lo pierde todo y…

—¿Y?

—Dicen que al final el corazón del portador se extingue.

—¡Maldito Ilkur! Lo encontraré y lo aniquilaré —rugió el Dragón.

—¿Hay antídoto? —preguntó Amún.

—No.

—No importa, está creado para otro tipo de seres, no me dañará.

Durante un momento todos guardaron silencio sin apartar sus miradas del Guardián. Fue Adae, recuperando su habitual osadía, la que se atrevió a decirle:

—Ya te está haciendo efecto. Tu energía es menor a la de ella y eso que ella ya llegó dañada. Has comenzado a perderte.

—Habrá algo que podamos hacer… —intervino Aruma

—Podemos succionar gran parte del veneno que ya se ha extendido, pero no conozco ninguna forma de limpiarlo por completo.

—Está bien, enséñame cómo.

Adae notó que se llenaba de orgullo ante la petición del Hombre Pájaro y, al darse cuenta, pensó que aún le quedaba mucho para ascender su siguiente escalón. Hizo que el Guardián de los Silencios se tumbara y les enseñó el procedimiento a Amún y a Aruma, no sin antes advertirles que era una cura temporal que habría que repetir de forma sucesiva.

9
Una mala muerte

—¡Adae! —llamó Varilia desde la entrada de la cueva—. ¡Bruja! Sal o entraré yo —insistió al ver que ella no respondía.

—Vete, no estoy de humor para atenderte —contestó ella.

—No, no, no. Sé que estás acompañada y traigo órdenes para que tus invitados vengan conmigo. Así que ya puedes hacerles salir.

La bruja apareció de repente frente a ella y la guía dio un respingo.

—¡Cómo te atreves! ¿Crees que estás tratando con almas perdidas como las que sueles adiestrar?

—No me vengas con esas —la retó Varilia elevándose sutilmente y sacando pecho—. Los Ancianos saben que están aquí y no hay nada que puedas hacer para quedártelos.

—¿Quedármelos? Pero mira que llegas a ser boba. No sé qué clase de extraña magia te hizo ascender a la condición de guía.

—No es de tu incumbencia cómo ascendí, y no cambies de tema, mi misión es urgente.

—Dile a los Ancianos que si quieren algo que vengan ellos mismos. No seré yo quien les dé órdenes a mis invitados, si es que les puedo llamar así.

—No hagas eso —dijo Varilia intentando mantener su posición de fingida superioridad.

—¿Que no haga qué? Ya te lo he dicho, este no es un buen momento para perder el tiempo contigo.

Y diciendo esto, Adae desapareció de la misma forma en la que había aparecido. Varilia, por su parte, contrariada y vencida una vez más por la bruja, emprendió el vuelo de vuelta. Temía regresar sin cumplir el encargo que le habían encomendado. Eran dos faltas graves en un breve lapso de tiempo, pero retrasar su retorno no iba a mejorar en absoluto la situación. Su Maestro sabría qué hacer ante aquella irreverencia.

Pero a Varilia no le dio tiempo de llegar, a mitad de camino se cruzó con su Maestro, el mayor de los Ancianos.

—Maestro… —saludó la guía con la cabeza gacha. El Anciano no se detuvo, solo le indicó que lo acompañase.

Juntos aparecieron de nuevo frente a la cueva de Adae. Amún les estaba esperando, hacía mucho que conocía al Anciano, desde antes de que ambos fueran lo que eran ahora, habían compartido batallas y búsquedas. Se saludaron con cariño y durante un rato se miraron a los ojos en silencio. Ambos habían cambiado mucho, un día sus caminos se habían separado por las decisiones que uno y otro tomaron: el Anciano había apostado por los Sin Nombre y continuaba inmerso en una guerra tan antigua como la existencia misma. Amún, sin embargo, se había rendido y su rendición le había elevado. Desde una nueva espiral de consciencia había continuado su andadura, su evolución. A pesar de ello profesaba respeto por su antiguo aliado. Sabía que lo que hacía tenía para él un sentido y mientras lo tuviera debería permanecer donde estaba, haciendo lo que estaba haciendo. Además, recordaba que siempre había sido un alma que basaba sus decisiones en la justeza, y Amún valoraba esto y la nobleza de su corazón.

Pero el extraño acaso que les había hecho reencontrarse era complicado y el Hombre Pájaro habría preferido que el Anciano no hubiera intercedido; ahora era demasiado tarde.

—Me alegra volver a verte. —El Anciano fue el primero en hablar.

—A mí también, aunque preferiría que nuestro encuentro no se debiera a estas circunstancias.

—Bueno, las cosas son como son, eso no las convierte en buenas o malas.

—Claro. Sin embargo, nuestras decisiones y nuestras acciones sí las pueden transformar en favorables o desfavorables.

—He procurado ser cauto.

—No lo dudo, aun así, me temo que has cometido una imprudencia.

—He conseguido que los Oscuros no la detecten.

—Esa era solo una parte del problema.

—¿A qué te refieres?

—Lo sabes bien… Ha sido demasiado arriesgado hacer que un alma como la suya encarne. —El Anciano meditó unos instantes antes de contestar.

—Adae se ocupa, si despierta, o si llega a ser necesario, se la adiestrará para que recuerde y se pueda liberar de las leyes que someten a los que habitan la Tierra de las Almas Perdidas.

—Su compañero quiere recuperarla. Ha descendido hasta aquí en su busca.

—¡Pero él no puede descender hasta allí! Eso sí sería peligroso para todos.

—¿Vas a intentar retenerlo?

—No es mi intención, a no ser… que no me quede otro remedio.

—Ellos nacieron ajenos a vuestra guerra, no pretendas enrocarlos en tu bando. Si lo haces el ser que ha promovido todo este desbarajuste saldrá ganando, y todos los demás perderemos.

—Déjame hablar con él.

—No soy quién para prohibírtelo.

Cuando ambos entraron en la cueva, el Guardián sostenía sobre sus piernas la cabeza de la Guardiana. Había un haz de luz dorada que fluía entre sus pechos y centenares de esferitas de distinto tamaño y diversos colores giraban en torno a ellos. Era espectacular.

Adae se interpuso impidiendo que el Anciano llegara hasta ellos.

—Respeta su momento —le dijo con cierto tono de reproche.

—Por supuesto.

Ninguno, excepto el Gran Dragón, sabía qué era exactamente lo que estaba haciendo. El Guardián había activado las conexiones que los unían y estaba amplificando el valor en la Guardiana. Cuando un alma se siente perdida puede, con el pasar del tiempo, perder el valor. Y él sabía que si eso llegaba a suceder, su amada no encontraría el camino de regreso hasta ella misma, hasta ellos.

Cuando las centellas muy poco a poco fueron desapareciendo, el Guardián se levantó. A pesar de su imponente presencia se percibía su vulnerabilidad. Aunque le habían sacado gran parte del veneno, era obvio que este había mermado su energía y lo que acababa de hacer y la contención de su poder para no cegarla, habían requerido un gran esfuerzo.

Se giró y miró directamente a los ojos del Anciano. Si bien no era la mirada de un guerrero, había desafío en aquellos ojos grises.

—¿Eres tú el que la ha arrojado a ese lugar?

—Allí está segura —aseveró el Anciano.

—Correr el riesgo de olvidar por completo quién es... ¿Es eso estar seguro? Dime cómo bajar hasta allí.

—Eso no es aconsejable.

—No tenemos tiempo para disertar sobre lo que es o no aconsejable.

—No comprendes el gran riesgo que tu descenso supondría para todos, incluidos vosotros dos.

—Ya he oído eso antes. —En el tono del Guardián comenzaba a dibujarse la rabia. Adae se dio cuenta de que el veneno estaba operando más rápido de lo que ella esperaba y que debería buscar cuanto antes un remedio más eficaz que la succión.

—Es la verdad. Además, la situación se ha complicado —replicó el Anciano.

—¿A qué te refieres?

—Los Oscuros han percibido vuestra presencia aquí. Debéis marcharos, nos estáis poniendo en peligro a todos, incluida ella. Nosotros nos ocuparemos de todo.

—No me interesan vuestros bandos, ni vuestra guerra. No voy a ir a ningún sitio sin ella.

—No puedes llevártela así, tendrás que esperar, nosotros te avisaremos.

En aquel instante, al mismo tiempo que Varilia emitía un suave grito y el fuego que la bruja mantenía apaciblemente encendido se elevaba, el alma de la Guardiana se estremecía. Aruma y Adae corrieron a mirar en el fuego, el Guardián regresó hasta su amada y la sostuvo en un abrazo inmaterial.

A través de las llamas vieron cómo un ser de rasgos afilados vestido con una capa granate, acompañado de dos individuos oscuros de largas cabelleras y ojos fieros, se situaban frente a Ariadna. La humana que portaba en su interior la esencia de la Guardiana. En aquel momento debía tener poco más de quince años. Todo lo que estaba sucediendo había hecho que Adae descuidara su tarea de vigilancia.

Aunque Ariadna no podía verlos sintió un escalofrío y un profundo terror. Estaba en medio del campo de trigo, quería correr, pero estaba paralizada, su cuerpo no le respondía. Su instinto de supervivencia se despertó y centró su energía en su vientre. Desde allí podían ver cómo los colores de su aura iban cambiando de tono y como su Jara, situado por debajo de su ombligo, comenzaba a refulgir en un anaranjado muy brillante. El valor que le había insuflado su amado estaba surtiendo efecto; sin saberlo estaba convocándose a sí misma. Las carcajadas de Ilkur rompieron la magia de la escena. Con un movimiento veloz empujó a Varilia, perfectamente visible a sus ojos, y tomó el corazón de Ariadna, logrando que viera su secuestro y su caída, solo eso. Demasiado dolor. En medio de aquel impacto, sin llegar a comprender qué había pasado, Ariadna se desplomó sobre el suelo, muerta.

Un grito desgarrador surgió de las entrañas del Guardián. Mientras la sostenía lo había sentido todo. Aruma se derrumbó junto al fuego, si hubiera podido habría llorado. Adae miró con una rabia, que hacía mucho tiempo había trascendido, al Anciano. Varilia, que también había sufrido el impacto del empellón de Ilkur, se camufló entre las sombras. El Gran Dragón fue a sostener a su amigo mientras con urgencia en la mirada buscaba a Amún. Las cosas se acababan de complicar y todos lo sabían.

10
El río de la vida

—¿Dónde está? ¿Dónde se ha ido? ¿Cómo ha podido acceder Ilkur a ella?

El Guardián rugía con la ferocidad que otorgan los grandes desgarros. Todos los presentes se mantenían en un absoluto mutismo, sabían que dijeran lo que dijeran, nada iba a calmarlo. Perderla dos veces era demasiado, incluso para alguien como él. Amún miró al Anciano, no le culpaba de lo sucedido, pero esperaba que fuera él el que le diera una explicación a su compañero.

—Está en el Río de la Vida —dijo por fin el Anciano.

—¿Cómo puedo llegar allí?

—No puedes.

—¡No me digas que no puedo! —bramó el Guardián.

—Hay que morir para llegar allí.

—Pues moriré.

—No puedes morir…

El Guardián había dejado de prestar atención a las palabras del Anciano. No iba a creerle, por las decisiones que ese ser había tomado la Guardiana estaba aún más perdida. Se acercó a Amún y le pidió que le mostrase el camino.

—No conozco el camino. El Anciano lleva razón, para llegar allí deberías morir dentro de un cuerpo físico, y eso no es algo que puedas elegir hacer.

—Escúchame. —Lo intentó de nuevo el Anciano—. Tenemos aliados en ese lugar. Los Oscuros acaban de quebrantar las leyes. Ahora podemos intervenir de forma directa. Los ángeles azules y los ángeles de la muerte la traerán hasta aquí, solo debes esperar un poco más.

—Eso no es del todo exacto —intervino Adae—. Los ángeles a los que te refieres la pueden traer hasta aquí, pero una parte de su alma acaba de perderse en la rueda de la eternidad. Ahora está obligada a encarnar una y otra vez hasta que recuerde quién es, hasta que recuerde su nombre. —El Anciano miró a la bruja con el ceño fruncido e intentó retomar la palabra cuando el Guardián preguntó casi en un grito:

—¿Me estás diciendo que va a tener que volver a pasar por todo esto?

—Como si fuera una Sin Nombre más —respondió la bruja. El Guardián no alcanzaba a comprender todo lo que estaba sucediendo, miró primero a Amún y luego al Gran Dragón con una súplica en su mirada. Entonces le sobrevino un fuerte dolor, era una sensación nueva y muy intensa. Se sintió desfallecer, como si estuviera cayendo a través de un precipicio lóbrego mientras su esencia se desmenuzaba sin remedio.

—Ella está atravesando el mundo onírico de la Muerte y él está percibiendo lo que ella está sintiendo. Además, el veneno está actuando rápido —explicó Adae—. Debe calmarse, si se deja caer en ese dolor será costoso recuperarlo y, desde luego, no la va a ayudar a ella.

Una vez más el Gran Dragón se situó frente a su amigo y buscó su centro a través de sus ojos, así pretendía reconectarlo con su valor, con su fuerza, con su esencia…

Pero el Guardián había empezado a romperse. Mientras una parte de él luchaba contra la ira que le insuflaba el veneno y otra intentaba mantenerse serena, una tercera se alejaba rápido en busca de su amada. Cuando la encontró, la parte de la Guardiana que transitaba el río de la vida y la muerte contemplaba con espanto la multitud de almas durmientes que se perdían bajo la superficie de las oscuras aguas. Seres que acababan de finalizar distintas experiencias, unos habían sido ricos, otros no; unos habían abandonado el cuerpo de una mujer, otros el cuerpo de un hombre; algunos habían llegado a la vejez, otros apenas habían comenzado a vivir; todas esas aparentes diferencias daban igual, allí todos eran idénticos en su horror. Encadenados en sus obsesiones, en sus temores, en sus fenecidos personajes, se hundían sin llegar a atisbar ninguna otra realidad. Había gritos, algunos buscaban a parientes añorados que hacía mucho que no estaban allí; otros increpaban a la nada negándose a terminar, por lo tanto negándose a comenzar, y lo que es peor: a transmutarse, a descubrirse, a evolucionar; otros aullaban en una reiteración esperpéntica de sus culpas o de sus ansias o de todo aquello que no llegaron a comprender; otros, muchos, simplemente chillaban sin cesar. La Guardiana, silenciosa, observaba todo aquello sin comprender lo que les sucedía. Percibía el terror, pero presentía que no era suyo. Si hubiera podido hacer algo por todos los sufrientes lo habría hecho, pero qué. Observó cómo unos pocos se empeñaban en nadar hacia el principio de aquella extraña corriente y pudo ver cómo, en su obcecación por ascender, descendían. Estos tampoco querían ver, saber, oír, descubrir, solo pretendían huir de lo inevitable. Tomó aliento, como si así se pudiera llenar de una paciencia que en sí no concebía, y se dejó llevar. Ella solo cargaba con un dolor con el que de alguna manera había aceptado convivir. Ese sí era suyo. No trataba de deshacerse de él, ni intentaba comprenderlo, simplemente lo sentía, nada más. Se dio cuenta de que aquel río no corría hacia abajo como los que había visto en su recién perdida vida, sino hacia arriba, y fijó su mirada en el frente, en un inexistente horizonte; al posar de aquella manera su mirada logró una mínima calma. Fue entonces cuando la vio: una dama perlada de delicada y extraordinaria belleza, era casi inmaterial pero su poderosa presencia aplacaba los ensordecedores rugidos de las almas que iban quedando detrás; ella iluminaba el sombrío tránsito. La dama la atrajo hacia sí y clavó sus ojos cristalinos en ella, eran unos ojos que podían ver lo dicho y lo callado, lo experimentado y lo soñado, eran los ojos del más poderoso juez enmarcados en el rostro de la más dulce de las hadas. Aquella mirada la hizo ver el recuerdo velado o prudentemente omitido de su momento final, el secuestro, el desgarro, la caída… Entonces también ella gritó, gritó por primera vez, pero no fue un grito de dolor, ni siquiera fue un grito de terror o de rebeldía, fue un grito cardinal, la expresión de una esencia que, sin llegar a rememorar, intuía su verdad. En medio de aquel remolino que la hacía caer y, al mismo tiempo, la elevaba, se percibió a sí misma rota, incompleta, perdida en una amnesia infructuosa que la impedía alcanzar la libertad. Recordó con precisión su única existencia en la Tierra de las Almas Perdidas, cada día dentro de aquel pedazo de materia que le servía como transporte temporal; cada encuentro con una naturaleza brava y bella que le resultaba del todo desconocida; y cada instante de silencio en que algo innombrable, en el centro de su pecho, le susurraba que debía regresar, pero ¿a dónde? Recordaba la nostalgia de algo o de alguien y la paciente espera, un tanto ilusa, en que anhelaba que aquello que le faltaba apareciera y se la llevara lejos de todo, a su verdadero Hogar. Antes de aquella insustancial vida solo estaban las imágenes recién recuperadas y una tórrida oscuridad, no lograba discernir nada más. Y fue en medio de aquella negrura absoluta donde lo percibió, aquella presencia añorada se aproximaba. Aquella parte del Guardián que luchaba contra todo para acercarse hasta su amada, estaba abriendo brechas de resplandeciente luz en la profunda oscuridad. Con su aliento fue sembrando aquel manto, nunca antes rasgado, de huellas lumínicas; fue formando un mapa estelar, una proyección sublime trazada por cada uno de los recuerdos que él aún guardaba intactos, una carta de amor dibujada en fuegos azules que le mostraba el camino de regreso al Hogar. Ella se sintió plena durante un instante, henchida del gozo que había extrañado sin saber, y en el centro de ese deleite pudo ver sus ojos. Aquellos ojos grises que siempre la habían acompañado, incluso en la tremenda distancia a la que los habían obligado, él siempre había estado ahí, esperándola, buscándola, amándola, solo a ella, siempre a ella, como ella a él. No importaba que su memoria le hubiera sido arrebatada, dentro de sí se mantenía intacto aquel amor.

Pero fue solo un segundo, un tiempo insuficiente roto de forma repentina. Una vez más fue arrancada de aquella sagrada cercanía que la arropaba recordándole que era algo más, alguien más. Tiraron de ella, dos seres alados de tonos azul índigo la sacaron de allí depositándola agotada y confusa en una sala circular donde no había restos de la calidez hace un instante experimentada.

Cuando se sintió preparada levantó su incorpórea cabeza y buscó. No había nada que llamara su atención, ni un sutil resto de lo que, hacia un momento, era su extraña aunque gratificante realidad. Solo unas gradas marmóreas entre las que se movían luces de colores rosados, verdosos y celestes. Frente a ella se elevaba un sugestivo fuego azul, ante sus llamas flotaba una pluma grande de color blanco y negro y un pergamino en el que no había nada escrito.

Miró a su espalda, los dos ángeles de rostros impenetrables y expresiones ausentes que la habían arrastrado hasta allí permanecían inmóviles. Observó que sus ojos estaban hechos de algo idéntico al fuego azul que resplandecía enfrente.

Entonces se miró a sí misma. Aunque no estaba encerrada en materia alguna, sí tenía forma. Vestía de gasas de un suave tono turquesa, su forma era femenina, así lo delataban los dedos de sus pies descalzos, los largos y delicados dedos de sus manos y su busto. No podía ver su rostro, pero sí su cabello canela, ondulado y largo que caía sobre sus hombros hasta más abajo de su pecho. En nada se parecía al cuerpo que habitó mientras fue llamada Ariadna, ese del que se había desprendido por completo hacía, bueno no sabía de tiempos.

Allí dentro no se estaba del todo mal. Las luces en constante movimiento, el fuego y la presencia de los ángeles de la muerte, le estaban empezando a resultar acogedoras. Se planteó esperar, estaba tranquila y cómoda. Sin embargo, algo en su interior le decía que aquel no era su lugar. Tenía que salir de allí, buscar aquellos ojos grises, seguir el rastro de estrellas, volver al Hogar que tanto añoraba.

El Guardián había caído semiinconsciente. El enorme esfuerzo que había hecho para acercarse hasta ella con la intención de traerla de regreso había sido demasiado. En otro momento, sin el veneno carcomiéndoselo, en otro lugar más cercano a su Universo, menos extraño que este en el que todo se asemejaba a un juego escabroso entre buenos y malos, donde nada parecía posible… esto no habría supuesto ni un mínimo gasto de energía para él.

Mientras, sus compañeros intentaban que volviera en sí, no sin darse cuenta de todo lo que había sucedido y de cómo se estaba rompiendo el interior de su amigo.

El Anciano, intuyendo su maniobra, había salido rumbo al Tribunal. Adae no había dejado de mirar su fuego y estaba fascinada con lo que acababa de presenciar. Nunca ningún tipo de ser había irrumpido de aquel modo en el territorio de la Muerte. Y desde luego nunca, nadie, había sido capaz de crear un mapa lumínico en medio de la profunda oscuridad. Quiso comprobar sus sospechas y desvió el enfoque del fuego para evidenciar que aquel trazado estelar era visible desde la Tierra de las Almas Perdidas. En medio del manto nocturno ahora eran visibles cientos de centellas azuladas y brillantes, puntos de luz que recordaban que no todo estaba perdido, que seguía habiendo una posibilidad para la luz, para el Amor, una vía de regreso al Hogar.

—¡Es increíble! ¡Magnífico! Nunca había presenciado un poder similar. No creo que sepa lo que supone este acto. Ahora que los Ancianos han visto de lo que son capaces, harán todo lo que esté en su mano para afiliarlos a su bando, para utilizarlos para sus dudosos propósitos. —Amún se acercó a mirar para ver a qué se estaba refiriendo la bruja.

—¿Por qué te refieres a sus intenciones como dudosas?

—Todo lo que te aprisiona y te impide seguir tu evolución, toda obsesión por muy noble que sea su intención inicial, es peligrosa, incluso nociva. —Amún asintió, entendía a lo que se refería.

—¿Dónde está el Anciano? —preguntó de repente el Gran Dragón.

Fue en ese momento cuando todos se dieron cuenta de que tanto él como Varilia, habían desaparecido. La tristeza en el rostro de la Mujer Murciélago se hizo visible, tanto ella como Adae adivinaron al instante lo que estaba pasando y mientras a ella le hizo sentir una profunda pena con pinceladas de compasión, a la bruja la enervó, no soportaba las triquiñuelas de las que hacían uso en nombre de un supuesto bien mayor.

—Tenéis que conseguir que vuestro amigo despierte, aunque probablemente ya sea demasiado tarde… —dijo Adae.

—Tarde ¿para qué? —inquirió el Dragón.

—Los ángeles de la Muerte han llevado el alma de Ariadna al Tribunal, y si nadie se lo impide el Anciano la convencerá para que vuelva a nacer con el objetivo de despertar la consciencia de los Sin Nombre.

—No se atreverá a hacer eso —opinó Amún—. Sabe lo que está en juego.

—Precisamente por eso lo hará.

11
El pacto

Cuando el Anciano entró seguido de sus iguales, de algunos arcángeles, de algunos guías y del Mago más antiguo, en la sala, Ariadna estaba probando cada entrada de luz y comprobando que ninguna le permitía salir de aquel lugar. Al percibir las nuevas presencias se giró y observó con detenimiento cómo cada uno de los recién llegados iba situándose en los que parecían ser sus lugares correspondientes. Cuando todos estaban dispuestos en forma casi circular, aún sin escuchar ningún sonido, supo dónde debía colocarse ella: en el espacio concreto en el que había aparecido, delante del pergamino en blanco. Se deslizó suavemente por el aire hasta allí y miró los rostros inmateriales de todos los que la rodeaban. Ninguno le resultaba familiar. El añorado, el «desconocido» que había creado aquel mapa de estrellas para ella, no estaba allí.

Varilia, abochornada por no haber podido protegerla del ataque que le costó la vida, se situó a su derecha, un par de pasos por detrás de ella. Había sido su guía durante su breve vida en la Tierra de las Almas Perdidas y como tal debía estar presente en el proceso que estaba a punto de comenzar.

—¿Recuerdas lo que has visto? —inquirió el Mayor de los Ancianos. Pero la Guardiana no respondió.

—¿Recuerdas el sufrimiento de nuestros hermanos en el río de la Vida? —insistió. Esta vez la Guardiana asintió con un leve movimiento de cabeza.

—Si así lo deseas, podrás ayudarlos a acabar con él.

Todos permanecieron en silencio durante unos instantes y el Mago, semioculto bajo su capa negra, se arrebujó incómodo ante la propuesta del Anciano. Hacía mucho que no asistía a un pleno, de hecho hacía tiempo que ni siquiera se acercaba por aquella dimensión. Había muy pocas almas entre los Sin Nombre que merecieran su atención; eran muy pocos con los que él mantenía un compromiso, y por eso no le interesaban los contratos de los que no tenían una relación directa con él. Sabía que era extraño que el Anciano hubiera requerido su presencia allí, y como antiguo compañero suyo, por el respeto que le profesaba, aunque no compartiera muchos de sus preceptos en lo que a adiestrar a los Durmientes se refería, había decidido acudir.

No estaba al corriente de todo, aunque le había llegado un comunicado de un aliado lejano hacía poco, y bastaba con ver a aquella alma preciosa para saber que no pertenecía a aquellos lares y que estaba relacionada con el aviso que había recibido. Asimismo, se daba cuenta de que los métodos que estaba utilizando el Anciano no eran del todo limpios. A pesar de ello le dio una oportunidad.

—¿No quieres ayudarlos a acabar con su sufrimiento como te han ayudado a ti? —insistió.

—No sé qué es el sufrimiento.

—Es una de las grandes razones que impiden que nuestros hermanos puedan acceder hasta aquí, puedan liberarse.

—¿Liberarse de qué? —La Guardiana, sin querer, se lo estaba poniendo más difícil de lo que él había esperado.

—Del olvido —contestó después de pensar durante un rato en la respuesta más adecuada.

—¿Y qué es el olvido? —inquirió de nuevo la parte del alma de la Guardiana que tenía conciencia allí.

—Es parecido a lo que te oprimía a ti el pecho cuando necesitabas ir al campo de trigo, pero peor.

—¿Dónde está él? —preguntó la Guardiana cambiando de forma imprevista de tema. El Anciano tomó un inexistente aire y durante un instante se preguntó si estaba haciendo lo correcto. Pero su deseo de que un alma de aquel calibre les pudiera ayudar en su tan antigua tarea de rescate pesó más que su duda. Además, al haber pasado, sin consciencia de quién era, por la Muerte, estaba obligada a reencarnar. Qué mejor forma de hacerlo que con su guía.

—Él te estará esperando.

—¿Dónde? ¿Puedo ir ahora?

—Aún no puedes ir.

—Pero usted ha dicho que me está esperando.

—Y te seguirá esperando hasta que hagas lo que debes hacer.

—Había algo en el interior de la Guardiana que no terminaba de estar conforme con aquellas respuestas. No entendía, presentía que le faltaba alguna información, y no se llegaba a sentir cómoda.

—¿Qué es lo que tengo que hacer? —probó.

—Volver al mundo del que acabas de venir, nacer entre los Sin Nombre y vivir consciente. Debes evolucionar para acercarte más a ti misma. Mientras, tu presencia y tus discretas acciones, generarán una siembra que les podrá recordar a ellos, a los Durmientes, que hay otra opción. Estarás apoyada por los más grandes de los nuestros. Igualmente tú apoyarás a los que se atrevan a buscar la verdad, a los valientes que estén dispuestos a liberarse de su sufrimiento, de su ignorancia.

—¿Y luego podré ir con él?

—Sí.

El Anciano no dijo la verdad; dadas las circunstancias nadie podría determinar cuándo podría acabar aquello. Fue ante esa respuesta ante la que el Mago estuvo a punto, saltándose todas las reglas, de interrumpir el pleno. Y lo habría hecho de no ser porque el medallón que le colgaba a la altura del estómago se encendió de forma incandescente. Antes de mirarlo intuyó que era una llamada de Adae, aquella bruja siempre estaba informada de todo. No se equivocaba, era ella pidiéndole que impidiera que aquella alma volviera a la Tierra de las Almas Perdidas. Pero fue también en ese instante en el que la Guardiana dijo: «Entonces lo haré». Al mismo tiempo, como si una corriente de oscuridad hubiera invadido el Tribunal de repente, la luz se tornó sombría y el ambiente se inundó de un helor que hedía a desesperanza y desamor. Fueron unos pocos los que pudieron oír el susurro penetrante y sibilino de un demonio de casi todos conocidos.

—*Ummm, los Ancianos incumpliendo normasss.*

El mayor de los Ancianos contestó mentalmente:

—*Vosotros las rompisteis primero cuando arrancasteis a este ser de su Hogar, y después la arrebatasteis de su cuerpo.*

—*¡Ja, ja, ja! Anciano decrépito. Nada de eso fue obra nuestra. Hemos sido meros ayudantes en algunas escenas. Y tal y como estás orquestando tu parte el juego, esto promete ser divertido. Tu incapacidad de comprender que los Sin Nombre quieren permanecer tal como están, tu desesperación… Oh Anciano, qué fácil nos lo estás* *poniendo. Puede que esta vez nos baste con permanecer como simples observadores.*

El susurro desapareció entre risotadas terribles, y con él la sensación de frialdad que mantenía encogido el corazón de casi todos.

La Guardiana, sin terminar de percatarse de lo que estaba sucediendo, sintió el frío gélido y un temor que le recordaba lo que había experimentado instantes antes de morir. Quiso desasirse de aquella sensación, apartarla de su interior, pero no encontró fuerzas. El miedo era demasiado grande. ¿Cómo alguien o algo podía emanar una energía tan terrible?

No había dado tiempo a que nadie dijera nada cuando Adae y la Mujer Murciélago asomaron por los portones que hasta entonces habían permanecido cerrados. Aruma se apresuró hacia la Guardiana que se había arrebujado sobre sí misma y permanecía encogida. Con un solo roce consiguió que la calidez volviera a su corazón. Le tomó el rostro con sus dos manos, miró sus ojos, y encontró anhelos y confusión. Sin dejar de acariciarla miró al Anciano. En su expresión, lejos de la serenidad que era habitual en ella, se intuía la impotencia.

—No se lo merecía —dijo en un susurro—. ¿A hacer cosas como esta le llamáis justicia? ¿Esto es lo que hacéis en nombre de vuestra preciada luz? ¿Qué treta has utilizado para conseguir su consentimiento?

—No utilicé ningún ardid. Ella murió. No fuimos nosotros los que inventamos las normas.

—Qué fácil es escudarse en las normas… Ha pasado mucho tiempo desde que abandoné estas lides, pero veo que nada ha cambiado. Atrocidades en nombre de un dudoso bien mayor. Solo os mueve vuestro divino ego. —Adae rozó sutilmente el hombro de la Mujer Murciélago procurando otorgarle una calma que ella misma no hallaba, y esta se cayó.

—Le ha prometido que después de una vida al servicio se podrá reencontrar con su otra parte —intervino el Mago.

—Yo no he hecho tal cosa.

La mirada de Aruma se tornó dura y en un gesto elegante y contundente extendió sus negras alas, alzó su mano izquierda enfocándola hacia el fuego azul que ardía sereno en el pebetero marmóreo y la elevó suavemente al tiempo que las llamas ascendían mostrándoles a ella misma y a Adae todo lo que había acontecido en aquella sala hasta que ellas habían entrado. Cuando las imágenes finalizaron, el silencio que ya inundaba la estancia se hizo más pesado. Hasta que Aruma lo rompió:

—Yo me haré cargo de ella.

—Sabes que tenemos unas…

El Anciano se interrumpió al ver entrar al Guardián acompañado de Amún y del Gran Dragón. Todos los miraron, algunos con respeto, otros con algo de recelo. Aquella situación era nueva para todos y nadie sabía qué podía suceder a continuación. La parte del alma de la Guardiana que permanecía atenta junto a Aruma se giró, y sus ojos turquesa se posaron en la mirada gris del Guardián. Nadie se atrevía a decir ni a hacer nada. Todos esperaban. Incluso ellos dos esperaban. Dentro de ella se inició un movimiento confuso y anhelante que intentaba situar las piezas de un puzle cuyo dibujo, por desgracia, desconocía. No obstante, algo en el centro de su pecho estaba latiendo de forma refulgente, una calidez añorada estaba comenzando a inundarla. Se sentía tan bien como en aquel breve momento en que un desconocido la había hallado, la había amado, y había creado para ella un mapa de estrellas en medio de la oscuridad. Ahora lo estaba viendo. Sin saber, sabía que aquel desconocido era el ser que permanecía frente a ella. El que la miraba con una intensidad inaudita. El que conseguía que se estremeciera y se sintiera como si nunca hubiera existido nada más, ni nadie más. No sabía cuál, pero ahora sabía que todo tenía sentido.

Fue ella, la que muy despacio se acercó a él. Se situó delante. A su lado ella parecía pequeña y frágil. Con mucha dulzura acercó su mano derecha y la posó sobre el pecho del Guardián, justo encima de la primera herida. Él acarició con ternura su rostro y, sin poderlo evitar, lloró. Era la primera vez, en su infinita existencia, que las lágrimas brotaban de sus ojos.

Solo sus compañeros podían intuir lo que iba a suceder a continuación, los demás permanecían expectantes. Entonces el Guardián cerró sus ojos, las lágrimas seguían cayendo, pero él cerró sus ojos, se estremeció y gritó. Fue un grito como nunca habían oído en aquella dimensión. Un grito de impotencia que le revistió de su parte animal. Algunos dieron un paso atrás, pero la Guardiana no sintió ningún temor; ella permaneció junto a él. También lloraba. Sentir su profundo dolor le estaba arrancando un llanto silencioso que no aliviaba la pena ni ponía claridad en su confusión. Solo sabía que si hubiera podido extirparle aquel sentimiento desgarrador, si hubiera sabido cómo cerrarle aquella herida…

—¿Qué le habéis hecho? ¿Qué es lo que le habéis hecho? —preguntaba casi en un susurro, aunque no por ello impactaba menos a los formantes del pleno. Todo lo que por ser nuevo en aquellos territorios no había terminado de comprender antes, lo había entendido al mirar el fondo de aquellos ojos turquesa—. ¿La habéis partido?

Nadie se atrevía a decir nada.

—¡Contestadme! —gritó.

Fue Aruma la que se le acercó.

—Yo me ocuparé, si te parece adecuado.

—¿De qué te ocuparás, Aruma? ¿Puedes acaso acabar con esta partición? ¿Puedes ayudarla de forma que podamos regresar a nuestro Hogar?

—Puedo preparar a esta parte de la Guardiana para que recuerde y pueda liberarse de la rueda a la que el asesinato perpetrado por Ilkur la ha condenado.

—¿Es que no lo estás viendo? Estoy aquí, junto a una parte de la que siempre fue la Guardiana de las Palabras, mi compañera. Y veo cómo me mira, siento cómo me toca, pero no recuerda. Nunca había visto a ningún alma partida. No sé…

—Me quedaré contigo —interrumpió de repente la Guardiana.

—No puedes quedarte con él, todavía —intervino de nuevo el Anciano. Pero el Guardián lo miró de tal forma que pronto volvió a guardar silencio.

—Él está diciendo la verdad. Está enredada en la rueda del Samsara y, por si eso fuera poco, acaba de firmar un contrato. Pero no debes preocuparte, si lo hacemos bien puede que solo necesitemos una existencia más en el planeta de las Almas Perdidas para acabar con esto —intervino Adae.

—Esta vez no la dejaré sola, descenderé con ella —terció el Guardián.

—Tú no debes descender más. Debes quedarte y ocuparte de la parte de ella que permanece inconsciente aquí. Ella no estará sola —susurró el mayor de los Ancianos.

—Estoy segura de que eres totalmente capaz de enfrentarte a esto Aruma —dijo la bruja imprimiendo respeto en su tono—. Pero es posible que un apoyo en el recordatorio de las artimañas que se gastan en estas dimensiones no te venga mal. Si os parece bien, claro —concluyó sin prestar atención a las posibles reacciones del clan de los Ancianos.

—Colaboraré con vosotros —se sumó el Mago.

El Anciano se daba cuenta de que la situación había escapado de su control. E intuía que lo mejor era amoldarse a las circunstancias tal y como se estaban dando. Después del susurro de aquel Oscuro no tenía ni idea de en qué clase de guerra los iba a introducir todo esto, y lo que menos deseaba era generar desacuerdos entre los que habían sido sus aliados durante generaciones. Con esa determinación tomada, y con el tono de voz más conciliador que encontró, dijo refiriéndose a Adae:

—Sabes que si intentas hacer trampas la que más perderá será ella. Deberás regirte por los códigos, hacer las cosas paso a paso.

—Me parece que se te olvida que no es un alma cualquiera. A pesar de sus circunstancias no es una durmiente. Además, tú mismo te has saltado algunos pasos al ofrecerle un contrato con compromiso, ¿no?

—No quiero que corramos más riesgos.

—Siempre tan precavido —zanjó Adae en un tono claramente irónico.

—Maestro —intervino de forma tímida Varilia—. ¿Puedo ayudar? Me congratularía tanto seguir siendo su guía y participar de este plan de ayuda… ¡Podría aprender tanto! Y todo lo que aprendiera revertiría de forma positiva en mis demás pupilos. —La guía seguía hablando, cada vez con más entusiasmo, sin percatarse de cómo la miraban los allí presentes. Probablemente no habría parado si la bruja no la hubiera interrumpido.

—Y se puede saber qué aportarías tú. Ni siquiera la supiste proteger en su última existencia en el Planeta Azul. —Varilia bajó la mirada avergonzada y despacio volvió a su susurro inicial.

—Nadie habría previsto un ataque de ese calibre y además yo…

—Tú eres una aprendiza de guía a la que le queda demasiado grande esta labor —volvió a interrumpir Adae.

—Yo la encontré —respondió Varilia a la defensiva—. Y, a pesar de lo que puedas pensar, soy apta y muy concienzuda en mi labor. Además, esta es una maravillosa oportunidad para todos y tú no tienes potestad sobre mí. Solo los Ancianos pueden adjudicar a los guías adecuados para cada alma.

—¿Estás teniendo la soberbia de decir que tú eres la más adecuada para acompañar a la Guardiana? —interrogó Adae socarrona.

—¡Oh no! —Varilia se ruborizó. Algo turbada volvió a bajar la mirada y en un último susurro casi inaudible dijo—: Es que me gustaría tanto ayudar…

—Es suficiente —atajó el Anciano—. La ayuda nunca viene mal. Varilia lleva mucho tiempo dedicando su existencia a guiar a los Sin Nombre y tenerla cerca de la Guardiana no hará ningún daño a nadie. Aunque seáis vosotras las encargadas de la parte más compleja del trabajo que habrá que realizar, ella también la puede asistir… Si a los demás les parece bien.

—Esta es una decisión intrascendente —terció el Hombre Pájaro dando por concluida la conversación.

Lentamente algunas de las entidades que sentían que no podían hacer nada más allí, comenzaron a abandonar la sala central del Tribunal, cuando el Gran Dragón le preguntó a Aruma:

—¿Estás segura de que es lo mejor?

—No es lo mejor, es lo único que se puede hacer ahora. Seremos cuidadosos y procuraremos hacerlo rápido.

—¿Y si Ilkur vuelve a atacarla cuando reencarne?

—No puedo estar segura, pero dudo que lo haga. Para él no es bueno descender tanto y lo que quería ya lo ha conseguido. Vosotros… tal vez deberíais regresar. No creo que sea bueno que el Hogar que nos acogió permanezca expuesto ahora que sus creadores están fuera.

Los tres compañeros habían preferido retrasar el momento de decirle a Aruma que todos los que se habían quedado habían sido aniquilados bajo las manos de los hermanos de Ilkur y que aquello que conocía como Hogar había sido desolado. Sabían que deberían decírselo, pero no había habido oportunidad. Fue el Guardián el que se lo comunicó.

Aruma pareció consumirse de repente. Sus ojos se empequeñecieron y sus alas se pegaron a su espalda hasta casi desaparecer. Se tapó la cara con las manos y no emitió ningún sonido, no era necesario, sus compañeros sabían lo que estaba sintiendo.

Amún se acercó a ella y la abrazó. Recordaba el instante en que él perdió a su otra parte; había pasado mucho desde entonces, fue en una dimensión cercana a aquella, en una guerra tan absurda como todas. Ellos, los Hombres Pájaro, ni siquiera pertenecían a ningún bando, y por eso la exterminaron: para obligarlo a él a tomar partido. A pesar del horror sufrido, Amún decidió no entrar en el juego. Muchos de sus hermanos, que como él decidieron no hacer suya una guerra ajena, habían caído bajo el odio de los que habían olvidado que también ellos, algún lejano día, formaron parte de alguien más, de algo más. Algunos otros, al igual que sucedió con los Hombres Murciélago supervivientes a la extinción de su planeta, habían logrado ir liberándose de las trampas del ego, de los toboganes del dolor y de muchas otras cosas, así habían llegado hasta el Hogar de los Guardianes. Los Guardianes eran, probablemente, el único par de almas intactas en el confín de dimensiones existentes; la única pareja completa que había sobrevivido exenta de beligerancias externas, hasta este fatídico día. ¿Por qué alguien podía querer destruir algo tan hermoso como lo que había entre ellos? ¿Para qué alguien estaría dispuesto a arriesgarlo todo para liquidar un núcleo de Amor? ¿Para qué acabar con todos los que dedicaban su pacífica existencia al sostenimiento de dimensiones inferiores o al mero hecho de gozar plenamente de la existencia y la paz? Sabía que en el momento que el desgarro amainara, Aruma se haría esas mismas preguntas, y suponía que, como él, tampoco hallaría respuestas. Como sabía que Aruma sabría situar su dolor, ese terrible dolor repetido, al que de repente ni siquiera los Guardianes eran ajenos. Cuando sintió que su compañera recobraba parte de su templanza habitual, besó su corona y la soltó.

Los miembros del Tribunal lo presenciaban todo con una mezcla de avidez casi infantil, incredulidad ante las fatídicas noticias y un profundo pesar que restaba luz a sus auras. Todas aquellas leyendas que inspiraban sus credos y les infundían la fe necesaria para continuar con su labor eran ciertas. Había existido un lugar allá arriba, al que llegar. Un paraíso inimaginable donde los más grandes se reunían; un Hogar para los que habían trascendido los procesos de evolución, donde todo era armonía. Un cielo donde no había que luchar. Un Nirvana que acababa de ser vejado de forma cruel hasta su aniquilación.

—Nunca deberíais haber dejado que ninguno de nosotros entráramos —dijo en un susurro Aruma, a la que el peso de la pérdida, junto al hecho de tener que retomar una posición abandonada hacía eones, le provocaba un terrible amargor. Procuraría anestesiar sus desabridos recuerdos mientras aquel dramático episodio durase, pero, como Amún, había perdido demasiado en las absurdas guerras; de hecho, lo había perdido todo, y ahora se enfrentaba a una situación tan nueva como terrible, en que todos los seres vivos, independientemente de su forma o condición, podían vivir un horror mayor a cualquier pesadilla. Si no lograban restaurar el Hogar todas las dimensiones podían caer. Y para restaurarlo necesitarían al Guardián de los Silencios y a la Guardiana de las Palabras. Él estaba contaminado por el veneno y por el dolor. Ella estaba partida y perdida en su fatal amnesia.

12
La preparación

El Anciano propuso el Tribunal como centro de operaciones, pero todos, incluido el Mago, al que Adae contó en una milésima de segundo los detalles que aún no conocía, prefirieron trasladarse a la cueva de la bruja. Allí podrían tener acceso también a la otra parte de la Guardiana y, además, era un lugar recóndito que, de momento, no había despertado el interés de los Oscuros.

Cuando llegaron, Aruma retuvo a la parte consciente de la Guardiana para que no llegara hasta la sala de las esferas. De momento era preferible que no se viese a sí misma. Sin embargo, el Guardián fue directamente hacia allí. Aunque cada vez que se aproximaba ella reaccionaba, en ningún momento parecía estar cerca de recobrar la conciencia.

Regresó a la sala del fuego y, al verlo, los demás confirmaron lo que ya sabían, que todo seguía igual.

—No quiero que se vuelva a alejar de mí —dijo la Guardiana acercándose de nuevo a él.

—Él no se va a alejar. Pero no puede estar constantemente a tu lado —le explicó Aruma.

—¿Por qué?

—Porque de momento debe ser así. Ambos tenéis que ocuparos de algunas cosas si queréis que todo sea como antes de…

—Como antes de qué. ¿Cómo era antes?

Nadie contestó a esa pregunta.

—Toda la información te será dada, es tu derecho, pero hay que ir paso a paso. Solo tienes que tener paciencia —dijo finalmente la Mujer Murciélago.

—Debemos comenzar —interrumpió el Anciano, que portaba en su mano el contrato firmado por la Guardiana.

Cuando lo extendió, y antes de tener tiempo de leerlo, Adae le espetó:

—Os atrevéis a hablar de «verdad» cuando sois capaces de hacer que otros pongan su firma bajo condiciones cuyo riesgo e implicación desconocen.

—No es el momento, bruja —intentó atajar el Anciano.

—Cualquier momento es propicio. Desenmascarar vuestro juego fue lo que me liberó del Samsara, ¿recuerdas?

—Eso no es del todo cierto.

—¡Basta! —rugió el Dragón—. ¿A qué la obliga ese pergamino?

—A vivir —respondió el Anciano.

—Ja, ja, ja. Si fuera tan sencillo no habrías necesitado su firma. A eso está obligada desde que la muerte se la llevó sin que hubiera recordado quién es —señaló la bruja—. Vamos Anciano, cuéntanos qué has tramado.

—Las cosas no están avanzando entre los Sin Nombre, por eso algunos de los nuestros han decidido tomar cuerpo allí.

—Pero si encarnáis en la Tierra de las Almas Perdidas, aunque no paséis por la Laguna del Olvido estaréis expuestos a los mismos peligros que los hicieron caer a ellos, incluso a los que derrotaron a los que hoy habitan los umbrales más oscuros —conjeturó Amún sorprendido.

—Lo sabemos, pero es lo único que nos queda por intentar, y viendo el cariz que está tomando la situación no me parece una mala idea. Además, el amor que profesamos por los Sin Nombre es mayor al riesgo que deberemos asumir.

—El amor, el amor… —canturreó de forma sarcástica Adae.

—Sí, es por amor por lo que permanecemos aquí, procurando ayudarles a recordar.

—Yo diría que es porque estáis presos de vuestros propios egos, esos que crecen ante la adoración y las peticiones de ayuda de los Perdidos.

—¿Acaso nos estás comparando con esos diosecillos que se alimentan de la devoción de sus creyentes mientras se divierten viendo sus desdichas? ¿En verdad nos equiparas a esos que cumplen peticiones a cambio de lealtad a su credo? Sabes muy bien que mientras quede uno solo por recordar el camino de regreso a sí mismo no podremos continuar nuestro propio camino —dijo contundente el Anciano.

—¡Ah! Entonces no es por amor, sino por egoísmo —sentenció Adae.

—¡Ya es suficiente! Sé que te encantan los retos dialécticos, pero no es el mejor momento para que juegues a sacar conclusiones desacertadas.

—¿Desacertadas? Nunca me fiaré de tu pragmatismo, viejo. Delante de nosotros hay grandes seres que han continuado su evolución a pesar de todos los Durmientes que permanecen atrapados en la ignorancia y en el olvido de sí mismos. De hecho, han evolucionado incluso a pesar de vuestro estancamiento.

—Adae, tendremos en cuenta la posición desde la que el Anciano ha tomado las decisiones y su forma de actuar, pero ahora lo importante es que sepamos a qué se tendrá que atener la Guardiana por el contrato que le ha hecho firmar —atajó Aruma.

—Como os estaba diciendo, algunos de los nuestros están ya preparados para descender entre los Sin Nombre y recordarles de forma práctica lo que ellos han olvidado.

—¿Cómo pensáis hacer eso? —preguntó el Hombre Pájaro.

—Podemos tomar cuerpo entre ellos sin tener que nacer de una mujer. Cuando estando allí les mostremos una parte de lo que eran capaces antes de su amnesia, nos escucharán y será fácil educarlos para que puedan recuperar su poder y la consciencia que los liberará.

—Pero… de la misma forma que pensáis acercaros vosotros, podrán acercarse los del lado oscuro y eso sería fatal —añadió Aruma

—Algunos ya lo han hecho. Es cierto que lo han hecho de forma puntual, pero sus acciones en esos momentos es algo que ha debilitado sobremanera la red de protección que antaño habíamos creado para ellos. Es triste comprobar con qué velocidad empeoran los que son tocados por las sombras y todos los que se cruzan en sus caminos.

—¿Es a esos a los que pensáis dedicar esta ayuda especial? —preguntó Amún.

—No, es a los que mantienen su corazón más o menos intacto. Así será más sencillo, y cuando ellos recuerden será más difícil que la oscuridad los contamine, así podrán ayudar al resto.

—¿Quién conoce este plan? —preguntó el Hombre Pájaro pensativo.

—Solo unos pocos de nosotros, todos somos muy antiguos y ostentamos grandes responsabilidades desde hace mucho.

—¿Puede haber algún traidor entre vosotros? —cuestionó Amún.

—¿Qué tipo de pregunta es esa? Claro que no.

—No resultaría tan extraño después de lo que hemos visto todos nosotros a lo largo de eones de vicisitudes y sorpresas.

—Os aseguro que no es el caso.

—¿Qué te ha llevado a preguntar eso? —inquirió Aruma intuyendo la respuesta de su compañero.

—Si las intenciones del Tribunal se han filtrado, puede que esa sea la razón que ha promovido a Ilkur a hacer lo que ha hecho.

—¿Qué tiene ese plan que ver con nosotros? —preguntó el Guardián sin comprender.

—Si este plan tuviera éxito, muchos de los Durmientes, de hecho, con el tiempo todos los Durmientes, despertarían y evolucionarían de forma rápida, tanto que podría dar lugar a un desequilibrio, al menos en las dos dimensiones superiores a la suya, que a la vez generaría una onda de resonancia en las demás.

—Sigo sin entender qué tendría eso de malo. Por lo que alcanzo a comprender, todo lo que expones podría acelerar la evolución general, pero eso no justifica las acciones de Ilkur —dijo El Guardián.

—Recuerda su insistencia en que los seres inferiores no tuvieran acceso a la consciencia perdida a través de la posible cercanía de sus mayores.

—Pero eso carece de sentido. Si su intención es paralizar la evolución él no ganará nada —exclamó sorprendido el Anciano.

—Para algunos, desgraciadamente, es mejor perder mientras los otros pierden antes que mantener lo obtenido mientras otros también ganan —respondió Amún. Todos pensaron durante unos instantes.

—Si esa es la verdad, sus obras no habrán concluido —dijo el Mago—. Empezó por vuestro Hogar, así generó una desestabilización en la que todos corremos peligro, pero si lo que está a punto de empezar fue el motivo de su traición, liderará a los Oscuros para hacer fracasar vuestro plan, Anciano; cuanto menos, los apoyará de cerca.

—De acuerdo, seremos más precavidos —dijo el Anciano.

—¿Qué papel habías previsto para ella en todo esto? —preguntó Adae.

—Será tomada bajo la tutela de los nuestros desde el mismo día de su nacimiento y mientras ella recuerda quién es, podrá ayudar a los demás.

—Ya entiendo. Quieres valerte de su poderosa energía para potenciar tu plan —aventuró la bruja.

—¿Es eso cierto? —preguntó el Guardián de los Silencios.

—Es bueno para todas las partes. Si todo sale bien necesitará de una única existencia para tomar consciencia y poder liberarse del Samsara. Una sola vida, un solo latido y podrá estar de nuevo contigo.

—Espero que me estés diciendo toda la verdad, Anciano.

—Te estoy diciendo toda la verdad.

—¿Qué sucederá si mientras ella está cumpliendo su contrato la parte de su alma que permanece aquí vuelve en sí? —preguntó el Guardián.

—Podrá sostener y ayudar desde aquí al pedazo de sí misma que habitará un cuerpo humano.

—Empecemos pues —propuso Aruma.

—Espera —dijo el Mago—. Es muy arriesgado. No basta con estar protegiéndola y apoyándola desde aquí. Sería mejor si uno de nosotros tomara cuerpo para permanecer allí a su lado —concluyó mirando a la bruja. Todos siguieron su mirada y vieron la sorpresa reflejada en el rostro de Adae. Por su expresión se adivinaba que no era una propuesta que le gustara demasiado.

—Por mí no hay ningún problema, pero para hacerlo y poder estar cerca de ella tendrá que colaborar directamente con los míos —dijo el Anciano.

—Si accedo será por ella, no por tu plan, Anciano.

—Recuerda que allí, como aquí, no estarás obligada a hacer nada que no quieras hacer o que consideres que va en contra de tu esencia y evolución —dijo el Mago.

—Puedo perder lo alcanzado —dijo pensativa la bruja.

—En cualquier lugar y en cualquier momento, cualquiera de nosotros, puede perder lo alcanzado si no está lo suficientemente atento —añadió el Mago—. Te puede resultar difícil tomar esta decisión, pero sé que eres capaz de hacerlo y de hacerlo bien. Yo seré vuestro aliado.

—De acuerdo, lo haré. Muéstrame cual será mi lugar —dijo refiriéndose al Anciano mientras el fuego morado crepitaba elevando sus llamas. El Anciano dirigió hacia él uno de sus dedos índices y en su centro apareció la imagen de un río, cuya corriente, como sucedía en el Río de La Vida, se elevaba en el sentido inverso al habitual. Alrededor, más allá de una estrecha franja fértil, se extendía un terreno desértico que emanaba una refulgente energía dorada.

Segunda parte

En la Tierra de las Almas Perdidas

13
La espera

Fue en el norte, en la orilla este del río, cerca de las zonas pobladas, donde los Kumara (tal era el nombre que recibieron los que se alistaron en aquella misión de ayuda a los Sin Nombre), erigieron los más grandes santuarios. Todos ellos estaban dedicados a la enseñanza de los que aún guardaban alguna información intacta dentro de la parte posterior de sus cabezas, o mantenían ilesa la energía esencial de sus corazones. Solo los elegidos podían entrar en las salas adecuadas para aprender a recordar lo inadecuadamente olvidado; algunos incluso vivían dentro de aquellos recintos. Fuera, contiguas a las estancias especiales, se construyeron antesalas destinadas a los que aún no podían ser adiestrados en el recuerdo de sí mismos. Estos, que eran la mayoría de los Sin Nombre, se podían acercar hasta allí a orar o a meditar, así las energías que se manifestaban en aquellos centros de poder podrían ir penetrándolos poco a poco, hasta que su momento llegara.

Sin embargo, el templo que eligió Adae estaba al sur, lo bastante lejos del gentío que tan poco había añorado. Era un templo discreto, elevado sobre una pequeña isla deshabitada, que se alzaba solitaria justo en medio del río. Vivía allí, con algunas sacerdotisas que se dedicaban a velar por el crecimiento de las más exquisitas hembras de entre los elegidos. Ellas, una vez maduras, tendrían que dedicar su vida a cuidar de los que nacieran preparados para evolucionar, entonces los Kumara se podrían marchar.

Mantenía un contacto frecuente con los demás sacerdotes. Aunque los motivos que la habían llevado a enrolarse en aquella misión eran distintos a los de los demás y todos lo sabían, Adae era respetada por sus compañeros y ellos agradecían su consejo. Todos valoraban en mucho sus facultades de clarividente y bruja y la capacidad de discernimiento que, hacía tiempo, la había liberado de la rueda de la eterna reencarnación. Eso le facilitaba las cosas, pues sabía que cuando la Guardiana hubiera nacido y hubiera crecido lo suficiente, muy probablemente debería unir sus fuerzas a las de Serai, el líder entre los Kumara, para lograr que aquel complicado juego tuviera un final adecuado.

Habían pasado ya tres años desde que tomara cuerpo y aún no se había acostumbrado a las limitaciones que aquello reportaba. Bien era cierto que, al volver a habitar la materia, podía disfrutar de los sentidos, cualidad existente solamente en aquel plano, y lo hacía, pero aquella restricción espacial, aunque solo fuera aparente, o solo afectara a una parte de sí, seguía incomodándola. Además, tenía que mantener unos hábitos estrictos para no permitir que las células que la formaban se ensuciaran energéticamente y pudieran dañarla o densificarla. También tenía que alimentarse y tenía que dormir. Le bastaba con poco, pero no debía dejar de hacerlo, sobre todo dormir. Así estaba, durmiendo, cuando el Mago la rozó suavemente: «Su llegada ha sido preparada». Había sido una espera relativamente complicada; no era lo mismo estar en la cuarta dimensión, liberada del denso transcurrir del tiempo, que aguardar en la tercera, sometida a un espacio y a un ritmo estacional lento y pesado al que ya no estaba habituada. Por fin había llegado el momento, lo que la había llevado hasta allí estaba a punto de comenzar, y Adae se alegraba.

Cuando el comunicado de su aliado concluyó, fue a despertar a una de las sacerdotisas. Aquella sería la primera vez que saliera de aquel templo desde que había regresado, después de mucho tiempo, a la Tierra de las Almas Perdidas. Tenía que ir hasta la casa de la familia que acababa de engendrar a la Guardiana; anunciar el próximo nacimiento y advertir a la madre que, desde el tercer mes de embarazo hasta el nacimiento de la niña, debería vivir en el templo, bajo sus cuidados. No era complicado, todos los habitantes de aquellas zonas, y aun los de regiones alejadas, conocían la existencia de los Sacerdotes y, a menudo, anhelaban ser llamados entre los elegidos para así poder tener acceso a los secretos, que desde hacía una eternidad, ellos habían olvidado. Lo que no sabían era que ese mismo anhelo constituía uno de los condicionantes que los mantenía lejos de aquello que ansiaban. Cuanta más energía pusieran en la espera, la esperanza o cualquier tipo de expectativa, menos presentes estarían, más desconectados de su realidad, más perdidos. Eso, como tantas otras cosas, les era dicho en los días en que alguno de los Kumara, conocidos como Sacerdotes entre los Sin Nombre, oficiaba algún ritual para los que no vivían en los templos. Aquellos eran días siempre orientados a la purificación, en que, mientras los aprendices, ayudados de sus maestros, se ocupaban de intentar limpiar la energía de los Durmientes, se les iban recordando preceptos sencillos, que, por ser compartidos ante muchos, a sus ojos no tenían la importancia que en verdad entrañaban. Pero esto no desalentaba a los Kumara, era demasiado tiempo viendo cómo los Sin Nombre desechaban todo lo que se les regalaba como para esperar de ellos una reacción diferente.

En eso, y en algunas otras cosas, iba pensando Adae cuando llegaron a la casa que debía visitar. Era una especie de palacete rodeado por un cuidado jardín repleto de fuentes y pequeños arroyos. Había grandes palmeras, sicomoros y una infinidad de arbustos florales, todos dispuestos de forma armónica. Al ver todo aquello la bruja se volvió a sorprender de la inmensa variedad de vegetación de la que gozaban en aquel planeta, eso por no hablar de la pluralidad animal o de la diversidad de la misma raza humana y sintió, durante un instante, una mezcla de frustración y furia al recordar que los que allí habitaban rara vez llegaban a ser conscientes de sus privilegios. Sacudió todos los pensamientos de su cabeza y se centró en lo que había ido a hacer. Eso era lo único importante.

Cuando vio a la futura madre, comprendió por qué la habían elegido. Era una mujer muy hermosa; sus rasgos se asemejaban a la apariencia de la Guardiana en la cuarta dimensión. En su sonrisa se adivinaba su dulzura y en su mirada su inteligencia. Se la veía templada, como a esos pocos que han pasado por mucho y han aceptado los extraños avatares de la vida. Y en el centro de su pecho se podía ver el brillo de un corazón que estaba dispuesto para el amor y para la entrega.

—Vas a ser madre de una de las elegidas —dijo la bruja sin pararse a buscar una forma más sutil de exponer la situación.

—Entonces... es verdad. ¡Estoy embarazada! Yo sentía que era cierto, pero pensé que tal vez fuera solo mi deseo. Es un milagro.

—Adae no tenía tiempo de escuchar historias sobre intuición y deseos, así que interrumpió a la mujer.

—Cuando se cumpla el tercer mes de embarazo, que será exactamente el diecisiete de octubre, tendrás que venir a vivir al templo de Aras. Hasta que la niña nazca permanecerás allí bajo nuestros cuidados. Después podrás volver.

—Eso no va a ser posible.

—¿Qué es lo que no va a ser posible? ¿Qué estás diciendo mujer?

—No voy a irme a vivir allí. Mi marido, su padre, está enfermo, por eso es un milagro que me haya quedado encinta. Hacía tanto que no... —Adae la volvió a interrumpir.

—No he venido a proponerte opciones, he venido, simplemente, a comunicarte lo que ha de suceder.

—No abandonaré a mi esposo. —La bruja miró de reojo hacia arriba con un gesto serio de incredulidad. Pero cómo era posible que hubieran elegido a alguien que se iba a aferrar a sus emociones y no iba a comprender que lo que hay que hacer ha de ser hecho, y nada más.

—De acuerdo —zanjó repentinamente Adae. Y girándose, caminó hacia la puerta de salida, mientras a su espalda se mantenía estupefacta la mujer.

Cuando estaba en el umbral, despacio, se volvió a girar, y dirigió una de sus profundas miradas a la madre.

—Discúlpeme. Es que yo...

—El diecisiete de octubre nos veremos en Aras. —Sin darle tiempo a decir nada más, se marchó, dejando allí, para que se ocupara de enseñarle algunas cosas básicas, pero necesarias, en los tres primeros meses de embarazo, a la sacerdotisa que la había acompañado.

Cuando llegó de nuevo a la isla, obviando a la sacerdotisa que había dejado al mando y que reclamaba su atención para comunicarle los pocos acontecimientos acaecidos en su ausencia, fue directamente a la Sala Secreta, donde solo ella podía entrar. Se sentó en el suelo, cruzó sus piernas, balanceó suavemente su cuerpo hasta que lo detuvo en una posición altiva y erecta y se dejó caer hacia dentro y hacia arriba. Su organismo perdió temperatura mientras sus facciones mantenían una belleza serena y ausente y su consciencia se elevaba hasta encontrarse consigo misma en la dimensión desde la que había descendido.

—Los seres humanos siempre nos sorprenden —le dijo el Mago al verla aparecer.

—¡Y no favorablemente! —contestó Adae.

—Pensaron que no se aferraría a la vida de su marido, que se extingue lentamente.

—Lo mismo el problema es que pensáis demasiado.

—Bruja —entonó el Mago en un tono cariñoso.

—Vale, no me importa lo que pensaron. Tenéis que llevaros al marido ya. No podéis esperar o el trauma será contraproducente para la niña. —Durante un instante el Mago no dijo nada, solo la miró de una forma extraña—. ¿Qué sucede? —su pregunta no obtuvo respuesta, entonces en un tono firme dijo—. Si no lo hacéis vosotros, lo haré yo.

—Sabes lo que supondría para ti saltarte así las reglas.

—¡Las reglas! Hace rato que todos se están saltando las malditas reglas. Tengo algo que hacer y lo voy a hacer. No he descendido hasta aquí para que antes de comenzar, mi misión se vea anulada por apegos humanos y errores de cálculo de los Ancianos.

—Entonces ¿es por ti? —Ante la inquisitiva del Mago, Adae suavizó su gesto.

—No. Es por ella. No debemos permitir que siga perdida. Lo que les han hecho es…

—Nos ocuparemos de acelerar el proceso del padre.

—Gracias.

14
El diecisiete de octubre

El diecisiete de octubre una mujer cuyo bello rostro se veía rasgado por un dolor reciente, dejaba su caballo a un fiel sirviente que la había acompañado durante dos jornadas de duro camino y cruzaba el río en una pequeña barca, en dirección a Aras.

Adae ya había dado anuncio de su llegada y todo estaba dispuesto. Así, cuando la mujer pisó la isla, una de las custodias la acompañó directamente al que sería su dormitorio los próximos meses.

Justo cuando terminó de asearse, llamaron a su puerta. Una sacerdotisa la acompañó hasta el aposento de Adae, que quedaba contiguo al suyo.

Ambas mujeres se miraron con profundidad. La bruja buscaba en el interior de la madre los restos de emociones que había arrastrado de forma inadecuada, pero inevitable, hasta allí. La mujer observaba a la Suma Sacerdotisa con una mezcla de reverencia, temor y necesidad de ayuda que no se atrevería a verbalizar. A los pocos segundos, el aroma que impregnaba la sala fue calando en la recién llegada, relajándola.

—Toma asiento —dijo entonces Adae, sin abandonar su lugar. A su lado, aunque la mujer no pudiera verla, se encontraban Aruma, que había permanecido junto a ella desde el mismo instante de la concepción, protegiendo la vida que debía germinar en su interior de los ataques e intentos de asesinato que los Oscuros habían intentado perpetrar contra el futuro cuerpo de la Guardiana. Aquella era una fea costumbre que tenían los Oscuros: acabar con la vida naciente antes de que el alma tuviera tiempo de ubicarse y ordenar su información para su evolución. Era una forma sencilla de mantenerlos inmersos en la rueda de la reiteración. Gracias al trabajo realizado por la Mujer Murciélago, el embarazo seguía adelante, y la madre mantenía una energía bastante limpia y equilibrada. También estaba Varilia, que con una expresión de entusiasmo infantil se ocupaba de integrar en el nuevo cuerpo y mantener a salvo las memorias recientes de lo experimentado y firmado por la Guardiana antes de esta nueva experiencia.

—Siento latir su corazón —dijo de improviso la futura madre—. No lo había sentido hasta que he llegado aquí. —Que la conversación comenzara de ese modo era bueno; eso le ahorraría a Adae tener que esquivar los lamentos por la muerte del esposo.

—Te acostumbrarás, a partir de ahora y hasta que nazca sus latidos siempre estarán presentes. Si en algún momento dejaras de sentirlos tienes que advertirme enseguida.

—Así lo haré —contestó dócil.

—Lo primero que debo recordarte es que estarás aquí solo hasta que ella nazca. Sabes que después deberás marcharte.

Adae esperó, pero la mujer no dijo nada. Así que continuó mientras Aruma movía sus manos y sus alas a través del canal central de la mujer limpiando los restos de suciedad enquistada, sin que ella percibiera otra cosa que no fuera una dulce relajación que parecía ir descargándola aún más de penas y pesos.

—Bien —prosiguió la bruja—. Eres libre de moverte por toda la isla y por casi todas las estancias del templo, mañana te serán mostradas las dos salas prohibidas. Durante la temporada que pases con nosotras podrás invertir tu tiempo libre como te plazca, excepto realizando esfuerzos físicos. En todo momento habrá dos sacerdotisas a tu disposición, ellas se ocuparán de que estés cómoda y de que no te falte nada de lo que precises. Al amanecer tendrás que realizar algunos ejercicios físicos que te serán enseñados la próxima alborada. Cuatro veces al día entrarás en la Sala de la Invocación para realizar unas prácticas respiratorias que se sumarán a las que ya estás realizando, en las nuevas también serás adiestrada mañana. Los atardeceres los pasarás conmigo. Tu alimentación será estrictamente controlada y también debes respetar las horas de descanso que se te recomienden. Y por último —dijo entregándole un rollo de pergamino— deberás anotar, nada más despertar, cada sueño que tengas, con todo detalle. ¿Tienes alguna pregunta?

—¿Podré elegir su nombre? —preguntó casi en un susurro.

—No —dijo taxativa Adae. No se lo iba a explicar, al menos en aquel momento, pero el nombre era algo mucho más importante de lo que los Sin Nombre concebían. El nombre, esa breve palabra por la que eran identificados a lo largo de cada vida, era una herramienta de tremendo poder. Un sonido manifiesto que podía cargar el karma de un antepasado, o marcar sendas de actuación en la personalidad. Un eco que encasillaba a una parte del espíritu, a través del cual los otros podían ejercer poder sobre el nominado. Un sonido que podía ayudar al alma a recordarse a sí misma o la podía empujar aún más hacia la enajenación y el olvido.

Viendo que la mujer murciélago había concluido su limpieza, le entregó unas vestiduras plateadas con un cinto dorado a la futura madre diciéndole:

—Tu cena está preparada. Después descansa, este ha sido un viaje duro para ti.

En ese mismo instante una de las custodias más jóvenes abrió la puerta, dispuesta para acompañar a la mujer.

Cuando la puerta se volvió a cerrar la bruja miró a Aruma. Ninguna dijo nada. Adae se lavó con lentitud ceremoniosa y ambas se dirigieron a la Sala Secreta. Una vez allí Adae se sentó, cerró los ojos y se enfocó para poder tener una mejor comunicación con su aliada.

—El Guardián está comenzando a sentir nostalgia —dijo Aruma.

Adae, desde su cuerpo etérico, bajó la mirada. La nostalgia resultaba una energía muy peligrosa, era sutil y al mismo tiempo muy intensa y rotunda. En demasiadas ocasiones se iba apoderando muy poco a poco de los seres hasta anegar sus consciencias, entonces el contaminado perdía la objetividad y la claridad hasta quedar atrapado fuera de su presente.

—¿Qué espacio de actuación le habéis permitido finalmente?

—El Gran Dragón le insta a buscar a Ilkur. Amún comprende que es mejor que él no intervenga mientras la Guardiana esté enredada en el Samsara. Si tuviera un enfrentamiento con Ilkur el veneno negro podría acabar con la luz de su alma. Pero todos sabemos que esperar tampoco es una alternativa adecuada.

—¿Qué te dice tu experiencia?

—Nunca he vivido nada similar.

—¿Y tu intuición?

—Creo que no aguantará mucho alejado de ella.

—Entonces permitid que espere junto a ella. Tal vez así sea más fácil para él. Además, así podréis contrarrestar mejor el avance del veneno.

—Se le permite permanecer en tu cueva, junto a ella, pero no es suficiente para él. —Aruma extendió sus negras alas, pero antes de marcharse miró los ojos acaramelados de la bruja y con un tono profundo y dulce le dijo:

—Gracias por ayudarnos; estar de nuevo aquí no debe estar siendo fácil para ti.

Adae sonrió agradecida por el reconocimiento. Sabía que a partir de aquel momento Aruma pasaría mucho tiempo cerca de ella, ayudándola con todo lo que debían cuidar para el nacimiento de la Guardiana de las Palabras y su posterior crecimiento, y se sentía satisfecha de poder contar con una aliada así.

Era cierto, volver a estar allí no era sencillo.

15
Impotencia

Contemplaba la imagen de la que siempre había estado junto a él, no tenía ningún recuerdo de un periodo sin ella. Permanecía tendida, brillante, aunque aparentemente inerte. No sabía de tiempos; sin embargo, aquella espera se le estaba haciendo eterna. Nunca había sentido cosas parecidas a todo lo que había experimentado desde que arrebataron a su compañera de su mundo. Nunca antes había necesitado tanto de su conocimiento de las palabras para poder sacar de sí mismo aquella cantidad de emociones, de dolores. Sabía que la vida sin ella se extinguiría para él. Y no poder hacer, no saber qué hacer, le estaba resultando extremadamente duro.

Confiaba en el criterio de Amún, de Aruma y del Gran Dragón. Sabía que la relación que mantenían era honesta y amorosa, pero también se daba cuenta de que estaban sobrepasados por las circunstancias. Intuía el miedo que ellos tenían a no estar tomando las decisiones adecuadas. Nunca los culparía si sus decisiones resultaran ser desacertadas. Ellos tampoco se habían enfrentado nunca a una situación que pusiera en peligro el equilibrio de los mundos y los planos. Resultaba curioso, ni siquiera sabía por qué aquello podía resultar tan peligroso para el equilibrio de todos los planos existentes. Él solo quería que su amada despertara de su letargo para que juntos pudieran regresar al lugar lejano del que fueron arrancados, y allí volver a crear un Hogar.

De forma contenida, acariciaba el cabello de la Guardiana de las Palabras. En silencio le rogaba que se diera prisa, que volviera con él. No sabía cuánto tiempo podría soportar aquella pena, aquella ausencia.

Amún se acercó; venía a revisar su herida. Lo hacía cada poco. Todos los que habían visto aquella lesión habían estado de acuerdo en su peligrosidad, por eso estaban siendo tan cuidadosos con su evolución y limpieza. Él se dejaba, ¿qué otra cosa podía hacer?

El Gran Dragón entró instantes después.

—Los Dracos de quinta dimensión me han hablado de una ofensiva que están preparando algunos Oscuros desde allí para acabar con la vibración energética que han conseguido mantener los Kumara en sus nuevos templos.

—Los Ancianos están al tanto. Los Kumara han sido advertidos y han reforzado nuevas defensas invisibles. No te preocupes —dijo Amún.

—No estaba preocupado, solo había venido a deciros que pensaba intervenir, unirme a los míos para impedírselo, pero si ya está todo controlado…

—No sabía que intervinieran en asuntos relacionados con los Sin Nombre.

—Y no lo hacían desde hace millones de años.

—¿Los tuyos están de acuerdo con lo que están haciendo los Kumara? ¿Por eso vuelven a intervenir?

—No todos. Algunos consideran que si esto de verdad puede ayudar a recordar a los Perdidos, merecerá la pena. Pero ha habido un grupo que sin sumarse a los Oscuros se ha alejado. —La expresión del dragón se volvió más sombría de lo habitual—. Mantienen una postura más extrema. Dicen que los Perdidos no les conciernen y que seguir intentando regalarles conocimientos que ellos se han empeñado en olvidar es absurdo. Por eso no están dispuestos a intervenir.

—¿Te parece mal? Tampoco tú intervendrías de no ser por lo que hay en juego.

—No juzgo los distintos puntos de vista. Es esta maldita tendencia al enfrentamiento que parece contaminar al Cosmos. Entre los míos nunca había habido bandos. La raza de los dragones siempre se había regido por el valor y la verdad y nunca había habido desacuerdo en nada. Llevas razón, yo no habría intervenido porque mi existencia transcurría muy lejos de aquí. De todas formas, la verdad no le puede ser regalada a nadie. La puedes ofrecer, pero solo la integra el que la experimenta. El que no, en el mejor de los casos es quemado por ella; en el peor, ni siquiera la registra o incluso peor aún, se defiende y descalifica de forma destructiva lo único que le podría liberar.

Durante unos instantes los tres compañeros guardaron silencio. Los tres pensaban. El Guardián pensaba en las muchas guerras que sus amigos habían conocido y sentía pena por verlos inmersos, de nuevo, en una de ellas. Amún pensaba en cuánto se podría llegar a complicar aquello. El Dragón pensaba en el poder de sus hermanos y en cuánto daño podrían llegar a hacerse si seguían adelante con su discrepancia.

El Hombre Pájaro había terminado de limpiar la herida cuando el Mago les llamó desde la sala del fuego.

—Todo está yendo según lo previsto con la parte del alma de la Guardiana que ha de nacer —les dijo, y elevó las llamas para que pudieran contemplar parte del proceso.

Hacía un rato que se la habían llevado de allí, el Guardián no sabía a dónde. Pero recordaba perfectamente cómo ella se negó a volver a alejarse de él y cuánto dolor y cuanto miedo cargaba en su mirada al pedirle que no la abandonara. Ahora la veía a través del fuego, conectada con un pequeño cuerpo que iba formándose lentamente en el interior de una Sin Nombre. Parecía segura dentro de aquella especie de huevo luminoso de color azul. Aruma estaba junto a ella, cuidándola y ayudándola a ordenar información en la parte posterior de su cerebro.

Adae estaba sentada junto a la futura madre, limpiando el espacio donde la línea que salía desde el corazón de la Guardiana se conectaba al pequeño cuerpo que, poco a poco, se iba llenando de su esencia. Cantaba. Mientras realizaba su tarea, entonaba un cántico monótono que le provocó un escalofrío al Guardián. Aquella canción era, a menudo, tarareada por la Guardiana de las Palabras. ¿Cómo podía conocerla la bruja?

—¿Dónde ha aprendido ese cántico Adae?

—Al conectarse con el alma de la Guardiana, simplemente ha percibido su canto. Acceder a la tonada particular de cada ser forma parte de la magia. Al modular las notas del alma de la Guardiana, el poder de su sonido la ayudará a vivir todo el proceso de una forma más sencilla, y al mismo tiempo le dará un sentido mayor a su nueva forma de vida, pues ese cántico le recordará que tiene un alma a la que regresar y un poder que manifestar —le contestó el Mago.

—Si todo está saliendo bien ¿por qué estás preocupado? —le preguntó Amún adivinando la inquietud en la mirada del Mago.

—Desde que el plan está en marcha los Oscuros no han intervenido. No de una forma distinta a como lo hacían hasta ahora.

—¿Eso es malo? —preguntó el Guardián.

—No necesariamente. Tal vez he pasado demasiado tiempo inmerso en esta guerra y la desconfianza ha anidado en mí. Puede que ese antiguo aliado vuestro haya sentido la victoria absoluta al destruir vuestro Hogar y arrojaros aquí. Puede que los demonios vayan a permitir a los Kumara ayudar a los Sin Nombre. Puede que prefieran no interferir en el proceso de la Guardiana, ellos también tienen mucho que perder si lo hacen. Puede que no haya de qué preocuparse.

16
Planes dentro de los planes

—Suma Sacerdotisa, un emisario de Serai espera ser recibido.

—Dile que pase.

Un joven que lucía las vestiduras blancas con cinturón dorado típicas de los aprendices, con expresión extasiada por poder penetrar en aquel recinto sagrado y maneras educadas, se acercó a Adae.

—Dile a Serai que no iré a la ceremonia. Esta celebración no forma parte de mi compromiso.

—Señora, el Sumo Sacerdote me advirtió de que diría esto. Y me dijo que le hiciera saber que el nacimiento que se va a celebrar está directamente relacionado con su compromiso y que tal vez sea hora de que conozca algunos detalles de lo que está por venir.

—Adae miró al chico de una forma inquisitiva, pero, sabiendo que él ni tendría más información ni albergaba poder alguno, prefirió no interrumpir el mensaje que había aprendido y que ahora le recitaba—. Además, le ruega humildemente su asistencia y su ayuda en las bendiciones que han de ser dadas y las protecciones que han de ser alzadas.

—Supongo que pasarás la noche aquí.

—Si fuera posible… —dijo tímidamente el muchacho sin poder contener el agradecimiento en su rostro.

—No veo por qué no. Acompaña a mi ayudante, ella se ocupará de que estés cómodo. Mañana te daré mi respuesta. Ahora tengo otras cosas de las que ocuparme.

La puesta de sol se acercaba, y la consulta que la bruja se disponía a hacer tendría que esperar. Aunque estuviera irritada por aquella misteriosa invitación que, sin duda, estaba relacionada con algún plan que los Ancianos le habían ocultado, ahora tendría que serenarse. Aquella era la hora en la que más cerca estaba de la Guardiana. Y no había nada más importante que realizar que su labor, tan bien como pudiera y supiera.

Como cada tarde, la futura madre la esperaba en la Puerta Negra. Aquella era la entrada a la zona más sagrada del Templo, donde solo las Kumara y dos custodias preparadas para este fin podían entrar. En el interior había una espaciosa antesala que siempre estaba perfumada con una mezcla aromática que, dependiendo de qué rito se fuera a celebrar, se elegía de forma cuidadosa. Algunas paredes estaban grabadas con imágenes que recordaban las verdaderas formas de los que se habían enrolado en la misión de los Kumara. Otras lucían bajorrelieves en honor a algunos seres que habían trascendido el tiempo y la condición dual que les impedía a ellos abandonar aquella guerra. Todas esas imágenes estaban iluminadas por pequeñas bolas de fuego que se movían despacio por el aire.

Al fondo había otras tres puertas. La de la izquierda, de un refulgente color azabache, daba paso a la sala Secreta. Solo la Suma Sacerdotisa podía penetrar en aquel lugar. La del centro, de un brillante tono oro, se abría cinco veces al día y solo las Kumara y Adae entraban en ella. Si alguien más hubiera podido hacerlo habría visto un gran canal que emergía del mismo centro de la tierra y que se elevaba hasta más allá del cielo. Era intangible, sin embargo parecía estar formado por un fuego dorado que de no ser por el constante movimiento habría pasado por un sólido. Aquel era el lugar destinado a la manifestación y la comunicación con los planos superiores desde los que ellos habían descendido. Era uno de los mayores centros de poder dentro de ese y de todos los Templos. En cada uno de los lugares que eligieron cuidadosamente para erigir algún santuario había una sala idéntica. La de la derecha era la Sala de la Invocación, destinada a los trabajos personales. Ninguna que no fuera una de las sacerdotisas podía entrar sin compañía. Allí, de diversas maneras, eran adiestradas las aprendices o custodias, elegidas entre los Sin Nombre. Sometidas, en pequeñas dosis, a energía pura, iban recordando retazos de las trayectorias de sus almas. Sabidurías desechadas cuando habían caído en las trampas de los Oscuros o habían sido perniciosamente contaminadas por ellos. Poderes olvidados en el desuso, y todo lo que necesitaban recordar para mantener aquel orden conseguido por los Kumara y ayudar a los que aún continuaran dormidos. Era una labor lenta y peligrosa, pues de no mantener el ritmo y el tempo adecuados, aquellas informaciones y la misma energía podían acabar con las mujeres que debían desarrollar poco a poco sus facultades; o incluso podían enloquecerlas por una falta de adaptación y de integración de las demoledoras verdades que les iban siendo reveladas. Verdades muy distintas a lo que, en aquel plano, tomaban como realidad. Era en esa sala donde Adae trabajaba en la constante protección de la madre de la Guardiana y donde cada tarde, suavemente, mientras desde un plano superior Aruma la avalaba, se ocupaba de ordenar la información necesaria para aquella próxima encarnación. La bruja implantaba recuerdos en las células, que por medio del cuerpo de la madre pasarían a la futura hija. Adae debía conseguir que todo aquel futuro vehículo fuera consciente de que aquel no era su lugar, que debía recordar quién era para así poder regresar a su Hogar. Para ello se servía de recuerdos recientes, como las estrellas que el Guardián había puesto en el manto de oscuridad que antes era inmenso y rotundo cuando desaparecía el sol. O de su breve encuentro con su otra parte. Incluso de la cercanía de amigos y aliados como Aruma, Amún o el Gran Dragón.

Podría haberle preguntado a Aruma si ella sabía algo del plan al que se había referido el custodio, pero lo que debían hacer, tanto ella como la Mujer Murciélago, era delicado, y además era la única prioridad. Lo demás tendría que esperar.

Parecía mentira. Después de tantos siglos haciéndose experta en el arte de la paciencia y ahora le costaba encontrarla. No, no era por impaciencia, era por desconfianza hacia los Ancianos y las líneas que se hubieran atrevido a trazar sin consultarlo, ni con ella ni con sus compañeros.

Cada día terminaban el ritual de la misma forma, ambas mujeres salían en silencio de la sala de la Invocación, atravesaban la puerta negra y se dirigían a un pequeño templete exterior situado en la orilla oeste de la isla. Allí se reunían todas las que formaban parte de aquella pequeña comunidad, igual que lo hacían en cada uno de los templos erigidos en aquella tierra dorada y en algunos otros lugares. Se situaban de cara al sol poniente. La madre se sentaba en el extremo occidental y Adae se situaba a su espalda. Entonces todas unificaban su respiración y fundían el latido de sus corazones con el latido del Cosmos. Y, en reverencial quietud, contemplaban. El atardecer era un momento mágico en el que, de una forma sencilla, la mente callaba y permitía que el corazón, e incluso el alma, se expresara y le recordara al ser sus anhelos, los caminos que debía recorrer, los objetivos que estaba preparado para alcanzar. Entonces, solo con el simple gesto de mirar, de mirar atentamente y callar, muchos milagros podían ser manifestados.

Cuando la oscuridad ocupaba el lugar antes anegado por la luz, lentamente, se retiraban de sus posiciones e iban a cenar.

Mientras caminaban, Adae observó a la mujer. Habían pasado dos meses desde su llegada; desde entonces su barriga se había redondeado y había crecido, su pecho se había hinchado y sus ojos, a pesar del fondo de tristeza que guardaban, habían recuperado la luz. Se había adaptado muy bien a la vida en el templo, y nunca le había hecho ninguna pregunta a Adae sobre la taxativa seguridad con la que le dijo que la vería allí cuando cumpliera los tres meses de gestación, ni sobre la identidad o la misión de su futura hija; eso estaba bien. El comportamiento de aquella mujer, en medio de su drama personal, le arrancó a la bruja un poco de ternura. A menudo se le olvidaba lo difícil que era estar perdido, dormido, a expensas de unas emociones desbocadas y una mente confusa que se erigía como enemiga del alma, sin siquiera ser consciente de la causa del malestar o del desasosiego que inundaba los días. Se le olvidaba que también ella tuvo que pasar por eso, vivir sucesos del todo incomprensibles para su entonces limitado entendimiento, llorar dolores que se le hacían más grandes que ella misma, tropezar con sus propias mentiras una y otra vez, sin llegar a atisbar la verdad. También ella vivió la frustración, el sufrimiento, la desesperanza y todo lo que azotaba a los corazones de los Sin Nombre hasta que un día, después de un largo y pesaroso proceso de vidas, comprendió, y a pesar de lo cruda que fue la verdad y de lo lacerante que le resultó el descubrimiento, se liberó de cada uno de sus personajes, de sus no verdades, y se rindió ante la realidad, aunque fuese distinta a lo que hubiera querido. Ahí, en ese momento, comenzó su camino de iluminación, su espiral hacia el siguiente escalón.

Aquella mujer había avanzado mucho en aquellos dos meses, pues su actitud no era una simple contención de sus emociones, sino una aceptación de las mismas. Había aprendido a vivirlas y a observarlas sin dejarse arrastrar por ellas. Ese era un paso fundamental para evolucionar, si algún día quería liberarse de la Eterna Rueda. Seguro que lo conseguiría. Finalmente parecía que los Ancianos habían sabido elegir bien a la madre.

Adae no se sentó a cenar. Ascender y saber de qué se trataba aquello de lo que Serai estaba dispuesto a informarla era más importante que un ágape.

Cuando entró en la Sala Secreta el Mago la estaba esperando.

—Supongo que has percibido mi inquietud.

—Me comprometí a estar atento de vosotras dos mientras esto durase. —Adae sonrió y le expuso el motivo de su intranquilidad.

—Le preguntaré al Anciano.

—Necesito la información esta misma noche. Mañana partirá el sacerdote de regreso y, en caso de que fuera necesario, yo debería ir con él. No me fío de que el Anciano te diga la verdad. Si han trazado una línea sin consultarlo con nosotros pueden no decirte nada hasta que se esté manifestando su propósito.

—Lo sé.

Sin decir más, el Mago desapareció.

17
Una línea ideal

Se sucedían las horas en la Tierra de las Almas Perdidas, mientras Adae seguía encerrada en su sala, sin tener noticias del Mago. Intentaba no sucumbir ante una mala intuición que, demasiado tarde, la advertía de una sutil trampa trazada por los Ancianos. Allí abajo todo era más complicado. Por eso no había salido de su sala, para mantenerse centrada y no conceder ningún espacio a la tensión que todo aquello le podría provocar. A pesar de permanecer allí, quieta por dentro y por fuera, no podía dejar de pensar. Obtuviera o no respuesta de su aliado, al día siguiente partiría con el sacerdote, tenía que saber de qué se trataba aquel secreto que, según Serai, era hora de que conociera. Había contemplado la opción de que fuera una mera estratagema para hacerla ir, pero todo su cuerpo le decía que no se trataba de eso, que había algo más. También había considerado el contratiempo que supondría estar unos días alejada de la madre. Como el inconveniente que sería llevarla con ella. Fuera de un terreno fuertemente protegido, estaría mucho más expuesta. Si bien podía hacer su trabajo a distancia, era más efectivo si lo realizaba también desde la presencia física. Fuera como fuera, en este caso era preferible asumir el riesgo menor, tardaría poco en regresar y siempre podía darle indicaciones a una de las Kumara para que reforzara con el contacto físico lo que ella haría desde donde estuviera.

—Bruja —llamó el Mago.

—¿Has averiguado algo?

—No he logrado acceder a ninguno de los Ancianos. Pero he mirado… Han creado una línea concreta de la que no nos han advertido.

—Mañana partiré hacia la capital.

—¿Qué harás con la madre?

Adae le explicó lo que había decidido, a lo que el Mago le dijo:

—Bien, que no rompa su rutina, yo reforzaré la energía.

—Gracias.

Comenzaban a despuntar los primeros rayos de luz en la noche cerrada, cuando Adae fue a despertar al joven sacerdote. «Tienes quince minutos para prepararte. Te espero en el embarcadero». El muchacho, asustado ante la posibilidad de hacer esperar a la Suma Sacerdotisa, apenas tardo tres minutos en reunirse con ella. Juntos cruzaron el río en una pequeña barca. Al otro lado los esperaban dos caballos. Adae miró el templo desde la otra orilla y lo vio hermoso. Tenía un largo camino por delante, probablemente echaría de menos aquellos muros.

Habían pasado dos días cabalgando por el desierto cuando el muchacho se atrevió a hablar.

—Señora… ¿Es verdad que usted no es una de ellos?

—Básicamente somos lo mismo —atajó la bruja.

—Nosotros no. Nosotros nos hemos perdido y nos resulta difícil recordar algunas cosas.

Adae no dijo nada, no le interesaba la conversación. Después de un rato el chico intentó romper aquel monótono silencio de otro modo.

—¿Ha estado allí antes?

—Una vez.

—¿Hace mucho? Porque si hace mucho lo va a encontrar muy cambiado. —Adae miró de reojo al muchacho, pero no replicó—. En los últimos años el templo ha crecido. Y no lejos de allí se están construyendo unas estructuras triangulares que servirán para acelerar nuestro aprendizaje y para algunos menesteres más de los que no nos hablan.

—¿No te han dicho lo importante que es saber escuchar el silencio?

El chico no volvió a hablar hasta que se despidió de ella, siete días después, en la entrada del templo.

Sí, las cosas habían cambiado bastante en el breve tiempo transcurrido desde la única visita de Adae. El recinto que albergaba el templo principal había crecido considerablemente. Los muros que separaban el espacio sagrado del territorio más mundano estaban siendo terminados con delicada exquisitez. De ello se ocupaban, desde el interior, al resguardo de miradas indiscretas, un pequeño grupo de Kumaras que enseñaban a sus discípulos a elevar objetos de gran peso con el poder de la mente, y a desdensificar y volver a densificar distintas materias para facilitar el trabajo. Era pura física, pero resultaba totalmente milagroso para los que habían dejado de creer.

Fuera de esos muros, algunos muchachos se ocupaban de recoger las ofrendas que, en especias, los no elegidos tenían a bien brindar, a la espera de poder formar parte de aquel elitista clan, ellos o sus hijos, tanto daba. A cambio, aparte de poder entrar en el primer patio y estar cerca de algún Kumara mientras este aleccionaba al colectivo de los perdidos sobre cosas sencillas, eran sanados de muchas de sus enfermedades. Además, desde la llegada de aquellos dioses, los que no eran devorados por la soberbia o por la envidia de no haber sido seleccionados, se encontraban mucho mejor que nunca. Era como si en sus interiores hubiera renacido un viejo propósito que diera sentido a sus días.

El primer patio era realmente grande y estaba rodeado por altas columnas cilíndricas que guardaban en su interior canales de conexión que facilitaban el sostenimiento armónico de la nueva red establecida. En los cuatro puntos cardinales se alzaban cuatro colosales estatuas, representando a los Protectores de los Portales. En el centro de la inmensa construcción se levantaba una fuente esférica, que habría resultado sencilla de no haber estado suspendida en el aire y rodeada por espirales de fuego.

El siguiente patio era una zona de paso que conectaba los dormitorios de los sacerdotes, situados en el ala sur y rodeados de hermosos jardines, con las salas de aprendizaje. La zona reservada al Sumo Sacerdote Serai y el colosal pasillo de las columnas, que terminaba en la puerta Negra como sucedía en Aras, daba paso a tres habitáculos más. Todas las paredes estaban decoradas con motivos similares a los que había en el templo en el que vivía Adae. En aquella zona había bastante ajetreo, sacerdotes y sacerdotisas yendo y viniendo, ocupados en un centenar de preparativos para la bendición de la nueva vida que estaban esperando, cuya celebración había sido el motivo del desplazamiento del joven sacerdote en busca de la bruja.

Adae estaba contemplando lo físico y sintiendo lo invisible cuando el mismo Serai se dirigió a ella.

—Disculpa que no te haya recibido en la entrada, os habéis adelantado.

—Déjate de formalismos Serai, recuerda que no soy una Sin Nombre. —El Sumo Sacerdote sonrió ante la actitud tajante de la bruja.

—Acompáñame —le dijo dirigiéndose hacia su zona privada. A diferencia de la sobria alcoba donde vivía Adae, Serai se había hecho construir una lujosa morada orientada a un pequeño lago artificial, rodeada por multitud de árboles florales.

—¿Disfrutando de los lujos mundanos?

—¿Por qué no disfrutar de lo que aquí tenemos? Recuerda que lo que aquí existe, solo existe aquí.

—Tal vez tendrías que recordar tú que no has venido a recrearte en la materia, que por otro lado es una de las grandes trampas en las que muchos, antes que tú, cayeron.

—No te preocupes, solo me gusta disfrutar de los sentidos, el olor de las flores, su belleza, sus colores, el sonido del agua en movimiento, los cantos de los pájaros…

—No he venido hasta aquí para disertar contigo sobre la extravagancia de los sentidos.

—Lo sé.

—¿Y bien? —dijo la bruja sin ningún resto de sonrisa o complicidad en su rostro, mientras ambos caminaban por el jardín.

—No te enfades. Aún no sabes de qué se trata y te aseguro que no es nada que vaya en contra de tus propósitos.

—Si lo que dices fuera cierto habría sido notificada de cualquier decisión que me concerniera en el mismo momento en que fuera tomada.

—Bueno, hay algunas cosas que requieren ser dichas solo en los momentos adecuados, y no antes.

—¡Serai! Sé que los Ancianos han trazado una línea para mi pupila sin consultarlo conmigo o con mis aliados, así que no me trates como a una ignorante y no dilates más el decirme lo que he venido a saber.

—Antes me gustaría que conocieras a mi pupilo.

—Sabes que no me interesa.

—Creo que, esta vez, debería interesarte. —Adae miró los ojos del Sumo Sacerdote e intuyó parte de lo que estaba por descubrir. Con un prematuro sentimiento de traición en su pecho, pero concediéndose la opción de estar equivocada y no derrotada, accedió a conocer al nuevo pupilo de los Kumara.

—¿Ha nacido ya?

—Estaba naciendo cuando has llegado, por eso he tardado en recibirte.

—Bien, muéstrame a ese ser que tanto revuelo está provocando. Una celebración del calibre de lo que estáis preparando por el nacimiento de un Sin Nombre es impensable.

Ambos se dirigieron a una sala que permanecía aparentemente escondida entre los jardines privados de Serai. Sus paredes eran de una materia transparente y estaba rodeada de agua y una cortina de fuego protector. Ya desde fuera se podía sentir la luz y el poder que emanaba del interior de aquella estancia.

Adae no quería conjeturar, quería verlo con sus ojos y oír el plan de boca del Sumo Sacerdote.

Ante su presencia, los Kumara que custodiaban la entrada se apartaron y la bruja, despacio, casi con timidez, entró.

Lo que vio dentro la dejó sin palabras, no podía ser. ¿Cómo podían haber tramado los Ancianos todo aquello sin que ninguno de los suyos se diera cuenta? Y ¿cómo habrían conseguido convencer a un ser como aquel para que accediera a tomar cuerpo a través de una hembra Perdida, con todo el riesgo que ello reportaba? Ante ella dormía un bebé de unos cuatro kilos de peso, con el pelo castaño y más abundante de lo que en los recién nacidos era habitual. Sus facciones eran serenas y muy hermosas, e irradiaba una luz potente, casi cegadora, que advertía no solo de su condición divina, sino también del buen trabajo que habían hecho los Kumara en su proceso durante la gestación.

—Es…, es Ahóm.

—Así es.

—¿Cómo habéis conseguido que acceda a algo así?

—Porque tiene fe.

Durante un instante, en que la bruja no pudo continuar ocultándose sus propias intuiciones a sí misma, estuvo a punto de derrumbarse. Habían caído, todos ellos, presos de una engañifa de los Ancianos. Si lo habían hecho tan bien como hasta ahora, esto iba a complicar mucho el trabajo de Adae y Aruma. Pero no todo estaba perdido, ella también era buena y podría lograr sortear aquella línea del destino de la Guardiana. Solo tendría que reforzar algunas informaciones desde aquel mismo momento.

—Sabes que no lo permitiré.

—No podrás evitarlo.

—Lo haré —diciendo esto, y haciendo una respetuosa reverencia al recién nacido, se dirigió, sola, hacia la puerta.

—Todo está en el contrato que ella firmó —dijo Serai desde su espalda.

«¡Maldito Anciano!», gritó mentalmente la bruja. «Debimos obligarle a que nos dejara leer el dichoso pergamino».

—No te entrometas en mi cometido, Kumara —dijo girándose y mirando directamente los ojos del Sumo Sacerdote.

—Espera, Adae. Esto no es malo. No lo has comprendido. Es bueno para todas las partes.

Pero Adae no se había quedado a escuchar. Serai la siguió a paso rápido.

—Adae, por favor, ayúdanos a reforzar la protección de Ahóm. Es importante.

—Lo habéis hecho muy bien, no me necesitáis —sentenció sin dejar de caminar.

—Por favor —suplicó Serai—. Eres la mejor generando protecciones contra los Oscuros. Y sabes que, ahora que habita un cuerpo mortal, es más vulnerable.

Adae se detuvo. Estaba irritada, el miedo a que todo se pudiera complicar por esta maldita línea que el Anciano les había ocultado la indignaba, pero no podía obviar el gran gesto de valor de Ahóm al tomar cuerpo. Hasta que él supiera manejar todo su poder en esa nueva forma había que ayudarlo. Y era cierto, ella era una de las mejores creando protecciones contra la ponzoñosa oscuridad.

—Está bien —accedió—. Necesitaré tres días.

—Dispondrás de todo lo que necesites.

18
Emociones

El Mago, que acompañaba casi perennemente a Adae desde que esta emprendiera su viaje, se enteró de lo que estaba sucediendo al mismo tiempo que ella. Mientras la bruja accedía a colaborar en la protección del recién nacido, él iba en busca del Anciano. «Estos guías locos, solo piensan en sus propósitos».

No tuvo que desplazarse demasiado, fue el mismo Anciano el que salió a su encuentro.

—Te buscaba.

—Lo imaginaba. Serai me ha comunicado que Adae ha conocido a Ahóm y que va a colaborar.

—Es incapaz de negarle protección, pero eso no implica que esté de acuerdo con el plan que nos ocultaste.

—Tienes que reconocer que es un buen plan. Además, en verdad, solo omití detalles sin importancia.

—Esa ironía no es propia de ti, Anciano.

—No es ironía, es la vedad. Ella firmó un contrato de ayuda a los Kumara, la forma en la que esa ayuda se iba a llevar a cabo no era lo importante.

—Si no es importante, entonces no tendrás inconveniente en cambiar la línea de destino que cruzará su vida con la de Ahóm.

—No puedo hacer eso.

—Claro que puedes, se ha hecho en otras ocasiones.

—No lo comprendes. Esa unión será buena para todos.

—No para ella. La puede llevar a perderse. En ningún caso la ayudará a recordar.

—Eso no pasará si tus amigas hacen bien su trabajo.

—Estás jugando con seres superiores a ti y si esto sale mal será terrible para todos. – Dijo el Mago en un tono más seco del habitual. —Tengo que advertir al Guardián y a sus compañeros, espero que mientras lo hago entres en razón.

—No es necesario que les digas nada, deja que las circunstancias se den por sí mismas.

—La ocultación es tu juego, no el mío.

El Mago se encaminó hacia la cueva de Adae, el Anciano lo siguió.

Cuando llegaron, Amún los esperaba en la entrada. Ambos seres se movían deprisa, y en el Anciano no se veían más que restos de la calma que en su porte era habitual.

—Anciano, ¿tienes algo que decirme? —preguntó Amún sin rodeos.

—Nada que no sepas; son solo detalles que el Mago y la bruja están cargando de importancia.

—Todos sabemos que de los detalles depende el éxito o el fracaso de las grandes obras —objetó el Hombre Pájaro.

—La Guardiana, al firmar su contrato, aceptó unirse a Ahóm —dijo el Mago sin dar opción a que el Anciano pusiera más objeciones.

—¿Ahóm? ¿No es aquel del que dicen que es libre?

—Sí —confirmó el Mago.

—¿Y qué tiene que ver un Dios con las líneas de destino de la Guardiana? Ella no tiene por qué someterse a ellos, ni siquiera tiene por qué llegar a conocerlos.

—Ahóm acaba de encarnar. Se ha comprometido a apoyar el trabajo de los Kumara. —La expresión de Amún, al oír las últimas palabras del Mago, se ensombreció. Miró fijamente a los ojos del Anciano con el mentón inclinado y elevó sutilmente las alas, sin desplegarlas.

—Anciano… —dijo arrastrando las palabras—. Me temo que llevas demasiado tiempo inmerso en esta guerra y has terminado perdiendo la perspectiva —concluyó con voz profunda Amún.

—¿Cómo es que ninguno lo entendéis?

—No hay nada que entender. Obligaste a la Guardiana a firmar algo que la puede anclar en la Rueda.

—Eso no sucederá si todo sale bien.

—¿Y si todo sale mal? —Amún alzó más de lo normal la voz—. Cómo te atreves a seguir poniendo en peligro la vida del Universo por unos seres que te han demostrado una y mil veces que no quieren tu ayuda. ¡Cómo osas tramar a espaldas de entidades cuya sabiduría y poder desconoces! —Al oír el contundente tono de voz del Hombre Pájaro, el Guardián salió de la cueva.

—¿Qué sucede? En el fuego todo parece ir bien —preguntó a su amigo.

—Todo va bien, de momento. Es solo que el Anciano olvidó mencionarnos un pequeño detalle del contrato de la Guardiana.

—¿Algo peligroso para ella?

—No, en absoluto —se adelantó a contestar el Anciano.

—No es peligroso en sí, pero para ella todo va a resultar demasiado nuevo, demasiado extraño, y si no sabemos manejar la situación, podría… Podría quedar enredada en el Samsara.

—No lo entiendo, ¿no es por esa cosa por lo que ha estado obligada a volver a nacer?

—Ha estado obligada a nacer porque murió sin recordar quién era, pero ahora solo está sometida a su ley, no está enredada en él, no porta karmas.

—¿Karmas?

—Son aquellas cosas que un alma no ha sabido manejar en una existencia, las lecciones no aprendidas, los errores cometidos…

—Es absurdo. Ella es una parte de la Guardiana de las Palabras. Y mientras esté allí todos nosotros velaremos para que todo salga bien. ¿No es así? —preguntó mirando al Anciano.

—Sí, ella es una parte de uno de los seres más poderosos y antiguos que existen, pero allí está expuesta a unos códigos diferentes —intervino el Mago.

—¿De qué estás hablando? ¿Es que no tenéis ningún control sobre esos códigos?

—Te está hablando de las emociones —le respondió Amún.

—Emociones… —dijo pensativo—. ¿Los Kumara también están expuestos a eso?

—Sí, todo aquel que desciende hasta ese plano lo está.

—¿Qué son?

—Son… son como las cosas que sentimos aquí, pero exacerbadas, contaminadas. Allí, a menudo se desbordan y se mezclan con la falta de entendimiento, incluso se pueden convertir en sufrimiento. Si no se saben manejar pueden hacer caer a los más grandes.

—Supongo que sabíais desde el principio que iba a tener que sentir esas cosas. No termino de ver cuál es el problema. Si los Kumara pueden con ellas, la Guardiana también podrá.

El Anciano, Amún y el Mago se miraron, pero los tres guardaron silencio. Finalmente fue Amún el que dijo:

—Si ella se llegara a enamorar, podría enredarse.

—Hablas en términos que desconozco. La que sabe de palabras es ella, yo soy experto en lo que encierran los silencios.

—Enamorarse es sentir algo parecido a lo que sentís el uno por el otro.

—Tranquilo. Eso, si seguís sin dejarme descender hasta ella, no puede llegar a suceder. —Amún quiso decirle que en aquel planeta extraño todo podía llegar a suceder, hasta lo más inverosímil. Quiso decirle que el plan trazado por los Ancianos podía avocarla a ello. Quiso decirle que aquel juego en el que se habían visto obligados a participar era demasiado peligroso para todos, pero calló.

—No debemos dejar descuidado el fuego —dijo el Mago entrando en la cueva, dedicándole una última mirada fulminante al Anciano.

19
Un alto en el camino

Habían pasado algo más de tres días desde que Adae llegara al Templo central. Horas intensas dedicadas a crear una protección poderosa alrededor de Ahóm, un bebé que encerraba en su interior parte del alma de un Dios.

Una vez terminado su trabajo, había llegado el momento de marcharse. Mientras se montaba en su caballo maldijo la imposibilidad de teletransportarse que usualmente sufrían todos en aquel plano. Podía desmaterializarse y materializarse dentro de un área reducida de terreno, pero no podía hacer uso de aquella habilidad, cotidiana en los planos superiores, para atravesar largas distancias. Positivizó la situación y pensó que aprovecharía los días de camino que tenía para pensar detenidamente en la estrategia a seguir para mantener el alma de la Guardiana a salvo. Así, renunciando a la escolta ofrecida por Serai, emprendió el camino de regreso.

Estaba a punto de ponerse el sol cuando se detuvo junto al río. Por aquella zona aún se veían casas de adobe, cultivos diversos y ganado. Una señal clara de que estaba lejos de su desierto y de su isla. Generó una protección invisible entorno a su figura y salió de su cuerpo para acudir a su templo, junto a la madre. Cuando llegó observó como la línea que unía a la Guardiana al cuerpo de la mujer estaba fuerte y luminosa. El Mago y Aruma también estaban allí. Ninguno había faltado ningún día a la cita. Todos querían que todo saliera bien. Ella realizó su tarea sin introducir, todavía, ninguna modificación. No estaba segura de si la idea que había tenido sería favorable o contraproducente, prefería meditarlo y, en último caso, consultarlo con sus aliados.

Cuando, un ocaso más, el trabajo hubo terminado, se dispuso a regresar a su cuerpo. Entró suavemente en aquel pedazo de materia que le estaba sirviendo como vehículo e inhaló aire profundamente. Abrió los ojos y, sin mirar, percibió algo extraño. Algo oscuro, como una sombra acechante, como un enemigo paciente y vigilante que se valiera de las pastosas emanaciones de su aura para ir debilitando a la presa. Fue un instante. Lentamente comenzó a girar su cabeza hacia la izquierda, cuando una fuerte sacudida la arrojó al suelo. Sin que tuviera tiempo de incorporarse sufrió otro golpe que hizo que su protección se resquebrajara. Pudo ver el holograma de un demonio. Alzó su mano derecha hasta colocar su brazo de forma horizontal y desde su dedo índice salió un haz de luz que regeneró la fisura de su protección al tiempo que deslumbraba a su atacante. Eso le dio tiempo para levantarse. El demonio blandió un hacha de doble filo del color del mercurio y se lanzó contra ella haciendo pedazos su halo defensivo. Adae esquivó por poco el golpe y sacó una daga pequeña con una empuñadura en forma de dragón que tenía esmeraldas incrustadas como ojos. De ella salió una luz verdosa que durante unos instantes mantuvo alejado a su enemigo. Pero no fue suficiente, este utilizó su hacha como escudo y se volvió a lanzar contra ella, arañándole el lado derecho de la cara de arriba abajo. La bruja no gritó, ni siquiera se echó hacia atrás. Aquel arañazo solo hizo que se enfureciera, y con la fuerza conseguida a través de esa furia, se abalanzó contra el demonio clavándole la daga en el cuello.

Cuando el enemigo se desvaneció pensó: «Algo debo de estar haciendo bien cuando han venido a por mí. Tal vez sea por la protección que he generado para Ahóm. O puede que piensen que si acaban conmigo acabarán con ella. Pobres ilusos».

—¿Estás bien?

Era la voz del Mago.

—Es solo un arañazo.

—¿Estás segura? ¿No te ha envenenado?

—No lo creo. Me ha parecido más una amenaza que un verdadero ataque. Ha sido demasiado fácil.

—Por eso es importante que verifiques que no te ha envenenado. ¡Adae! —gritó de repente el Mago, pero fue demasiado tarde.

Una flecha alcanzó la espalda de la bruja haciéndola caer de bruces, inconsciente. El Mago se acercó hasta ella, pero él carecía de un cuerpo, no la podía tocar. Aunque eso no le impidió saber que la flecha sí llevaba veneno. Ascendió hasta su plano y lanzó un aviso para que fuera oído por los Kumara. Ellos podrían atender su cuerpo. Aruma también llegó hasta el lugar.

—Les resultará más fácil acceder hasta la Guardiana si acaban con nosotros —dijo.

—No creo que quieran acabar con la Guardiana. Para ellos también sería terrible que ella pereciera.

—Entonces… ¿para qué han atacado a Adae?

—Nunca han necesitado una razón para atacar.

—Pero la han envenenado, y eso solo lo hacen cuando temen no salir victoriosos.

—Podrá con el veneno.

—No es eso lo único que me preocupa.

—Deberías volver junto a tu protegida. Yo me ocupo de esto.

—De acuerdo.

Los Kumara llegaron rápido. Recogieron a Adae y la llevaron a un templo que había cerca de allí. Estaban posándola en el suelo de la sala central cuando recobró la conciencia.

—Tengo que volver a Aras.

—No puedes emprender ese viaje ahora. Estás malherida. Serai ha sido avisado y viene hacia aquí.

—Arrancadme esa maldita flecha y dejadme tranquila.

—Es una flecha de ónice. Sabes que portan veneno.

—Sí, lo sé, y por si esto llegaba a pasar, he estado administrándome algunos antídotos desde que llegué a este planeta. —Adae escuchó la risa del Mago y cómo le susurraba: «Eres buena»—. Y ahora ¿vais a arrancármela o tendré que hacerlo yo misma?

Los Kumara que la estaban asistiendo hicieron lo que pedía e impregnaron sus heridas con ungüentos y energías de sanación hasta que estas dejaron de sangrar.

—¡Malditos demonios! —exclamó Adae mientras se ponía en pie y se sacudía la ropa—. Tener que descender hasta aquí no es suficiente, encima tendré que aguantar sus ataques. —Sin verbalizarlo, pero con una amarga contundencia, pensó: «Y vaya una mierda de bruja. No haber sido capaz de prever el segundo ataque, ¡hm! Tendré que esmerarme más».

—Me he comunicado con Serai para notificarle tu estado y me ha dicho que me será imposible retenerte hasta que estés repuesta, pero que de ningún modo te deje marchar sola —le dijo uno de los sacerdotes que la había recogido.

—Bien, me gusta que las cosas estén claras. ¿Dónde está mi caballo?

20
Prestando atención a los detalles

Cuando Adae llegó a Aras, todas las Kumara habían sido informadas del ataque que había sufrido. La sacerdotisa de mayor rango había dispuesto todo para que pudiera descansar hasta recuperarse por completo, pero fue en vano. A pesar de encontrarse debilitada por la herida sufrida en su omóplato izquierdo, por la lucha de su cuerpo contra el veneno, por el desgaste sufrido al realizar la protección para Ahóm y por las horas de viaje, Adae no quiso tumbarse y dejarse cuidar. Tenía demasiado que hacer.

Lo primero era ver a la madre. Cuando verificó que todo seguía en orden y que no había ninguna diferencia entre lo que percibía en la distancia física y lo que emanaban ella y su bebé, se quedó algo más tranquila. Mentalmente le preguntó a Varilia si ella sabía algo de la línea que acababa de descubrir en la futura travesía de su pupila y tal como había imaginado, la guía negó con sorpresa y con cierto regocijo. Varilia se alegraba de que el ser que iba a nacer fuera a tener la oportunidad de disfrutar del amor en aquella dimensión.

Después de esto buscó, en el almacén mágico del que disponían, algunas tinturas y aceites, junto a algunas plantas que habían sido recolectadas de formas un tanto peculiares, en momentos muy determinados; y cuando lo tuvo todo, se encerró en la sala Secreta, con la única compañía de una esfera de fuego que le serviría para alumbrarla mientras trabajaba.

Se quedó allí recluida durante nueve días, saliendo solo cuando se acercaba la hora en la que se escondería el sol, para atender a la futura madre. Después volvía a encerrarse.

A medida que esos días pasaban, ella no daba ninguna muestra de debilidad, sin embargo, la forma en que perdió peso, las sombras oscuras bajo sus ojos atigrados y la manera en que la cicatriz del arañazo sufrido en la cara se enquistó, denotaban su esfuerzo y su cansancio. La novena noche durmió profundamente.

El décimo día volvió a la sala Secreta antes del amanecer. Lo que antes era un espacio aparentemente vacío y oscuro, ahora albergaba un fuego morado que se movía al compás de sus órdenes y le mostraba casi todo aquello que ella quería ver. En un rincón había varios frasquitos de distintos colores, protegidos por un aro de fuego platino. La energía que siempre había llenado aquella sala había intensificado su presencia y, de alguna forma, su poder. Justo encima de donde crepitaba el fuego había un símbolo estrellado desde el que salían haces de luz que formaban una red que se extendía más allá de los muros, cobijando toda la isla. Comprobó que todo estaba como debía, se sentó, cerró sus ojos y dejó que su alma saliera de su cuerpo para encontrarse con Serai.

—He mirado… y he visto que seguirán intentando acabar conmigo.

—Era de esperar, todos conocemos su proceder —dijo el Sumo Sacerdote.

—¡No seas tan obtuso! No están llevando a cabo ningún ataque contra vosotros o contra las almas que estáis despertando.

—Lo han intentado, pero fuimos advertidos antes de que pudieran hacer nada.

—Convenientemente advertidos.

—¿Te parece mal?

—No, solo me parece extraño. Nunca, ningún demonio traicionó a los suyos mientras pertenecía a la hueste Oscura. ¿Quién os advirtió? ¿Alguien que quería que creyerais que iba a ser un ataque real para que así pensáramos que todo sigue una falsa normalidad?

—¿Qué quieres decir?

—Quiero decir que era una trampa. Por algún motivo no les interesa lo que estáis haciendo. Sin embargo, sí les interesa que yo no consiga realizar mi trabajo.

—¿No te estás cargando de importancia?

—¡Escúchame necio! Te he dicho que he mirado, y he visto.

—Dime pues lo que has visto.

—Debéis cambiar la línea trazada para unir a Ahóm con la Guardiana.

—Ja, ja, ja. Esto es lo que nosotros llamamos «un buen intento».

—¿Acaso crees que sería capaz de mentir? No necesito artimañas para realizar mi trabajo como debo. ¿Es que no te das cuenta?

—¿De qué debería darme cuenta? Me temo que estás viendo cosas equívocas.

—No menosprecies mis capacidades Serai —dijo Adae de forma amenazadora—. Y presta atención a ver si eres capaz de comprender lo obvio—. Aunque Serai se sintió molesto por la altivez con la que acababa de ser tratado, no dijo nada y escuchó—. El aviso del posible ataque, que, por cierto, nunca se dio, llegó justo cuando nació Ahóm. En el mismo momento en que se hizo inevitable que yo me enterara de vuestros planes. Ellos saben que voy a hacer todo lo que esté en mi mano para impedir que ese encuentro se dé. Y por algún motivo que desconozco, pero que no resulta difícil intuir, desean que vosotros logréis llevar a cabo vuestro propósito.

—Tú no puedes impedir que suceda lo que ha de suceder.

—¿Es que no estás escuchando? Si lo que pretendéis llegara a acaecer sería fatal para nosotros y bueno para ellos.

—Eso es absurdo.

—Kumara, majadero —espetó en un sibilino susurro la bruja—. Eres como los Ancianos, tan obsesionados con vuestros objetivos que perdéis de vista todo lo que sucede mientras caéis derrotados una vez tras otra en vuestras batallas. ¿Lucháis por un sentimiento altruista o es solo vuestro ego el que os guía en esta guerra? Un ego que no soporta formar parte del bando de los perdedores. Un ego que está dispuesto a lo que sea con tal de tener almas que lo idolatren y lo alimenten a cambio de mostrar, de vez en cuando, algún poder que fascine a los pobres Durmientes y los lleve a adoraros aún más. Un ego que se alimenta y crece tomando posesión del poder que los Sin Nombre os ceden.

—¡Basta ya, bruja! —estalló Serai—. Puede que nosotros cometamos errores, pero no eres tú la que está en posesión de toda la verdad. Si así fuera no permanecerías atrapada en la cuarta dimensión ¿no es cierto?

—Serai —Adae había suavizado su tono y su mirada—. Debes creer lo que te digo. Si no lo haces todos estaremos en peligro. Tienes que ayudarme. Debéis cambiar esa línea del destino de nuestros pupilos o será fatal para todas las almas existentes.

—Está bien —dijo Serai queriendo dar por terminado aquel encuentro—. Esta noche miraré.

Adae volvió a su cuerpo intuyendo que el Sumo Sacerdote no pensaba hacerle caso. Antes de que pudiera abrir los ojos vio a Aruma.

—Temo que tengas razón.

—Ambas sabemos que es verdad.

—No podemos esperar a que los Ancianos o Serai actúen. Tendremos que ocuparnos con todo el cuidado de que lo que nunca debió ser firmado, no se lleve a cabo.

—Permanece con la madre. Yo me ocuparé de advertir al Mago, si es que no se ha dado cuenta ya.

—Deberías descansar.

—No estoy cansada.

—Adae… —La voz de Aruma era dulce—. Vuelves a estar en un cuerpo semifísico, y si algo le sucede a él no tendremos a nadie ahí para ocuparse.

—Lo sé, lo sé. Ayer dormí.

—Tus heridas no están curándose de la manera adecuada. Tienes que recuperar fuerzas, la niña nacerá pronto y para entonces debes estar totalmente recuperada.

—De acuerdo, de acuerdo. Vete ya.

<hr />

Esa noche, mientras Adae dormía, Aruma intentó sanar sus heridas, pero no pudo. Había visto muchas lesiones de ese tipo. Gracias a los antídotos que había estado tomando, el veneno no la había infectado, ni las uñas del demonio tampoco; sin embargo, las marcas infringidas permanecerían ahí por siempre; incluso cuando la bruja abandonara el tercer plano y aquel cuerpo para volver a su dimensión. Solo pudo insuflarle aliento para renovar sus fuerzas. Aruma pensó entonces que, tal vez, el único motivo por el que la bruja no había ascendido desde la cuarta dimensión era porque estaba destinada a hacer lo que estaba haciendo ahora.

21
Intereses encontrados

—Yo también he mirado —dijo el Mago.

—Entonces seguro que estás de acuerdo con mis sospechas.

—Sí, estoy de acuerdo. Sin embargo, hay algo que no termino de comprender.

—Supongo que es lo mismo que no me encaja a mí —dijo Adae.

—Entiendo que, en su ofuscación, los Oscuros tomaran la generación de algún karma en el alma de la Guardiana como una derrota para los Ancianos y como una dudosa victoria para ellos.

—Pero no entiendes que estén permitiendo el avance del plan de los Kumara y estén centrando su atención solo en esa posibilidad, ¿cierto? —terminó la bruja.

—Sí.

—En tal caso, deben tener alguna intención oculta.

—Si es así, será difícil que lleguemos a verla.

—Puedo penetrar en su mundo.

—No vas a hacer algo así —negó el Mago.

—¡Vamos! Lo he hecho muchas otras veces antes y lo sabes. ¿Cómo si no sabría luchar contra las artes oscuras? —expresó Adae.

—Las circunstancias eran diferentes. Ahora necesitas toda tu energía. No puedes hacer un consumo como el que la bajada a los infiernos requiere, y menos siendo el objetivo prioritario de sus cazadores.

—No me verán.

—Se te olvida que ahora estás lastrada con el peso de un cuerpo. Y se te olvida, también, que tu energía no resulta invisible para los de alto rango, que son los que, sin duda, han trazado este plan.

—También puedo intentar contactar con alguno de mis aliados allí.

—¿Nunca te das por vencida? Contactar con alguno de ellos implica acercarte, cuando no entrar, en el Averno. Además, que yo sepa tú no tienes aliados allí, ¿o me equivoco? —preguntó el Mago.

—Aliados, viejos conocidos, qué más da.

—Ja, ja, ja, muy graciosa. Adae, no debemos perder más tiempo con esta discusión.

—Está bien —concedió Adae.

—Es más que suficiente con que te ocupes de que todo se mantenga en orden allá abajo.

—¿Y tú que vas a hacer?

—Lo mismo que tú, pero desde aquí.

—¿Intentar que los Ancianos modifiquen esa línea de destino?

—Eso y seguir ayudándoos con ella.

—De acuerdo, avísame si consigues algo.

—Lo haré. —La bruja había comenzado a inhalar en un gesto de despedida cuando el Mago la interrumpió—. Te he construido un regalo —le dijo, materializando ante ella una gran capa de color blanco.

—Gracias —dijo ella poniéndosela de forma que hasta sus ojos quedaban cubiertos ante las miradas inapropiadas—. Aunque habría preferido que fuera igual que la tuya, el negro siempre me favoreció más.

El Mago se rio y ambos desaparecieron.

Adae sabía que aquel presente era un gran gesto. Aquella capa, invisible en el tercer plano, la mantendría oculta, excepto para los seres realmente arcanos. Era una buena protección. Entonces se preguntó por qué era necesario que las situaciones fueran dramáticas o desesperadas para que las almas unieran sus dones y colaboraran entre sí. En su larga estancia en la cuarta dimensión, apenas había confraternizado con nadie, ni siquiera con el Mago. Recordó sus vidas como una Perdida y pensó que los verdaderos aliados no son aquellos que te prestan su ayuda en los momentos delicados, sino los que celebran contigo tus triunfos. Esos sí son difíciles de encontrar.

El Mago percibió un aviso. No era una llamada, era solo una indicación de que algo que no estaba dentro de lo previsto se estaba desarrollando en aquel momento. Prestó atención para ver la procedencia de aquella advertencia, desvelada por una red de seguridad trazada por él cuando todo este extraño juego empezó, y vio que procedía de la cueva de Adae. Rápido, se dirigió hacia allí, confiando en que Adae no se hubiera percatado del aviso mientras se marchaba, y que, en caso de haberlo percibido, dejara en sus manos lo que estaba sucediendo; al fin y al cabo, era su red y ella tenía ya bastante de qué ocuparse.

Cuando estaba llegando descubrió que el Anciano estaba allí. Eso no era bueno. No estaba bien que el Anciano se acercara a la cueva sin avisar. Si lo hacía era, o bien porque había pasado algo inesperado, y eso sería malo, o bien porque estaba tramando algo más a sus espaldas y a las de Adae. Y eso también sería malo.

Entró sin hacer ruido y se mantuvo oculto unos instantes, entre las sombras de las piedras. El tiempo suficiente para escuchar al Anciano intentar convencer al Guardián de que sumara su poder a la causa de los Kumara. El Guardián no había tomado partido, ni siquiera terminaba de entender de qué se trataba aquella contienda antigua en la que aquellos planos estaban inmersos.

—¡Anciano! Acabas de sobrepasar incluso tu propia osadía —exclamó el Mago.

—¡Nos lo debe!

—¡Cómo te atreves a reclamar ningún tipo de deuda a un alma que sufre una merma de su libertad por las maniobras de locos como tú!

—No fui yo el que comenzó todo esto.

—Pero de no ser por ti ya habría terminado.

—Sabes que si él interviniera… todo esto podría tener el final que siempre hemos esperado. Sería bueno para todos.

—Tal vez haya llegado el momento de destituirte en tus funciones en el Tribunal. Tanto tiempo obsesionado con los Sin Nombre ha terminado por nublar tu juicio.

—Habláis como si yo no estuviera presente.

—Mis disculpas, Guardián.

—¿Por qué dices que os lo debo? —La mirada del Mago, junto a su intención, bastaron para generar un hechizo silenciador en el Anciano. No es que estuviera a favor de ocultar información a alguien como el Guardián, esos métodos eran solo para ser usados con los ignorantes. Pero cada cosa requiere un momento adecuado, y en las últimas horas demasiadas cosas habían sido hechas en momentos y en formas inadecuadas.

En ese instante entró Amún, que los miró a todos, sintiendo la tensión que se movía entre el Anciano y el Mago y percibiendo, también, el hechizo. De improviso, y con una autoridad que pilló desprevenido al Anciano, dijo:

—Anciano, márchate de aquí y no regreses a no ser que seas llamado.

—El Mago supo que no tenía nada que contarle, el Hombre Pájaro sabía perfectamente lo que estaba pasando.

—Debe estar a punto de nacer. Será mejor que vigiléis el fuego, yo tengo algo que hacer —dijo el Mago despidiéndose de los dos compañeros.

22
Buscando respuestas

El Mago se dirigió directamente al infierno. Él sí tenía algunos aliados allí. Demonios contra los que había luchado antaño de forma honorable y con los que había desarrollado un respeto mutuo. Se encontraban solamente en situaciones extremas, y si bien ni él podía esperar ayuda de ellos, ni ellos de él, pues seguían teniendo objetivos a menudo enfrentados, en ocasiones llegaban a intercambiar información, o incluso treguas.

Oculto bajo su capa negra atravesó la Laguna y el umbral que daba paso al Averno. Respiró despacio, acostumbrándose a aquel hedor a azufre que lo impregnaba todo. Cuando lo hubo hecho, descendió por los escalones de piedra hasta el primer nivel. Lo cruzó sin mirar las almas de los que, unos encarnados, otros no, vagaban de forma absolutamente inconsciente por allí. Prisioneros de sí mismos y de su ausencia de entendimiento. Haber intentado decirles la verdad, mostrarles dónde estaban, cómo y por qué seguían allí, habría sido absurdo, incluso suicida. Los que por aquel primer horizonte caminaban cargando como si no se pudiera hacer otra cosa, con su infelicidad, no querían saber la verdad, preferían aferrarse a las mentiras que les ayudaban a sentirse seguros y a adormecer los desgarrados gritos de sus propias almas.

Bajó los desgastados escalones que llevaban al segundo nivel. Estaba casi igual de atestado que el primero, pero allí, a diferencia del anterior, sí había algún Oscuro. No es que fuera normal que algún alma intentara escapar, pero era cuando caían hasta allí cuando podían atisbar al menos un boceto de la realidad que habían creado para sí en su temeraria ignorancia. Y aunque lo habitual era que se quedaran paralizados por el terror y sobre todo por la misma ignorancia arrastrada que les impedía buscar otra opción, alguno podía intentar moverse, comenzar, por primera vez, a asumir su responsabilidad, iniciar un movimiento diferente. Por desgracia, eso no solía suceder. Allí tuvo más cuidado, no quería alertar a los demonios vigías de su presencia. A pesar de ello, no tardó en cruzar aquel horizonte y deslizarse hasta el tercero.

En otras incursiones en aquel mundo inferior había llegado hasta el séptimo nivel. Esta vez esperaba no tener que hacerlo, confiaba en que Zur hubiera escuchado el mensaje que le había enviado antes de dirigirse hacia allí y le esperara en el tercer nivel, en el que estaba entrando.

Así fue. Zur, de algo más de dos metros de altura y fieros ojos negros que hacían juego con sus tremendas alas, con su largo pelo y con sus ropajes construidos de harapos de sus víctimas, le esperaba con una sonrisa sarcástica medio dibujada en su rostro. Sus facciones eran masculinas y de rasgos bien definidos; su rostro estaba surcado por esas huellas tan peculiares que, aunque invisibles, delatan a los antiguos guerreros. Zur había nacido como Hombre Murciélago, pero de eso... hacía mucho. Era el único de su raza que se había transformado en un demonio. El Mago intuía las razones que llevaron a su alma a una caída como aquella, pero nunca había hablado con él sobre ese asunto. Había temas que, sin que ningún código escrito lo dictaminara, no se iban a tratar entre ellos. Tal vez un día todo fuera diferente y Zur volviera a volar lejos de aquel lugar. Tal vez desistiese de perseguir objetivos de aniquilación. Tal vez concluyera su aciaga travesía como un guerrero vencido por el dolor, arrastrado por un sufrimiento atroz, tal vez.

—¿Cuándo me regalarás una capa como esa?

—Tus alas son demasiado grandes. —Se saludaron.

—Sé por qué has venido.

—¿Puedes ayudarme?

—Nadie puede.

—Hemos vivido otras batallas y hemos sobrevivido. Esta no será diferente.

—¡Ja, ja, ja! Tus ojos semiocultos bajo tu capucha me dicen que esa esperanza que intentas demostrarme, o demostrarte, no es real.

—No he venido para hablar de mis esperanzas. ¿Por qué no salimos a Tierra de Nadie? Allí podemos dar un paseo. —El Mago estaba inquieto y ese no era el mejor estado para permanecer allí abajo.

—Estoy bien aquí —denegó Zur.

—¿Cómo os habéis enterado del plan de los Ancianos?

—Esa no es la pregunta que te ha traído hasta aquí.

El Mago miraba la profundidad de los ojos de Zur y veía, como ya le había sucedido otras veces, demasiada sabiduría y, allí, en el fondo, el latido de un corazón que no había terminado de extinguirse.

—¿Por qué os interesa tanto el plan que han trazado para esa alma que ni siquiera estáis intentando interferir en el juego de los Kumara?

—El intento de los Kumara es absurdo y tú lo sabes.

—No has contestado a mi pregunta.

—No puedo hacerlo.

—Dime entonces, ¿es realmente Ilkur el orquestador de todo esto?

—No. Él ha sido solo una herramienta más, una ayuda necesaria para iniciar lo que los Ancianos están continuando de forma magistral.

El Mago sabía que no iba a conseguir más información. A pesar de no haber logrado su objetivo le dio las gracias a Zur y emprendió el camino de regreso. Antes de que terminara de subir las escaleras del tercer nivel el demonio le dijo: «Mago, esta no es como las otras batallas. Esta es la primera batalla». Y, girándose hacia su izquierda, desapareció.

Una vez en la superficie, envió un aviso mental a Amún y se dirigió hacia el Tribunal. Tenía que hacerle entender al Anciano el riesgo de su plan, aunque el peligro mayor aún no tuviera nombre. Todavía estaban a tiempo de parar aquello. Si lo hacía no sabía a lo que se iban a enfrentar, pero si no lo hacían sabía que se lo estaban poniendo demasiado fácil a los Oscuros.

Cuando el Mago llegó al Tribunal, el Hombre Pájaro le esperaba cerca de la entrada. Le contó lo que Zur le había dicho y Amún se quedó aún más sorprendido que él.

—No tiene sentido. ¿Cómo iba a ser Ilkur un simple esbirro? ¿A quién iba a estar dispuesto a servir? Su superioridad... ¿Cómo iba a descender hasta aquí y a estar dispuesto a trabajar para un bando a las órdenes de alguien cuando él ya había trascendido todo esto?

¿Qué ha ganado Ilkur con esto? —Amún no cesaba de hacerse preguntas que no obtenían ninguna respuesta.

—No es momento de divagar sobre las posibles motivaciones de Ilkur. Debemos conseguir que ese contrato sea cambiado.

—Sabes que el Anciano no se va a atener a razones. Le conozco hace eones y me temo que no será capaz de cambiar de opinión.

Por si Amún tenía razón, el Mago decidió exponer el problema a todos los formantes del Tribunal. Entraron en el espacio destinado a las reuniones de los miembros superiores e hicieron un llamamiento general. Casi de inmediato se presentaron todos, los primeros fueron los arcángeles, el último el Anciano.

El Mago, de forma concisa pero clara, les explicó para qué los había citado. Apenas concluyó, el Anciano preguntó:

—¿Has terminado?

—He terminado de exponer los peligros de la situación hacia la que, si no cambias el contrato, nos dirigimos.

—Y nosotros te hemos escuchado. Creo que podemos dar por concluida esta sesión extraordinaria.

—No vas a cerrar esta reunión sin dejar que nadie más se exprese. Anciano, estás jugando peligrosamente con el puesto que tanto te ha costado conseguir.

—No me amenaces, Mago. Tengo el apoyo de todos los presentes.

—¿Es eso cierto? —preguntó Amún mirando a los demás.

—No del todo —contestó Mikael, uno de los arcángeles. El Anciano se volvió hacia él sin ocultar su sorpresa e indignación.

—Habla —le invitó el Hombre Pájaro.

—Tampoco nosotros sabíamos nada de esa particularidad del contrato. También estábamos extrañados de la pasividad de los Oscuros ante el despliegue de los Kumara. Y ahora que nos has dado esta información, todo encaja.

—¿He de recordarte que hace eones que pactasteis servicio incondicional a los Sin Nombre, Mikael?

—Tal vez debieras recordar el significado de la palabra servicio. Ninguno de nosotros ha olvidado sus pactos —dijo, despacio y sin alzar la voz, refiriéndose al resto de los arcángeles—. Sin embargo, no vamos a patrocinar algo que parece que va a beneficiar a los Oscuros. Antes que el pacto al que has hecho referencia está nuestra Alianza Sagrada para que la Oscuridad no prospere hasta arrasar la luz.

—Entonces ¿desharéis esa línea? —preguntó el Mago.

—Ellos no tienen potestad para cambiar ningún aspecto de los contratos de los Sin Nombre —sentenció el Anciano—. Solo nosotros podemos y ni yo ni ninguno de los míos vamos a hacerlo.

—Has perdido la perspectiva Anciano —dijo con un tono notablemente grave Amún.

—Podemos reforzar la protección que ya tiene la Guardiana y ocuparnos de velar también por la bruja. Podemos estar a vuestro lado, pero no podemos hacer más, nuestros poderes allí abajo están muy limitados. La ignorancia que inunda la Tierra de las Almas Perdidas es grande y nos genera demasiado peso —añadió el arcángel.

—Gracias —dijo Amún mirando a los arcángeles, a modo de despedida.

Los Ancianos estaban dejando la sala cuando el Mago, con la fuerza que a veces imprime la impotencia, preguntó:

—¿Te has vuelto un traidor Anciano?

—¿No has pensado que quizás seáis vosotros los que estáis perdiendo la perspectiva? —le contestó sin detener su marcha.

23
Un nuevo nacimiento

Desde que Adae había vuelto, había extremado las precauciones para mantener protegidos el recinto y a los que allí moraban. También había intensificado el trabajo que realizaba con la futura madre. Y cada día había mirado, se había esforzado por encontrar las medidas óptimas para mantener a salvo a la Guardiana, y por descubrir la razón por la cual los Oscuros solo parecían sentir interés, últimamente, por lo que a esa alma concernía, cosa que no había conseguido. Agradecía el refuerzo recibido por algunos componentes de la hueste de Mikael, eran muy buenos como protectores y como aliados contra las fuerzas oscuras, pero Adae no olvidaba que otros, antes que ellos, también lo habían sido y habían caído. También agradecía los acercamientos del Gran Dragón, que la hacía sentirse segura, junto a la ayuda de los demás.

———

Desde que la futura madre llegara a Aras solo le había relatado sueños de forma muy esporádica. En la mayoría de ellos veía a Aruma, aunque no sabía quién era. En otros se percibía inmersa en un río de color mercurio, que fluía hacia arriba, como si fuera contra la corriente; en esos sentía desconcierto, dolor y finalmente compasión y un profundo amor; pero tampoco sabía de qué se trataba todo aquello. Llegó a tener uno en que vio la imagen del Guardián; ese la emocionó especialmente, como si a través de aquella visión hubiera sentido algo que jamás había imaginado que se podía llegar a sentir. Todo aquello no eran más que pruebas de que todo estaba yendo como debía. Incluso la extraña pesadilla que tuvo antes de que atacaran a la bruja, en la que se sentía secretamente vigilada y perseguida y veía al sol teñirse de negro e inundar un desierto, infinito, de demonios. Aquello no fue más que una muestra del poder del alma que estaba a punto de nacer y de su precognición. Hasta los sueños que comenzó a tener de forma reiterativa desde el retorno de Adae, en los que la mujer percibía una presencia, según ella, masculina, que la esperaba, que la observaba, que de alguna forma velaba por ella… Una presencia que le recordaba a aquel ser, al del sueño en el que sintió esa cosa inhumana y preciosa, un ser al que ella, que en realidad veía a través de los ojos de su futura hija, estaba destinada a volver. Incluso este, no era más que un indicio de que la información que la bruja había comenzado a susurrarle al bebé estaba impregnándose de forma adecuada.

Pero aquella mañana, la narración onírica que escuchó Adae la dejó preocupada. En ella la madre le imploraba a su hija que volviera, mientras esta se alejaba llorando, pidiéndole que la perdonase, diciéndole que no estaba preparada.

Justo dos días antes de su nacimiento, no. En parte era normal, nacer dolía, siempre; mucho más que morir. Y en sus circunstancias el dolor se veía agravado. Muchas almas sentían temor ante lo que implicaba nacer en una forma distinta, limitada. Temor a la vulnerabilidad y la indefensión a la que se verían obligados durante años. Temor a olvidarlo todo, a perderse más. Y algunos de aquellos que vivían ese miedo, intentaban huir, muchas veces con éxito; bueno, éxito relativo, pues más temprano que tarde, tendrían que regresar. La reencarnación mientras se está enredado en el Samsara no es negociable.

Adelantar su venida a aquel mundo tampoco era posible, el día y la hora habían sido escrupulosamente elegidos para que los astros trazaran un mapa adecuado para la vida que debía experimentar. La bruja también contempló la opción de dejarla marchar, pensando que de esa manera los planes de los Ancianos se vendrían al traste, pero le pareció una opción a desdeñar. Dilatar su llegada sería terrible para el Guardián de los Silencios y, de una forma diferente, para todos los demás. Si la dejaba marchar tendrían que volver a empezar. Era preferible asumir el riesgo y hacerlo lo mejor que supiera, a una posposición que, en verdad, podía ser fatal.

Fue por ese motivo por el que decidió encerrarse con la madre en la Sala de la Invocación, en la que hasta ahora la había estado instruyendo. Sería mejor que tanto ella como Aruma pasaran los dos siguientes días junto a la mujer, cuidando que el embarazo llegara de forma adecuada a su fin.

Envueltas en aromas cuidadosamente elegidos, sin dejar de tararear los sonidos propios del alma de la Guardiana de las Palabras, mientras mentalmente le recordaba quien era y para qué debía nacer; arropadas bajo la protección de grandes seres, esperaron hasta que dos días después, la mujer se puso de parto.

Eran las cinco de la madrugada del día diecisiete de marzo, pero no fue hasta las once y media de la mañana, que Adae salió a buscar a las dos sacerdotisas que debían ayudarla con el nacimiento. Era fácil percibir la mirada atenta de todos los que por ella velaban, era difícil que algo saliera mal; aun así ninguno bajó la guardia ni un instante. A las trece horas y once minutos, la Guardiana tomó su primer aliento en aquella tierra inhóspita, y lloró.

Adae la tomó en brazos y por un segundo miró a la abatida madre. Durante aquellos meses había llegado a sentir algo extraño hacia aquella mujer. Por una parte su falta de curiosidad, su docilidad y su conformismo le podían resultar del todo patéticos. Pero por otra, debajo de todo aquello, o través de ello, la bruja veía la cantidad de amor que la mujer emanaba. Era un amor puro, por eso no requería de preguntas ni de rebeldías. Lo que aquella mujer le despertaba era compasión. Ahuyentó de su cabeza esos pensamientos del todo inapropiados en un momento como aquel, en que tenía que llevarse al bebé recién parido, sin darle tiempo, ni siquiera, a que viera la carita de su hija. Así debía ser y ante lo que hay que hacer no caben las demoras ni las flaquezas.

Entró con la niña en la Sala Secreta, donde todo estaba dispuesto para ungir y bendecir aquel cuerpecito. Y ayudada por el Mago, por el Gran Dragón, por la Mujer Murciélago, por Varilia y por el Arcángel Mikael, llevó a cabo el inicio de un poderoso ritual de protección en que la llamaron Aisha. Aquellas eran las sílabas que se repetían en la canción que la bruja le había susurrado durante seis meses, la melodía de su alma. Además, tenía la ventaja de que aquel era un nombre que nunca antes había sido pronunciado, carecía de carga alguna.

24
La leyenda

—¿Por qué emite esos sonidos desarmónicos? —preguntó el Guardián mientras observaba, a través del fuego, el cuerpecito en el que ahora estaba contenida una parte de la Guardiana.

—Aún no tiene la capacidad de hablar —le contestó el Mago, que contemplaba desde allí el nuevo nacimiento, mientras se centraba en su labor de protección del bebé.

—¿Capacidad de hablar dices? ¡Es una parte de la Guardiana de las Palabras!

—Allí todo es diferente.

—¿Le duele?

—Sí, nacer es doloroso. Pero no debes preocuparte, todo está saliendo muy bien —dijo Amún mientras se dirigía hacia la entrada de la cueva—. Ahora tengo algo que hacer —dijo antes de marcharse.

Bajó los escalones y sin distanciarse demasiado llamó al Gran Dragón. Quería contarle todo lo que había sucedido mientras él aparecía y desaparecía. El Hombre Pájaro intuía que el Dragón había estado buscando a Ilkur, evidentemente, sin éxito. Su viejo compañero no tardó en llegar, alegre por lo bien que había ido el alumbramiento y la posterior generación de los escudos protectores, uno por cada uno de los que habían participado, sumados al del poder que ella emanaba y al que el amor del Guardián manifestaba en su interior y alrededor suyo.

—Pronto todo esto habrá terminado —dijo al acercarse al Hombre Pájaro.

—Puede que no.

—¿Cómo que no? —rugió. Y Amún le detalló la información que tenía.

—Encontraré a Ilkur, y antes de acabar con él podrá explicarnos quién inició todo esto.

—Temo que el Anciano siga tramando a nuestras espaldas. Hace un rato aprovechó que el Guardián estaba solo e intentó disuadirlo para que se enrolase en su cruzada.

—No creo que el Guardián hiciera eso.

—Estuvo a punto de contarle la Leyenda como si, sin lugar a dudas, fuera cierta.

El Dragón se quedó pensativo durante unos instantes, antes de decir, sin mucho convencimiento:

—Tal vez deberías contársela tú. Así, si llega a oírla por otras fuentes ya estará informado y tendrá una mayor capacidad para discernir.

—¿Crees que es necesario?

—No estoy seguro, ni siquiera sabemos si esa historia explica realmente el principio de todo esto, pero en vista de los movimientos que está haciendo el Anciano…

—De acuerdo.

—¿Cómo piensas encontrar a Ilkur? Hasta ahora no has dado con él. —El Gran Dragón rio con fuerza ante la suspicacia de su amigo.

—Lo encontraré. —Y desplegando sus grandes alas, se marchó.

Amún paseó un rato antes de regresar a la cueva. Por mucho que pensaba no lograba encontrar el sentido a todo lo que estaba pasando. Como tampoco llegaba a sentir la certeza de que contarle al Guardián la Leyenda fuera acertado, o desacertado. Lo ideal sería que todo aquello terminase de una vez y los Guardianes pudieran marcharse de aquella dimensión dual donde solo se movían en un constante enfrentamiento. Pero en el Cosmos no siempre ocurría lo ideal; sucedía lo que sucedía, o lo que tenía que ser, aunque fuera incomprensible incluso para ellos. Por otra parte, el Dragón tenía razón, si el Guardián tenía que escuchar aquella vieja historia sería mejor que la oyera de labios de un amigo que de alguien que solo pensaba en sí mismo, o en su causa.

Cuando volvió a entrar en la cueva, el Mago seguía el crecimiento de Aisha en el fuego; ya tenía tres meses. El Guardián había vuelto junto a la parte de la Guardiana que permanecía inconsciente. Se acercó a él y observó la fea herida negra de su vientre. Se la limpió una vez más y cuando terminó, invitó a su amigo a salir de la cueva, alegando que un poco de movimiento le vendría bien. No tenía ni idea de qué tipo de reacción provocaría en el Guardián aquello que le iba a relatar y prefería que al escucharlo estuviera limpio y alejado de la Guardiana.

—Cuando aún no estaba preparado para ascender desde estas dimensiones inferiores, yo, como todos los que hasta aquí existen, conocía una leyenda que explicaba el inicio de nuestra existencia —comenzó el Hombre Pájaro—. Ahora que te ves obligado a permanecer aquí puede que llegues a escucharla, por eso he pensado que sería mejor contártela antes de que alguno quisiera utilizarla a su favor, aprovechando tu desconocimiento.

—Está bien, te escucharé. Pero ¿no puedes narrarme esa historia dentro? No quiero permanecer alejado de la Guardiana, por si despierta.

—Preferiría hacerlo aquí. No me llevará mucho tiempo. —El Guardián asintió en silencio—. Cuentan que, antes de que ninguno de nosotros existiéramos como tal, incluso antes de que el espacio se multiplicara a sí mismo en dimensiones generando la multiplicidad de los sonidos y los colores, existía un ser plural y absoluto que gozaba de sí mismo, pues lo era todo y nada necesitaba. Pero en algún momento, una parte de él enfermó. Nadie sabe a qué se debió aquella dolencia, pero se cree que la parte del todo que inexplicablemente se desarmonizó comenzó a generar que otras partes también padecieran algún tipo de desequilibrio. La parte que contagiaba aquella terrible enfermedad llamada Olvido se había densificado hasta substraerse del todo al que pertenecía. Entonces, aquel ser que era uno y que era único, comenzó a sentir dolor. Echaba de menos a esa parte de sí mismo que había caído desmembrada y estaba dando lugar a diversas familias de seres. Cada una de ellas mantenía su poder y sus capacidades primeras y absolutas, pero también una especialidad que las diferenciaba del resto. La estirpe que primero se disgregó de forma consciente fue la de los Dragones. Ellos se separaron del Todo para intentar sanar a los Sin Nombre, que son los que al inicio de esta historia se habían enfermado y habían olvidado sus capacidades y su esencia. Después fuimos los Hombres Pájaros, nos siguieron los Ángeles y así hasta dar lugar a todas las razas de almas que aún hoy existen.

Lo que no sabían entonces es que al alejarse del ser inicial no podrían volver a él si no lograban cumplir el compromiso que libremente habían adquirido. Cuando descubrieron esto era demasiado tarde para todos. Y así fue como dentro de muchas de las familias surgieron los bandos opuestos. Algunos decidieron que aquello no era un problema, y se esmeraron y aún se esmeran por lograr que los Perdidos recuerden quiénes son. Otros buscaron otras vías que posibilitaran su regreso al Hogar. Y algunos decidieron que si aquello había sucedido debía ser por alguna razón, y cegados por el desgarro que sentían ante la irreparable partición apoyaron la caída de los Sin Nombre, contribuyendo a su terrible enfermedad; estos son los Oscuros. Ellos creen que aquel tiempo idílico y absoluto, que solo se recuerda a través de esta leyenda o deteniéndote a sentir la nostalgia en la que están inmersas las almas de todos los seres vivientes, terminó; y que ahora existimos en un tiempo nuevo donde el caos y la confusión son derechos que no deben ser suprimidos de los que se aferran a ellos. Un tiempo en que la oscuridad puede ser dominante y la luz solo una opción.

—No comprendo para qué iba alguien a querer contarme esta historia. En nada nos afecta a la Guardiana y a mí. Nosotros nunca hemos carecido de Hogar, ni hemos sentido ese dolor del que hablas en nuestro interior.

—Esta es la segunda parte de la Leyenda —continuó el Hombre Pájaro tras la interrupción de su amigo—. Cuentan que hubo una parte de aquel ser que no se contaminó y que tampoco se disgregó para buscar una solución a lo ocurrido. Dicen que esa parte aceptó lo sucedido y continuó en paz su existencia allá arriba, luciendo en plenitud absoluta, a la espera de que todos los demás, pudiéramos regresar... al Hogar. Los que creen en la Leyenda, y al menos en estas dimensiones son todos, a esa parte que nunca se contaminó ni se densificó, la llaman Los Guardianes. —Después de una pausa, Amún continuó—. Los Oscuros los repudian por sentirse abandonados por ellos, y los demás... bueno, entre los demás hay opiniones encontradas.

—¿Me estás diciendo que esos que nunca se corrompieron somos nosotros?

—Solo te estoy contando un mito.

—¿Has terminado?

—En verdad la Leyenda tiene algunas otras partes, pero te he contado lo principal.

—¿Era por esto que el Anciano decía que le debía ayuda?

—En esto se basaba, pero la realidad no funciona así. Si la Leyenda es cierta, lo único que debes hacer es esperar a la Guardiana y alejarte con ella de todo esto. Esta no es vuestra guerra.

25
Aisha

El tiempo, allí abajo, pasaba demasiado rápido en su lentitud. Hacía poco más de tres años desde que Adae, en un arranque de compasión, había enviado a la madre de Aisha al Gran Templo para que pudiera ser acogida y adiestrada por los Kumara; era lo único que podía hacer por ella. Poco más de tres años desde que la Guardiana había tomado un cuerpo, por segunda vez, en la Tierra de las Almas Perdidas. Ahora correteaba por el patio central enredándose entre las túnicas de las sacerdotisas que comenzaban los preparativos para la próxima visita del Sumo Sacerdote. La bruja la contemplaba desde la puerta de su alcoba. Era muy poco el tiempo del que aquella niñita disponía para ser simplemente eso: una niña. De no ser por el aura, excesivamente luminosa, que constantemente emanaba desde el centro de su pecho, envolviendo completamente su cuerpo e iluminando a los que se hallaban a menos de cinco metros de ella, Adae habría olvidado que era mucho más de lo que al verla jugar parecía. Resultaba complicado. Mientras la miraba pensaba en cada detalle, en cada minuto, en cada decisión, en cada información, en cada práctica y en todo aquello en lo que estaba siendo adiestrada desde su nacimiento; en el peso de la responsabilidad que cargaba desde antes de nacer... Todo eso contrastaba con la risa que salía ahora de ese cuerpecito frágil y menudo que se soltaba en el éxtasis de aquel breve espacio de diversión. La bruja se preguntaba si, algún día, en un futuro, Aisha no terminaría revelándose contra todo lo que le impidió tener el suave abrazo de una madre, el cálido sostenimiento de un padre o una infancia donde el derecho al juego y la despreocupación fueran lo primordial. Frenó su disquisición recordándose a sí misma que pensar en el futuro nunca servía para nada. Y aprovechando aquel paréntesis en sus obligaciones, se dirigió a la Sala Secreta dispuesta a elevarse hasta su antiguo Hogar. Solo un momento, un pequeño aliento que le recordase que todo estaba bien, que todo tenía sentido, que pronto... o, al menos algún día, ella, como todos los que se habían comprometido con aquella extraña misión, podrían descansar.

Al penetrar en el habitáculo sagrado verificó, como hacía cada vez, que todo: físico y energético, estaba en orden. Se sintió agradecida. Desde que recibiera el ataque de aquel demonio, las protecciones generadas y sostenidas habían resultado efectivas. Todas las habitantes de Aras habían colaborado en el fortalecimiento de los escudos y así se habían mantenido prácticamente aisladas, dentro de una burbuja de conjuros y defensas energéticas difícilmente detectables, incluso para los Oscuros.

En verdad no eran los posibles ataques de los Oscuros lo que la había preocupado todo aquel tiempo, sino la imposibilidad de conseguir que el Sumo Sacerdote recapacitara. Sus esfuerzos durante aquellos meses para intentar convencer a Serai de que la ayudara a cambiar la línea de vida que cruzaría los destinos de Ahóm y su pupila, habían sido vanos. Ni siquiera la ausencia de ataques por parte de los demonios a los Kumara le había hecho plantearse que en todo lo que estaba sucediendo había algo demasiado extraño, que... ella podía tener razón. Tanto la bruja como todos sus compañeros habían hecho cuanto estaba en sus manos para dilucidar cuál era el plan oculto de los Oscuros, cuál era la motivación que hacía tan goloso, para ellos, el encuentro entre aquellos dos magníficos seres, pero ninguno había conseguido nada. Desde luego, la falta de resultados no iba a hacer que se rindieran. Aprovecharía la inminente visita de Serai para intentar, una vez más, que cambiara de opinión. Nadie externo a Aras había visto a Aisha y la bruja esperaba que conocerla hiciera que el Sumo Sacerdote considerara otras opciones. Sin embargo, una sombra de preocupación acompañaba la línea de sus pensamientos. Cabía la posibilidad de que Serai trajera consigo a su pupilo. Aunque era arriesgado sacarlo, siendo tan pequeño, del espacio protegido en el que se estaba criando, el Sumo Sacerdote podía asumir ese riesgo si pensaba que un encuentro temprano entre aquellas dos almas podía afianzar lo que debía suceder más adelante. Pero este era un momento para ella, uno de los escasos momentos en los que se podía dedicar, simplemente, a deleitarse en la consciencia de ser. Ya se ocuparía de lo demás en el momento oportuno.

Cuando salió, Aisha la esperaba acompañada de una de las sacerdotisas. Adae cogió su mano y ambas entraron en la Sala de la Invocación. Como cada día, ambas se encerrarían allí durante unas horas en las que la bruja le iría recordando a la niña cosas básicas que su alma conocía muy bien. Poco a poco Adae, apoyada por Aruma y Varilia, le iba desvelando el poder del verbo, el dominio de los cinco elementos, los secretos de los tres senderos y las múltiples entradas que estos tenían, le hablaba de las trampas desde las que se podía caer y de los complejos ascensos por la escalera de la evolución... Con apenas tres años, Aisha, dominaba todas las técnicas de respiración existentes, navegaba por los circuitos eléctricos que formaban su cerebro mientras adiestraba su mente y era capaz de entrar en meditación profunda, siempre en busca de su memoria perdida, en busca de la parte de su alma que permanecía «dormida», en busca de la realidad. Desde que aprendió a hablar, lo hacía prudentemente, a pesar de distinguir, desde su principio, los distintos tonos, intensidades e intenciones de las múltiples manifestaciones energéticas, a pesar de intuir el futuro y las líneas trazadas para los distintos seres, sabía callar y hacía mención de lo que veía solo a su maestra y solo bajo su indicación.

Adae la conocía bien y por la expresión de su rostro sabía que estaba esperando que la sacerdotisa las dejara a solas para contarle alguna visión. Así fue, cuando ambas entraron en la sala vacía, la niña, sentándose en el suelo y mirando a la bruja saludó:

—Vida plena Maestra. ¿Puedo hablar?

—Vida plena Aisha. Habla —contestó Adae.

—Sé que va a venir a visitarnos el dirigente de los Kumara.

—Así es.

—Quisiera saber qué es lo que no te gusta de él.

—No hay nada que no me guste de él.

—Entonces, quisiera saber por qué su visita te preocupa. —Adae guardó silencio unos minutos. Criar y enseñar a aquella niña estaba siendo, sin duda, la tarea más complicada a la que se había tenido que enfrentar. Sabía que intentar mentirle no solo era inútil, sino contraproducente. Los grandes seres no toleran la falta de honestidad. Sin embargo, no sentía que fuera el momento de explicarle a Aisha la situación en su completitud, y ante todo, debía hacer caso a su intuición.

—Serai y yo no estamos de acuerdo en algo. Esto es todo cuanto necesitas saber.

—Hujum… —Después de asentir y quedarse pensativa un instante, la niña volvió a hablar—. Maestra, creo que hay algo que debes saber.

—Te escucho.

—Esta noche ha venido el Anciano a visitarme. —Adae respiró profundamente y con un punto de contención en la voz le preguntó:

—¿Desde cuándo te visita el Anciano?

—Eso no es de lo que te quiero hablar.

—Aisha, sabes que es muy importante que me cuentes todo lo que ves… aunque esté relacionado con nuestros aliados.

—No debes preocuparte por eso ahora. Nunca me ha dicho nada que te contradiga, ni he percibido una energía peligrosa en él.

—Por muy adelantada que estés, aún no dominas tus capacidades como para ser autosuficiente. —La niña guardó silencio y bajó la vista pensativa. Era la primera vez que su maestra la increpaba. Aun así, Aisha siguió con lo que ella quería decir, en lugar de contestar a la pregunta de la bruja.

—El Anciano me ha dicho que, por el momento, tú te ocupas de cuidarme, pero que será Serai el que más adelante me guíe. Me ha dicho que es importante que le haga caso.

Adae miró de reojo a Varilia. Estaba furiosa, sabía que Varilia, aunque se esmeraba en hacer lo mejor que sabía y podía su función e intentaba reforzar la labor que ella misma desempeñaba, nunca iba a hacer nada en contra de su propio Maestro. Por eso, dadas las circunstancias, no podía confiar en ella. Sí, estaba furiosa, pero sobre todo estaba cansada de las artimañas del Anciano. ¿Cómo alguien de su supuesto nivel podía actuar de aquella manera, aparentemente tan desleal?

—Será a ti misma a la que debas hacer caso, a nadie más. —Se arriesgó Adae—. Debes saber que ni el Anciano, ni Serai, ni yo, ni ninguno de tus guías, estamos por encima de ti. Podemos procurar cuidarte, podemos esmerarnos en ayudarte a recordar lo que necesitas saber, pero en última instancia es tu instinto el que debe prevalecer. Tú, a diferencia del resto de los seres encarnados, no estás sometida, no hay nadie por encima de tu consciencia; tus aliados podemos apoyarte hasta que recuerdes, nada más.

—Hay alguien más como yo ¿verdad? Alguien que justifica mi añoranza…

Aquella pregunta, la traicionera intervención del Anciano y la apremiante visita de Serai, hizo que Adae decidiera dar un giro al método que estaba siguiendo en la educación de Aisha. Aquella tarde la llevaría tan cerca del Guardián como su alma le permitiera. Sin contarle lo que aún no estaba preparada para recordar, la ayudaría a sentir la energía de su otra parte. Podía no resultar sencillo pues, aunque el Guardián siempre estaba cerca de su alma, envolviéndola con su cálido amor, una parte de la Guardiana permanecía perdida en una terrible amnesia. Aquello era algo tristemente habitual cuando alguien no quería o no estaba preparado para recordar, al igual que cuando estaba demasiado obsesionado por hacerlo, no importaba lo claro que fuera o lo visible que estuviera, su mente, incluso su alma, no llegaban a registrarlo. Obligarla, guiarla ahora para que tomara conciencia de él, implicaba un riesgo que podía ser contraproducente, pero Adae estaba dispuesta a asumirlo. Aquella no era una niña ordinaria.

Cuando el ejercicio concluyó, por las mejillas de Aisha resbalaban silentes lágrimas. Adae le acarició con ternura el cabello.

—Le he sentido. He visto cómo descendió hasta el Río de la Vida para buscarme… Me está esperando…

Era bueno que la niña hubiera percibido eso, y solo eso. Haberla llevado más atrás en el tiempo habría sido demasiado.

26
Sin respuestas

—¿Qué ha sido eso? —preguntó Amún asomándose a la sala de los cristales, tras percibir un considerable aumento de la energía que de allí emanaba.

—Creo que la bruja ha comenzado a guiar a la Guardiana hacia aquí, hacia ella, hacia mí. —El Guardián, poco a poco, iba comprendiendo los tempos y los acasos que determinaban los movimientos en aquella dimensión—. Su pecho ha brillado y casi he podido sentir su aliento. Nuestra memoria ha comenzado a aflorar en la niña.

—¿Te encuentras bien?

—No estoy seguro…

—¿Es por las heridas?

—Creo que no. Estoy empezando a habituarme a las diferencias de este extraño lugar, supongo que es por eso que puedo percibir que algo no va bien.

—¿A qué te refieres? La Guardiana está bien protegida y su desarrollo está yendo tal y como deseábamos.

—No es eso. Es otra energía, algo distinto, algo externo a nosotros que, sin embargo, me resulta familiar.

—¿Aquí?

—No solo aquí, parece estar en todas partes.

—¿Desde cuándo lo percibes?

—Empezó poco antes de que la Guardiana entrara en su nuevo cuerpo. —Amún contempló pensativo a su compañero. Él también había percibido algo inusual, pero con todo lo que estaba sucediendo tampoco le parecía extraño.

—¿Podrías definir más concretamente lo que te despierta esta alerta?

—Aún no.

Ambos seres escucharon la llamada telepática del Gran Dragón al unísono, justo un instante antes de que, en la entrada de la cueva, se oyera un fuerte estruendo. Salieron a tiempo para ver una fisura en el entramado de la red que sostenía aquella dimensión, un quicio que había sido abierto por el Dragón o por sus acompañantes. Ante ellos, flanqueado por tres dragones de grandes dimensiones color azul zafiro y uno de menor tamaño que vigilaba la retaguardia y tenía el mismo color que los granates, reposaba sobre sus cuatro patas su amigo. Entre los cinco, suspendido en el aire, brillaba un armazón que parecía formado por relámpagos. Dentro, Ilkur se empeñaba con ahínco en desestructurar los barrotes que lo mantenían preso.

—¡Activad vuestras protecciones!

Fue lo que tuvo tiempo de decirles el Gran Dragón antes de que por ese umbral que, aún permanecía abierto aparecieran una docena de demonios.

Los cuatro que iban en cabeza lanzaron esferas de fuego negro contra los dragones, pero tres de ellos fueron abatidos bajo el aliento abrasador del dragón rojo; el cuarto fue aplastado por la enorme cola de uno de los dragones azules. Los cuatro demonios que surgieron tras ellos dirigieron su embestida contra el Hombre Pájaro y el Guardián. El segundo había perdido su apariencia humana y se elevaba en el aire luchando de forma encarnecida contra sus dos oponentes. Amún, por su lado, había hecho aparecer su espada de fuego y, de forma diestra, acometía las embestidas que los otros demonios le arremetían con sendos hierros del color del mercurio. Los cuatro que penetraron en último lugar se dirigieron directamente hacia la jaula que mantenía a Ilkur prisionero. Al intentar desactivarla salieron por los aires, pero aquello no les hizo cambiar de opinión y, mientras tres de ellos suplieron a los caídos bajo la fuerza de los dragones, el último se empeñaba con sus armas y con algunos antiguos sortilegios, en desactivar las defensas que hacían impenetrable aquella trampa.

El Guardián sintió emerger una furia que sabía asociada a la herida de su vientre, y utilizó la fuerza que esta le otorgaba para acabar rápidamente con sus dos contrincantes. Así, viendo que el Mago se aproximaba y entraba en acción atacando al demonio que intentaba liberar a Ilkur, acudió en ayuda de Amún.

La poderosa ayuda de los dragones fue indispensable para acabar con los atacantes con brevedad. Aunque a los dragones no les gustaba participar en batallas de ningún tipo, eran unos excelentes aliados por su poder y su agilidad.

Solo Amún había recibido un pequeño corte en su costado izquierdo. Y el Guardián necesitaba una limpieza de la herida de su vientre. Los demás estaban bien. Ilkur permanecía dentro de la jaula de relámpagos y el Mago había logrado hacer prisionero, no sin tristeza, al último de los demonios. Los demás habían muerto.

—Te dije que lo encontraría —resopló el Gran Dragón mirando a Amún. Este sonrió mientras sellaba su herida con una esfera de fuego dorado.

El Guardián, por su parte, intentaba refrenar la ira que nacía de su abdomen y le impelía a acabar con Ilkur sin mediar ni una sola palabra. Era el responsable primero de aquella farragosa situación y aunque buscaba, no encontraba ningún motivo para aplacar la furia que su sola presencia le hacía sentir.

—No es tu destino acabar con la existencia de otros. Eso pudriría tu alma —le dijo el Hombre Pájaro, percibiendo las emanaciones y los pensamientos de su compañero—. Hay que limpiar tu herida.

—¡Deja mi herida!

El Guardián apenas podía controlar su rabia. Así, se lanzó, en la forma animal que aún mantenía, contra Ilkur sin reparar en que los rayos, que hacían las veces de barrotes, no solo impedían que su enemigo saliera, también imposibilitaban cualquier entrada. Con una fuerte sacudida salió disparado contra el pecho del Gran Dragón que se tambaleó. Todavía erizado, mirando la profundidad invisible de los ojos grises del Guardián le dijo:

—Deja que Amún limpie tu herida mientras nosotros nos ocupamos del traidor.

El Guardián, comprendió que su estado no iba a ayudar en nada y se dejó curar en actitud más contenida que sumisa.

—El linaje al que pertenece este demonio es de los más antiguos —dijo el Mago, refiriéndose al Oscuro que había hecho prisionero, mientras este intentaba deshacerse de los grilletes lumínicos que le impedían moverse—. Es poderoso, me temo que no tardará en desarticular la magia que lo mantiene preso.

—No te preocupes. Ahora está solo y, aparte de escapar, no creo que vaya a intentar nada —intervino el Gran Dragón.

—No te fíes. Nunca puedes relajarte ante un Oscuro, mucho menos si es uno de los antiguos.

—¿Qué propones? —preguntó el Gran Dragón sin terminar de contagiarse por la inquietud del Mago—. ¿Quieres acabar con él?

—No. —El Gran Dragón miró extrañado al Mago ante su categórica negación. Y confiando en que el Mago se ocupara de la mejor forma de su prisionero, se dirigió a Ilkur, permitiendo que su resentimiento y su enfado se tradujeran claramente en su mirada, que estaba adquiriendo un tono fueguino.

—¿Por qué lo has hecho? —preguntó. Pero la única respuesta que obtuvo fue una sonora carcajada—. Puedes responder o darme el placer de no hacerlo…

Una vez dicho esto el Dragón proyectó una gran llamarada que atravesó los barrotes e impregnó a Ilkur. Era un fuego ignífugo que, lejos de dañar la forma, consumía poco a poco a quien osara enfrentarse a cualquier dragón desde la mentira o la cobardía. Formaba parte de su naturaleza. Podían proyectar su propia esencia de forma que, antes de que ningún tipo de ser pudiera reaccionar, perdiera las cualidades y todo aquello que les hubiera hecho engrandecerse en alguna clase de poder inadecuado. Si el ser en cuestión se había desviado mucho de lo correcto, aquellas llamaradas terminaban acabando con él por completo.

—No soy yo el que debería preocuparos —dijo Ilkur con una mueca de terror.

—No me hagas perder el tiempo —rugió el Gran Dragón dispuesto a lanzar una segunda llamarada.

—Espera —pidió Ilkur levantando una mano—. Te diré lo que quieras saber.

Ilkur temía que el Dragón acabara con él de aquella forma, pues si lo hacía no tendría nada sobre lo que volver a crearse, desde lo que renacer. Esa era la peor de las muertes.

—Me hicieron saber que el conocimiento les iba a ser regalado a los Durmientes. Todo aquello a lo que solo se puede acceder caminando cada uno de los pasos necesarios iba a ser cedido a los Perdidos… Si eso llegaba a suceder todo lo que existe, todo lo que habíamos conocido, se desestabilizaría de forma irremisible. Imagina a los Sin Nombre accediendo a una sabiduría que requiere de eones para ser comprendida e integrada… su soberbia habría acabado con todo. No habría sido bueno para ninguno…

—¿Y qué tenía que ver todo eso con nuestro Hogar? Con los Guardianes.

—Sabía que ninguno de vosotros lo entendería. Llevabais demasiado tiempo aislados. El desequilibrio generado habría llegado también allí.

—Ja, ja, ja. Estoy a punto de conmoverme. Finalmente va a resultar que lo has hecho por nuestro bien…

—Si no lo hubiera hecho habría sido peor. No espero que lo entiendas.

—Ni te creo, ni me interesa lo que me estás contando. ¡No me hagas perder el tiempo traidor! —espetó el Gran Dragón.

—¿Quién te dijo lo que debías hacer? —intervino el Mago.

—El Que Es.

—¡¿Quién?! —rugió el Dragón.

—Ya os he contestado. No es problema mío si no estáis preparados para conocerlo. Él sí sabe de vosotros.

—¿Para qué quería que destruyeras vuestro Hogar y a sus creadores? —siguió preguntando el Mago.

—No pretendía destruir nada… Se trata de rehacer lo que nunca debió ser desecho. Mientras los Ancianos en su ignorancia y en su arrogancia se lanzaban a la generación de un caos mayor, él ha iniciado un nuevo camino… Es el tiempo del orden.

—¡Has perdido el juicio! —gritó furioso el Dragón mientras proyectaba una nueva llamarada, al tiempo que el demonio lograba soltar una de sus manos y lanzaba directamente sobre el pecho de Ilkur una punta de flecha de humo negro que, veloz, se esparció robándole la vida. La maniobra fue rotunda y efectiva. El único que les podría haber ayudado a entender, el que había iniciado todo aquello, había dejado de existir. El Mago reaccionó rápidamente, rehaciendo el grillete roto por el demonio, casi al mismo tiempo que el Gran Dragón ponía una de sus patas delanteras sobre el Oscuro.

—¿Por qué has hecho eso? —le preguntó. Pero fue el Mago quien contestó.

—No iba a permitir que hablase. —El Dragón rugió amenazador, aunque esto no generó ningún efecto en el demonio que se mostraba más oscuro y contundente que antes. El Mago, mientras incrementaba y sostenía los sortilegios que le mantenían inmovilizado, buscó en el fondo de sus ojos aquel resquicio de luz que había mantenido vivas las esperanzas de que Zur, algún día, se recuperara a sí mismo, pero no logró hallarlo—. No vamos a conseguir nada de él.

—Acabemos con él, pues —propuso irreflexivamente el Dragón. Sin embargo, al Mago no le gustaba la idea. Siempre era reticente a acabar con cualquier forma de vida. Lo había hecho en muy pocas ocasiones y siempre porque se había encontrado en circunstancias límites en las que su propia existencia corría un grave peligro. Y, a pesar de las apariencias, ni podía, ni quería dejar de tener fe en la redención de aquel que en otro tiempo fuera un Hombre Murciélago.

—Nadie va a hacerle nada… por el momento —intervino Amún que había terminado de limpiarle la herida al Guardián.

—¿Qué propones?

—Aún no estoy seguro de qué es lo adecuado —dijo tras meditar—. Pero aniquilándolo no ganamos nada.

—Tampoco ganamos nada dejándolo con vida. Solo correríamos el peligro de ser blanco de sus aliados si deciden venir a por él —dijo el Gran Dragón.

—Asumiremos ese riesgo. Aunaremos nuestro poder y nuestra magia para crear una celda que no pueda ser rota ni detectada por ninguno que no seamos nosotros mismos.

Así lo hicieron y decidieron turnarse para mantener una férrea vigilancia, sobre el demonio. Fue el Mago el que comenzó el turno.

27
Por dolor

El Mago mantuvo su mirada en los ojos de Zur durante largo tiempo. Hubiera querido decirle cosas que nunca le había dicho. Hubiera querido poder salvarle de sí mismo. Sobre todo, y aún consciente de su imposibilidad, hubiera querido que nada de esto estuviera sucediendo.

—¿Para qué? —preguntó por fin. El silencio se mantuvo. No fue una sorpresa. El Mago conocía a Zur desde hacía demasiado como para esperar de él algo que jamás le daría—. Dime al menos por qué has venido tú. Podríais haber enviado a cualquier otro.

Zur recrudeció su mirada, dejando manifiesta su ausencia de temor. Él, como muchos de sus compañeros, eran maestros del miedo, tal vez por eso nada les asustaba, ni siquiera la idea de su extinción. Sin embargo, el Mago sí sintió un desagradable escalofrío ante aquella mirada. Conocía aquel tipo de artimañas, altamente efectivas con muchos seres. Era en aquel conocimiento en el que se apoyaba la fe que le decía que sabría hacer lo correcto también con Zur, la misma desde la que trasmutaba aquel escalofrío de miedo en fuerza y templanza.

Sin apartar la mirada cruzó las piernas y flotó unos centímetros por debajo de la cabeza del demonio. Sabía que en su expresión se filtraba el cansancio de eones y aquella posición de aparente desventaja le podía conseguir un margen; Zur podía sentirse confiado en su supuesta superioridad y relajarse un poco.

—Conozco vuestra historia… —comenzó—. Vivíais en una aparente armonía que fue rota de forma repentina. Como ya había pasado en otros mundos, unos comenzasteis a luchar contra otros. Dos bandos intentando tener razón en el inicio, que terminan olvidando sus principios en pos de una absurda supervivencia. Que terminan perdiendo la razón que se esforzaban en defender. Que terminan matando a los que aman para salvarse a sí mismos.

Contemplar el final de una especie nunca es fácil, mucho menos si es la tuya.

—¡Tú no sabes nada!

—Sé que el sufrimiento es una de las entradas al Infierno… Como sé que otros han conseguido aceptar el mismo dolor que tú viviste y han sabido seguir adelante. —Zur había extendido sus negras alas y parecía haber crecido en tamaño. Mantenía sus puños apretados y no apartaba su tenebrosa mirada del Mago.

—Lo que estás intentando no te va a servir para nada —susurró con la mandíbula prieta.

—Solo… quería que supieras que te comprendo.

—¡Que me comprendes! Tú nunca has perdido nada.

—Eso es porque nunca he tenido nada.

—¿Esperas que me apiade de ti?

—No espero tu piedad. Sería absurdo esperar alguna emoción como esa de alguien que hace eones se negó la posibilidad de sentir el amor.

—¡Ja, ja, ja! ¿Me vas a dar lecciones de amor?

—Nunca. El amor no se enseña, aunque para amar hay que aprender a hacerlo.

… Sabes, amar a seres que constantemente se empeñan en destruirse a sí mismos es complicado y a veces pesaroso. Pero no te veo más feliz a ti que los desprecias, de lo que soy yo amándolos a pesar de sus inercias, de sus reiteraciones y de sus torpezas. Para amar hay que asumir el riesgo del dolor y tú hace demasiado que decidiste rendirte negando tu pena.

—Estoy a punto de enternecerme… ¡Ja, ja, ja! Pensaba que eras mucho mejor. Creer que eras inteligente ha sido una estúpida equivocación.

En ese momento apareció Amún. Con un gesto hizo que el Mago se acercara.

—Prefieres que haga yo la guardia.

—Estoy bien, no es necesario.

—Intuyo que ya conocías a este demonio. Tal vez sea más fácil para ti no tener que encargarte de esto. —En ese instante al Mago se le ocurrió una idea y agradeciendo al Hombre Pájaro su relevo se fue en busca de Aruma.

La encontró dentro de la cúpula que protegía Aras. Desde que la Guardiana había tomado un nuevo cuerpo no se había separado de ella.

—Cuéntame qué pasó en tu mundo.

—Hace mucho de eso —le contestó evasiva.

—Algunos no lo han olvidado. Tal vez conocer la historia me ayude a comprender algunas cosas.

—No entiendo cómo podría ayudarnos ahora contarte un error repetido una y otra vez en todas las civilizaciones y en todos los tiempos.

—Hemos apresado a Zur. —Hubo un silencio profundo y la mirada de Aruma se perdió. Su emoción, adiestrada hacía milenios, se removió en sus entrañas mientras sus ojos, clavados en ninguna parte, se humedecían y brillaban con una intensidad inusual.

—Quería pensar que estaba muerto.

—Yo quiero pensar que es recuperable.

—Los Hombres Murciélago somos muy tozudos… Hace demasiado que eligió su camino, no creo que puedas hacerle cambiar de opinión. Ni tú, ni nadie.

—Cuéntame qué pasó, por favor.

—Salgamos del espacio protegido.

Había una antigua creencia por la que preferían no vulnerar las zonas que debían ser custodiadas hablando de cosas que pudieran ser en alguna forma negativas o ponzoñosas. Así evitaban que se abrieran fisuras emocionales o energéticas.

El Mago acompañó a la Mujer Murciélago fuera de la cúpula que recubría la isla y ambos contemplaron el lugar donde una parte de la Guardiana crecía bajo el cuidado de la bruja. Si dando sus vidas hubieran logrado que aquella guerra eterna terminara lo habrían hecho, pero ambos eran demasiado arcanos como para saber que eso no sucedería, ni con sus propias vidas, ni con ninguna otra.

—No fue diferente a lo que ha sucedido en tantos otros mundos —comenzó Aruma. La Mujer Murciélago que, como todos los de su raza, prefería el silencio a las largas explicaciones, recuperó uno de los archivos de la memoria que habría preferido no tener que rescatar; y rozando con la punta de su dedo índice el entrecejo del Mago, compartió con él sus recuerdos.

El suyo fue un mundo de tonos morados, de aguas y brumas, donde cada cual había aprendido a entender los distintos lenguajes del viento, donde cada uno había comprendido que había un momento para cada cosa y que cada ser estaba especialmente preparado para hacer lo que debía hacer, aunque no siempre coincidiera con lo que deseara o con lo que resultara sencillo. Aparentemente habían comprendido que una mayor evolución implicaba, únicamente, una mayor responsabilidad. Por ello, asumiendo su libertad y la posibilidad de despistarse del camino correcto que ninguno menospreciaba, habían elegido a doce representantes entre los más antiguos de su raza. Doce arcanos que se encargaban del entendimiento de aquellos que en algún momento se sentían perdidos, cansados o confusos. Aruma y Zur, así como sus otras partes, sus almas gemelas, formaban, junto a otros cuatro pares, aquella Cámara de Los Doce Maestros.

Vivieron muchos miles de años de armonía. La paz que habían alcanzado en su interior les ayudaba a sobrellevar las guerras que descubrían en otros mundos y en otros planos. Y apoyados en esa serenidad y en esa compasión, se comprometieron a actuar como protectores de muchas de las almas que, existiendo lejos del planeta morado y siendo ajenas a su raza, caminaban en busca de esa misma evolución. El desarrollo que habían alcanzado los Hombres Murciélago les permitía, a menudo, percibir con la suficiente antelación cualquier interferencia externa en la travesía de avance de aquellos a los que custodiaban. Y su consciencia les otorgaba un poder idóneo ante los habituales ataques que sus protegidos recibían. Hasta que… aquella guerra eterna, aquella energía egoica de incomprensión, desamor y deseos, contagió a algunos de los suyos. Fue a raíz de adoptar a algunos Sin Nombre como unos custodios más. Cuando los doce decidieron admitir a algunos de los Perdidos entre sus protegidos, un pequeño grupo de jóvenes se negó de forma rotunda a poner a disposición de seres tan sumamente involucionados su poder y su saber. Al principio, simplemente decidieron no acatar la decisión de Los Doce, pero cuando entre los que sí la habían seguido comenzó a haber más bajas de las razonables, se convencieron de que ayudar a almas tan oscuras, egoístas y autodestructivas como aquellas, iba a ir en detrimento del resto del cosmos. Y se lanzaron a una masacre desde la cual absorbían la energía esencial de los que podrían haberse liberado de entre los Sin Nombre. Localizaban las almas potencialmente despiertas entre los dormidos y les clavaban uno o dos haces de su propia energía. Siempre lo hacían en el cuello, cerca del occipital. Esta era la forma más rápida y sencilla de succionar los códigos que por derecho permanecían latentes en la sangre de los Durmientes. Aunque una vez hecho, sus víctimas caían al suelo yacentes y exentas de toda posibilidad de revivir. Aunque al hacerlo también exterminaban sus almas, aquellos jóvenes pensaban que lo hacían por un bien mayor. A medida que lo hacían, con cada alma que exterminaban, su poder y su propia energía crecían. Esa energía que, ávida, les llevaba a buscar un nuevo aliento que exterminar. Esa misma energía que les elevaba por encima de su propia responsabilidad, de su condición y de su consciencia y les empujaba lejos de su esencia. Entre ellos, después de sus festines de exterminación se argumentaban que, nunca, ningún ser que se hubiera parapetado en su ignorancia, había tenido ninguna oportunidad. Así, de forma taxativa, muchos de los que hasta entonces habían obrado buscando el camino recto, habían decidido demarcar lo que ellos consideraban el bien y el mal, negando cualquier nuevo apoyo a los que no siguieran sus normas. Se convencieron a sí mismos y comenzaron a prometer, a los que les quisieran seguir, una evidente mejoría en sus capacidades y un veloz ascenso en la eterna espiral de la evolución. Reconcentrarían sus energías en los que ellos consideraban que sí merecían la pena. Abandonarían para siempre a los que tantos regalos habían desperdiciado. Así, además, dejarían de padecer con cada tropiezo de sus protegidos y estarían libres del torpe discernimiento y la lenta marcha marcada por la Cámara de los Doce. En su arrogancia se dejaron llevar por una razón incoherente, y de forma contundente y homicida declararon la guerra a todos aquellos de entre sus hermanos que no estuvieran dispuestos a seguir el nuevo orden.

Los Doce contemplaron el movimiento subversivo con pena, mas decidieron no actuar. Bien sabían que nada se puede hacer contra los que se instituyen en la soberbia espiritual. Asumían que serían muchos los que, tocados por el cansancio o por la prisa, se dejarían contagiar por las ideas radicales que se basaban, no en el desarrollo del ser, sino en el aplastamiento del débil, en la intolerancia y en el desamor. Sabían que serían pocos los que se dieran cuenta del sinsentido. Y del peligro incluso en los nuevos ideales. A pesar de todo esto, su fe fue mucho mayor que cualquier temor. Así, los que optaron por continuar la antigua vía, la aparentemente compleja y pesada vía de evolución que aún no los había devuelto a casa, mantuvieron su línea de trabajo interior y de protección a otros menos despiertos que, a su manera, también buscaban.

En medio de aquella tensa división pasaron algunos años, pocos, los suficientes para que los Oscuros se fueran apoderando de la energía esencial que antes llenaba los corazones de los jóvenes disidentes. El suyo era un trabajo silencioso y sutil, a medida que iban alimentándose de sus nuevas víctimas los iban instalando en la confusión, en el desasosiego del que siempre necesita más y en la desconexión de la realidad. El olvido de lo esencial suplantado con ideas radicales y con falsas sensaciones de seguridad, dejaba a sus presas en una nueva situación a la que nunca habían intuido que pudieran llegar. Lo peor era la inconsciencia de sí mismos y de su nueva condición.

Cuando algunos de los jóvenes Hombres Murciélago comenzaron a darse cuenta de que estaban perdidos, de que sin saber, por soberbia e impaciencia, habían renunciado a sus almas, cuando la consciencia del error comenzó a atisbarse en lo que quedaba de sus corazones, cuando el dolor les podría haber salvado de sí mismos, los Oscuros, adiestrados en el odio, preparados únicamente para la guerra, tomaron ese dolor y lo amplificaron hasta transformarlo en amargo sufrimiento. Distorsionaron los restos de su visión y les disfrazaron el amor y la aceptación de los arcanos Hombres Murciélago, de traición y abandono.

Aquella tarde los asesinatos contra su propia raza comenzaron de repente, en todas partes a la vez. El tiempo de tolerancia e inacción, el tiempo de observación amorosa terminó minutos después de ver cómo a manos de algunos jóvenes caían traicionados, derrotados y muertos, sus hermanos. Entonces, incluso sin querer hacerlo, todos tomaron las armas, defendiendo sus vidas a costa de acabar con las de otros. El Mago veía el horror y el caos en que todo se sumergió en instantes. Todos luchando contra todos. Vio cómo caía la otra parte de Aruma al intentar ayudar a otros. Vio frialdad mezclada con ceguera, con frustración, con miedo, con lágrimas, con… Sus espadas de fuego morado chocaban sin cesar. Los Oscuros comenzaron a tomar forma ayudando a su inmadura hueste mientras los más ancianos de los Hombres Murciélago procuraban proteger a los suyos y acabar con aquella atrocidad. Fue así, en medio de aquella cruenta batalla, cuando Zur, en un giro preciso sobre sí mismo, acabó con la vida de Uz, el dirigente del grupo inicial de disidentes. Lo terrible es que su espada, en su camino hasta el corazón de Uz, cercenó la garganta de su otra parte, de su alma gemela. Fue un diminuto instante eterno en los tiempos, en que todo el horror y todo el dolor se agolparon en el corazón de Zur, rompiéndolo.

Hasta aquel día, pocos Hombres o Mujeres Murciélago había presenciado la muerte de los suyos. Algunos habían abandonado aquella dimensión, habían trascendido aquel plano cuando toda su labor allí había terminado. Casi siempre habían sido actos conscientes y exentos de dramatismo o de dolor. Solo había habido algunas caídas en los ataques recibidos mientras custodiaban a los Durmientes. Pero ahora sus cuerpos caían desde las alturas como muñecos rotos, como cartones inertes que nunca hubieran contenido el aliento de la vida. Así yacía el alma gemela de Zur, entre sus brazos. Él, uno de los Doce, había perdido el entendimiento, solo podía mirar aquellos dos trozos de la que siempre había estado junto a él y gritar y llorar. No había consuelo, tampoco lo buscaba. Había sido él y solo él, el que había rebanado su cabeza.

Aruma lo había visto todo, ella estaba luchando a su lado. No pudo hacer nada, las embestidas venían de todas partes, no era momento para intentar aliviarlo, tenía que mantener la mente fría en medio de aquella devastación. También vio, instantes más tarde, cómo uno de los Oscuros clavaba una espada negra en el costado de su amigo. Después de aquello, los supervivientes abandonaron el que siempre había sido su mundo, justo antes de su destrucción. Aruma no encontró a Zur. Nunca había vuelto a saber de él hasta ahora. En parte habría preferido mantenerse en su ignorancia.

Suavemente retiró su dedo del entrecejo del Mago y observó, sin asombro, la lividez de su rostro. Ninguno de los dos dijo nada.

28
Ahóm

Habían pasado dos días desde que Adae guiara a Aisha cerca del Guardián. Desde entonces la niña se había mostrado mucho más retraída. Sus ojos brillaban llenos de nostalgia y su energía se expandía de una forma diferente. La bruja podría haber pensado que se debía a algo relacionado con aquel acceso a su memoria, sin embargo estaba segura de que no se trataba de eso. Fuera lo que fuera lo que le estaba pasando a Aisha, no tenía que ver con el Guardián. Así, impotente ante su vana observación, se daba cuenta de que no sabía qué era lo que había generado aquel cambio en ella.

Aquella tarde, con una mezcla de preocupación y vergüenza, llamó a Aruma y al Mago. Al percibir la llamada, aun sin ser invitada, también apareció Varilia entre ellos.

—Algo no está yendo bien —les dijo cuando aparecieron.

—Yo también lo he notado, pero no puedo definir de qué se trata —apostilló Aruma.

—¿De qué estáis hablando? —preguntó el Mago mientras Varilia bajaba la cabeza y encogía ligeramente los hombros.

—Es Aisha. No sé qué es lo que le sucede, pero está extraña. Parece como si hubiera generado una barrera que me dificulta el contacto con ella. Como si estuviera ocultando algo que le preocupa. Como si… —El Mago sabía que Adae no se inquietaba si no había motivo, y eso hizo que se le contagiara su intranquilidad. No sabía qué hacer si la niña utilizaba su poder para ocultarles algún tipo de información que la turbara. Fue en ese instante cuando apareció Mikael.

—Os he escuchado y he pensado que, tal vez, lo que lleva sucediendo desde hace dos días, tenga algo que ver.

—Explícate.

—Nuestra misión es cuidar que las protecciones que envuelven a la niña y a parte de su alma no sean vulneradas y eso es lo que hemos estado haciendo.

—Pero…

—Desde hace dos días hay una energía que llega hasta ella y que nos resulta desconocida.

—¿De qué estás hablando? ¿Por qué no me habéis informado? ¿Cómo no nos hemos dado cuenta ni Aruma ni yo?

—Es una energía extraña, tan sutil como poderosa. Aunque nos resulte desconocida no presentaba signos de oscuridad o peligro. Y en ningún momento la ha dañado.

—Me da igual que no os pareciera peligrosa. No está bajo nuestro auspicio y esa era razón suficiente para haber impedido que llegara hasta ella.

—Lo cierto es que esa energía es mucho más poderosa que nosotros.

—Todos guardaron silencio. ¿Cómo era posible? ¿Una energía más potente que la de los mismos arcángeles? Y ¿cómo a aquellas alturas podía pasárseles una energía desapercibida a los tres?

—No sé por qué te preocupas —intervino de repente Varilia—. Tiendes a inquietarte por todo y no hay por qué. —Adae lanzó una mirada furibunda a la guía antes de preguntarle:

—¿Tú lo sabías? ¿Te parece poco importante que una energía intrusa y desconocida la esté alejando de nosotros?

—Oh, no la está alejando de nosotros, puedes estar tranquila…

—¿Sabes de qué se trata? —inquirió de forma absolutamente imperativa la bruja.

—En realidad no, pero…

—¡No sabes de qué se trata y ni nos has dado parte, ni te has ocupado de interferirla!

—Vamos, Adae, sabes que los guías no podemos interferir. Además, es una energía ¡tan hermosa!

Adae prefirió dar por finalizado el encuentro y respirando profundamente regresó a su cuerpo. Salió al patio e hizo llamar a Aisha mientras se dirigía a la sala donde cada día realizaban sus ejercicios.

Cuando la niña llegó, la bruja la esperaba sentada en posición de loto, flotando a unos cuatro centímetros del suelo. Había reforzado la luminosidad de su aura y se mostraba más magnífica de lo habitual.

Aisha entró y la observó unos minutos en silencio. Luego se sentó e imitó a su maestra.

—Sé que está sucediendo algo que por algún motivo has decidido no comentarme —expresó directamente.

—No puedo.

—Sabes que esas palabras siempre son falsas. Existe el no quiero, pero nunca el no puedo —dijo la bruja sin perder la serenidad en su tono de voz.

—No puedo —repitió la niña.

—Aisha… —La bruja comenzó a tararear. Unos minutos después comenzó a mover los brazos, haciendo visibles todas las protecciones que guardaban a su pupila. Revisó cada una de ellas, todas estaban intactas. Entonces detuvo su canto. —¿Por qué te empeñas en decir que no puedes?

—Por qué no hay nada que pueda explicarte, Maestra.

—Inténtalo.

—Te he dicho todo aquello de lo que soy consciente. —Adae no sentía que la Guardiana le estuviera mintiendo, así que buscó otra vía de descubrir qué era lo que estaba sucediendo.

—Está bien. Dime entonces cómo te sientes, qué ha cambiado en estos últimos días.

—Creo que la palabra es nostalgia. Pero no duele. Siento que pronto me reencontraré con aquello que tanto añoro. —Adae, durante un instante, dudó si aquel estado no se lo habría provocado ella misma al ayudarla a recordar al Guardián. Pero fue solo un instante. Desechó la idea, en el fondo sabía que no era aquello.

—Ya ha llegado, Maestra.

—¿Quién ha llegado?

—Él… Aquel al que siento, aquel al que siempre añoré. —Adae estaba confusa. Sabía que el Guardián de los Silencios no estaba allí. Y no esperaban la llegada de nadie aquella tarde, ¿de quién estaba hablando Aisha?

—¿Puedo salir a recibirlo, Maestra?

—Aún no —contestó cautelosa.

En aquel momento se hizo presente Aruma que miró a Adae con ojos cansados mientras le comunicaba con la mirada: «Amón y su pupilo están en el umbral de Aras».

—Tendrás que esperar aquí un momento. Haz tus ejercicios.

La niña asintió y Adae salió de la sala desconcertada.

Fuera, la luz era más dorada de lo habitual. Y el silencio más intenso. Las sacerdotisas se afanaban en sus tareas. Y por mucho que Adae se concentraba, no lograba percibir nada concreto, aunque sentía una presencia inhabitual y tremendamente poderosa.

No muy lejos se oyó la llamada de una de las custodias de las puertas. El Sumo Sacerdote pedía permiso para atravesar el umbral junto a sus pupilos. Habían adelantado cinco días su llegada. La bruja se dirigió a la entrada del sur, por donde ellos accederían a la isla en barco, y dio su consentimiento.

Cinco sacerdotes descalzos, vestidos con túnicas blancas y cintos dorados, formaban un pentagrama en cuyo centro caminaban Serai y Ahóm. Adae lo observó estupefacta. Reconocía la tremenda energía que aquel niño emanaba. No era por el recuerdo que guardaba de los días en que concentró su poder para fortalecer las protecciones del mismo, no. Reconocía el latido que emanaba de aquella alma encarnada. No podía identificar con concreción de qué, en parte le recordaba a la Guardiana y al Guardián, en parte le recordaba a algo que nunca había conocido, pero siempre había intuido, en parte era diferente a todo… Sintió un escalofrío que la recorrió por completo. Prestó atención a su eje, a su propia energía, sintió cómo crecía en la presencia de aquel niño. Aruma estaba a su lado y supo que a la mujer murciélago le estaba pasando algo similar.

Serai se adelantó deshaciendo la formación y la saludó deseándole, como era la costumbre de los Kumara, una vida plena. Ella respondió con una breve inclinación de cabeza y observó a Ahóm acercándose, como si flotara, hasta ponerse frente a ella.

—Es un honor conocer a la bruja responsable de mis primeros escudos en este mundo. Le debo mi profunda gratitud.

—Me alegra que hayan funcionado correctamente.

—Cómo no iban a hacerlo. Me consta que eres muy buena cumpliendo tus cometidos.

—Gracias, hago lo que puedo, lo mejor que puedo. —La bruja intentó devolver su atención al Sumo Sacerdote, obviar a aquel que no tenía de niño sino la luminosa sonrisa. ¿Cómo un chiquillo de cuatro años podía resultar tan turbador?

—Habéis adelantado vuestra llegada cinco días —acertó a decir por fin—. Si lo hubiéramos sabido…

—Preferimos que nadie conozca nuestros planes, así es más seguro para todos.

—Supongo que sí. —La bruja comenzó a sentir una fuerte llamada de su pupila—. Presumo que querréis acompañarnos en nuestros ritos del atardecer.

—Por supuesto, será un honor. Pensamos quedarnos solo un par de días; espero que la anticipación de nuestra llegada no impida que tengamos un tiempo para hablar.

—Claro. Permitid que una de las sacerdotisas os aloje, aún tengo que ocuparme de algunos detalles. —Con un suave gesto llamó a una de las Kumara y se dispuso a ir a la sala donde Aisha aguardaba.

—Señora. —La voz de Ahóm interrumpió sus pasos.

—¿Sí? —Se giró Adae sin poder obviar la insistente llamada de Aisha.

—Quería volver a agradecerte, también por tu hospitalidad…

—No es necesario.

—Y… —Serai puso una mano sobre el hombro del niño y Ahóm se contuvo un momento—. Y decirte que —prosiguió— espero poder devolver tus favores algún día.

—Yo también espero que así sea. —Con una sonrisa y una leve reverencia, la bruja desapareció tras el portal.

———

Antes de entrar en la sala, Adae se apoyó en uno de los muros internos. Necesitaba resituarse, poner en orden su propia energía y los sentimientos que estaban moviéndose atropellados en su interior. Aruma apareció ante ella.

—La niña está muy inquieta.

—Lo sé.

—Su energía, la luz de su alma…

—¡Qué!

—Parece haber crecido, no lo puedo explicar. Desde que ellos han llegado, desde que Ahóm ha atravesado el portal… Nunca había visto nada parecido.

Adae cerró los ojos, respiró profundo y los volvió a abrir. Ella que, hacía miles de años, cuando se había liberado de la rueda que

encadena a los Durmientes, pensó que lo peor ya había pasado…
No, lo peor nunca ha pasado, aunque nunca tenga por qué pasar.
Puso su mano derecha en su vientre, su mano izquierda en su corazón y volvió a respirar. Entonces entró en la sala.

———

Aisha mantenía la postura de meditación, elevada a unos centímetros del suelo, estaba luminosa como nunca. En su mirada se mezclaban la paciente espera y la súplica. A la bruja se le llenó el corazón de ternura. Se sentía desarmada, casi perdida, vulnerable en medio de una situación del todo desconocida. Y por encima de todo ello, sentía un deseo absoluto de proteger a esa alma preciosa que tenía ante sí, en parte aún más vulnerable que ella, aunque fuera mucho más fuerte, mucho más arcana, mucho más sabia, mucho más poderosa. Manteniendo el silencio que llenaba la sala, se acercó a la niña y la acarició.

—¿Cuál era la urgencia de tu llamada?

Como Aisha no contestaba, Adae probó de una forma menos directa.

—¿Quieres que hablemos?

—Me gustaría Maestra…, pero no puedo hallar las palabras.

A Adae aquella afirmación le hizo gracia. Si La Guardiana de las Palabras no era capaz de encontrar el lenguaje adecuado, es que no existía.

—Está bien —dijo abrazándola contra su pecho—. Algunas veces todas las palabras parecen demasiado pequeñas—. Permitió que Aisha se acomodara en su abrazo y sintió, al unísono, su inquietud y su fuerza. En aquel abrazo crearon un espacio en el que nada más existía, un suave lapso en que no había nada que hacer. Ambas sabían que no era verdad, pero durante unos segundos fue la única realidad.

Fue la niña la que puso fin a aquella tan breve como ansiada paz:

—Es la hora Maestra. —La bruja sabía a qué se refería, se acerba el momento en que debían prepararse para el ritual del atardecer.

—Hoy comenzarás una nueva práctica. No es necesario que salgas de la sala, Aruma te ayudará…

—Si es lo que deseas me quedaré aquí —interrumpió la Guardiana—. Pero eso… que nos impidas vernos, no podrá evitar lo que ha de ser.

—¿Qué es lo que ha de ser? —La niña bajó la mirada, como si se arrepintiera de haber expresado en voz alta su último pensamiento.

—Tarde o temprano nos encontraremos —dijo finalmente. Adae dudó. No sabía cuáles eran las decisiones adecuadas en aquella tesitura. Era incapaz de predecir las consecuencias de las posibles opciones. Solo quería saber hacer lo mejor para aquella que había existido antes y por encima de los mismos dioses, pero se sentía demasiado pequeña…

Con ternura acarició el cabello de la niña:

—No se puede hacer nada contra lo inevitable; es perjudicial ir en contra de los sinos marcados por el Universo; de nada sirve intentar comprender lo que está por encima de tu entendimiento… Pero, por algún motivo que desconozco, estoy inmersa en esta travesía contigo y lo único que sé en este momento es que ambas necesitamos tiempo para poner todo lo que nos está perturbando en orden. Puede que no sirva de nada, pero más allá de su futura utilidad es lo que vamos a hacer.

Aisha asintió, respiró profundo y cerró los ojos.

Adae salió de la sala, se dirigía a la Sala Secreta, aún faltaba casi media hora para los ritos del crepúsculo. Se detuvo en la puerta y meditó unos instantes. Volvió a la sala de la Invocación donde había dejado a Aisha bajo el auspicio de Aruma. La niña la sintió entrar y ante su llamada telepática abrió los ojos.

—Si prefieres salir a cumplir los ritos diarios, nadie te lo impedirá. Hace unos días te dije que no le debías obediencia a nadie. No estoy aquí para decidir por ti, solo estoy aquí para acompañarte, para intentar protegerte y para ayudarte a recordar lo que ya sabes.

—Gracias —contestó Aisha con una sincera sonrisa—. Haré lo que te parezca más apropiado. Llegará el momento en que solo seré guiada por mí, pero ese momento aún no ha llegado Maestra.

29
Extraños pactos

Cuando el Mago regresó junto a Zur, estaba aún más triste que antes de su partida. El Oscuro, custodiado por el Gran Dragón, parecía divertido ante la expresión del Mago, hasta que este, mirando el fondo de sus ojos, le dijo: «He hablado con Aruma». El que un día fue Hombre Murciélago pareció perder fuerzas en su desconcierto.

—Me ha mostrado lo que sucedió. —El Mago esperó una respuesta mientras percibía cómo un tremendo desgarro se reavivaba en el pecho de Zur—. Por muy grande que sea el dolor del alma, siempre hay otros caminos.

—De acuerdo —dijo repentinamente el demonio—. Déjame hablar con el Guardián y te ayudaré en lo que necesites.

—¿Es una broma? —preguntó el Mago sin comprender la propuesta del Oscuro.

—No.

—Dime lo que tengas que decirle a él. Yo se lo transmitiré… aunque no nos ayudes.

—Ese no es el trato que propongo.

—Me encantaría hacerlo, pero sabes que no puedo confiar en ti. Los de tu clase cobráis muy caros los pactos a los que se pueda llegar con vosotros.

Al percibir la desconfianza en la voz del Mago, Zur se sentó sin prisa.

—Es eso… o nada —expresó con calma. El Mago dudó unos instantes antes de desaparecer diciendo:

—Me mantendré cerca, por si quieres ayuda.

———

El Mago se alejó prudencialmente de Zur buscando un espacio de soledad donde poder poner sus ideas en claro, donde poder descansar y reconfortarse con su propia y única presencia, cuando el Hombre Pájaro lo interceptó.

—La contundencia con la que el veneno se está instalando en el organismo del Guardián comienza a preocuparme. Si no encontramos una forma de limpiarlo por completo o de contrarrestar el veneno, me temo que finalmente acabará contaminado por la Oscuridad. —El Mago no contestó—. ¿Va todo bien? —preguntó Amún.

—No. Nada parece estar yendo bien.

—¿Necesitas ayuda? —preguntó Amún. El Mago sonrió con cierta tristeza.

—Todos la necesitamos. Acompáñame, se me ha ocurrido algo.

Ambos se acercaron a la jaula que retenía al antiguo Hombre Murciélago.

—Dime cómo acabar con el veneno negro y dejaré que hables con el Guardián.

—¿Vienes a ofrecerme un pacto? —preguntó Zur divertido. El Mago no contestó—. Nada acaba con el veneno negro —concluyó el demonio.

El Mago hizo un gesto de conformidad con la cabeza y se puso en marcha hacia la cueva, cuando la voz de Zur lo detuvo.

—Espera. No se puede acabar con él, pero se puede frenar su proceso de corrupción.

—Dime algo que no sepa.

—Sé cómo bloquearlo. Puedo paralizar su contaminación. Tráemelo y lo haré.

—Dime cómo hacerlo y cuando hayamos comprobado que funciona dejaré que hables con él.

—No funcionará.

—Entonces sigue sin haber trato.

—¡Vamos Mago! ¿Tengo que explicártelo todo? Hay que tener sangre oscura corriendo por tus venas para poder bloquear ese tipo de veneno.

—Eso es sencillo —dijo el Mago mientras, con una velocidad que pilló desprevenido a Amún, hacía sendos cortes en el antebrazo del demonio y en el suyo propio.

—¡No! —gritó el Hombre Pájaro, pero ni su grito, ni su fuerza impidieron el Mago mezclara su sangre con la de Zur.

—Ahora ya puedo hacerlo. Dime cuáles son los pasos a seguir.

—¡Qué has hecho! ¿Por qué? —preguntaba Amún sin apenas dar crédito a lo que acababa de suceder—. ¿No has pensado que tal vez era eso lo único que pretendía? ¿Has olvidado que, a pesar de lo que fuera o quien fuera antes, ahora no es más que un demonio?

Pero el Mago parecía no escuchar al Hombre Pájaro.

—¿Vas a decirme cómo he de proceder?

—¿Me lo traerás cuando lo hayas hecho?

—Tienes mi palabra.

El Mago acababa de terminar el proceso detallado por Zur cuando percibió la llamada de Adae. Amún también la sintió.

—¿Te ha llamado Adae por Ahóm? —preguntó el Hombre Pájaro

—No lo sé.

—¿Te importa si te acompaño?

—En absoluto, el Gran Dragón puede seguir manteniendo la guardia. —Antes de acercarse a la bruja el Mago sujetó el brazo del Hombre Pájaro—. Y a ti ¿qué es lo que te preocupa? No es solo la herida del Guardián, ni lo que me has visto hacer ¿verdad?

—El alma de la Guardiana se ha inquietado desde que Ahóm ha llegado a Aras. Siento que debemos acrecentar nuestras alertas. Hay algo en Ahóm… no logro descifrarlo, pero me resulta extrañamente familiar.

30
Buscando respuestas

Adae entró en la Sala Secreta, tenía unos minutos. Estando allí Serai no podía, bajo ningún concepto, faltar a los ritos del Ocaso.

Llamó al Mago. Sabía que Aruma, sin descuidar a Aisha, también acudiría. Necesitaba sentir apoyo, o algo de luz, o… Lo que aquel niño le había hecho sentir seguía hostigando sus pensamientos. Por más que lo había intentado no había logrado ubicar aquella energía y las sensaciones que le había provocado. Y además estaba la alteración de su pupila y la aseveración categórica que había hecho. Hacía mucho que Adae no se inmiscuía en lo inevitable, solo lo observaba, lo aceptaba y procuraba aprender. En realidad nadie podía hacer nada contra lo inevitable, eso no necesitaba que se lo confirmasen ni el Mago ni Aruma. Lo que necesitaba era tiempo.

Desde que, hacia eones, había comenzado su camino, todo había sido diferente en cada ocasión; había vivido muchas circunstancias extrañas, otras extremadamente complicadas; sin embargo, lo único que había estado en juego, la mayoría de las veces, había sido únicamente ella misma. Desde que comenzó su travesía con la Guardiana, había mucho más que la evolución de un alma o una vida en juego. Y como ya le había pasado antaño, se sintió insegura, muy cansada, incluso triste. Todo aquel tiempo, toda la experiencia que había acumulado, no le servían para comprender.

Cuando sus aliados aparecieron, la bruja les mostró lo sucedido y les trasmitió sus sensaciones. Para su desconsuelo, se dio cuenta de que ellos tampoco tenían respuestas.

—Lo más curioso —dijo la bruja— es que no siento que Serai me esté ocultando algo. Creo que lo que me dijo es lo que él considera la verdad. He llegado a pensar que Ahóm podía ser un Oscuro infiltrado. Sé que es una idea absurda, los Kumara se habrían dado cuenta… supongo; además la energía que emana es demasiado hermosa para pertenecer a un Oscuro.

—Pero hay algo indescifrable en él que te mantiene en alerta —añadió el Mago.

—Sí. Por otro lado, no comprendo cómo ha logrado perturbar de tal manera a Aisha. Antes de su llegada he despertado en ella recuerdos de su último tránsito y del Guardián. Sin embargo, la cercanía del niño parece haber nublado la importancia o el impacto que para ella deberían tener estos recuerdos.

—Todos sabemos que a veces no se puede hacer nada, excepto esperar, observar y aceptar —dijo Amún.

—En cualquier otra ocasión estaría de acuerdo contigo, pero esta vez no. Ninguno de nosotros deberíamos estar aquí y si lo estamos es para intentar rehacer lo que nunca debió de ser roto. Debemos intentar todo lo que esté en nuestras manos —concluyó Aruma.

—Se me ocurre… Nos hemos empeñado en estudiar el contrato que le hicieron firmar a la Guardiana y no hemos logrado nada. ¿Y si pudiéramos revisar el contrato de Ahóm? Tal vez así podríamos entender.

—Dudo mucho que el Anciano dé su consentimiento —dijo el Mago.

—¡No se supone que estamos todos en el mismo bando! —exclamó Adae. El rostro del Mago volvió a teñirse de tristeza.

—Veré lo que puedo hacer. Mientras tanto… cuídate, te percibo muy cansada —le recomendó el Mago. Adae se quedó observándolo. Había algo diferente en él.

—¿Es también cansancio lo que veo en ti? —preguntó.

—Todos estamos cansados.

—Sí, pero no es solo eso, ¿verdad? Algo ha cambiado en ti y no es debido al agotamiento.

—No tiene importancia.

—¿Algo que te ha transformado no tiene importancia?

—Estoy bien, no es por mí por quien debes preocuparte.

Adae salió de la sala y se dirigió a la zona oeste de la isla, donde algunas de las sacerdotisas ya esperaban el ocaso. Serai y Ahóm se unieron a ellas. Mientras en silencio contemplaban, la bruja se deleitó con la hermosura de las aguas del lago en que se encontraba Aras y con la belleza derrochada por los colores del atardecer. Era una visión muy diferente a todo lo que se podía observar en las dimensiones superiores. Recordó la cantidad de momentos similares que ya había vivido en su pasado, cuando aún buscaba la salida del laberinto en la Tierra de las Almas Perdidas. Y sintió compasión al saber que los Durmientes no eran, en su inmensa mayoría, conscientes de la belleza que diariamente, y en todas partes, se desplegaba para su deleite, para recordarles que la vida merece la pena, que más allá de lo evidente, de lo rutinario, de lo gris, hay algo más, mucho más.

Cuando el ritual finalizó, Serai y ella se dirigieron a los aposentos de la bruja.

—Estoy impresionado con lo que has conseguido aquí —comenzó el Sumo Sacerdote.

—Gracias, esta era la parte más sencilla de mi tarea.

—Me encantaría que estuvieras dispuesta a colaborar más estrechamente con nosotros. Tu presencia y tu ayuda serían inestimables si quisieras trasladarte al Templo Central.

—No me gustan las multitudes y allí sois más que suficientes.

—Intuía que no aceptarías mi propuesta, pero si quisieras reconsiderarlo verías que sería bueno que aunáramos nuestros poderes.

—¿Es de esto de lo que querías hablar? ¿Has realizado esta travesía solo para proponerme que me mude a tu Templo?

—Ja, ja, ja. —Rio Serai—. Siempre tan suspicaz. No es solo eso, también quería comprobar que todo va bien y ofrecerte mi ayuda, si es que la necesitas.

—Eso… y ver a la Guardiana, ¿o solo te interesa que la vea Ahóm?

—¿Crees que impidiendo que la veamos la proteges de algo?

—No lo sé, dímelo tú.

—Ni Ahóm, ni yo, ni ninguno de los nuestros tiene intención de dañarla de ninguna manera.

—Eso está muy bien. Nadie ganaría haciéndole daño. Aun así, tengo que ser precavida, seguro que lo comprendes.

—Sí claro; aunque estoy convencido de que ella es muy capaz de protegerse y de discernir lo que le va a resultar adecuado y lo que no.

—Por cierto —cambió de tercio Adae—, no llegaste a contarme cómo lograsteis convencer a Ahóm para que se uniera a vuestro grupo en este experimento.

—Te dije que lo convenció su fe, pero si te parece una explicación incompleta, se lo puedes preguntar a él. —En ese mismo instante se oyeron unos suaves golpes en la puerta. Una de las sacerdotisas anunció que Ahóm deseaba unirse a la reunión, y Adae no halló ningún pretexto para impedirlo.

El niño entró y se sentó en el suelo, junto a Serai, bajo la atenta mirada de la bruja.

—¿Por qué te incomoda nuestra presencia? —preguntó directamente mientras la bruja se perdía en la luz de sus ojos.

—¿Por qué crees que me incomoda vuestra presencia? ¿No has pensado que puedan ser otras de la gran cantidad de cosas que me ocupan lo que me contraría?

—Eso tendría más sentido, porque no somos tus enemigos —contestó Ahóm mordaz.

—Los amigos se transforman en enemigos de forma tristemente usual en estas tierras.

—Debiste aprender eso en tu larga travesía por este y otros mundos. Conozco tu historia. Sé lo sola que estuviste en todos tus momentos. Nunca recibiste ayuda y sí muchas traiciones. Cuando comenzaste tu despertar, ver tanta ignorancia en sus mentes, tanto sufrimiento en los pechos de los Durmientes, estuvo a punto de hacerte abandonar. Y cuando, al no hacerlo, avanzaste y comenzaste el descubrimiento de los mundos superiores, que en el fondo no son tan distintos de este, casi moriste de pena.

Adae, mientras el niño hablaba, respiraba lenta y profundamente, procurando evitar el nerviosismo que comenzaba a surgir en sus tripas.

—El camino es duro, mucho, tú lo sabes, lo has andado —prosiguió Ahóm. Y a veces, no basta un aliado para aliviar la soledad que conlleva. Por eso no comprendo por qué deseas mantenernos alejados de Aisha.

—Háblame de ti. ¿Cómo llegaste a ser quién eras? ¿O siempre fuiste quién eras? —cambió de tema Adae.

—Como bien sabes, los pasos que quedan detrás no son importantes —contestó evasivo.

—Cierto, es solo una curiosidad. Nunca antes había estado tan cerca de alguien de tu magnitud, ni siquiera sé si hay algún otro

como tú. Pero si no te parece interesante cuéntame entonces…
cómo llegaste a comprometerte con el proyecto Kumara.

—Por lo mismo que todos: por amor. —El niño seguía sin contestar, así que la bruja decidió ser más directa.

—Dime Ahóm, ¿está pactado en tu contrato un encuentro con la Guardiana? —Adae acababa de darse de bruces con una obviedad en la que ninguno de sus compañeros había reparado.

—Sabes que sí.

—Y… ¿cómo es posible que ese encuentro estuviera contemplado en tu contrato, si cuando tú lo firmaste ella vivía otra vida cuyo final todos desconocíamos? De hecho, de no haber sido por la intrusión de los Oscuros y la manera en que la avocaron a la muerte, ella no estaría ahora aquí.

—Ahóm, creo que es hora de que te retires a hacer tus meditaciones —cortó Serai. El niño miró de forma indescifrable a su mentor y despidiéndose reverencialmente, volvió a dejarlos solos.

—¿Temías que por fin obtuviera respuestas?

—¿Es verdad lo que acabas de decir?

—¿Acaso no lo sabías?

—Descendí hasta aquí bastante antes de que se firmaran esos contratos. —Adae se dio cuenta de que en Serai se acababa de sembrar la sombra de la duda.

—Tengo otra pregunta: ¿Por qué decidió encarnar? Por qué, si quería colaborar con los Kumara, no se limitó a descender como hicimos tú, yo y el resto. Él estaba exento de la rueda, nacer implica un riesgo demasiado alto, incluso para un alma de su magnitud.

—Pero el Sumo Sacerdote tampoco tenía respuesta para esto, solo sabía que le había comunicado su decisión a los Ancianos y que a ellos les había parecido bien. Tal vez desconociera más cosas de las que debía.

—Mañana al amanecer nos marcharemos. Ya habrá otras ocasiones de conocer a tu pupila si es lo que ha de ser. Gracias por tu hospitalidad Adae.

31
Un punto de vista diferente

El procedimiento indicado por Zur había dado resultado. Cuando el Mago y Amún regresaron a la cueva comprobaron que la herida no se había vuelto a ensuciar. Ahora le tocaba al Mago cumplir su parte del trato. Aunque no tenía ni idea de cuáles podrían ser sus intenciones, debería dejar que el demonio hablara con el Guardián de los Silencios.

El Guardián se acercó a la celda de rayos que mantenía preso a Zur; mientras el Mago observaba la escena a una distancia prudencial. Amún, bajo petición del Guardián, se había quedado en la sala de las esferas, junto al alma de la Guardiana de las Palabras.

—¿Qué quieres?

—Explicarte lo que está sucediendo.

—¿Qué te hace pensar que me interesa lo que puedas explicarme?

—La información nunca sobra, sobre todo si te puede desvelar que has depositado tu confianza en los mismos que te han traicionado.

—¿A quién te refieres?

—A casi todos los que están implicados en este juego.

—Entenderás que dude de tu palabra.

—No deberías... ¿Acaso no he ayudado a paralizar el avance del veneno?

—Di lo que tengas que decir.

—Nosotros no somos los malos. La única diferencia entre nosotros y ellos es que permitimos que los Durmientes experimenten todas sus posibilidades. No intentamos dirigir sus pasos, ¿para qué íbamos a hacerlo? Ellos los manipulan, nosotros los dejamos libres.

—¿Eso es todo? —cortó secamente el Guardián.

—No. Eso es solo el principio de lo que debes saber. Tú también estás siendo manipulado. Cada uno de los movimientos que están haciendo está dirigido a un fin, pero ellos, cegados por su ambición, no han medido las consecuencias que su juego tendrá para todos.

—Nada de todo esto me interesa. En cuanto La Guardiana se recupere nos marcharemos para siempre de aquí.

—No lo entiendes. La Guardiana no se va a recuperar. Habéis caído en la trampa. —Hubo un silencio extraño, casi eléctrico, antes de que Zur continuara—. Antes de que logre recobrar la consciencia de sí misma estará aún más enredada en la Rueda. Antes de que logre recordarse a sí misma, ellos conseguirán que ella selle nuevos pactos. Y cada uno de esos pactos la mantendrá alejada de ti. Ya lo han hecho y lo van a volver a hacer.

—Fuisteis vosotros los que la empujasteis a una mala muerte.

—¿Estás seguro de que la responsabilidad fue nuestra? Nosotros solo intentamos mostrarle quién era para que pudiera volver a casa antes de que los Ancianos pudieran enredarla en su juego.

—Fuisteis vosotros los que la arrancasteis de nuestro Hogar.

—Ninguno de los míos tiene la capacidad de elevarse hasta tu antigua morada. No fuimos nosotros.

—Los Hombres Pájaro os vieron.

—Es fácil disfrazarse.

—Mataste a Ilkur…

—Eso sí es cierto. Maté al primer traidor. Al primer causante. Si él no nos hubiera vendido nada de esto estaría sucediendo.

—Eso no te daba derecho a matarle. No creo que actuaras para protegernos, solo lo hiciste para impedir que os delatara.

—Las palabras de tus supuestos aliados te han hecho más daño que nuestro veneno.

—¿Vas a excusar también que Ilkur portara vuestras armas?

—Nos las robaron. Formaba parte del plan para conseguir vuestra confianza.

—¿De verdad esperas que desconfíe de la bruja o del Mago por tus palabras?

—No. No es de ellos de quien debes desconfiar.

—¿De quién entonces?

—De los Ancianos y de su plan.

—Agradezco tu preocupación —concluyó el Guardián mientras se giraba.

—¡No has entendido nada! —El Guardián continuó su vuelo hacia la cueva—. Si no haces algo inmediatamente, la Guardiana quedará presa para siempre en nuestra guerra. Te estoy ofreciendo nuestra ayuda para acabar con la trama que, lejos de salvar a los Durmientes, puede acabar con todos nosotros, incluyéndoos a vosotros dos.

—Estoy comenzando a cansarme de oír siempre lo mismo. —Mientras pronunciaba esas palabras, la figura del Guardián se perdió en la oscuridad de la cueva.

El Mago se acercó a Zur, se miraron a los ojos y no supo si lo que vio se debía a un cambio en el demonio o a una transformación en sí mismo.

—Debéis hacer que llegue hasta ella. Si no lo hace ambos quedaran atrapados aquí…

El Mago siguió mirando el fondo de los ojos de Zur, en silencio.

———

Cuando el Guardián llegó hasta Amún le preguntó:

—¿Te fiarías de un demonio?

—Nunca —contestó sin vacilación.

—¿Te fías de los Ancianos? —El Hombre Pájaro pensó unos minutos y finalmente, con una expresión triste, contestó:

—Tampoco.

—¿Cómo se puede vivir sin confiar? ¿Qué les sucede aquí a los seres? —No eran preguntas que esperasen una respuesta. Solo eran expresiones de parte de la frustración que sentía el Guardián. Se acercó al alma de la Guardiana y con ternura la acarició—. Tenemos que marcharnos de aquí mi amor. Abre los ojos.

———

El Mago sintió la proximidad del Anciano y desplazó la jaula de rayos con el demonio en su interior, hasta la cueva. No quería que el Anciano supiera que tenían preso a Zur.

Cuando llegó intentó entrar en la cueva, pero el Mago se lo impidió. Contrariado exigió ver al Guardián. El Mago, inamovible, no acató tampoco esta exigencia.

—Lo que tengas que decirle a él me lo puedes decir a mí. —Dándose cuenta de la postura férrea que había tomado el Mago, el Anciano dijo:

—Debe llevarse el alma de la Guardiana de aquí. Está en peligro, puede que algunos de los demonios más antiguos vengan a por ella. Presiento su cercanía. Debe elevarla hasta un plano al que ellos no puedan acceder.

—Eso complicaría la labor de Adae.

—Su trabajo se podrá retomar más adelante. Ahora lo importante es ponerla a salvo.

—Gracias por tu aviso. Lo tendremos en cuenta —dijo el Mago dando por zanjada la conversación. El Anciano esperó unos instantes, como buscando alguna forma de convencerlo de la premura de su mensaje, pero desistió y se marchó.

Cuando el Mago entró en la cueva Zur sonreía.

32
Una petición

El tiempo había pasado muy deprisa en la Tierra de las Almas Perdidas, demasiado.

Aisha estaba a punto de cumplir diecinueve años y en aquel largo lapso el esfuerzo de Adae no había dado ningún resultado, al menos ninguno de los que ella y sus aliados pretendían.

Desde luego Aisha era la mejor discípula que nadie pudiera tener. A aquellas alturas, a la bruja no le quedaba apenas nada por enseñarle. El dominio que había logrado sobre la materia, su potestad sobre las palabras y los silencios, la consciencia y el manejo que tenía de su mente, sus emociones y las energías eran casi absolutos. Sin embargo, desde que hacía años, Ahóm visitara la isla de Aras, Adae no había logrado avances al intentar acercar a Aisha a su alma. Por los más diversos métodos había procurado que esta recordara quién era, que se acercara a sí misma, pero nada de eso parecía interesarle a la niña. O tal vez… algo que se escapaba del conocimiento de la bruja impedía que sus intentos fueran fructíferos.

Aquella tarde Adae entró en la Sala Secreta y se sentó junto a la presencia de Aruma. La bruja estaba cansada, en sus rasgos se traducía la añoranza que pesaba en su corazón. Echaba de menos, tal vez más que nadie, poder regresar a su hogar. Aunque no fuera un hogar definitivo y absoluto, al menos era menos crudo que el mundo de los Durmientes en el que se movía ahora.

—Serai sigue sin tener acceso al contrato de Ahóm. —Rompió el silencio la Mujer Murciélago. La bruja sonrió con tristeza.

—Ausencia de novedades un día más.

—Le he notado preocupado.

—¿Algo va mal en el Templo?

—No lo creo. Están concluyendo la construcción de la nueva escuela y todo parece ir bien.

—La tercera escuela, están logrando muchos avances.

—Sí, eso parece. Nadie recuerda un tiempo como este entre los Perdidos. Muchos de ellos están descubriendo sus nombres, algunos han recordado cómo devinieron en Durmientes y todos los involucrados desean seguir creciendo y ayudar a crecer a otros.

—No parece alegrarte.

—Claro que me alegra, son solo algunos malos recuerdos. Cuando una raza comienza su evolución todo el Cosmos parece aliarse con su propósito, pero después...

—Confiemos en que no sea así esta vez. ¿Cómo está el Guardián? —preguntó Adae cambiando de tema.

—Parece que la herida continúa controlada, por lo demás... Sigue sin separarse de la Guardiana, inmerso en su silencio. Desde que habló con Zur se niega a escuchar a nadie que no sean el Gran Dragón, Amún o yo. Aunque ninguno sabemos qué le dijo el demonio. No imagino el dolor que está acumulando.

—A veces me pregunto si no nos equivocamos al impedirle venir hasta aquí, hasta ella.

—¿Has conseguido que recuerde algo más? —Se interesó Aruma.

—Solo retazos del momento en que firmó el contrato, justo antes de que ellos aparecieran.

—No desistas. Es imposible que le haya olvidado; hoy falta un día menos para que recuerde.

Adae sonrió y se despidió de su aliada. Su pupila la estaba esperando.

Cuando la bruja entró en la Sala de la Invocación tardó unos segundos en adaptar su vista a la penumbra que allí reinaba. El recinto estaba iluminado únicamente por un tenue fuego dorado; al otro lado del mismo, envuelta por los aromas del incienso, Aisha se elevaba a unos centímetros del suelo con los ojos cerrados. Su cabello ondulado de color canela caía suelto sobre su pecho y en su rostro se reflejaba una profunda expresión de paz. Adae la contempló; estaba hermosa. Sentía una curiosa mezcla de amor, admiración, tristeza e impotencia. El aura de su pupila tembló ligeramente antes de que abriera los ojos.

—Vida plena, Maestra —saludó la Guardiana de las Palabras.

—Vida plena, Aisha. Ayer concluimos las enseñanzas sobre los elementos y sus lenguajes. ¿Hay algo que prefieras hacer hoy?

—Antes de comenzar un nuevo aprendizaje me gustaría hablar contigo.

—Claro. —En las escasísimas ocasiones en las que Aisha le había dicho a Adae que quería hablar con ella, la bruja siempre sentía una punzada nerviosa en el estómago.

—Me gustaría asistir a los ritos de protección de la nueva escuela de los Kumara. — Ante el silencio de su maestra, la chica continuó—. Considero que podría ayudarles.

—¿Ayudarles?

—Si fuéramos hasta allí, ambas podríamos construir unas protecciones que, seguro, agradecerán.

—Los Kumara no nos necesitan para construir protecciones.

—Oh, por supuesto, no dudo de sus capacidades… tal vez sea un acto egoísta. Había pensado que sería bueno en mi aprendizaje poder realizar prácticas fuera de Aras. Aquí todo resulta demasiado fácil.

Adae, en lugar de contestar, observó perspicaz la fluctuación en la energía de Aisha; fue casi imperceptible, pero no lo suficiente como para pasar desapercibida a la atenta vigilancia de la bruja. Aisha bajó la mirada, sabiéndose descubierta.

—Parece que aún hay algunas cosas que tienes que aprender y mejorar sin necesidad de salir de la isla —dijo por fin Adae con un tono más cortante del habitual—. ¿Por qué intentas mentirme?

—No, Maestra. No pretendía mentirte.

—Entonces… ¿Me dirás qué pretendes ocultarme? Solo ocultan algo los que tienen de qué avergonzarse y los mentirosos, y no me gustaría que te convirtieras en ninguno de ellos.

Aisha mantenía la mirada baja en señal de contrición.

—Lo que te he dicho es verdad Maestra… Me gustaría ayudar a los Kumara.

—Desde aquí también les ayudas.

—Aquí soy feliz y estoy muy agradecida por tus enseñanzas, de hecho espero continuarlas, pero… desde que me ayudaste a recordar el tiempo antes de mi vida, la firma de mi contrato, siento la necesidad de implicarme más. Puede que no tenga sentido, pero no encuentro ninguna razón para no hacerlo. Tal vez, si tú me acompañaras podría comprender.

—Más adelante. Aún no estás preparada.

—¿Preparada? Lo único que he hecho desde que nací es prepararme.

—Y así seguirá siendo. Queda mucho por recordar. —Adae se giró dando por concluida la conversación.

—Maestra… —La bruja se detuvo en el umbral de la puerta—. Piénsalo, por favor.

—Prepara todo lo necesario para renovar las protecciones de las sacerdotisas —dijo la bruja intentando finalizar de una vez por todas la plática.

—Maestra —insistió la chica—. Pronto recibirás una invitación para la inauguración de la nueva escuela. Solo dime que lo pensarás.

La bruja asintió ligeramente y salió de la sala.

Adae regresó a la Sala Secreta y se sentó en el suelo, justo en el centro de una estrella de seis puntas que refulgía inmaterial en un brillante color dorado. Cerró los ojos, respiró profundamente y dejó que su pensamiento fluyera tan libre como enfocado. Todo formaba parte del aprendizaje, del rodaje necesario para evolucionar; cada prueba, también esta, la más compleja de todas las que había vivido. Cada vez era similar, aunque no supiera qué hacer, en el fondo de sí conocía la actitud adecuada, los pasos correctos, los tempos. Al menos así había sido hasta entonces. Pero ahora… según pasaban los largos días de su vida en la Tierra de las Almas Perdidas, todo parecía enredarse en una compleja trama que no sabía cómo desenredar. No comprendía su incapacidad para hacerle recordar a la Guardiana, no sabía qué más podía hacer. Cada vez más a menudo, se cuestionaba la validez de su papel en aquel juego. ¿Cómo habían osado entrometerse en algo así? ¡Eran los Guardianes! Seres muy superiores en su conciencia y evolución a todos ellos, más antiguos que los mismos dioses… Deberían haber dejado que fuera él el que se ocupara de ella, no deberían haber intervenido, ninguno de ellos. Tal vez aún estuvieran a tiempo. Tal vez si él descendiera hasta ella, la podría guiar de regreso hasta sí misma, hasta ellos.

¿Debía darle una última oportunidad a Serai? ¿Tenía que doblegarse ante la petición de Aisha? ¿Sería más rápido y no demasiado peligroso elevarla hasta él?... Las certezas seguían sin resonar en su pecho. Sin embargo, la sensación de urgencia ganaba en intensidad.

Varilia interrumpió su momento consigo misma:

—Adae —susurró mientras la bruja enfocaba su mirada en la guía—. ¿No te parecería maravilloso involucrarte más en la tarea de los Kumara? Están logrando avances grandiosos. Y debes recordar que nuestra pupila firmó ese compromiso antes de nacer...

—Sabes que ese compromiso no tiene por qué activarse hasta sus veinticinco años de edad.

—Pero ¿por qué retrasarlo? Ella está preparada.

—Eres tú la que parece tener problemas de memoria. Aisha no nació para ser una servidora de los Ancianos, nació para liberarse del Samsara y poder así reintegrarse en su alma.

—¡Bruja testaruda! Una cosa no impide la otra.

—Es cuestión de prioridades.

—¿Por qué te cuesta tanto entusiasmarte ante los avances de los Kumara? ¿Acaso no amas a los Sin Nombre?

—Ya te lo he dicho, no es cuestión de amor, es cuestión de prioridades.

Cuando Adae salió al patio una novicia se le acercó: «Suma Sacerdotisa, un enviado de Serai pide permiso para acceder a la isla». Adae se dirigió al portal del Sur para recibir al emisario. Probablemente traía la invitación anunciada por Aisha.

—Vida plena Señora —saludó el joven sacerdote.

—Vida plena.

—¿Podríamos hablar en privado?

—Claro, acompáñame a mis aposentos. —Cuando estuvieron dentro el emisario comenzó a hablar.

—El Sumo Sacerdote me ha enviado hasta aquí con dos mensajes.

—Te escucho —dijo la bruja ofreciéndole, con un gesto, asiento.

—El primero es una invitación a la apertura de la nueva escuela. —Antes de que Adae pudiera contestar el chico hizo un gesto con su mano, pidiendo a la bruja que no hablara hasta que él terminara—. Serai supone que su respuesta, en principio, será declinatoria, por eso le ruega que se lo tome como un favor y no como una mera invitación. El Sumo Sacerdote dice que estaría muy agradecido si colaborara en la formación y revisión de las protecciones de la nueva escuela.

—¿Cuál es el segundo mensaje?

El chico le dio a la bruja un cilindro sellado.

—Ahora saldré fuera. Mi Maestro me ha pedido que espere a que visualice este mensaje y me dé su respuesta.

Adae rompió el sello y abrió el cilindro, sacó una pequeña esfera cristalina que se quedó flotando delante de ella. De su interior brotó la imagen y la voz de Serai: «Mis esfuerzos para acceder al contrato de Ahóm siguen siendo vanos. Todo parece ir bien aquí, sin embargo mi intuición me alerta. Ahóm ha crecido, su poder es magnífico y él se comporta de manera impecable. Sigue esperando un encuentro con tu pupila, no te pido que la traigas, aunque sí te ruego que vengas para que podamos compartir pareceres y, tal vez, algo de ayuda. Gracias». La bruja volvió a guardar la esfera en el cilindro y lo cerró con su propio sello. Pensativa, salió de su habitación; el mensajero la esperaba en el patio. Al verla se dirigió a ella.

—El próximo amanecer te daré mi respuesta. Mientras tanto puedes acompañarnos en los ritos del ocaso y la celebración que realizamos esta noche a la energía femenina.

33
Cambio de planes

El Guardián había permanecido en un absoluto mutismo desde que hablara con Zur. No se movía del lado de La Guardiana, velaba silente esa parte de ella que permanecía ausente, como dormida. En su interior, si bien la detención de la corrosión del veneno le había ayudado, se mantenía una pena constante que en ocasiones se confundía con impotencia y otras con frustración. Eran tres emociones a las que no estaba habituado. Los instantes se sucedían sin cesar y lejos de lograr algo, de comprender la situación, cada vez se sentía más confuso.

Se dirigió hacia la entrada de la sala de los cristales, donde estaban Amún y el Mago.

—Quiero volver a hablar con el demonio. —Sus compañeros le miraron en silencio durante un momento.

—¿Para qué quieres volver a hablar con él? —le preguntó por fin el Hombre Pájaro.

—¿Dónde está? —preguntó el Guardián sin contestar a su amigo.

—Nadie te va a impedir que hables con él. Solo pregunto por si… solo quiero ayudarte.

—Lo sé Amún. ¿Dónde está? —insistió.

—Está en la entrada de la cueva, el Gran Dragón le vigila.

—Cuida de ella un momento, por favor.

El Guardián se dirigió hacia el exterior y vio al demonio sentado dentro de su celda, parecía estar tranquilo. Le pidió al Gran Dragón que le dejara a solas un momento con Zur y cuando este se hubo alejado, se acercó tanto como los barrotes le permitían.

—¿Cuál es tu propuesta?

—Debes descender, ir en su busca.

—¿Y los riesgos?

—Ninguno de vosotros correríais ningún peligro. El riesgo sería para los Durmientes que entraran en contacto contigo, quedarían cegados. Ante tu manifestación perderían la cordura, pero dado su nivel de inconsciencia no creo que eso sea importante.

—Y ¿qué conseguiría descendiendo hasta ella?

—Que recordase, que despertase. Ella está preparada.

—¿Por qué eres el único que me propone algo así?

—Porque los demás tienen miedo.

—¿De qué?

—Del cambio, de que lo que han conocido hasta ahora se convierta en algo diferente.

—¿Tú no?

—He vivido suficientes cambios como para saber que son inevitables.

—¿Qué ganarías tú y los tuyos si hago lo que me dices?

—La cuestión no es lo que ganaríamos, sino lo que no perderíamos… los míos y todos los demás. —El Guardián esperó una explicación—. Si uno de vosotros o ambos os perdéis, no habrá un cambio, sino un final.

—Si lo que dices es cierto, ¿por qué han asumido los Ancianos el riesgo de hacer descender a la Guardiana?

—Todo lo material tiene un tiempo limitado y nadie puede saber cuánto le queda al Planeta de las Almas Perdidas. Si el mundo de los Sin Nombre se extinguiera antes de que recobraran la conciencia, sus almas se perderían aún más. Vivir la muerte de un planeta es como revivir el final primero, o el principio. La explosión desde la que cada uno fuimos creados. Desde la inconsciencia, en esos momentos solo se experimenta una hipérbole del dolor…

—Nada tiene eso que ver con nosotros.

—Los Ancianos, desesperados después de eones de esfuerzos intentando que los Durmientes se recuerden a sí mismos y temerosos de que el final del planeta esté cerca, han hecho su última apuesta. En su obcecación han pensado que si logran la alianza con uno o ambos de vosotros todo podrá ser diferente para sus pupilos y para ellos mismos.

—No pienso aliarme con los Ancianos. —Zur enfocó su mirada en el fondo de los ojos del Guardián.

—¿Y la Guardiana? ¿Estás seguro de que ella, inmersa ahora en el olvido, tampoco se aliará? —El Guardián no contestó—. Deberías descender hasta ella antes de que tu otra parte caiga por completo en la trampa.

Aruma no se había vuelto a acercar por la cueva de Adae desde que mantenían a Zur preso. Sabía que lo habían capturado, pero no que lo tuvieran allí. Por eso, cuando Amún, después de llamarla, percibió su proximidad, salió a recibirla; prefería advertirla de su presencia. Al saber, después de tanto tiempo, de su cercanía, la mirada de la Mujer Murciélago se perdió durante unos instantes, después devolvió su atención al Hombre Pájaro y le preguntó:

—¿Para qué me has llamado?

—Intuyo que el Guardián está siendo seducido por las propuestas de Zur.

—Entonces… quieres que hable con él.

—No consigo llegar hasta el Guardián y ni el Mago ni yo logramos ninguna información del… de Zur. —Aruma cerró los ojos y, después de un largo silencio, en un susurro dijo:

—Hablaré con él.

34
Desaparecida

A pesar de la inquietud que sentía, la bruja fue vencida por el cansancio y se quedó profundamente dormida en cuanto se tumbó en su camastro. Tal vez fue esa intranquilidad que removía su conciencia la que la arrastró a un extraño sueño: Estaba en un lugar que le resultaba del todo desconocido. Predominaban los tonos anaranjados y los morados y todo parecía estar cubierto de una niebla extrañamente brillante. Al principio solo observaba, como quien observa algo extravagante, hasta que oyó un llanto. Le bastó con pensarlo para que su cuerpo, tan etéreo como todo lo demás allí, se deslizara hasta la fuente de aquel lamento. Un ser deslumbrante se enroscaba sobre sí mismo protegido por una hermosa capa plateada.

—¿Te puedo ayudar? —preguntó.

—Es por amor —contestó aquella desconocida sin dejar de llorar. La bruja se acercó un poco más a la figura de energía femenina.

—El amor no puede hacer llorar.

—He visto… Es por amor —susurró la voz. Fue entonces cuando alzó su rostro, y en él, Adae pudo ver una representación fundida de la Guardiana y de sí misma.

Se despertó sobresaltada, y corrió hacia la habitación de Aisha. Estaba vacía. Corrió a la puerta del sur, la única por la que se podía entrar y salir de la isla y comprobó que, totalmente en contra de su cometido, las centinelas se habían quedado dormidas. Llamó a dos de las Kumara y mientras estas preparaban lo indispensable para salir en busca de la Guardiana, la bruja, después de comprobar que Varilia, como tantas veces hacen los guías, había anulado sus accesos de comunicación, avisó al Mago de la fuga de su pupila.

—Debí preverlo, ayer cuando…

—Culpándote no vas a mejorar las cosas. —Intentó suavizar la situación el Mago.

—Lo sé, pero… era mi responsabilidad. Y ahora, ahora ni siquiera soy capaz de mantener la calma. Tenemos que encontrarla. Ayúdame por favor.

—No puede estar lejos.

—Nunca debí aceptar este compromiso... me siento tan torpe, tan pequeña frente a ella. Necesito que la rastreéis. El desierto infinito que nos rodea es el mejor lugar para desaparecer. Además, la he enseñado a invisibilizarse.

—Deja de preocuparte. La encontraremos.

—No me digas que deje de preocuparme. Tal vez si todos nosotros nos hubiéramos preocupado más en un principio todo esto no habría llegado a pasar. Avisa a Aruma, la necesitaré.

Cuando cruzaron el lago y pisaron la orilla, dejando a su espalda Aras, las tres mujeres enfocaron su energía proyectando un haz de luz blanquiazulado que salía de sus entrecejos, pero ninguna de ellas fue capaz de localizar huellas etéricas de la Guardiana.

—¡Oh no! —exclamó de repente Adae.

—¿La has encontrado? —preguntó una de sus ayudantes.

—No, pero tengo que alertar urgentemente a Serai. No sé dónde ha ido, pero sí sé con quién.

La bruja había detectado un resto vibracional de la energía de Ahóm.

Siguiendo a la Suma Sacerdotisa, las dos Kumaras regresaron a la isla y esperaron en la puerta de la Sala Secreta.

Adae entró y se dejó de llevar de forma precisa, al encuentro de Serai. Debía de avisarlo de lo que estaba sucediendo, si es que él no se había dado cuenta. En ningún momento pensó que el Sumo Sacerdote pudiera estar al tanto de la fuga o que la hubiera promovido.

Cuando Serai prestó atención a la llamada de la bruja acababa de descubrir que Ahóm no estaba en el recinto del Gran Templo. No, él tampoco sabía dónde podían estar. No podía haber llegado hasta Aras en menos de siete horas, la noche anterior había participado en los ritos de agradecimiento, y para recorrer aquella distancia se necesitaban un mínimo de siete días. Debían haber quedado en encontrarse en un punto intermedio, pero ¿cuál? Tanto Adae como Serai estaban de acuerdo, entre sus templos solo había desierto infinito y dorado. Ningún lugar donde poder esconderse. Ambos sacerdotes estaban desconcertados, ni habían intuido lo que iba a pasar, ni comprendían los motivos que habían llevado a sus pupilos a hacer lo que acababan de hacer. Mientras buscaban respuestas o alguna pista, Adae sintió la llamada del Mago. Se despidió de Serai y atendió a su aliado.

—Sé dónde están.

—¿Dónde? —preguntó la bruja con una mezcla de esperanza y temor. Entonces el Mago le mostró un gran cortado que se erguía solitario en medio del desierto. Enfocó la atención de Adae hacia una pequeña abertura en la piedra, era estrecha y se elevaba verticalmente. Aunque a nivel racional Adae no acaba de comprender lo que estaba viendo, sí percibió el tremendo caudal energético que emergía de allí.

—¿Qué es ese lugar? – preguntó la bruja.

—Es el Primer Portal.

—¡El Primer Portal! Pensaba que había sido cerrado hacia eones.

—No ha sido utilizado desde hace millones de años, pero no fue cerrado, no puede ser cerrado.

—¿Qué quieres decir?

—La primera vez que algunos de los que aún recordaban decidieron acercarse hasta los Durmientes para ayudarles a restaurar su memoria, abrieron este camino que conecta múltiples dimensiones. Desde él se puede acceder al pasado y viajar a través de los distintos espacios. Cuando las almas de los primeros Kumaras cayeron rotas bajo el odio y la ignorancia de aquellos a los que habían ido a ayudar, los que aún quedaban con vida los llevaron hasta allí esperando que algún día pudieran recuperarse. No sé qué pasó después. Fue una época anterior a la existencia de los ángeles, cuando eran los dragones los que se ocupaban de custodiar a los Sin Nombre.

—Aisha no conocía ese lugar.

—Tal vez lo conociera Ahóm.

—¿Qué pueden querer de aquel lugar? ¿Marcharse?

—Si es eso lo que pretenden, no creo que les resulte tan fácil. Hay que saber cómo abrir el Portal.

—Dime dónde está.

—En otro desierto a muchos días de camino de donde te encuentras.

—¿A muchos días de camino? Si se ha marchado hace unas pocas horas… ¿Cómo pueden estar ya allí? ¿Cómo han llegado?

—No lo sé. Tal vez Ahóm pueda teletransportarse.

—Pensaba que mientras ocupábamos un cuerpo material no podíamos hacerlo.

—Es la única explicación que encuentro.

—¿Estás seguro de que están allí?

—Sí.

—Si no podemos teletransportarnos tardaremos demasiado en llegar.

—Deja que intentemos ocuparnos desde aquí. Le preguntaré a Amún, él es más arcano que nosotros, tal vez sepa algo más.

35
Un extraño reencuentro

Zur se puso en pie de un salto cuando vio aparecer a Aruma. Hacía más de lo que quería recordar que sus caminos se habían bifurcado. Nunca había esperado volverla a ver.

La Mujer Murciélago se acercó muy despacio. En la lentitud de su movimiento se tomaba un margen de tiempo, enfrentarse a la mirada del ser en el que se había convertido el que antaño había sido uno de los más poderosos Hombres Murciélago, su compañero, su hermano, no iba a ser fácil.

Cuando estuvo frente a él ambos se miraron con una profundidad inaudita, se vieron e inevitablemente se reconocieron. Sin necesidad de palabras ambos pudieron percibir las diversas trayectorias que habían seguido, ambos supieron de sus heridas y de sus distintas evoluciones. Si las Mujeres Murciélago llorasen, Aruma habría llorado. Sentir todo el desgarro que aún guardaba Zur en su pecho casi acabó con ella. Suavemente le tendió una mano que fue repelida por los barrotes.

—No te interesa acercarte a mí. Hace mucho que dejamos de ser lo mismo —dijo el Oscuro.

—Siempre seremos lo mismo. No importa si tu dolor te ha teñido de oscuridad. Al mirarte sigo viendo al poderoso Zur, ese al que admiré durante tanto tiempo. —Zur bajó la mirada en un intento de volver hacia sí—. Ayúdame… por favor —continuó la Mujer Murciélago.

—No puedo ayudarte —dijo volviendo a mirar de frente a Aruma.

—¿Por qué?

—Nadie puede.

—Siempre se puede hacer algo.

—Eso no es verdad.

—No puedo creer lo que dices, como no puedo rendirme… Ayúdame, por favor —insistió Aruma.

—¡Márchate!

—Ahora que nos hemos reencontrado dará igual que me aleje de tu celda, esté donde esté permaneceré cerca.

—¿Es que no ves el peligro que corres?

—No, no lo veo. Y no me importa.

—No soy tu amigo.

—Te miro y aún te veo. Sé quién eres.

—No soy un alma a la que puedas salvar.

—No pretendo salvarte, pero no por ello voy a dejar de amarte, Zur.

El demonio cerró los ojos y grito con furia «¡Vete!». Cuando volvió a abrir los ojos se le habían teñido de un siniestro color rojizo, los fijó en las pupilas de la Mujer Murciélago y pareció crecer hasta inundar totalmente el espacio que les rodeaba. Aruma no podía dejar de mirarlo mientras sentía cómo toda la luz desaparecía dentro y fuera de ella. Aunque estaba quieta sentía como si un torbellino la arrastrase hacia el interior de un abismo que carecía de fondo y sintió algo que nunca antes había sentido: terror. Zur se había transformado dando espacio a su parte más oscura, en un instante se había convertido en un Señor del Miedo. En él solo se distinguía el reflejo rojizo de la siniestra mirada que dominaba por completo a la Mujer Murciélago. Cuanto más miedo sentía ella, más grande se hacía él. Aruma intentaba agarrarse con fuerza a su cordura, buscaba algún resto de luz en su corazón, quería apartar la mirada, apoyarse en su propio poder, pero no podía hacer ninguna de esas cosas. Aquella energía la había incapacitado y todo lo que ella fue parecían pedazos rotos, arrancados de un centro que ahora se estremecía, se diluía en un terrible pavor. Piezas diseminadas que no lograba recuperar. Como pudo, se concentró en aquellos ojos feroces, carentes de vida, y pensó «Seguiré aquí». No podía rendirse ante el horror, nunca. Pero Zur no se sentía afectado por su valor. No había fin.

Un fuerte empujón la apartó lejos y, agotada, vio como el Mago, sin mirar los ojos de aquel demonio, amplificaba la energía de la celda hasta reducir a Zur. Entonces se acercó a la Mujer Murciélago y le preguntó si estaba bien. Sabía que no lo estaba, pero tenía que comprobar si le quedaban fuerzas, quería alejarla de allí. Aruma apenas podía hablar, pero necesitaba saber qué había pasado.

El miedo es la energía opuesta al amor. Los demonios, a medida que van huyendo de su dolor van renegando del amor, es así como se convierten en los Señores del Miedo.

—Tengo que intentar hablar con él.

—Ya lo has intentado.

—No puedo abandonarle así. Déjame intentarlo una vez más.

—¿Abandonarle? Zur se abandonó a sí mismo, sabes que no puedes hacer nada por él. Él no quiere que nadie haga nada por él.

—No me importa.

Aruma se incorporó de forma costosa. El ataque de Zur la había dejado muy débil. Aun así se acercó de nuevo a la celda y le miró a los ojos, como si no recordase lo que acababa de pasar, como si el miedo no la hubiera arrastrado a la oscuridad.

—No importa lo que me hagas. Prefiero morir amando que sobrevivir renunciando al amor. He visto caer a muchos, guardo heridas tan profundas como las tuyas y a menudo se me resquebraja la fe en que esto pueda tener un buen final, pero aun así hoy, ahora, decido una vez más seguir adelante y eso implica seguir aquí, junto a ti.

—Si permaneces un instante más aquí acabaré contigo —contestó Zur de forma fría.

—Hazlo si eso te va a ayudar a soportar tu dolor.

El Guardián, que había percibido lo sucedido desde la cueva de los cristales, apareció junto a la Mujer Murciélago interrumpiendo la conversación.

—¿Por qué la has atacado?

—Es mi naturaleza.

—¿Pretendes que confíe en las palabras de un ser como tú que ataca a quien le ama?

—No busco tu confianza, como tampoco me interesa su amor. El amor y la confianza nunca han salvado a nadie, son muletas fatuas que no sirven de ayuda; son los hechos los que diferencian las victorias de las derrotas.

El Guardián de los Silencios adoptó su forma animal y elevándose sobre sus patas traseras enfocó el centro de sus garras delanteras hacia la jaula, proyectando sendos haces de energía plateada que envolvieron la celda en una burbuja etérea que impedía a Zur comunicarse a cualquier nivel.

—Siento lo que te ha hecho —le dijo a Aruma.

—¿Quieres contarme lo que te propuso?

—¡Aruma! —interrumpió el Mago—. Es urgente, Amún te necesita.

—¿Qué sucede? —preguntó el Guardián mientras la Mujer Murciélago volaba hacia el interior de la cueva seguida por él.

TERCERA PARTE

DESVELANDO LA REALIDAD

36
Ahóm y Aisha

Aisha no comprendía lo que sentía, pero la certeza era más fuerte que la necesidad de entendimiento. Desde que tenía memoria, que debido a su amnesia se remontaba solo a su encarnación actual, había sentido la llamada de Ahóm. Era como un eco profundo que resonaba en cada parte de sí misma, atrayéndola hacia él. Como un mantra antiguo que la mantenía alerta, mientras esperaba el momento adecuado del encuentro. Como una dulce melodía que la envolvía por fuera y la llenaba por dentro, haciéndola sentir cosas que no podía describir pero que necesitaba sostener en el tiempo.

Aquel día supo que el momento había llegado. Intentó decírselo a su Maestra, hasta donde podía. Respetaba y amaba a Adae. Desde que había nacido se había ocupado bien de ella y le había enseñado muchas cosas, había sido exquisita en su adiestramiento; sin embargo, había muchas otras cosas que la bruja desconocía y ella, su humilde pupila, no podía explicárselas, al menos de momento. Como aquel día, hacía solo unas horas. Aisha no quería desobedecer y mucho menos preocupar o hacer sentir mal a la única madre que había conocido, pero lo que tenía que hacer estaba por encima de Adae, incluso de ella misma. Por eso había salido de la isla, sabía que Ahóm estaría esperándola. No le había visto nunca, al menos no en una forma física, pero no había ninguna duda, lo reconocería, como él la reconocería a ella.

Sin embargo, al salir de Aras vio, no sin cierto temor, que nadie la esperaba. Se sentó, incómoda y desprotegida, en la tierra y cerró los ojos dejando que su espíritu buscara a Ahóm. «¡Abre los ojos!». Era la voz tantas veces oída, era él. Abrió los ojos y vio, ante sí la silueta brillante de su espíritu. «Camina hacia el este hasta que encuentres una extraña abertura en la tierra». Así lo hizo. Caminó en la oscuridad de la noche, sola, durante horas, con la atención despierta, en busca de aquella hendidura que desconocía. Hasta que la encontró. La energía de Ahóm volvió a manifestarse: «Entra y piensa únicamente, en llegar hasta mí». Aisha respiró profunda y lentamente hasta conseguir vaciar por completo su cabeza de cualquier pensamiento que no fuera llegar hasta él. Cuando en su mente existía esta única idea, caminó despacio internándose en la grieta que penetraba las arenas del desierto. Atravesó la oscuridad y navegó rápidamente a través de un pasaje espiral de luces radiantes, hasta que volvió a sentir su cuerpo. Estaba algo mareada y sus ojos estaban cegados por el resplandor del recorrido, pero sabía que él estaba a su lado. Ahóm puso su mano sobre uno de sus hombros y un escalofrío recorrió su columna hasta el interior de su cráneo. Se sentía segura. Volvió a pensar en Adae y quiso creer que cuando la encontrase, si es que la encontraba, lo entendería. Poco a poco, sus pupilas se fueron acostumbrando a la penumbra, así lentamente comenzó a distinguir sus ojos. Unos ojos antiguos que había añorado con toda su alma. Sus rasgos, masculinos, de mandíbula prominente y cuadrada, sus pómulos sobresalientes, su tez dorada, su nariz recta y grande, a juego con el resto de su cuerpo, sus labios torneados y bulbosos, sus manos de dedos largos y fuertes… su luz. Sonrió y ella, la Guardiana de las Palabras, no encontró nada que decir ante lo que estaba sintiendo.

Él le ofreció agua. Ella bebió. «Tenemos poco tiempo y tengo muchas cosas que mostrarte» dijo Ahóm. Ella le tocó con ternura el rostro. «Eres aún más hermosa de lo que había visto». Y sujetando dulcemente su nuca, la besó. Aisha respondió a aquel beso como si no fuera el primero, como si fuera uno más entre dos amantes que se conocen a la perfección. Sus labios se perdieron en una danza de caricias que descubrían lo antaño perdido, lo eternamente añorado. La desnudó, suavemente, al tiempo que ella le desnudaba. Dejándose llevar por el ritmo que dictaban sus cuerpos, se tumbaron en la arena de aquel extraño lugar, en aquella cueva de fina arena, justo en la orilla del lago subterráneo que podría haberlos llevado a muchos otros lugares. Ahóm se puso encima y ambos permitieron que el apacible movimiento del agua rozara sus pieles, mientras sus cuerpos se penetraban el uno al otro al mismo tiempo. No había hombre y mujer, solo dos almas que encontraban de forma precisa las rendijas, los recovecos y los ángulos que nunca debieron fracturarse. Él dentro de ella, ella dentro de él, hasta no distinguir dónde terminaba la piel de cada cual, dónde comenzaba el espacio ajeno. Sin dejar de mirarse, cada uno, en los ojos del otro. Físicamente era la primera vez para ambos, pero eso no importaba, nada podía poner impedimento alguno al saber hacer de sus almas. Primero permitieron un espacio al gozo del sentir, a la delicada euforia del descubrir, a la intensidad de la piel envuelta en cálidas embestidas. Después Ahóm la guio. La danza de sus caderas se convirtió en vuelo y, sin soltarla, la llevó lejos, a otros tiempos más pretéritos que el propio tiempo, antes de que todo lo que se conocía o se había conocido existiera. Antes de las reminiscencias de la Guardiana, mucho antes de los recuerdos de Aisha. Antes de antes, antes de la vida, antes de la muerte, antes de los sonidos y las formas, antes de los hombres, de los dragones, de los ángeles y de los demonios, antes del fuego, antes de cualquier memoria, antes del principio, antes de la guerra… antes de antes, cuando solo existía el amor. Aisha, guiada por Ahóm, pudo sentirse entera y desde esa completitud revivió el inicio del juego, aquella explosión primera en la que el Guardián, Ahóm y ella misma se separaron como si de tres entidades distintas se trataran. En aquel instante todos los recuerdos que, en su descenso, se habían borrado, se restauraron de forma precisa. Sintió todo el amor que su alma guardaba, toda la nostalgia por los eones vividos junto al Guardián de los Silencios, su otra parte, incluso pudo sentir la desesperación que él vivía desde que la habían secuestrado. Pero el amor que sentía por el Guardián era el mismo que sentía por Ahóm, no había nada diferente en la inmensa cercanía de sus almas, la única divergencia era el tiempo que había pasado junto al Guardián, ajena a la existencia de Ahóm. Pudo ver que había, además de ellos tres, una cuarta parte. Aquella última parte se había disgregado, se había fragmentado partiéndose a sí misma, rompiéndose en miles de millones de pedazos que permanecían guardados en el pecho de todos los seres vivientes. Cuando esto sucedió y aquellas minúsculas partes de sí mismos habían comenzado a descender hasta confundirse con otras entidades en dimensiones muy lejanas, Ahóm había decidido ir en su busca. Mientras tanto el Guardián y ella misma esperarían y sostendrían, tejiendo la red de los sonidos gracias a la que toda forma, todo pensamiento y todo sentimiento existía. Ciertamente, tanto el Guardián como ella misma habían cumplido su parte de la misión, esa era su naturaleza, pero en su armónico bienestar, habían olvidado que no estaban completos. Les faltaba Ahóm El Guardián de las Luces y aquella otra parte que aún hoy seguía disgregada de forma casi infinita, escondida en los pechos de ancianos, ángeles, demonios y humanos: La Guardiana de la Sombras.

37
El alma del Guardián

El Guardián fue alcanzado por la consciencia que se abría camino en la psique de la Guardiana. Cayó al suelo en la entrada de la cueva de las esferas justo a tiempo para ver cómo el alma de su amada resplandecía como nunca lo había hecho. Fue un instante eterno en el que no pudo distinguir todo lo que vio y recordó ella, pero sí pudo sentir todo el amor y… todo el desgarro.

Todos los presentes se contagiaron de aquella explosión de consciencia. No sabían qué estaba pasando, solo sabían que ninguno de ellos había sentido algo parecido nunca. Incluso Adae y Serai sintieron un estremecimiento desconocido en sus almas.

Durante un brevísimo instante, el alma de la Guardiana miró a los ojos del Guardián. Había amor, mucho, y una súplica que buscaba cercanía, pero sobre todo comprensión. Cuando el Guardián del Silencio se acercó a ella, esta había vuelto a cerrar sus ojos, como si no los hubiera abierto. Todo parecía estar igual excepto la luz que emanaba del centro del pecho de aquella alma postrada entre esferas de brillante cuarzo, justo desde el lugar donde se podía apreciar la herida sufrida por la separación del Guardián de los Silencios.

Nadie podía explicar que acababa de suceder. El Mago que había permanecido atento al fuego no vio nada, solo había sido impregnado por un sentimiento absoluto, como el resto de sus compañeros.

Todo sucedió muy deprisa. El amor que el Guardián acababa de sentir, ese que lo había envuelto por dentro y por fuera desde hacía eones, fue dejando paso a un sentimiento nuevo, a una emoción que parecía emerger de la fusión de aquello que acababa de suceder, fuera lo que fuera, con el oscuro veneno que habían conseguido mantener bajo control. Sin pretenderlo se transformó en su forma mítica y gritó generando una dolorosa fractura en el centro del pecho de los que le rodeaban. Sus alas, hasta entonces perladas, se fueron tiñendo del color del mercurio, sus garras, su pecho, incluso sus ojos cristalinos se iban contaminando rápidamente de oscuridad; y a medida que lo hacía, la protección que había formado en torno a la jaula de Zur, desaparecía.

Alzó el vuelo y salió de la cueva con un movimiento rápido. Amún intentó seguirlo, pero solo alcanzó a ver cómo se precipitaba hacia un torbellino descendente que había aparecido de la nada. El Hombre Pájaro se acercó hasta el vórtice y tuvo el tiempo justo de mirar antes de que aquel extraño fenómeno se desvaneciera con la misma rapidez con la que había aparecido. No sabía dónde podría conducir aquel vórtice al Guardián, pero era seguro que era hacia abajo, tal vez a la Tierra de las Almas Perdidas o tal vez… más abajo.

Aruma salió siguiendo a sus compañeros. Fue la que se dio cuenta de que Zur también había desaparecido. El Hombre Pájaro y ella se miraron sin saber ni qué decir, ni qué hacer. Se encontraban, una vez más, ante lo desconocido y ambos sentían que la situación estaba totalmente fuera de su control. A pesar de aquella desagradable certeza, tenían que permanecer atentos, hacer lo que fuera necesario, fuese lo que fuese.

De la nada apareció el Anciano.

—¿Dónde está el Guardián?

—Ha desaparecido —contestó Amún.

—¡No se desaparece sin más!

—Pues él lo ha hecho —añadió Aruma.

—No es buen momento para que me ocultéis información.

—No te estamos ocultando nada. Y tú ¿tienes algo que decirnos? —preguntó Amún.

—Las cosas se han precipitado. Necesitamos al Guardián.

—¿Para qué?

—Tengo que ayudarle a acercarse hasta Aisha…

—Puede que haya buscado el camino él solo —aventuró el Hombre Pájaro.

—Él no conoce los portales ni los accesos hasta la Tierra de las Almas Perdidas.

—Pues parece que ha encontrado uno.

—¡No lo entendéis! ¿Sabéis lo peligroso que puede resultar su descenso? ¿Cómo va a lograrlo sin guía?

—Sí, lo entendemos. Probablemente si tú no hubieras enviado una parte del alma de la Guardiana al planeta de los Durmientes nada de esto estaría pasando. ¿Tienes alguna otra brillante idea?

Mientras el Anciano y Amún seguían hablando Aruma se alejó para atender la insistente llamada de Adae. No había tenido contacto con ella desde antes de que la Guardiana desapareciera y el Mago no había tenido tiempo de darle la noticia.

El Mago, por su parte, interrumpió con premura la disertación del Anciano. No había tiempo para preguntas, preocupaciones o reproches. «El Gran Dragón y tú tenéis que ir en su busca, rápido».

Cuando Aruma llegó hasta Adae esta se encontraba en la Sala Secreta. Estaba hablando con Serai. El Sumo Sacerdote había descubierto cómo habían escapado. Justo en el centro del Gran Templo, escondido entre los jardines, había un antiguo portal. Ahóm debía haberlo descubierto. Era uno entre decenas de antiguos portales, todos ellos construidos por los primeros Kumara, aquellos que habían descendido eones atrás. Todos ellos estaban conectados entre sí y desde algunos de los mismos se podía acceder a dimensiones ajenas a la densidad del planeta de los Sin Nombre. Cerca de Aras debía de haber algún otro portal, aunque él lo desconocía. Serai estaba desconcertado, tanto como Adae. Ninguno comprendía por qué se habían fugado, como tampoco entendían lo que había sucedido o lo que habían sentido minutos antes. Además, a aquellas alturas Serai no quería intervenir sin la bruja. Tal vez si hubiera estado más atento a sus advertencias esto no habría sucedido.

—No podemos cambiar el pasado —dijo Adae al percibir los pensamientos de Serai—. Aruma, ¿conoces algún portal cerca de aquí?

—No, pero si existe no creo que sea difícil encontrarlo.

—Búscalo. Deprisa, por favor. Mientras tanto, Serai, si quieres puedes entrar en el portal del Templo e ir a buscarlos.

—Prefiero esperar a que vosotras estéis listas.

—Faltan solo tres días para la inauguración de la nueva escuela, ¿la pospondréis?

—No. Ahóm estaba totalmente comprometido con este proyecto. No puedo creer que haya desertado. Además, necesitamos activar toda la potencia de las nuevas protecciones... Todo estaba yendo tan bien.

—Es cuando mejor van las cosas cuando más atención hay que poner. Te avisaré en cuanto sepa algo más.

—Adae... hay algo más —intervino Aruma.

—¿Algo más?

—El Guardián ha desaparecido.

—¿Cómo que ha desaparecido?

—Cuando ha sucedido eso que ninguno comprendemos se ha transformado y ha desaparecido.

—Qué es más urgente, ¿encontrar al Guardián o a la Guardiana?

—Tal vez estén en el mismo lugar —sugirió Serai.

—Ojalá fuera así.

—Me temo que encontrarlos a los dos es igual de urgente. Me ocuparé de buscar umbrales cercanos para ver si damos rápidamente con Aisha. Amún y el Gran Dragón están buscándole a él.

38
Las sombras

Se regalaron unos minutos de quietud, de gozo, del cálido abrazo de sus cuerpos desnudos sobre la arena. Probablemente serían los únicos minutos que tendrían solo para ellos, Ahóm lo sabía. Le habría gustado alargar aquel momento tan breve frente a la eternidad que llevaba lejos de ella, pero no debía hacerlo. Aún tenía muchas otras cosas que mostrarle y debía actuar rápido, estaba seguro de que Serai no tardaría en comprender cómo había logrado desaparecer con aquella celeridad. Aquello sería bueno para Serai y para Adae, que ellos volvieran a estar juntos sería bueno para todos. Con la Guardiana a su lado el avance sería mucho más sencillo, confiaba en que los Sumos Sacerdotes lo comprendieran.

Besó sus labios y la contempló un último segundo antes de continuar.

—¿Cómo has hecho eso?

—¿El qué? —respondió sonriente Ahóm.

—Eso… llevarme a todos esos lugares, a todos esos tiempos.

—Ahora que has recuperado tu memoria tú también puedes hacerlo. Al salir de la amnesia el poder del alma se manifiesta.

—Esta vez no te abandonaré.

—Lo sé.

—Tendré que buscar al Guardián de los Silencios. Cuando vea lo que me has mostrado, cuando recuerde, se unirá a nosotros. —Ahóm bajó la mirada. No quería decirle nada a Aisha, pero sabía que sería complicado.

—Tenemos poco tiempo y aún debo mostrarte muchas cosas. Aunque no necesites conocer todo para comprender, quiero hacerlo.

El Guardián de los Silencios no había sido consciente de su transformación. Se había sentido arrastrado por una furia hasta entonces desconocida, una rabia que se había ido alimentando de su dolor y que ahora germinaba desde una energía llamada miedo. Aunque él no podía entender, parecía que la fusión entre el Guardián de las Luces y la Guardiana de las Palabras, hubiera abierto en él una brecha grande y tenebrosa, por la que la Guardiana de las Sombras, podía acercarse a su esencia. Como tantas otras veces, cuanto más grande se hacia la luz, más crecía la oscuridad.

Cuando intentó recuperar el control de sí mismo se sintió roto, como si algo ajeno a él le hubiera despedazado, muy confuso y casi vencido por aquella pena, por aquella furia. No sabía dónde estaba, solo se sentía caer. Era un descenso amargo. Intentó alzar el vuelo, pero no pudo. Quiso salir de aquel oscuro torbellino que le doblegaba, pero le resultó imposible. Y de repente una idea de venganza surcó con fuerza su mente. Y quiso acabar con la vida de todos los que, de algún modo, habían arrojado a la Guardiana de Las Palabras a la Tierra de las Almas Perdidas, como si de esa manera hubiera podido terminar con su sufrimiento. Fue en ese preciso instante cuando todo se detuvo.

El paisaje era pedregoso y seco, la energía era densa y se podía oír la ferocidad del viento. No conocía aquel lugar, pero sabía que no pertenecía a ninguna de las dimensiones que había transitado. Se sintió perdido, estaba agotado; sin embargo, el deseo de venganza que había surgido en su mente, al tiempo que reactivaba el veneno negro, le daba fuerza. Decidió moverse, si había llegado hasta allí era seguro que también podría salir de allí, encontrar a los responsables de aquel desatino y después, solo después de haberles hecho sentir el mismo dolor que él sentía, rescatar a la Guardiana de aquella absurda rueda para poder volar junto a ella muy lejos de todo aquello. Fue entonces cuando se dio cuenta de que no estaba solo. A su espalda aguardaba Zur.

—Puedo ayudarte.

El Guardián se lanzó sobre él, pero el demonio le esquivó. Zur movió su mano izquierda y de la punta de sus garras salieron haces, tan oscuros como brillantes, que inmovilizaron al Guardián.

—No te voy a atacar.

El Guardián cesó en su forcejeo y miró directamente los ojos del antiguo Hombre Murciélago. No vio nada que le resultase extraño, desconocido. Ni siquiera alcanzó a distinguir ningún atisbo de oscuridad.

—Entonces llévame hasta los responsables de todo esto.

—Ja, ja, ja. Los responsables son demasiados. Todos son responsables. ¿Por quién quieres empezar?

—Habrá tiempo para cada uno de ellos. Empezaré por el Anciano, él la hizo alejarse aún más de mí. Sí, empezaré con él y su cohorte de descerebrados.

—No, no, no. Ellos no son más que una parte más, insignificantes, demasiado sencillo. No creo que sea eso lo que deseas.

El Guardián de los Silencios pensó un instante…

—¿Quién ordenó su secuestro? ¿Quién inició esta locura? —preguntó.

—Eso está mejor.

Ahóm le había indicado a Aisha que metiera su mano izquierda en el agua del lago. Ella sabía que el agua era el mejor conductor que existía. Solo tenía que enfocarse en su propio centro y dejarse llevar. Confiaba plenamente en él. Cerró los ojos y Ahóm acarició levemente su entrecejo. Entonces comenzó a tararear, eran sonidos profundos y envolventes, pero ella ya volaba lejos de la gruta, estaba en un lugar que no pertenecía a ningún espacio. Desde allí se podían observar todos los tiempos y eso hizo, observar. Pudo ver, de nuevo, como el ser primigenio que fueron una vez se partía. Sintió el dolor. Observó la separación de los cuatro Guardianes y cómo la Guardiana de las Sombras, vencida por aquel desgarro, se seguía partiendo de forma infinita. Cuanto más se rompía, aunque no perdía su esencia, más se olvidaba de sí misma y del principio, olvidaba que todo era un juego, solo un juego. Observando su disgregación pudo ver la formación de distintas dimensiones, galaxias, planetas y razas. Comprendió que todo lo que existía formaba parte de la Guardiana de las Sombras. Cada una de las almas vivientes, ya fueran minerales, vegetales o animales, eran moléculas de la esencia de la Guardiana original, de aquel pedazo de sí misma que añoraba de la misma manera que había añorado a Ahóm o al Guardián de los

Silencios. Su otra parte femenina había ido trazando, a medida que caía y tomaba forma, un mapa perfecto lleno de pistas para atraer al Guardián de las Luces hacia ella. Un entramado de aparente confusión desde el que clamaba esperando ser reencontrada. Sin embargo, la Guardiana de las Sombras no había dejado de romperse, y cuanto más lo hacía, más le costaba recordar su propia creación y el amor que de tanto dolor parecía extinto. Así terminó dando forma a los Sin Nombre, los últimos en la escala de su creación. De todos, los más perdidos. Por eso era tan importante recuperarlos. Mientras ellos no recordasen sus nombres, mientras no rememorasen la esencia que los formaba, todos los demás seguirían vagando perdidos. Lo peor era que la ignorancia de los Durmientes no cesaba de complicar todos los intentos de ayuda que algunas almas, que sí habían aceptado el dolor de la separación, procuraban brindarles.

Aceptar el dolor… esa era la clave. Todos los seres existentes, incluso ella, habían vivido aquel desgarro inicial. Solo los Oscuros y los Durmientes sobrevivían en puro sufrimiento porque ni se enfrentaban, ni aceptaban aquella pena; no querían mirarla, creían que ignorándola el desgarro y el sinsentido que los embargaba menguaría. Ambos grupos se sentían, de distinta forma, abandonados y perdidos y eso no ayudaba. Tenían que recordar que incluso con aquella herida arcana en el centro de sus pechos todo podía ser de otra manera, todo se podía vivir de una forma diferente.

Los Kumara, tal vez sin saberlo, habían puesto en marcha un plan que podía lograr que los Sin Nombre alcanzaran a recordar y así, de una forma autosuficiente, pudieran iniciar el camino de retorno a casa. Era primordial alcanzar el éxito en aquella empresa que algunos valientes habían iniciado. Si finalmente conseguían que los Sin Nombre recobraran la consciencia eso generaría una tremenda evolución para todos, hasta para los Oscuros.

De repente sintió un dolor atroz en el corazón, como si se lo estuvieran arrancando. La imagen del Guardián de los Silencios inundó su mente y ella se sintió caer.

Cuando abrió los ojos seguía en la gruta, Ahóm le estaba hablando, pero ella no conseguía comprenderlo.

—Le ha pasado algo. Tenemos que ir a buscarlo —repetía Aisha como una súplica mientras Ahóm intentaba calmarla y hacerse entender. Después de unos largos segundos la Guardiana rompió a llorar y Ahóm la abrazó dejando que ella encontrara cobijo en su pecho. Cuando por fin consiguió calmarse él le secó las lágrimas y dulcemente comenzó a hablar.

—Ahora, aquí, todo es diferente.

—Eso no importa —le interrumpió ella—. Tenemos que encontrarle, rápido.

—No puedes permitir que el dolor te ciegue. Si caes ahora te perderás igual que la Guardiana de las Sombras. Si eso sucediera todos estaríamos perdidos.

—No voy a caer. Solo quiero encontrarle, está sufriendo, lo he sentido.

—Nunca digas que no vas a caer. Todos podemos caer, incluso nosotros. Por eso empezó esto, lo acabas de ver.

—Pero es diferente, tengo que ayudarle. Tú también quieres recuperarla a ella. Él...

—No haremos nada hasta que no te calmes, entonces lo verás todo con claridad.

—¿Y si él cae?

—Confía en él. Lo encontraremos. Pero tienes que comprender que en este plano las emociones pueden confundirnos y nunca son buenas aliadas para tomar decisiones. Las emociones hacen que se pierda la perspectiva y te atrapan en la irrealidad. Cuando tu corazón vuelva a estar en paz te darás cuenta de que hay un momento para cada cosa y dejarás de preocuparte.

La Guardiana miró suplicante a Ahóm y ante su silencio volvió a romper a llorar.

39
Adaptándose

—He encontrado el umbral —anunció Aruma—. Está a un par de horas de aquí.

—Gracias. Se lo comunicaré en seguida a Serai.

—Supongo que iréis juntos hasta donde estén, si es que no los han utilizado para marcharse de este planeta.

—Ambos han nacido de hembras humanas, no pueden marcharse mientras tengan cuerpo.

—¿Quieres que os acompañe? —Adae notó la preocupación de la Mujer Murciélago.

—¿Qué es lo que te inquieta? —le preguntó la bruja—. ¿Aún no han encontrado al Guardián?

—No.

—¿Crees que podría estar en el mismo lugar como aventuró Serai?

—Presiento que no. Además… el Mago tenía preso a un demonio que se esfumó en el mismo instante en que el Guardián desapareció —La expresión de la bruja se tornó pálida, sus cicatrices se resaltaron y la sombra del temor rozó su corazón. Si los Oscuros habían apresado al Guardián todo se podría complicar muchísimo más.

—En cuanto encontremos a la Guardiana de las Palabras te ayudaré con el Guardián de los Silencios.

—Gracias por el ofrecimiento, pero creo que es suficiente con que te ocupes de ella.

———

Serai esperó a que Adae llegara a la entrada del umbral. Entonces ambos al unísono penetraron los portales que se abrían frente a ellos, con la única intención de llegar hasta sus pupilos. Los dos se sintieron deslizar por sendos caminos de espiral y luces fueguinas y ambos aparecieron, al mismo tiempo, en la gruta en la que Ahóm abrazaba a Aisha que, aún sumida en la pena, no se percató de su presencia hasta que la bruja apartó a Ahóm de un empellón y le sujetó la cara a ella con menos delicadeza de la habitual.

—Maestra… —susurró Aisha con la voz quebrada por los sollozos. Adae la soltó y se dirigió Ahóm.

—¡Es que os habéis vuelto locos!

—Adae —intermedió el Sumo Sacerdote— seguro que tienen una explicación. Démosles la oportunidad de que nos la den.

—¿Qué puede explicar el llanto de Aisha? Todos estos años he cuidado que no se enredara en emociones y han bastado unas horas contigo para que la destroces.

—No llora por mí —habló por primera vez Ahóm.

—Llore por lo que llore, si no la hubieras secuestrado no habría sucedido.

—Habría terminado pasando tarde o temprano. Además, yo no la secuestré, ella eligió venir.

—Maestra —intervino Aisha intentando controlar su llanto—. Si hubierais visto lo que yo he visto… —Pero Adae seguía sin mirarla, estaba totalmente enfocada en Ahóm.

—¿Le has mostrado algo para lo que aún no estaba preparada?

—Deja de buscar un culpable, bruja, esa es una mala costumbre.

—¡No te atrevas a darme lecciones!

—Adae. —Serai había puesto su mano sobre el hombro de la bruja—. Todos debemos calmarnos. Ahóm, deberías disculparte por todo lo que has hecho las últimas horas.

—Lo siento, Serai, pero no puedo pedir disculpas por hacer lo que he de hacer.

—¿Cómo voy a calmarme? ¡Tu pupilo es un insolente!

—No es mi intención parecer irrespetuoso. Podemos ir todos al Gran Templo y allí…

—¿Ir todos al Gran Templo? Aisha y yo regresamos a Aras.

—No, Maestra, yo voy con él.

Adae estuvo a punto de perder el dominio de su tono de voz, la tensión de aquella mañana y la acumulada los últimos años estuvo a punto de traicionarla sacándola por completo de su centro, pero respiró profundo sin dejar de mirar a su pupila y logró dominarse.

—Maestra, ahora sé quién soy y lo que he de hacer, y cuando un ser descubre esas dos verdades únicas para cada cual, no puede jugar a la ignorancia. Te pido disculpas por haberme marchado sin tu permiso, intenté hacerlo de otro modo, pero no me dejabas otra elección. Te pido perdón por la preocupación que mi fuga os haya podido ocasionar a Aruma, a ti y a las sacerdotisas, pero tenía que hacerlo, de la misma forma que ahora debo permanecer a su lado.

La bruja miró a Serai buscando una explicación.

—Te aseguro que no sabía nada —le dijo este. Adae le creyó, todos permanecieron en silencio unos segundos. La bruja sabía que era absurdo comenzar una guerra de poder contra Ahóm, ambos perderían y nadie saldría ganando; estaba demasiado cansada y, a su pesar, se daba cuenta de que no tenía más opción que acompañarles al Gran Templo.

40
El descenso del Guardián de los Silencios

Todos sus esfuerzos habían sido vanos, ni Amún ni el Gran Dragón habían logrado encontrar al Guardián. Amún regresó a la Cueva de los Cristales, quería saber si habían dado con la Guardiana, quería saber si el Mago podría dar con el Guardián, quería descansar, quería que todo esto acabara, se solucionara, tal vez porque intuía que la descabellada trama en la que se habían visto envueltos se había complicado de una forma que ninguno había previsto y que ninguno alcanzaba a comprender.

Cuando el Hombre Pájaro llegó, el Mago miraba el fondo del fuego. Pudo percibir que habían encontrado a la Guardiana junto a Ahóm, pero nada parecía haber mejorado.

Durante unos instantes observó al Mago y se sintió aún más preocupado. Aunque el Mago no quería hablar del tema y nada parecía diferente en sus actitudes, algo estaba cambiando en su mirada y en su aura desde que mezcló su sangre con la de Zur.

—¿Estás bien? —preguntó el Hombre Pájaro.

—Ya han encontrado a Aisha —contestó evasivo.

—Sí. Es el Guardián el que sigue desaparecido. Hace demasiado tiempo que ni el Dragón ni yo nos movemos por estas dimensiones, tal vez haya planos, entradas o extensiones que nos pasen desapercibidas y tú conozcas.

En ese momento apareció Aruma que hacía rato que no lograba hallar paz en su corazón.

—Sé que algo está yendo muy mal —dijo la Mujer Murciélago.

—¿A qué te refieres? ¿Sabes qué ha pasado con la Guardiana?

—No, Adae y Serai están ahora con ellos. Es… es una sensación que no puedo describir, pero sé que algo horrible está pasando. Tenemos que encontrar al Guardián de los Silencios.

Los tres compañeros centraron sus miradas en el fuego. No parecía que ninguno tuviera idea de cómo llegar hasta el Guardián, estuviera dónde estuviera.

Zur le había prometido ayuda al Guardián, le había prometido llevarlo hasta el causante primero de todo aquel desaguisado. Pero antes le había propuesto mostrarle algunas cosas; según el antiguo Hombre Murciélago, cosas que el Guardián necesitaba conocer y comprender si quería enfrentarse a su enemigo. Para empezar, le hizo seguirle a través de una vasta extensión de tierra seca y cuarteada en la que la vida parecía extinguida. De vez en cuando se cruzaban con algún alma que vagaba sin rumbo alguno y tenía la mirada de los que se han olvidado de que están perdidos, pero mantienen la costumbre de buscar. Ninguno de ellos parecía reparar ni en el demonio ni en el Guardián, que mantenía su forma animal.

—¿Dónde estamos? —preguntó el Guardián de los Silencios.

—Tierra de Nadie.

—¿Qué les pasa? Parecen seres vacíos de vida.

—Son almas que no han encajado en sus correspondientes cuerpos.

—No entiendo.

Una minúscula parte de ellos habita un cuerpo, como el alma de la Guardiana en el cuerpo de Aisha, pero algo como un golpe o un shock o un absoluto desacuerdo con la vida que tenían programada ha generado que su voluntad esencial, la parte de sus almas que les podría haber guiado hacia su evolución, se pierda.

—¿Por eso llegué aquí? ¿Por un shock?

—Algo así.

—¿Sufren?

—No demasiado.

—¿Qué sucederá con ellos?

—Algún día se encontrarán. Tal vez cuando sus cuerpos mueran. Tal vez después.

—¿Morir con el alma perdida no sería lo que llaman una mala muerte?

—Sí, una de tantas. Casi todas las muertes son malas para los Durmientes.

—¿Por qué?

—Porque están dormidos.

Al final de aquellas tierras inhóspitas e infinitas emergían dos límenes aparentemente enfrentados y unidos al mismo tiempo.

Hacia la derecha la luz parecía extinguirse entre rocas cortantes y árboles muy oscuros. Hacia la izquierda, por el contrario, los brillos le recordaron al Guardián su Hogar perdido. El terreno parecía ascender alrededor de un único árbol brillante.

Cuando llegaron hasta allí Zur miró de reojo hacia la izquierda y se dirigió hacia la derecha, sumergiéndose a paso rápido entre los árboles foscos, las aguas negruzcas y las afiladas rocas.

—¿Qué hay en este lugar?

—Algo que te puede ayudar a comprender.

Caminaron hasta llegar a la entrada de una gruta disimulada en una pendiente. Penetraron una pequeña abertura en la pared por la que corría, hacia dentro, agua proveniente de un arroyo externo. Habían llegado a la puerta del infierno. Zur habría teletransportado al Guardián si este se hubiera ganado un sitio en el Averno, pero como aún no lo había hecho, no tenía otra forma de llevarlo hasta allí que así.

—Bienvenido a mi hogar, sígueme.

41
La decisión de Aisha

Solo tuvieron que atravesar la entrada de una de las grietas de la pared que bordeaba la laguna para aparecer en el Gran Templo.

—Maestra, si fuera posible me gustaría que Aruma, el Mago y Mikael se reunieran con nosotros.

—Aisha, ahora deberías descansar, todo lo demás puede esperar unas horas —propuso Ahóm.

—No. Quiero que Adae comprenda mi decisión.

—Y yo quiero comprenderla.

En ese instante Mikael se hizo visible. Había permanecido todo el tiempo junto a la Guardiana, observando, velando, cumpliendo su cometido. Al verlo la bruja supo que había estado todo el tiempo ahí y que el hecho de que no la hubiera alertado significaba que, una vez que Aisha le diera la explicación que quería darle, ni ella ni ninguno de sus aliados podría hacer nada.

—Estoy aquí Guardiana —intervino el arcángel.

—Olvidaba que siempre estás junto a mí.

Aruma, al percibir la llamada de la Guardiana de las Palabras, se sumó al grupo que había caminado hasta el lago que presidía el centro de los terrenos protegidos del Gran Templo. La Mujer Murciélago estaba enfocada en no hacer visible su preocupación mientras observaba de forma queda a Aisha. Algo era diferente en ella, no podía decir qué, pero había un cambio evidente.

—El Mago no podrá unirse a nosotros ahora —dijo.

—No importa. Más tarde le haréis saber lo que voy a compartir con vosotros. Hay mucho que hacer antes de que pueda ayudarme en la misión que le quiero encomendar.

Los seis formaron una estrella de seis puntas alrededor del lago y Aisha, sostenida energéticamente por Ahóm, formó un fuego morado, idéntico al que le había enseñado a hacer su Maestra, en el centro de las aguas. Todos miraron las llamas ignífugas y en un solo segundo pudieron ver todo lo que el Guardián de las Luces le había mostrado a la Guardiana de las Palabras horas antes.

Cuando el fuego desapareció Aisha miró a Adae y con voz serena le dijo:

—No voy a marcharme, no tengo ningún Hogar al que volver mientras la Guardiana de las Sombras esté perdida en el olvido. Voy a quedarme aquí, junto al Guardián de las Luces, procurando que cada una de las partes que un día fue una sola alma, recuerde. Y cuando todos los Sin Nombre hayan despertado, continuaré. Solo cuando todas las almas existentes estén preparadas para volver al primer Hogar, podré regresar.

De repente cerró los ojos, se curvó sobre sí misma y se apretó el pecho, como si tuviera un fuerte dolor en el corazón. Abrió un instante los ojos, miró al Guardián de las Luces y cayó desplomada al suelo. Ahóm fue el primero en llegar hasta ella. No tardó en recobrar el conocimiento. Oyó la voz de Serai: «Debe estar agotada». Pero no era eso, o al menos no era solo eso.

—¡Mikael! —llamó Aisha mientras Ahóm la ayudaba a levantarse—. Está sucediendo algo terrible. Necesito que estés junto al Guardián de los Silencios, protégelo… Yo estaré bien, él te necesita, por favor. —De nuevo las lágrimas resbalaban por sus mejillas. Aruma se acercó hasta ella apartando de su mente sus peores intuiciones.

—No sabemos dónde está el Guardián. Desapareció cuando Ahóm y tú os reencontrasteis. —La mandíbula de Adae se tensó, Serai abrió la boca, pero no dijo nada y Mikael se disponía a decirle a Aisha que haría todo lo posible por encontrarle, cuando apareció el Mago.

—¿Le habéis encontrado? —preguntó la Mujer Murciélago.

—Aún no. He estado hablando con el Anciano. En el momento que ellos dos se encontraron sus contratos se volatilizaron. Ya no están sujetos más que a su voluntad actual. Nadie tiene ningún tipo de poder sobre ellos. Los Ancianos han quedado fuera del juego.

—Al oírlo, Ahóm sonrió.

—Todavía no sé si me alegro de eso, pero me gustaría saber qué te hace gracia —le preguntó la bruja a Ahóm.

—Los Ancianos. —Adae seguía mirándole, esperaba algo más.

—¿Sabías que esto iba a pasar?

—Ellos actúan en nombre del amor, pero no lo han vivido. El amor rompe todos los límites, ante el amor no existen los contratos. Necesité nacer como humano para llegar hasta ella, firmar el contrato era un mero trámite.

—¿Y qué piensas hacer ahora?

—Ella te lo ha mostrado. Voy a hacer lo que estoy haciendo, todo lo posible por despertar a los Durmientes, todo lo que pueda para recuperar a la Guardiana de las Sombras.

—Ahóm, por favor… tenemos que encontrarle, siento su sufrimiento, presiento algo terrible —interrumpió Aisha.

42
Un paseo por los infiernos

El Guardián, caminando tras Zur, había atravesado la primera puerta del infierno. Lo que vio hizo que se detuviera. Zur contaba con ello y también dejó de caminar. El Guardián observaba con atención, nunca había visto nada similar, ni siquiera en sus peores momentos de desgarro había imaginado algo parecido a aquello. Decenas de cientos de almas hacinadas, sus movimientos eran esperpénticos y repetitivos, sus miradas, a diferencia de las almas que vagaban por Tierra de Nadie, estaban sucias, llenas de una avidez extraña; parecían mirarlo y controlarlo todo; sin embargo, no veían a los que tenían al lado, ni se veían a sí mismos, ni siquiera veían dónde estaban. Olía mal, una mezcla de podredumbre y dejadez llenaba el ambiente. Y había gritos, un constante coro de alaridos que salían de unos y de otros, sin cesar. Algunos, sin ningún motivo, agredían a los que se cruzaban en su camino. Otros intentaban atrapar a sus compañeros con desbaratadas e insistentes peticiones. Otros se empeñaban en ser vistos, gritaban tan alto como podían: que eran especiales, que eran los elegidos, que debían seguirlos, no sabían que tampoco ellos sabían ni dónde estaban, ni dónde podían ir. Otros intentaban esconderse, huir de sí mismos, desaparecer. El Guardián sentía todo lo que ellos sentían, no iba a preguntarle a Zur si sufrían, sabía que la respuesta era un sí rotundo. Aquello era un hervidero de dolor incontrolado, incomprensible, desaforado. Un absoluto sinsentido. ¿Qué podía ayudarle a comprender ver aquello?

—Este es solo el primer escalón del infierno. A mí es el que más divertido me resulta.

—¿Divertido?

—Sí. Observa… No hay cadenas ni carceleros, podrían irse de aquí cuando quisieran.

—¿Por qué no lo hacen?

—Unos porque no saben que están aquí, otros porque esperan ser salvados, otros porque se han acomodado y temen los cambios. Cada uno tiene sus motivos.

—¿Cómo han llegado aquí?

—Depende, cada uno ha caído en una trampa, hay muchas. Por ejemplo… —Zur miró el vasto océano de almas perdidas y señaló a uno de entre todos—. Mira, ves a aquella alma de larga melena rojiza.

—Sí.

—Presta atención a lo que hace.

El Guardián la observó. Aquella alma femenina que alguna vez debió de ser hermosa miraba de forma obsesiva a todos los demás y cuando, en alguno de los muchos que la rodeaba, veía algo que llamaba su atención, algo que le gustaba, o algo que quería, se lanzaba sobre esa otra alma como una depredadora y se lo arrancaba. A veces para conseguir el objeto de su deseo tenía que agredir al otro hasta casi la extinción. Una de las veces le usurpó, a otra, lo que parecía un collar de perlas. ¡Era idéntico a uno que ella llevaba colgado del cuello!

—¿Para qué quiere eso? Ya tiene uno igual.

—Ella no lo sabe. No sabe ni quién es, ni lo que posee. Lleva toda su vida centrada en lo externo, deseando lo ajeno, aunque para ello tenga que destruir a los auténticos dueños. Esa energía se llama envidia; es la que la ha traído hasta aquí.

—Comprendo.

—Mira, observa a esos tiznados de gris —dijo Zur señalando un buen montón de almas dispersas que parecían más pequeñas y más oscuras que las demás e intentaban enganchar a todo el que pasaba por su lado.

—¿Esos que salpican suciedad a los que se les acercan?

—Sí.

—¿Qué es lo que hacen? ¿Para qué intentan coger a los otros?

—Se quejan, constantemente, de todo; no importa lo que tengan o lo que esté sucediendo en sus vidas, no paran de lamentarse encontrando lo peor en cada circunstancia y en cada situación. Han olvidado sonreír, han olvidado agradecer, han olvidado que pueden ser felices. Buscan en los otros redentores o verdugos para justificar su malestar. Son muy contagiosos. Utilizan el verbo, ya sabes lo poderoso que es el verbo; y ellos lo usan de forma negativa, así terminan creando su propio infierno, el mismo que les sirve de excusa para seguir quejándose, para mantener su sufrimiento.

—¿Para qué se hacen eso?

—Básicamente para no sentirse solos y no tener que ocuparse de sí mismos. Mientras se entretienen viendo lo malo en todo, no tienen que mirar en su interior. Compartiendo miserias, críticas y juicios se sienten acompañados y mientras tanto cuelgan su responsabilidad en otros para tener a quién culpar de su infelicidad. —El Guardián entendía lo que Zur le mostraba y le explicaba, pero no alcanzaba a comprender por qué aquellos seres se hacían aquello a sí mismos—. Como ves, cada una de estas almas ha caído por un motivo, ¡hay tantos! Algunas acumulan faltas en contra de su esencia o de su corazón, como por ejemplo las que te he mostrado; otras simplemente se han dejado atrapar por el miedo.

—¿El miedo? —interrumpió el Guardián de los Silencios. Zur hizo como si no hubiera oído la pregunta.

—Acompáñame, lo que quería mostrarte no está completo.

Atravesaron aquel primer escalón del infierno. Aquella extensión densa, oscura y tremendamente poblada parecía no tener fin. Y la energía que allí se respiraba azuzaba el dolor en la fractura del pecho del Guardián. No tenía nada en contra de ver lo que el antiguo Hombre Murciélago le estaba mostrando, pero tenía prisa por llegar hasta el causante primero de su herida. De repente, una de las almas que allí moraban miró fijamente al Guardián, fue la única que pareció reparar en su presencia, y sin mediar palabra se abalanzó sobre él pretendiendo herirle. Como llamados por un silbato de adiestramiento, muchos otros seres se sumaron al ataque. Al Guardián le bastó un bramido para quitárselos de encima. Zur extendió su mano y lanzó una red negruzca que paralizó a los agresores hasta que ambos hubieron salido de aquel lugar.

—¿Por qué me ha atacado?

—Te ha visto. Es el único que te ha visto. Ha reconocido tu esencia, tu poder.

—¿Y?

—Cuando los Durmientes perciben el auténtico poder, en lugar de observarlo, agradecerlo o incluso intentar emularlo, procuran destruirlo. No soportan ver brillar en otros la luz que se niegan a sí mismos.

—¿Y los demás?

—Los perdidos son como una manada. Son básicos. Siguen a cualquiera que se mueva, no importa si es adecuado o no, si les va a servir para algo o va a ir en su contra, solo siguen los actos de otros como borregos descerebrados.

Bajaron una escalera de piedra en forma de caracol, los escalones estaban tremendamente desgastados. Cuando habían dado media vuelta a la espiral y ya se podía ver el siguiente nivel del inframundo, Zur giró a la derecha y aparecieron en una especie de cortado desde el que se divisaba un abismo infinito. Desde allí se podían ver parte de las distintas alturas del infierno. Aparentemente todas eran iguales. Sin embargo, se podía percibir cómo la densidad, la oscuridad y el sufrimiento que cada uno emanaba crecía cuanto más bajos estaban los peldaños. Si el Guardián hubiera presenciado aquel espectáculo dantesco lleno de gritos y desgarrados lamentos tiempo atrás... bueno, tal vez habría intentado intervenir, aquel cúmulo de dolores irresueltos era terrible, incluso para un mero observador. Sin embargo, no parecía afectarle lo que estaba contemplando. Nada tenía que ver con él.

—Desde aquí se puede observar a casi todas las almas que habitan o son presas del Averno.

—No me interesa contemplar a estos despojos, he visto suficiente.

—Estás equivocado. Te queda todo por ver. —Zur señaló el fondo del abismo donde comenzaron a surgir imágenes que mostraban lo que él comenzó a narrar—. Estas almas a las que llamas despojos pertenecen a muchos de los que habitan la Tierra de las Almas Perdidas, a los Sin Nombre, a esos seres privilegiados que tienen todas las oportunidades dentro de sí y se empeñan en autodestruirse de múltiples maneras. En su Tierra gozan de condiciones que no se dan en ningún otro lugar del cosmos. Tienen, por ejemplo, los cinco sentidos, pero se olvidan de acariciarse y así olvidan la ternura, la calidez e incluso su corazón; como olvidan escuchar y mirar y saborear todos los regalos que les han sido dados. Hay algunos seres, como los Kumara, que se empeñan en mostrarles lo que han olvidado, lo que están obviando, lo que están desperdiciando. Pero ellos, los Sin Nombre, no quieren nada de eso, nos buscan a nosotros, nuestro abrazo, ese en el que pueden anestesiar el quebranto de la separación.

—¿Qué separación? ¿De quién los han separado? —preguntó el Guardián pensando en él y en la Guardiana.

—Todo a su tiempo.

—Te he escuchado, cumple tu parte y muéstrame a aquel que osó alejar a la Guardiana de mí.

—Te lo mostraré, pero dime… ¿No te interesa saber nada más?

—Todo lo que me muestras no tiene nada que ver conmigo.

—¿Estás seguro?

—Sí.

—Debes escucharme hasta el final. Entonces te mostraré a aquel que generó tu herida.

—Sé breve.

Zur volvió a señalar al fondo del abismo y continuó su narración. Las imágenes se desenfocaron unos instantes, el antiguo Hombre Murciélago estaba ampliando el foco. Abrió el campo y pasó de las almas que habitan la Tierra de las Almas Perdidas, al Universo. Entonces, en un solo segundo, el Guardián pudo ver todas las dimensiones que existen, todas estaban por debajo de aquello que él y la Guardiana habían llamado Hogar. Le mostró todas las razas; los primeros fueron los dragones, luego los Hombres Pájaro, los Hombres Murciélago y así muchos más hasta que algunas partículas de esa alma primera cayeron creando la raza humana, la de aquellos que habían descendido tanto que incluso habían olvidado su nombre. Al principio los dragones se ocuparon de aquellas almas caídas, después, cuando esas almas se oscurecieron aún más, tal vez por cansancio, los dragones delegaron su compromiso en los ángeles. En medio de aquella evolución, o de aquella involución, a cada instante crecía el número de caídos, y como si fueran lo mismo, el número de Oscuros. El dolor, la ausencia de fe, incluso la indignidad los unía. Cada vez que algún ser, por muy antiguo que fuera, por muy consciente que hubiera llegado a estar, se perdía como Zur se perdió, pasaba a engrosar las filas de los Oscuros; cada vez que algún alma se polarizaba en limitaciones olvidando la realidad de su esencia, se encarnaba en la Tierra de las Almas Perdidas. Los Oscuros caminaban camuflados en sus sombras, de alguna forma se alimentaban de la desazón, de la desubicación y siempre, siempre, del sufrimiento. No es que ellos lo generasen, de hecho esa era la única cosa para la que los Durmientes se bastaban a sí mismos. Los Oscuros simplemente sonreían mientras su propio dolor y su antigua sensación de abandono crecían y se enquistaban ante los sinsentidos repetidos como la única posibilidad. Veían rupturas, nunca reencuentros; veían miedo, nunca amor; veían abandonos, nunca auténticos abrazos; veían dolor, nunca sanación; veían separación, nunca unión.

—Estás empezando a recordarme al Anciano. No me interesan vuestros cuentos o vuestras guerras. Nada tienen que ver conmigo o con la Guardiana —interrumpió el Guardián de los Silencios. Pero Zur, ignorando sus palabras, continuó mostrándole lo que quería que viera. Desde allí se podía percibir toda la oscuridad que terminaba anegando la luz de lo que antaño fueron almas hermosas. Toda la ignorancia que los alejaba de la realidad y los hacía prisioneros de sí mismos y de las mentiras que creían y recreaban como única opción de vida. Todo el sufrimiento en el que se enredaban sus mentes, el mismo que desbordaba sus emociones y los arrastraba muy lejos de su esencia y por tanto de su corazón. Era terrible ver aquello. Incluso cuando algún ángel, algún Kumara o algún otro ser se les acercaba intentando servir de ejemplo para que redescubrieran sus propias capacidades, en lugar de observar, de admirar o de intentar imitar, se empeñaban en acabar con ellos, en arrebatarles lo que les hacía brillar, o se negaban a asumir su responsabilidad y se dejaban en la vacua sensación de ser los elegidos, de ser especiales, mientras esperaban que todo fuera hecho por y para ellos. Con ellos todo era un desperdicio.

—¡Es suficiente! —gritó el Guardián, que seguía sin entender para qué le estaba mostrando aquello.

—No, no lo es. Déjame, por ser quien eres, que te enseñe algo más.

—Te repito que no me interesa.

—Para ti nada es ya lo que era. Te aseguro que solo estoy intentando ayudarte.

—Pues dime quién se la llevó.

—No tengas prisa, estamos terminando.

Zur puso su garra sobre el pecho del Guardián y las imágenes, aún más cargadas de sentimiento, siguieron. Fue entonces cuando vio que los Sin Nombre les pedían favores a los Oscuros. Aniquilando a sus corazones, secuestrando el terreno que les pertenecía a sus almas, se imponía una energía llamada ego que tomaba el control de sus vidas y les llevaba de un deseo al siguiente, todos inútiles, todos nocivos. Estaban tan habituados a vivir así que creían que la consecución de esos deseos disminuía su dolor y para lograrlos terminaban vendiendo o incluso regalando sus almas. Los Oscuros, lejos de tentarlos, se ocupaban de ayudarles en la consecución de sus objetivos. Lo que les mostraban los ángeles, los guías y algunos Maestros no les interesaba, de forma reiterada lo despreciaban, una y otra vez elegían la oscuridad. Así los Oscuros volvían a confirmar que no había camino ni ningún lugar mejor. Mientras tanto, todos aquellos que se empeñaban en intentar ayudarlos arrastraban su tristeza y su impotencia y se enfrentaban a los Oscuros como si estos fueran los culpables. Vio que también en sus pechos ellos lucían perladas grietas de dolor. Todo era inútil y penoso. Fue en aquel momento cuando el Guardián tomó consciencia de que todas aquellas almas eran minúsculas partes de un alma única y comprendió a lo que se refería Zur con el dolor de la separación. Comprendió el sufrimiento de los perdidos al mismo tiempo que veía que aquel era un dolor igual al que él sentía desde que le habían arrebatado a la Guardiana de las Palabras; un dolor idéntico al que hacía sangrar las heridas que escondían los pechos de todos los seres existentes. Pero a diferencia de su otra parte, él no sintió compasión. Su pena le arrastraba rápido, sumergiéndolo profundamente en su propio infierno.

—No existe ninguna forma de acabar con el dolor que sientes, ni para ti ni para ellos. —Mintió Zur al darse cuenta de que él Guardián lo había entendido—. Los Oscuros lo sabemos, aceptamos esta realidad y procuramos ofrecerles remedios a los Durmientes. Les ayudamos a cumplir sus deseos, así, al menos, consiguen olvidarlo durante algún tiempo. Los demás, por el contrario, se empeñan en enfrentarlos a esa pena. Parecen no darse cuenta de que con cada intento de redimirlos de sí mismos la herida se les hace más profunda.

El Guardián observaba callado. Tocó el centro de su pecho con una de sus garras, el lugar exacto en que el antiguo Hombre Murciélago había puesto su mano hacía un instante. Si hubiera sabido hacerlo habría llorado, pero no sabía y el suyo fue un lamento silente que le inundó por completo.

—Ojalá pudiéramos encontrar alguna forma de olvidar por completo este dolor. Ojalá pudiéramos volver al instante anterior a nuestras heridas —susurró Zur mirando el fondo grisáceo de los ojos del Guardián de los Silencios.

El demonio sintió el desgarro superlativo que estaba viviendo el Guardián. Había llegado el momento.

—Te he mostrado esto porque es necesario que tengas toda la información antes de conocer al que tramó el secuestro y posterior descenso de la Guardiana. Ahora te lo mostraré a él.

43
El riesgo de Aisha

Adae había escuchado en silencio, observando con minuciosa atención los cambios que se habían provocado en su pupila. Hacía unas pocas horas que se había fugado; un puñado de minutos terrestres desde que se había encontrado con Ahóm, un breve lapso de tiempo que había sido suficiente para sacar todo el potencial que aún dormitaba en su interior, casi toda la memoria que ella había intentado rescatar de forma paulatina y cuidadosa.

La bruja había visto cómo se miraban aquellos dos magníficos seres, era evidente que nada ni nadie iba a disuadirlos de su plan. Pero sobre todo era evidente que nada ni nadie iba a lograr separarlos.

En medio de aquella claridad, y a pesar de haber contemplado lo que la Guardiana les había mostrado a todos ellos, seguía sin entender por qué Ahóm no los había puesto al corriente de su propósito.

—Tengo que llegar hasta él —dijo la Guardiana mirando a Ahóm.

—Para acceder de nuevo hasta él tenemos que despertar la parte de tu alma que duerme en la Cueva de Las Piedras —contestó el Guardián de las Luces.

—Hagámoslo.

—¿Puedes ayudar a su alma a despertar? —interrumpió, sorprendida, Adae.

—Sí, pero ahora está demasiado cansada, antes debe descansar —le respondió, taxativo Ahóm.

—Ya descansaré cuando haya tiempo.

—No dispones de energía como para recibir el impacto que el despertar de tu alma supondrá.

—Podré asimilarlo.

—¿Por qué no la has despertado si podías hacerlo? Tú no habías encarnado cuando ella llegó a nuestra dimensión —inquirió la bruja.

—Eso no es importante ahora. Lo fundamental es que pueda reencontrarme con él. El peligro que percibo es cada vez mayor —concluyó la Guardiana.

—No estás comprendiendo el riesgo. Y después de todo lo que ha acaecido no podría asumir que te sucediera algo… —dijo Ahóm.

—¡Ya me está sucediendo algo! —interrumpió Aisha—. Sé que tú también lo estás sintiendo —continuó, recuperando su calmado tono de voz habitual—. Si no accedo hasta él… lo que está pasando, sea lo que sea, nos repercutirá a todos. Siento no poder hacerlo sola, necesito que me ayudes. —Hubo un largo silencio lleno de expectación. La súplica era notable en la mirada de Aisha—. Por favor, asumiré cualquier riesgo menos el de perderlo. Sabes muy bien lo terrible que sería eso para todos.

—Está bien —concedió finalmente Ahóm.

⸻

Ahóm, que aún mantenía los códigos de respeto hacia el que se había hecho cargo de él desde su nacimiento, le pidió permiso a Serai para usar la Sala Secreta a la que, habitualmente, accedía solo el Sumo Sacerdote. Cuando tuvo su consentimiento invitó a Adae a que los acompañara. Los cuatro formaron una fila silenciosa y entraron en el habitáculo.

Era algo mayor que la sala que Adae tenía en Aras, y a diferencia de los tonos que lucían en la de la isla, allí imperaba un dorado blanquecino. Justo en el centro, como suspendida de ninguna parte, giraba una estrella de seis puntas, símbolo que los Kumara lucían en sus togas o en sus armaduras lumínicas, a la altura del corazón. Aquel símbolo siempre les recordaba que permanecían en el cielo, aunque estuvieran en la Tierra. En medio de la misma, una esfera fueguina viraba emanando una potente vibración que les hizo sentirse más cerca de sí mismos nada más entrar.

Los cuatro se dispusieron formando un pequeño círculo. Todos ellos sabían que, independientemente de lo que fuera a hacer Ahóm, debían apartar sus mentes, apartar sus egos y centrarse únicamente en el latido de sus espíritus. Tenían que expandir sus consciencias para acercarse a la parte de sus almas que los sostenía desde dimensiones más elevadas.

Ahóm fue el primero en aparecer en la cueva de las piedras. En ausencia del Guardián, el Hombre Pájaro velaba el alma de la Guardiana. Cuando Adae se manifestó en el que durante tanto tiempo había sido su hogar, observó cómo habían cambiado las energías predominantes desde que aquello dejó de ser un remanso de sosiego para convertirse en un cuartel de operaciones. Echaba tanto de menos poder estar allí, a solas consigo misma, sin prisa por descubrir, disfrutando de cada paso; sin la presión que había caracterizado los últimos tiempos. Después contempló a Ahóm y, a pesar de su absoluta magnificencia, las dudas sobre todo lo que estaba pasando o sobre cómo se estaba dando todo, no se desvanecieron. Serai se sumó a ellos. Incluso la Mujer Murciélago y el Mago acudieron al percibirlos. Sin embargo, Aisha no parecía estar más cerca de sí misma de lo que lo había estado desde que cayó desvanecida en aquel lugar.

Todos esperaron sin perder la concentración. Pero Aisha seguía sin aparecer.

—¿Acaso pensabas que no lo había intentado? —increpó Adae ante lo que parecía un fracaso. Ahóm la miró con una mezcla de dureza y compasión bastante difícil de definir.

—Estoy al corriente de todo lo que has intentado con ella. Lo has hecho muy bien, bruja, sin embargo tu poder no fue suficiente para ayudarla a recordar todo lo que ha revivido en unos instantes conmigo.

—Si es solo cuestión de poder y tú lo tienes… ¿qué es lo que está fallando? —De repente la parte de la Guardiana que yacía rodeada por brillantes cristales de cuarzos comenzó a ensombrecerse, como si estuviera siendo recorrida por un batallón de seres oscuros.

—¡Ha ido en su busca! —exclamó Ahóm al intuir lo que estaba sucediendo—. Hay que volver. No está preparada.

—¡Espera! —le detuvo Aruma que presenciaba la escena—. Si ha dejado que subierais hasta aquí para aprovechar e ir en busca del Guardián es probable que esperase que la sostuvierais. Tener una ayuda desde aquí es muy importante, máxime en su situación.

—No me importa lo que quisiera, ¿es que no me has oído? No está preparada. Hay que detenerla antes de que…

—¿Antes de qué? —preguntó Adae ante la falta de conclusión de aquella alerta.

—Antes de que entre en el infierno —concluyó Aruma.

44
Perdidos

Zur movió su mano derecha de forma oscilante, suavemente giratoria, hasta que, a unos tres centímetros de su palma, surgió una extraña esfera. Con un gesto le indicó al Guardián que mirase y él se acercó hasta asomar su mirada en aquella bola infinita. Entonces pudo ver, como si también estuviera allí, el interior de la Sala Secreta. Alrededor de un poderoso patrón electrónico permanecían en actitud meditativa Aisha, Adae y dos hombres que no reconoció. Al verla olvidó estar buscando a aquel que los había separado y solo deseó volver a tenerla cerca. El dolor que inundaba su pecho arreció incontrolable. Sin ella nada tenía sentido, nada era importante. Alargó su mano para intentar tocarla, pero era solo una visión, algo inmaterial debido a la lejanía. Y en medio de aquella impotencia que ya empezaba a ser conocida, oyó el susurro de Zur: «Es él, el de pelo oscuro que se sienta a su derecha». La furia que emergió ante aquella indicación hizo que la visión se desvaneciera.

—¿Quién es? ¿Cómo ha podido…?

—¿No te interesa saber por qué está a su lado mientras permanece lejos de ti?

Ante la pregunta del demonio, el Guardián miró fijamente el fondo de sus ojos negros. Y Zur pudo ver que aquel paseo guiado por el Averno, sumado al veneno que aún corroía su interior y al dolor que, impío, le rompía el pecho, estaban avocando a aquel que era más antiguo que todos ellos hacia su propia caída. Y aquello que parecía inevitable estuvo a punto de hacerle sentir pena. Pero eran demasiado los eones que llevaba viendo caer almas de todo tipo como para saber que la pena era absurda y sobre todo inútil. Estiró sus alas negras y sostuvo la mirada ensombrecida del Guardián.

—También está junto a Adae y a otro hombre. No, no me importa junto a quién está —susurró el Guardián sin despegar los dientes.

—¿Estás seguro?

Mientras el demonio insistía en su pregunta sintió la proximidad del Mago, debía de haber penetrado la gruta de acceso al infierno.

Sabía que le estaba buscando, a él y probablemente al Guardián. Como también sabía que tener sangre de demonio mezclada con la suya le iba a facilitar sus movimientos en aquel territorio. Debía darse prisa.

—Bueno, eso no es importante ahora. Ya has visto al causante primero de todo tu dolor. Ahora deberías volver junto al alma de tu amada. No hagas caso de nada de lo que te digan, no les escuches, solo tienes que despertarla y marcharte con ella, si es lo que de verdad deseas hacer.

—¡Dime quién es!

—Es un dios, un ser libre... Date prisa, ahora tienes que salir de aquí.

Diciendo esto, Zur se giró y enfocando la punta de los dedos de su mano derecha hacia una pared de roca rojiza abrió un portal a modo de salida.

El Guardián de los Silencios, confuso, dolorido y muy cansado, lo atravesó y apareció en un lugar nuevo, tan desconocido como todos los anteriores. Seguía sin saber moverse por aquellos extravagantes lares. Seguía sin terminar de comprender nada de lo que sucedía. Antes de que ella desapareciera todo había sido tan sencillo... Hacía demasiado tiempo que todo había cambiado y algo en su interior le decía que ya nada volvería a ser como antes de su aciago secuestro.

Mientras tanto Zur fue al encuentro del Mago.

—¿Vas a volver a encarcelarme? —preguntó sarcástico el antiguo Hombre Murciélago.

—No he venido por ti.

—Es una pena, siempre disfruto de tu compañía. Mucho más ahora que compartimos la misma sangre —ironizó Zur.

—¿Qué has hecho con el Guardián?

—¿Qué crees que he podido hacer?

—Sé que lo has traído aquí.

—Sabes que nunca obligamos a nadie a venir aquí; aunque sean tantos los que habitan estas profundidades, vienen por su propio pie.

El Mago se arrebujó dentro de su capa. Él, como todos los demás, se encontraba superado por el cúmulo de circunstancias.

Ninguno tenía referencias sobre las que apoyarse para tomar decisiones. Todo era nuevo, y una urgencia tan sutil como profunda les impelía sin darles tregua. Tras todo lo que había ocurrido con Zur no parecía que hubiera ninguna forma de lograr su ayuda. Por mucho que el Mago creyera o deseara creer en que su alma sabría, finalmente, lidiar con el dolor acumulado en su pasado hasta recuperar su consciencia prístina, no podía obviar el hecho de que el Hombre Murciélago se negaba a renunciar a la oscuridad. Estaba seguro de que Zur había llevado al Guardián hasta allí, pero ni sabía qué había podido hacer con él, ni sabía cuál sería el paso más adecuado ahora.

—¿Qué ganas tú impidiendo el encuentro entre los Guardianes? —preguntó el Mago.

—Nadie gana nada... nunca. Además ¿qué te hace pensar que puedo o quiero impedir ese encuentro? —El Mago concentró su mirada en el demonio. Zur era como un muro del todo infranqueable.

—Dime pues, qué es lo que quieres.

—No quiero nada, los especialistas en deseos y expectativas sois vosotros, los de la luz.

En aquel momento una exhalación luminosa pareció romper el Averno. Fue solo un instante. Lo suficiente para que tanto el Mago como Zur se dieran cuenta de que alguien que no debía estar allí, había penetrado en el abismo. Ambos se deslizaron rápidos hasta la fuente de aquella irradiación.

En medio del primer escalón, rodeada de almas que se hundían en su propia ignorancia, brillaba una emanación del alma de Aisha. Los dos se detuvieron al verla. Ella miraba a su alrededor con los ojos anegados de pena. Podía sentir el sufrimiento de los que vagaban por aquel peldaño; percibir las ruedas de reiteración reactiva en la que se movían aquellas almas sin buscar ninguna salida. Su empatía la estaba contaminando de emociones superlativas, todas ellas dañinas, surgidas de lo más profundo de la inconsciencia de todas aquellas almas pérdidas. Si dando su vida hubiera podido liberarlas, lo habría hecho. El desgarro era tal que olvidó que había llegado hasta allí en busca del Guardián. Y en medio de aquel cúmulo de dolores espejados en todo su rededor, la Guardiana gritó su propio nombre ¡Aisha! Todo se detuvo, el latido del tiempo, del espacio, de la vida y de la muerte, se interrumpió. Fue solo una inmensa fracción de segundo. Después, cada una de las almas que por allí vagaban se giraron hacia ella y como carroñeros desesperados y hambrientos, se lanzaron sobre aquella emanación divina. Querían absorberla o destruirla, quizá ni siquiera ellos, perdidos desde sus inicios, supieran lo que querían.

El Mago se deslizó veloz por encima de todos ellos y tiró de Aisha, sacándola de allí.

45
El sueño de Aisha

Cuando Aisha abrió los ojos estaba tendida en un confortable camastro. Ahóm y Adae estaban a su lado. Solo ellos. Tardó unos segundos en ubicarse, en saber dónde estaba, pero sobre todo en comprender qué había pasado. Cuando su mente ordenó todos los sucesos, todo lo visto y lo vivido en las últimas horas, lloró. Se giró, dándoles la espalda a los que, amorosos, la habían velado; se enroscó abrazando sus rodillas y lloró.

—Me da igual quién seas o lo que seas. Márchate. Déjame a solas con ella —ordenó Adae.

—No pienso volver a dejarla sola —replicó Ahóm.

—No la vas a dejar sola, se queda conmigo. ¡Márchate!

Ahóm comprendía lo que le estaba pidiendo la bruja y por qué se lo estaba pidiendo. A pesar de la cualidad del alma de Aisha, la que lloraba desconsolada sobre aquella cama no era más que una humana que ni había tenido infancia, ni había tenido tiempo, aún, para convertirse en una mujer. Le acarició con ternura el cabello y salió de la habitación.

Cuando cerró la puerta tras de sí, Adae se acercó hasta sentarse en el borde del camastro. Puso, delicada, una mano sobre el hombro de su pupila y cerró los ojos; a veces toda la magia era insuficiente, inútil. Respiró profundo deseando, con toda su alma, poder arrancarle a Aisha toda la pena que la embargaba, pero no podía hacerlo, nadie podía. Entonces buscó las palabras. Le resultó irónico estar buscando las palabras para la Guardiana de las Palabras. Cuáles eran las adecuadas para calmarla, para abrazarla, para sostenerla, para regalarle un pequeño descanso a su corazón.

—No puedo imaginar lo que estás sintiendo… Pero sé que no importa lo terrible que sea, sé que podrás, sé que seguirás, sé que sabrás hacer lo correcto. Y yo permaneceré junto a ti para acompañarte, para ayudarte y para recordarte quién eres si lo volvieras a olvidar. Ni siquiera es fácil para seres como tú. Existir aquí, rodeada de tanto olvido, viendo la realidad oculta tras las apariencias, sintiendo como un vulgar mortal… No, ni siquiera para ti es fácil.

No voy a mentirte, es muy probable que el dolor se quede, pero el dolor no importa cuando tu vida tiene sentido. Y sé que has descubierto ese sentido, ahí encontrarás cada día la fuerza necesaria para seguir.

Sus palabras no consiguieron amortiguar el llanto y, sabiéndose escuchada, e incapaz de decir o hacer algo más aparte de velarla, acompañarla y amarla, Adae calló y, alejándose de la cama, permaneció vigilante y atenta a su lado.

El sol estaba a punto de ponerse. Aquella tarde, por primera vez desde que tomaran un cuerpo humano, ni Aisha ni ella acudirían al ritual del Ocaso. Era lo mejor, aquella tarde la bruja corría el riesgo de perder el sentido de su propia travesía; aquella tarde Adae no encontraba motivos para agradecer. Encendió algunos fuegos tenues para iluminar la habitación y se sentó en el suelo. Hubiera querido escapar de aquel trozo de carne que la mantenía prisionera de unos límites a los que no se había vuelto a acostumbrar. Marcharse lejos, tan lejos como fuera necesario para comprender todo lo que estaba pasando, todo lo que había venido sucediendo desde el inicio de los tiempos… ¿Para qué? Hubiera querido, al menos, elevarse, buscar al Mago. Desde que había devuelto a Aisha a su cuerpo no había sabido nada de él. Pero no hizo nada de todo eso. Solo respiró, fijó su mirada en su pupila y, paciente, esperó.

Cuando Aisha, después de horas de lágrimas, se quedó dormida, tuvo un sueño. Y en ese sueño pudo verlo todo. No solo volvió a contemplar lo que le había mostrado Ahóm, navegó más atrás en el tiempo y pudo recordar la época en que ellos cuatro eran solo uno. Era hermoso, su separación fue solo un juego que no estaba yendo demasiado bien, pero era eso, solo un juego. Los cuatro debían recordarlo, la Guardiana de las Sombras debía recordarlo. Después siguió surcando el pasado, hasta antes de que aquel juego comenzara y vio que había otros como ellos. En algún momento también debieron de ser lo mismo, aunque eso no llegó a verlo. Lo que sí supo es que aquellos otros que eran más grandes y más antiguos que los dioses, también habían emprendido juegos similares al suyo, también se habían fragmentado, se habían separado para buscarse, para volver a encontrarse. No pudo saber dónde estaban, pero sintió que estaban lejos de allí, puede que en otros universos paralelos, superpuestos al que habían creado ella y los demás Guardianes. Desde allí, volviendo sobre su propia travesía, llegó hasta el presente y contempló su cuerpo tendido en la cama. Adae, su amada maestra, permanecía vigilante a su lado. Y sintiendo agradecimiento por tenerla junto a ella, continuó su vuelo. Contempló todo lo que existía en aquel tremendo presente y comprendió la razón, el dolor y el poder de la oscuridad, mucho más complejos de lo que una mente habituada a juzgar y a conformarse con las apariencias podría llegar a atisbar. Pero tampoco se detuvo ahí, continuó. Y más allá de lo inmediato pudo ver el futuro. Como si todo estuviera escrito o… como si los pasos dados hubieran generado una cosecha de acontecimientos imposibles de obviar. Vislumbró la tarea que tenía por delante. Vio su propia muerte y sintió con certeza la urgencia de su cometido. Vislumbró el paradero del Guardián de los Silencios, muy lejos de ella y de todo aquello. E incluso llego a ver el final de la civilización de Sin Nombres que poblaba ahora el Planeta de Las Almas Perdidas. Observó cada detalle con suma atención, los gravó en su memoria para saber actuar de la forma correcta y, despertó.

Abrió los ojos, volvía a sentirse dentro de su cuerpo. Escuchó el murmullo que llegaba desde fuera de la habitación. La vida había continuado mientras ella se había escondido. Se estiró, se incorporó, miró a Adae que permanecía impasible junto al camastro, y le dio las gracias. La bruja no contestó, permaneció callada observando el brillo en los ojos de su pupila. No sabía qué había sucedido, pero sí se dio cuenta de que Aisha había dejado atrás todos los días de crecimiento y prácticas bajo su auspicio; algo había hecho que se convirtiera en una mujer.

—Ve a descansar Maestra —rompió, de nuevo, el silencio la Guardiana.

—No estoy cansada.

—Sé que no has dormido en toda la noche y las últimas horas han sido agotadoras para todos. Aquí estoy a salvo y prometo no irme a ningún lugar mientras reposas.

—Te repito que no estoy cansada.

—Olvidaba tu tozudez. Bien, pues entonces acompáñame si quieres, aunque no pienso hacer nada interesante, solo voy a limpiarme, huelo a azufre y a llanto —concluyó sonriente Aisha, poniéndose de pie. Por su tono y sus gestos se hubiera dicho que estaba de buen humor, pero Adae no podía ignorar la tremenda tristeza que había emergido en el fondo de sus ojos.

Como había dicho, Aisha no parecía tener intención de hacer nada aparte de asearse. Una vez concluyó su calmada y minuciosa limpieza física, reforzó sus protecciones energéticas y le dijo a la bruja que deseaba dar un paseo.

—¿Quieres dar un paseo? —preguntó Adae del todo extrañada.

—Sí, eso es lo que quiero.

Adae no le quitaba ojo de encima, como si, a base de escudriñarla con la mirada, pudiera comprender qué le había pasado o qué le estaba pasando a la Guardiana. Desde que se había despertado no había preguntado por Ahóm, ni por el Guardián, ni por ninguno de sus aliados.

—¿Quieres que haga llamar a Ahóm para que te acompañe? —probó la bruja.

—No. Seguro que tiene cosas más importantes que hacer.

—Entonces te acompañaré yo.

—Supongo que no puedo impedirlo, pero estoy segura de que tú también tienes cosas más importantes que hacer. —Adae dudó un momento. Dentro del recinto del Gran Templo Aisha estaba, supuestamente, a salvo. Y en verdad ella sí quería saber si el Mago, Aruma o Mikael tenían novedades. Sin embargo, seguía sin ubicar el cambio de su pupila y se resistía a dejarla sola.

—Lo que tengo que hacer puede esperar. Acompañándote aprovecharé para ver las modificaciones que han hecho en el recinto.

Ambas mujeres caminaron con calma por cada rincón del perímetro abierto solo a los Kumara. Aquel lugar era unas cincuenta veces más grande que la isla en la que ellas habían morado hasta entonces. Desde que Adae estuviera allí para el nacimiento de

Ahóm, había crecido mucho. Cada una de las nuevas instalaciones estaba unida por laberintos de columnas que, a pesar de mantenerse al aire libre, emanaban un exquisito olor a incienso. Desde el pasillo que conducía a las tres salas más importantes, al igual que desde el lago sagrado que se escondía en los jardines traseros, se podía ver el tremendo pico que coronaba la escuela, cuya apertura se había retrasado debido a los últimos acontecimientos. Incluso desde allí era absolutamente imponente.

Aisha se deleitaba en cada detalle. Observaba todos y cada uno de los grabados que representaban, o bien la auténtica forma de los Kumara, o bien la de algunos grandes seres que hacía mucho habían trascendido aquel plano. Los miraba, incluso los acariciaba como una niña que estuviera descubriendo un mundo nuevo, o como una anciana presa de su nostalgia.

De repente giró sobre sí misma y acelerando el paso se dirigió hacia el portal que comunicaba aquel santuario con la zona donde algunos Sin Nombre podían acceder a escuchar las enseñanzas de los Sacerdotes y las Sacerdotisas. Cuando llegó hasta el umbral del magnífico pórtico se detuvo y, escondida entre sombras, observó a los perdidos que esperaban con la vana ilusión de que una sola palabra de algún Kumara fuera suficiente para extirparles para siempre el desasosiego.

—Míralos… —susurró—. Buscan fuera lo que han olvidado que tienen dentro. — Hubo un largo minuto de silencio y después, de forma abrupta, continuó—. Voy a salir.

—¿Qué quieres decir? —preguntó alarmada Adae.

—Tengo que salir de estos muros. Tengo que verlos en su cotidianidad. Si los observo alejados de la ostentosidad energética que tan minuciosamente han manifestado los Kumara, tal vez pueda saber cómo ayudarlos.

—No estás aquí para ayudarlos.

—Te equivocas. El sentido de mi existencia es solo ese. Para eso llegué aquí. —Adae recordó lo que Aisha le había mostrado el día anterior; sin embargo, en su tono había algo que la mantenía alerta. ¿Qué le había pasado a Aisha?

—No puedo permitir que salgas.

—Entonces tendrás que impedírmelo.

—¿Es eso una amenaza?

—No, Maestra, no pretendo amenazarte. Solo quiero que comprendas que agradezco todo lo que has hecho por mí y estaré encantada de que me ayudes, pero no voy a permitir que ni tú, ni nadie, me impida hacer lo que debo hacer.

—¿Por qué no vamos a la Sala Secreta e intentamos que tu alma despierte?

—Mi alma ya está despertando. Como me enseñaste, todo tiene su proceso, y necesitaré seguir el mío para despertar, allá arriba, por completo.

—Tal vez si estuvieras completamente despierta allí no harías lo que quieres hacer aquí.

Aisha sonrió con tristeza y contestó:

—Eso lo dudo.

—Salir es peligroso —siguió intentando disuadirla Adae.

—No para mí.

—Para cualquiera de nosotros.

—No te preocupes, los Oscuros no van a atacarme.

—Entonces deja que Ahóm y yo te acompañemos.

—No metas a Ahóm en esto.

En ese momento la bruja sintió una fuerte llamada del Mago. Aisha aprovechó ese instante para moverse con una velocidad que Adae desconocía que tuviera, y así se escabulló tras los muros que separaban la tierra sagrada de los Kumara de la tierra profana de los Sin Nombre.

46
Descubriendo a los Sin Nombre

Nada más salir, Aisha vio un vergel muy diferente al desierto que rodeaba a Aras. Haciendo caso omiso a las advertencias de Varilia, que la conminaba a volver al recinto sagrado, caminó hacia las arboledas y, punteada de construcciones modestas, descubrió una rivera llena de vida. Árboles, pájaros y niños disfrutaban de las aguas bajo el cálido sol. Algunas mujeres se afanaban baldeando sus ropas mientras cantaban y reían. Algunos hombres trabajaban pequeños huertos. Algunos animales dormitaban o pastaban a sus anchas. Nunca había visto nada parecido, y ante aquella estampa de colores se preguntó cómo era posible que las almas de los que allí vivían se perdieran en sentimientos tan negros. Cómo era posible que disponiendo de una belleza como aquella, se extraviaran en la más absoluta de las fealdades.

Una niña pequeña que reparó en su presencia detuvo su juego y se quedó mirándola, como si pudiera ver todo lo que era Aisha, aunque eso resultara imposible. La Guardiana, a aquellas alturas, ya sabía que nadie que no supiera quién era podía desvelar a quien tenía enfrente, por muy divino que este fuera.

Se agachó para poder mirar de frente a la niñita y le preguntó:

—¿Qué necesitas para ser feliz?

Aunque el adiestramiento de Adae y lo vivido en las últimas horas le daban una idea de lo que aquellos seres necesitaban para alcanzar la felicidad, quería oír lo que ellos tuvieran que decir. No obtuvo respuesta. Lo único que salió de aquella minúscula boquita fue un alarido que alertó a las mujeres que lavaban en la orilla. Cuando su madre, seguida de las demás, llegó a la altura de Aisha, controló la agresividad con la que se iba dirigiendo hacia ella. La miró sintiendo algo insólito y finalmente exclamó muy emocionada:

—¡Lo sabía, lo sabía! Has venido a por mi niña. ¡Sabía que era especial! Ella nos salvará.

—¿De qué necesitas que te salven? —preguntó Aisha extrañada.

—Oh, bueno… —ante aquella pregunta la mujer se dio cuenta de que no tenía una respuesta.

—¿Qué necesitas para ser feliz? —volvió a preguntar la Guardiana.

—Con que mi hija sea una de las elegidas es suficiente.

—¿Elegida para qué?

—Para estar cerca de los Dioses, claro —contestó la mujer pensando que aquella extraña no entendía nada.

—Todos vosotros estáis muy cerca de los dioses. Vosotros sois dioses.

—Sí, sí, pero ella estará más cerca —insistió la madre—. ¿Te la vas a llevar ya?

—No me voy a llevar a nadie. Solo quiero entender qué necesitáis para ser felices.

—¡Para qué preguntas si no vas a darme lo que necesito! —gritó decepcionada la mujer.

—Si es lo que deseas la llevaré conmigo, pero necesito saber qué os hace sufrir tanto. Tal vez, si me mostráis cómo vivís…

La bruja debía de haber alertado a Ahóm, porque Aisha comenzó a sentir una persistente llamada suya. Mentalmente le dijo que estaba bien, que no se preocupara por ella, pero él continuó insistiendo. La Guardiana miró a Mikael y a Varilia, eran los únicos que permanecía a su lado, hiciera lo que hiciera siempre estaban a su lado. Sabía que el arcángel no se iba a interponer en su decisión, los ángeles no podían impedir que los humanos hicieran uso de su libre albedrío, realmente nadie podía. Y aunque Varilia había perdido su sonrisa habitual e insistía en que su desconocimiento de aquel mundo la estaba poniendo en peligro, Aisha, decidida a continuar con su plan, elevó su energía, reforzó sus protecciones y generó un campo de aislamiento para que ni Ahóm, ni Adae, ni ninguno de sus aliados, pudiera ubicarla. Tenía que conseguir algo de tiempo antes de que fueran a buscarla. No era complicado, como ella no sabía muy bien donde estaba, resultaba mucho más sencillo mantenerse ilocalizable. Necesitaba ver desde cerca qué era lo que impedía que aquellos pedazos de la Guardiana de las Sombras, que habían descendido hasta permanecer presos de semejante olvido, recordaran toda su belleza y todas sus capacidades. Qué hacían para perpetuar tantos sentimientos nocivos y tanto sufrimiento.

Mientras tanto, las mujeres, al sentirse inquiridas más allá de su entendimiento, comenzaron a hablar entre ellas alzando su tono de voz. Como era común entre los Sin Nombre, cuando cualquier cosa los enfrentaba con su mediocridad o les mostraba su ignorancia, daban rienda suelta a su agresividad, se posicionaban de una forma defensiva, aunque nadie les estuviera atacando y buscaban un cabeza de turco sobre el que poder colgar todo lo negativo que sentían. Se desentendían así de sus estados y se negaban cualquier opción de avance en sus propias travesías. Esta vez, lo fácil era verter todo aquello contra Aisha.

Así, como si de una coreografía bien ensayada se tratase, las mujeres comenzaron a lanzar contra ella decenas de acusaciones descabezadas. Los hombres, alertados por los gritos, también se acercaron hasta el lugar donde todo estaba sucediendo. Los niños, que antes jugaban con una fachada de aparente bienestar, comenzaron a tirarle piedras y a escupirle. Todo estaba sucediendo demasiado deprisa y la Guardiana de las Palabras, consciente del tremendo sinsentido, volvió a ser anegada por la pena. Por su mente pasaron, raudas, muchas opciones, muchas actitudes que podía adoptar, pero no sabía cuál era la adecuada. Nada en el comportamiento de aquellos perdidos tenía lógica alguna. Tenía que hacer algo, fuera lo que fuera; tenía, por lo menos, que parar aquella lluvia de piedras que le estaba lastimando el cuerpo. Así, casi sin llegar a decidirlo, alzó sus manos hacia el cielo y, en un movimiento preciso, las descendió mientras expulsaba el aire por la boca, creando un campo eléctrico que, aunque la mantenía visible, la separaba material y auditivamente de ellos, protegiéndola de la improvisada lapidación y sobre todo de las recriminaciones, que eran lo que más daño le estaba haciendo. Oír aquel cúmulo de palabras terribles, justamente para ella que amaba el verbo y conocía su poder, estaba resultando extremadamente duro. Ante la evidente efectividad del escudo generado por Aisha, todos se detuvieron. El miedo ganó al discernimiento y así, todos salieron corriendo, huyendo de la luz de Aisha. Y ella se quedó sola, con su impotencia y con su incomprensión.

Se sentó en el húmedo suelo, se arrebujó y se dio un tiempo para serenarse, para volver a estar preparada para buscar. Aunque pareciera imposible seguía necesitando comprender, creía que solo así les podría ayudar.

Miró de nuevo a Mikael. Él la observaba callado, solo la acompañaba, permanecía a su lado, sostenía su protección. Aisha, no necesitaba que el arcángel dijera nada, le bastaba contemplarle para saber que no habían hallado al Guardián. Igual que sabía que, aunque se mantuviera perenne junto a ella, otra parte de él no cejaba en el empeño de encontrarlo. Varilia, por su lado, había perdido por completo la jovialidad de su rostro y seguía recomendándole, ya mucho más allá del susurro, que regresara, que se pusiera a salvo, que abandonara aquella decisión loca que la había llevado a investigar el otro lado de los muros del recinto protegido. Mientras la observaba, durante un instante, la Guardiana pensó en lo difícil que debía ser para guías, arcángeles y Kumaras, mostrar los senderos adecuados, alertar de los peligros y amar a aquellas almas que un día formaron un solo ser, mientras estos los ignoraban y actuaban en contra de sí mismos.

—Es cierto, el Guardián ha desaparecido —ratificó el Mago al percibir que tenía la atención de Adae.

—No voy a preguntar si aún puede pasar algo más —dijo la bruja como si pensara en voz alta—. Espera un momento, tengo que llamar a Ahóm, es urgente.

El Mago permaneció a la espera mientras percibía la llamada, del todo enfocada, que Adae le estaba haciendo al Guardián de las Luces. Unos minutos más tarde se unió a ellos, en la Sala Secreta.

—¿Cuál es la urgencia? ¿Dónde está Aisha? ¿Por qué la has dejado sola?

Adae elevó la palma de su mano hasta ponerla frente a los ojos de Ahóm. De su centro salió una especie de haz de luz que mostró la última secuencia vivida por la bruja con la Guardiana. Entonces, sin mediar palabra, Ahóm elevó su frecuencia, se expandió más allá de los muros de la Sala que los cobijaba y fue, mentalmente, en su busca.

La bruja volvió a centrar su atención en el Mago, que no escondía la sorpresa que la última noticia le había causado.

—Lo que está sucediendo ahora mismo con Aisha no me preocupa demasiado. La entiendo, necesita comprender y las palabras nunca son suficientes, ni siquiera para alguien como la ella. Sin embargo… que el Guardián se haya esfumado, ¿cómo es eso posible?

—Estoy seguro de que estuvo en el infierno, pero cuando llegué se había marchado. Al menos creemos que no está allí.

—Supongo que eso es bueno, pero sigo sin comprender que no podamos dar con él.

—No somos todopoderosos. Hay muchas cosas, muchos lugares que desconocemos y es nuestro propio desconocimiento el que los hace invisibles ante nuestra mirada.

—Aun así, seguiremos buscando.

—Por supuesto. Amún, Aruma y el Gran Dragón están en ello.

47
Entre los perdidos

Aisha paseó esquiva. Después de lo sucedido procuraba observar sin llamar la atención, pero por mucho empeño que ponía, por muy fuertes que fueran las capas de invisibilidad con las que cubría su luz, cada vez que algún Sin Nombre veía sus ojos, percibía su cualidad sobrenatural y reaccionaba: o desde el miedo, o desde el deseo de alcanzar algo que ni siquiera comprendía.

El día iba a llegar a su fin y en aquellas largas horas no había logrado nada. Al contrario, se sentía más confusa. No parecía que mezclándose con los perdidos fuera a obtener lo que buscaba. Tendría que ayudarlos sin contar con ellos. Aquello no le parecía muy adecuado, pero no hallaba otra alternativa.

Se dio o les dio otra oportunidad y decidió intentarlo un día más. Tal vez si se alejaba de aquella zona encontraría humanos diferentes.

Cuando el sol estaba a punto de ponerse lo miró de frente. No iba a volver a saltarse aquel precioso ritual. Además, cuando sabes mirar siempre hay razones para agradecer. Después buscaría algún lugar resguardado donde pasar la noche. Mañana sería un día fructífero, seguro.

Descalza, se enfocó en la luz que estaba a punto de desaparecer, en los rayos que en su periódica extinción siempre recordaban lo impermanente. Pensó en Adae, en Ahóm y en el Guardián. Pensó en todos los seres que ya no formaban parte de su vida y en todos aquellos que habían aparecido en los últimos tiempos. Sintió amor y se apoyó en aquel tremendo sentimiento para realizar su rito.

Cuando la oscuridad comenzaba a cubrir aquella tierra verde y dorada y dio por terminado su ritual, se sintió observada. Se giró y vio, cerca de ella, a un hombre sombrío que la miraba con una extraña fiereza. Percibió el aviso de sus aliados, tanto Varilia como Mikael susurraban con urgencia: «Aléjate de él». Pero la Guardiana no apartó la mirada, no se movió, aquella expresión y la energía que desprendía, picuda y gris, la hizo revivir la aflicción que sintió en el Averno; la misma que, como una herida abierta, la había acompañado todo el día. No era un demonio, solo era un hombre. No tenía el poder de los Oscuros, sin embargo…

El hombre, sabiéndose descubierto, se arrimó con paso decidido. «Aléjate» repitieron sus guías. Aisha quiso hacerles caso, pero en el mismo instante en que quiso apartarse, el humano se lanzó sobre ella tirándola al suelo.

—Siempre quise saber qué se siente al estar con una de vosotras —dijo mientras la inmovilizaba con su peso y le levantaba la túnica. Aunque Aisha no terminaba de entender qué pretendía aquel Sin Nombre, sí sentía claramente el peligro y la agresión. Ajena al miedo, se centró cargando de energía su jara y toda la zona de su cinturón de fuego y aprovechando una exhalación, impulsó al perdido a tres metros de distancia. Se puso en pie, cerró un segundo los ojos para ubicar la localización del templo y corrió hacia allí.

En su rápida huida Aisha dejó que las capas de invisibilización que había creado para que ni Adae, ni el Guardián de las Luces dieran con ella, se desvanecieran. Y a medida que se acercaba al Gran Templo comenzó a sentir la energía de Ahóm. El simple hecho de volver a percibirle le procuró un alivio inmediato. Era como volver a casa. Sabía que él no había dejado de buscarla, sabía que la había presentido acercándose y que había salido en su busca. Sabía que cuando le abrazase podría descansar, aunque fuera solo un momento.

———•———

Mientras tanto, en una dimensión no muy lejana, el Anciano iba en busca de Amún. Desde que el contrato de Ahóm y Aisha se había vaporizado bajo la fuerza de su primer encuentro, los mayores de su clan habían permanecido reunidos. Ellos tampoco terminaban de comprender lo que estaba sucediendo. Ellos también debían reflexionar.

Cuando logró localizar al Hombre Pájaro le pidió, con humildad, que le dedicara un momento; necesitaba hablar con él. Amún no puso ninguna objeción y se detuvo a escuchar lo que el Anciano quería decir.

—Debo pediros disculpas… A ti, a tus compañeros, al Mago y por supuesto a Adae.

—No es necesario.

—Me he equivocado. Tú llevabas razón, me dejé llevar por la soberbia del que quiere salvar a otros. Casi había olvidado que ningún ser puede salvar a quien no quiere ser salvado, nadie puede salvar a nadie. Como había olvidado que los planes nunca salen como están previstos, que no existe el control. He sido un necio al no darme cuenta, ni siquiera, de la grandeza de los seres a los que estaba intentando dirigir. He caído igual que un Sin Nombre más.

—De nada nos va a servir a ninguno que te castigues.

—Espero que al menos me sirva a mí, para no olvidar lo fácil que es caer. Cada uno de nosotros tiene su propio demonio dormitando en nuestro un interior y ninguno, independientemente de nuestra trayectoria pasada, estamos libres de caer entre sus garras, jamás.

El Hombre Pájaro sonrió, se alegraba profundamente de que el Anciano hubiera recapacitado. Eso era bueno para todos, pero sobre todo era beneficioso para él mismo.

—Mi corazón se suma a tu deseo, para ti y para todos nosotros.

—¿Crees que tus compañeros podrán volver a confiar en mí?

—¿Olvidas, de nuevo, el nivel de sus almas? —contestó Amún risueño.

—Nos gustaría, a mí y a los míos, ayudaros como consideraseis mejor.

—Nos encantará tener vuestro apoyo… por fin.

—Podrás, entonces, hablar con la bruja… Con toda probabilidad será difícil ganar su confianza, y lo cierto es que no puedo culparla.

—Eso no será necesario. Si tu toma de consciencia es auténtica ella se dará cuenta —aseguró Amún

—De nuevo llevas razón.

—Lo más urgente ahora es que encontremos al Guardián de los Silencios. De momento ninguno de nosotros ha sido capaz de hallar rastro de él. Tal vez si os sumáis a la búsqueda logremos algo.

Ahóm se encontró con Aisha a unos ochocientos metros de la entrada del Gran Templo. Cuando la rodeó con sus brazos pudo sentir su tremenda vulnerabilidad, la otra cara inequívoca de su tremendo poder. Ella se arrebujó en el refugio de su abrazo y contuvo el llanto. El cansancio acumulado en los últimos días se sumó al surrealismo de las circunstancias vividas fuera de los muros del templo, al cúmulo de sinsentidos que ella necesitaba comprender, incluso se sumó a la lejanía del Guardián de los Silencios, pero Aisha, contuvo el llanto. No quería llorar más. No servía de nada. Él sujetó su rostro con ambas manos, miró el fondo de sus ojos y no necesitó que ella le explicara nada. Sin soltarla le susurró: «No te volveré a dejar sola». Comenzaron a caminar despacio, ya no había peligro. Cuando atravesaban el gran portal ella le contestó, también en un susurro: «Tendrás que hacerlo. Hay que hacer lo que hay que hacer».

Adae también había presentido el regreso de la Guardiana; de la misma forma que había sentido la energía de Ahóm expandiéndose en su busca durante todo el día. Pensó en salir a recibirla, pero sabía que él lo haría. Por eso decidió esperar; le bastaba con confirmar que ambos estaban bien.

Desde las sombras que proyectaban las columnas, aquella noche de luna los observó. Y como nunca antes, al verlos caminar lentamente, el uno fundido en el espacio del otro, pudo ver la magnánima energía del amor.

Sin necesidad de palabras, explicaciones o peticiones, Aisha y Ahóm se dirigieron hacia la Sala Secreta. Entraron manteniendo el silencio que no les impedía comunicarse. Se sentaron sobre el suelo, uno frente al otro, y Aisha, con minuciosa atención, comenzó un ritual de limpieza que había aprendido de su maestra. Fue al entrar en el Gran Templo cuando pudo percibir lo contaminante que había resultado su excursión entre los Sin Nombre. Ahóm acompañaba sus cánticos. Sabía que no necesitaba ayuda para limpiarse, pero esa no era razón para no sostenerla, para no acompañarla, para no permanecer a su lado.

Cuando muchos minutos después, la ceremonia concluyó exitosa, ambos salieron de la sala sagrada. El amanecer estaba próximo y algunos pájaros avisaban del retorno de la luz con suaves trinos. Como si fueran dos humanos más, se cogieron de la mano y pasearon por el jardín, a la orilla del lago.

Había una parte de la Guardiana, o, mejor dicho, de Aisha, que estaba contenta de que la hubieran secuestrado. Gracias a su rapto se había reencontrado con Ahóm y había podido recuperar la consciencia de un principio olvidado hacía demasiado tiempo. Gracias a todo lo que había sucedido estaba experimentando un amor del todo diferente al que conocía. No era ni más fuerte, ni mejor que el que sentía hacia el Guardián de los Silencios, solo era diferente e igualmente maravilloso. Pero había otra parte, que no podía apartar la pena que la desaparición del Guardián le provocaba. Ni la tristeza que aquel enmarañado olvido y consiguiente caída de la Guardiana de las Sombras, despertaba en su corazón.

Ahóm se detuvo y la miró de frente. Todo lo que sentía al contemplarla era algo inefable, demasiado grande y demasiado sutil. Su cercanía incrementaba, al unísono, su poder y su vulnerabilidad. Ahóm había pasado demasiado tiempo contemplando la sucesiva caída de la Guardiana de las Sombras. Él no había tenido la suerte de mantenerse a salvo de la barbarie de aquel descenso. Y estar junto a Aisha, a pesar de tener presente todo lo que quedaba por hacer, lo llenaba de paz. Era algo absoluto que le envolvía de forma esférica por dentro y le regalaba paz en mitad de aquella irracional apariencia de guerra.

Sostuvo su cara entre sus manos y la besó. Ella correspondió a aquel beso que la acercaba aún más a él. Y juntos, caminaron hasta encontrar cobijo entre unos árboles. Los primeros rayos de luz comenzaban a romper la oscuridad cuando, abrigados por flores tempranas, se fundieron el uno en el otro, como si nunca se hubieran separado. Él a través de ella, ella en rededor de él. Uno dentro del otro, uno junto al otro, hasta dejar de ser dos cuerpos, o dos pedazos de almas, o dos seres, hasta convertirse en la verdad primera, en la unicidad, en la manifestación pura y extravagante del amor.

Muy lejos de allí, el Guardián de los Silencios, en medio de la nada que nublaba el albor de su alma, desvalido como si solo fuera un simple mortal, gritó. Pero no había nadie cerca que le pudiera o le quisiera escuchar.

48
El inicio de un nuevo plan

Adae esperaba a Aisha en la alcoba en la que había dormido tras su incursión en el infierno. Cuando la Guardiana entró la miró de frente. Sonrió y caminó despacio hasta situarse frente a la bruja.

—Tengo que darte las gracias Maestra. Has un hecho un trabajo impecable conmigo, pero sobre todo has logrado hacer una labor exquisita contigo misma. Ahora que he visto todo el sufrimiento en el que se mueven las almas de los perdidos, ahora que he testado de cerca su ofuscación, me admira que seres como tú hayáis sido capaces de salir de la rueda de la ignorancia, la angustia y el olvido. —Adae la escuchaba con atención—. Pero todo lo que has hecho, lo que habéis hecho tú y nuestros aliados, no es más que el principio... Necesito que te quedes a mi lado. Aún tengo mucho que aprender. Aún queda mucho por hacer.

—No pensaba irme. Al menos mientras el Guardián de los Silencios y tú sigáis separados. —Al oír estas palabras, Aisha bajó la mirada. Por un momento una sombra de tristeza nubló su brillo. Fue solo un segundo, luego respiró profundo y volvió a elevar la mirada y con ella su majestuosidad.

—Gracias.

—¿Quieres descansar? El día de ayer debió de ser complicado.

—Ya habrá tiempo para descansar. Solo quiero asearme antes de que nos reunamos con Ahóm y Serai en la Sala Secreta.

—Oh —dijo Adae desprevenida ante la reunión.

—También he invitado al Gran Dragón, a Aruma, al Mago y al mayor de los Ancianos. —Para la bruja era evidente que Aisha ocultaba algo. Tanto como el presentimiento de que aquello que no quería compartir con ella no iba a ser desvelado en aquella reunión.

Aisha comenzó a lavarse con pulcro cuidado, cada gesto parecía un ritual en sí mismo. Lo hacía despacio. Necesitaba un largo momento a solas. Aunque había una gran cantidad de cosas claras en su mente, aunque creía saber cómo empezar o qué priorizar, aunque sabía que necesitaba tiempo para que todo lo vivido y todo lo descubierto en los últimos días encontrara su lugar dentro de ella... había algo más. Una sensación que la había invadido de repente. Surgió después de hacer el amor con Ahóm, un instante después de terminar o justo un instante antes de terminar. Fue como si el silencio quebrado solo por algunos trinos de pájaros y por sus suspiros, hubiera adquirido un peso diferente. Como si ese silencio que ella había amado desde siempre se hubiera convertido en un insondable vacío tiznado de oscuridad.

No poder poner palabras a lo que estaba percibiendo la hacía sentir muy incómoda. Estaba adiestrada para no preocuparse, sin embargo, también había sido entrenada para prestar atención, siempre. Y era ese mismo adiestramiento el que le daba la certeza de que aquella desagradable sensación no iba a desaparecer.

A la hora acordada Amún, Aruma, el Gran Dragón, Mikael, el Anciano y el Mago, acudieron a la convocatoria hecha por Aisha y Ahóm. Ellos dos los aguardaban dentro de la Sala Secreta, donde habían dado forma a lo que presuponían era la mejor vía para el objetivo de recuperar a la Guardiana de las Sombras de su debacle. Una vez hubieron llegado todos, también la bruja y el Sumo Sacerdote, formaron un círculo perfecto. Se miraron entre sí, leves inclinaciones de cabeza a modo de saludo y una breve espera en la que Adae observaba desconfiada al Anciano. Casi todos ellos tenían algo que decir, pero preferían esperar a que los convocantes se expresaran.

A Aisha, aquella reunión le despertó antiguos recuerdos de la Guardiana. Vagas memorias de un Hogar perdido que parecían muy lejanas. Remembranzas donde también participaba en un círculo sagrado, en un cónclave de seres que, allí sí, vivían en paz. Con aquellos retazos de nostalgia aún en su mente, comenzó:

—Gracias por haber acudido a nuestra llamada. Y por todo lo que habéis hecho hasta ahora. Me habéis apoyado y sé que vuestra intención y vuestro corazón están enfocados en seguir haciéndolo. Espero saber ayudaros a ayudarme, ahora que mi propósito está claro. Es por ello por lo que Ahóm y yo os hemos convocado. Pretendemos, sin separar nuestras fuerzas, procurar una distribución óptima de las tareas... si os parece bien. —Todos asintieron. Al mirarlos Aisha se dio cuenta de que sus palabras, lejos de menguar la expectación que compartían, la habían aumentado—. Independientemente de lo que he venido a proponer, también queremos escuchar lo que tengáis que decir—. Hizo una nueva pausa esperando que alguno de sus aliados se expresara. Adae fue la primera en hacerlo.

—Estoy segura de que estaré de acuerdo con lo que nos propongas, pero sea lo que sea, me parece fundamental terminar de despertar a tu alma. —Aisha sonrió, sabía que esa era la máxima preocupación de su Maestra.

—Comparto tu objetivo, pero no tu prisa. A medida que yo voy despertando aquí, también mi alma va recuperando la consciencia de sí misma.

—Puede que Adae lleve razón —interrumpió Ahóm—. Puede que esa sea la primera tarea que tengamos que enfrentar. Cuanto más entera estés, más sencillo resultará todo. Deja que te ayude.

—Nadie, ni siquiera tú, puede hacer que un alma recupere la consciencia de sí misma —respondió con dulzura Aisha.

—Podré hacerlo si tú me asistes. Juntos sí podemos.

La Guardiana lo meditó un instante, pero tenía demasiado claras sus prioridades. Además, en el fondo, temía despertar mientras el Guardián de los Silencios permanecía perdido.

—Sabes que no es necesario. Como he dicho, mi alma va recuperando su propia consciencia a medida que yo aumento la mía aquí.

—Preséntanos tus propuestas —atajó Adae, que veía que, su discípula era más testaruda que ella misma. Parecía indudable que no iban a poder hacerla cambiar de opinión.

—Dragón, tengo dos peticiones que hacerte.

—Te escucho.

—La primera es que, junto a Aruma, no ceses en el empeño de encontrar al Guardián. Gracias a tu cualidad energética te resulta más fácil moverte con velocidad por todo tipo de rincones, dimensiones y planos. Y, al igual que tú, Aruma conoce muchos más de esos planos que algunos de nosotros.

—Cuenta con ello.

—La segunda petición es que convoques a los tuyos y les propongas que retomen su antigua función para ayudar a los Sin Nombre.

—Me temo que sé cuál será su respuesta. Los dragones se niegan a tomar partido.

—Lo sé, pero… no conozco ningún estímulo tan poderoso para avivar la consciencia como vuestro fuego.

—Ese mismo fuego quema a los que se aferran a la mentira y al miedo. Nuestra proximidad podría acabar con la humanidad.

—Es un riesgo que asumiríamos solo con aquellos a los que estuviéramos adiestrando, todo seguiría un proceso paulatino, coherente.

—No te puedo prometer nada, pero lo propondré.

—Gracias, es más que suficiente. Adae, a ti, como te he dicho antes, te pido que permanezcas a mi lado. Me gustaría seguir teniendo tu apoyo y tu claridad. Aún hay mucho por hacer, como aún hay mucho por aprender. —Después de que la bruja asintiera, Aisha miró a Serai—. También te voy a pedir que colabores con Serai. Vuestra sabiduría y vuestro poder unidos son fundamentales para el despertar de las almas perdidas… —Al percibir la duda en la expresión de la bruja, Aisha añadió—: Y para nosotros.

—Para mí será un honor contar con su colaboración —dijo el Sumo Sacerdote, mientras los demás esperaban la respuesta de la bruja.

—Haré lo que me pides —susurró finalmente Adae.

—Gracias Maestra. Vayamos pues al siguiente punto —dijo mirando al Anciano—. Me temo que tendremos que revisar todos los contratos de los encarnados y la forma en la que han sido planteados.

—No te comprendo —dijo el Anciano.

—No sé mucho de los contratos que las almas firman antes de nacer, pero me han bastado unas horas entre ellos para ver que algo en su base no funciona.

—¿Y qué es lo que propones? —preguntó el Anciano con una desconfianza contenida.

—Aún no lo tengo, bueno, no lo tenemos claro —dijo, incluyendo a Ahóm en su dictamen—. Es nuestro deseo que nos muestres la formulación utilizada hasta ahora. Quiero saber cuándo comenzaron a firmarse esos contratos, comprender por qué no sirven, investigar otras opciones, saber si son necesarios… Tal vez podamos, incluso, introducir algunas condiciones que ayuden a los Kumara.

—Mi clan al completo está a vuestra disposición —accedió—. La revisión que propones llevará tiempo, pero si tú no tienes inconveniente, nosotros tampoco.

—De acuerdo. Acabemos primero con esta reunión. —Aisha se dirigió entonces al Mago. Su mirada fue peculiar. Antes de hablar repasó en rápidas fotografías mentales el gran apoyo que aquel ser que se escondía bajo una capa negra había supuesto para su maestra a lo largo de aquel tiempo—. El favor que te pediré dependerá de lo que decidamos al revisar los contratos. Hasta entonces me gustaría que siguieras siendo el abrazo invisible en el que Adae puede descansar. —La expresión de la bruja se turbó ante aquellas palabras—. Como también me gustaría que ayudaras al Dragón y a la Mujer Murciélago. Ninguno de nosotros se puede camuflar como tú para penetrar las zonas más oscuras de la existencia…

—Por supuesto —la interrumpió de forma abrupta el Mago. Aisha le miró con complicidad y al percibir lo que el Mago no quería que fuera expresado en voz alta delante de todos pasó a su siguiente punto.

—Amún —dijo, dirigiéndose al Hombre Pájaro—. ¿Te parecería bien quedarte al cuidado de mi alma? Mientras permanezca dormida es… soy muy vulnerable. Y, aunque no percibo ningún peligro, sé que todos teméis que los Oscuros, ahora que todo ha vuelto a cambiar, intenten atacarme.

—Si es eso lo que consideras más adecuado, será lo que haré.

—Mikael, ¿querrás ayudarlo? Aquí, en este cuerpo, dentro de estos muros protegidos, estaré a salvo.

—Puedo acompañarte aquí mientras velo también por ti allí.

—Perfecto entonces.

—Serai, me gustaría que como máximo representante de los Kumara nos acompañaras a Adae, al Anciano, a Ahóm y a mí en la revisión de los contratos.

—Será un honor.

—Eso es todo por el momento. Volveremos a convocaros cuando hayamos tomado una decisión respecto a los senderos de vida de las almas perdidas que habitan este planeta.

Las presencias etéricas de Aruma, Amún, el Mago y el Gran Dragón desaparecieron. Y en la penumbra dorada de la Sala Secreta permanecieron en expectante atención los demás. Adae intentaba poner en orden las nuevas informaciones. Demasiadas cosas, demasiado aprisa, y en medio de aquella velocidad de nuevos acontecimientos, aquella sensación desagradablemente conocida que le impedía sentir la confianza que daba lugar a la tranquilidad. Por el momento lo único que parecía poder hacer era escuchar las propuestas de Aisha hasta el final, observar el desarrollo de lo que estaba sucediendo, permanecer… al menos hasta que pudiera darle un nombre concreto a aquella nueva oleada de desconfianza. Porque, de momento, lo único que sabía, era que esta vez no la despertaba el Anciano. Era algo más difuso, o más grande que él. Tal vez algo nuevo, desconocido.

49
Los contratos de vida

Aisha miró de frente al Anciano.

—Antes de comenzar a revisar los contratos necesito comprender su origen, cuál fue el primero, quiénes, por qué y para qué los establecieron. ¿Fuisteis vosotros?

—No. —El Anciano miró de soslayo al Guardián de las Luces. Y adivinando que Ahóm no tenía intención de intervenir, comenzó—. De eso hace eones. Y aunque no fui yo el que los instauró, puedo contarte todo lo que sé acerca de su origen. —Aunque la bruja sabía cómo funcionaba la rueda y los contratos, prestó especial interés a la historia que comenzó a relatar el mayor de los Ancianos—. Como sabes, en el principio de este extraño juego, algunas almas, algunas partes desprendidas de la Guardiana de las Sombras descendieron, cayeron prisioneras de su propio desgarro y del consiguiente olvido. Las que más se densificaron comenzaron a tomar corporeidad y empezaron a poblar este plano. Mientras tanto, multitud de seres les gritábamos desde diversas dimensiones que debían rendirse, que debían aceptar el dolor y recordar que aquella separación solo era un juego, una apariencia… Les decíamos que debían regresar a ellos, a su centro, a su poder, a su corazón, pero parecían sordos y ciegos. Ninguna de nuestras voces lograba alcanzarlos. Ese fue el motivo por el que algunos decidieron descender hasta aquí, hasta ellos. Pero aquella no fue una idea acertada. Muchos de los que vinieron quedaron tan contaminados por sus sombras que se convirtieron en los primeros Oscuros. Y los demás… algunos se olvidaron de aptitudes y dones que formaban parte de su naturaleza, y otros, sin querer o sin saber, contrajeron deudas con los Sin Nombre. Fue para ellos, para los que valientemente habían descendido hasta los Durmientes y se habían comenzado a perder, para los que se dictaron los primeros contratos. En ellos se registraban los dones que tenían que restaurar, y las deudas que debían saldar. Así se originó el karma. Más tarde, cuando algún Sin Nombre vislumbraba su esencia y se comprometía a caminar la travesía de regreso a sí mismo, se le facilitaban las condiciones en que poder recordar de una forma más sencilla. Se elegían sus circunstancias de nacimiento, se le asignaban unos guías, se trazaba un plan simple donde se reflejaban sus karmas personales y sus darmas o la sabiduría que ya había reintegrado… Y así se ha venido manteniendo desde entonces.

—Pero entonces… ¿En cada contrato se acumula lo que no han hecho de forma correcta en la existencia anterior?

—No es exactamente así. Los Perdidos, básicamente, comienzan de cero. Tienen todo por recordar, todo un camino por andar o por desandar.

—Pero ¿qué sucede si ya han dado algún paso, si han reintegrado alguno de los dones perdidos y en su siguiente vida, por el motivo que sea, lo vuelven a olvidar?

—Deben estar atentos para que eso no suceda. Deben responsabilizarse, pues a mayor nivel de consciencia mayor responsabilidad, y la ley del karma les recuerda esa verdad. No deja de ser la ley que manifiesta las consecuencias de los actos y las actitudes individuales.

—Anciano, no me has contestado.

—Pues que ese reciente darma pasará, una vez más, a formar parte de su karma.

La Guardiana se quedó pensativa un instante.

—No creo que así puedan restaurar su esencia, por completo —dijo al fin.

—Algunos lo han conseguido. Y muchos, cuando lo han hecho, han decidido dedicar su existencia fuera de este plano a sostener y a guiar a los que aún no recuerdan el camino de regreso al Hogar.

—Comprendo que es fundamental que se responsabilicen de su poder, ¿pero cargar con el olvido y con deudas que no recuerdan haber contraído?

—Todos ellos pueden acceder a sus memorias a medida que crece su consciencia. Toda la información que les concierne permanece intacta en su inconsciente. Además, todos poseen una gran intuición y tienen grandes oportunidades y guías experimentados y entregados.

—Si tienes razón, ¿cómo es que tantos millones permanecen atrapados en un sufrimiento atroz? —preguntó Aisha.

Fue Adae quien respondió.

—Aisha, aún recuerdo mi travesía como humana... Y puedo decirte que no son los contratos lo que les lastra, es el olvido de sí mismos, sus cesiones de poder y el hecho de cargar de importancia lo intrascendental. La soberbia les lleva a exacerbar su sufrimiento como si fuera el único o el mayor que nadie hubiera conocido. Y el miedo, esa energía por la que se dejan atrapar y que les aleja constantemente del amor.

Aisha meditó unos instantes antes de dirigirse a Serai.

—¿Es en estos puntos en los que se enfocan las enseñanzas de los Kumara?

—Procuramos que recuerden quiénes son y de lo que son capaces. Los que llegan a hacerlo distinguen fácilmente lo fundamental de lo anecdótico. Además, como ya has visto, construimos lugares sagrados en zonas donde la geometría adecuada amplifica las altas frecuencias para alivianar la densidad en la que han permanecido inmersos. Así es más sencillo para todos.

—Pero los Sin Nombre no pueden entrar en esas construcciones... —objetó Aisha.

—No es necesario, su grado de acción energética afecta a miles de kilómetros a la redonda. Y aunque este es el centro principal y es aquí donde estamos reimplantando los antiguos códigos del equilibrio, se están erigiendo edificaciones similares en muchas otras zonas de este planeta, tanto en la superficie, como en los abisales. Confiamos en que la red que estamos manifestando sea suficiente para elevar la calidad general de este mundo.

—¿Les estáis enseñando a mirar?

—Para que lleguen a lograrlo primero tienen que aprender a mirarse —contestó de nuevo Serai

—Sí, claro —susurró meditativa Aisha—. Y para ello tienen que salir de su soberbia, abandonar el yugo del miedo y recuperar la inocencia y la humildad que les permita acercarse a la comprensión y por tanto a la compasión. —Aunque ninguno de los presentes contestó o añadió nada a la reflexión de la Guardiana, todos asintieron. Ella continuó—. Si se me permite, a partir de ahora me gustaría participar de forma activa en la preparación de los Sin Nombre. Estoy segura de que así comprenderé más y al comprender espero que me resulte más sencillo encontrar soluciones.

—Será un honor —se apresuró a decir el Sumo Sacerdote.

—Respecto a los contratos… ¿Sería posible limpiar sus karmas?

—El Anciano la miró extrañado, aunque por la expresión de la bruja esta sí parecía comprender a qué se refería la Guardiana. Ante el silencio de los otros fue Ahóm el que respondió.

—Si te refieres a eximirlos de los karmas acumulados en sus vidas pasadas, se podrá hacer a partir de ahora, pero te aseguro que, como ha dicho Adae, lo que los lastra no son sus contratos, sino sus actitudes.

—Está bien. Podemos, al menos, hacerles llegar la información que precisan para cumplir con sus compromisos.

—Esa es la función de los oráculos —aclaró la bruja.

—¿Los oráculos?

—Son personas, normalmente mujeres, capaces de rasgar los velos y ver la realidad, las raíces, las procedencias, las travesías y los posibles futuros de los Perdidos.

—¿Todos pueden acceder a ellas?

—Sí, pero a menudo, si no escuchan lo que quieren, prefieren obviar la información recibida. Aun así, se las teme y se las venera. Los Sin Nombre sienten un miedo reverencial ante lo que les puede mostrar su realidad.

—Cuanta más información me dais de los Perdidos, menos entiendo. —La Guardiana bajó la mirada—. Pero sea como sea, ellos y nosotros somos lo mismo. Encontraremos la forma de ayudarlos a salir de su larga y dolorosa amnesia.

—Hay una cosa más. —Añadió Aisha—. Creo que sé cómo descienden sus almas hasta quedarse prisioneras del Averno, pero… allí creí distinguir muchas almas de seres encarnados. ¿Su permanencia allí está dictada por sus contratos?

—¡No! —se apresuró a negar el Anciano—. Nosotros jamás les incitaríamos a firmar nada que los arrojara al infierno. Es su inconsciencia la que los arroja al oscuro abismo. La misma que los mantiene presos. Si dejaran de quejarse, si dejaran de mentirse y de huir de sí mismos… al menos verían dónde están.

—¿Qué ganan los Oscuros convenciéndolos de que nada merece la pena?

—Tendríamos que sentir y pensar como ellos para contestarte. Lo único que hemos comprobado es que son muchos los que caen —respondió la bruja—. Parece una locura, pero a veces creo que ver el sufrimiento de los demás alivia su propio sufrimiento, no lo sé.

50
Perdido...

En medio de aquella negrura que hacía las veces de espacio, el Guardián se retorcía sobre sí mismo. En lo que parecía, al mismo tiempo, una fracción de segundo y un eón. Había perdido todas las referencias, había experimentado el recrudecimiento del desgarro de su alma y había sentido como si le arrancaran una parte fundamental de su ser. Primero había mirado, luego había gritado y ahora, sumido en el más profundo de los silencios, callaba. Si había llegado hasta allí, estuviera donde estuviera, seguro que también había una forma de salir. Ni siquiera pensaba en que sus aliados lo estarían buscando. Solo pensaba en ella, en llegar hasta ella. Y sabía que para llegar hasta ella tenía que salir de allí. Se centró en su corazón, lo intentó. Probó una y otra vez. Debía recuperarse del dolor que le golpeaba de forma redundante. Tenía que llegar hasta la Guardiana y... tal vez, hasta el hombre que ahora ocupaba su lugar a su lado.

Primero fue un leve murmullo, un sonido que no provenía de ninguna parte y se movía de forma circular inundándolo todo. Después el susurro fue tomando la forma de una voz. Era cada vez más clara. Era femenina, sibilina y tan nítida como la calidez que allí se había extinguido. *Essssss a míííí a quien buscassssss. Essssstoy aquiiiiii.* A medida que aquella sugerente voz se movía en su rededor, el Guardián comenzó a sentir algo extraño. Por un lado, parecía estar cayendo en un dulce letargo, mientras, al mismo tiempo, su atención se elevaba como una alerta que acabase de ser pulsada. *Yo sssssoy túúúúúú. Naaaada tienessssss que temeeeeer.* Podía ser cierto, en el fondo nunca había nada que temer. Además, en su empeño y en su desconcierto, las fuerzas parecían haberle abandonado. Sin pensar, se fue rindiendo a aquel sopor que le prometía descanso. Lentamente comenzó a dejarse caer, era una especie de descenso agradable hacia ninguna parte. Así, donde antes solo había oscuridad pareció surgir la luz y entre centellas azuladas, la imagen de su amada, de su amante, de su añorada Guardiana. *Confíííía, deja que te enssssseñe la verdadddd. Ha llegaaaado el momennnnto.* Continuaba tentadora la voz. Y el Guardián de los Silencios, sin confianza, pero sin resistencia, fue arrastrado por aquella voz que se acercaba a él bajo la forma de aquella a la que había perdido.

Sin saber cómo había llegado allí, se dio cuenta de que se encontraba en un espacio nuevo. Una singular cueva que le recordaba a la gruta de Adae, solo que aquella carecía de paredes, estaba delimitada por ríos de fuego. A un par de palmos del suelo de piedra oscura también brillaban gemas flotantes, algunas eran transparentes, otras moradas, otras de un profundo color granate. A medida que su mirada se aclimataba a la nueva luminosidad y atendía a los detalles del nuevo lugar, se daba cuenta de que lo que sentía estando allí era un amasijo perfecto entre la fe y el amor que había sentido mientras había existido junto a la Guardiana (en su Hogar), y todo el sufrimiento y toda la ira que había experimentado junto a Zur (en su corto paseo por el Averno). Su lógica le decía que aquello no se podía mezclar, pero parecía que el centro de su pecho no estaba de acuerdo.

Buscó un lugar donde reposar y fue entonces cuando la vio. Tendida en el suelo, con los ojos cerrados, tal como la había dejado al marcharse tras Zur, allí estaba, aún dormida, la Guardiana de las Palabras.

Se acercó a ella muy despacio. Como si tuviera miedo de que fuera solo una ilusión que se desvaneciera con su proximidad. Pero no; llegó junto a ella, se sentó cerca de su cabeza y la acarició con la ternura que solo conocen los que han descubierto el amor. Un instante después veía, con asombro, cómo desde el centro de su pecho se proyectaba una nueva imagen vertical de la Guardiana. Esta nueva imagen tenía los ojos abiertos y le sonreía. Intentó tocarla, pero no pudo. Sus manos la atravesaban como si solo se tratara de aire. *Ayyyyúdame.* Pidió. Era la misma voz que lo había arrastrado hasta allí. *Toooodos me han abandonaaaado. Bússsscame. Necessssssito que me encueeeentres. Ssssalvame de la trammmmpa que nos tendieeeeron.* Y mientras ella mantenía su dulce sonrisa, el Guardián sentía la desgarradora impotencia que le recordaba que ni siquiera sabía cómo había llegado a aquella situación. El dolor de su corazón se incrementó de forma insufrible. Instintivamente se lo tocó. Ambas heridas, la que surgió en su pecho al ser separado de la Guardiana y la de su vientre, volvían a sangrar. Todos los esfuerzos de Amún y del Mago, habían sido en vano. Las heridas volvían a estar abiertas. Si al menos pudiera contactar con el Hombre Pájaro, o con la Mujer Murciélago… No podía ser cierto, ellos no serían capaces de abandonarla. Aunque él se había perdido y ninguno de ellos había ido en su busca. No, seguro que algo les impedía llegar hasta él. O, tal vez fuera verdad, y los hubieran abandonado a los dos. ¿Por qué? ¿Para qué? No podía creer que aquella fuera la verdad… ¿o sí? *No dudesss de míííí. Yyyyo te mosssstraré lo que ha sucedddddo. Mmmmira en mis ojossss como tannnntas veces hassss hecho.* El cansancio incrementado por el dolor, no dejaba que el Guardián pensara con claridad. «¿Qué más puedo perder?», se preguntó. Y sin obtener ninguna respuesta, miró el fondo cristalino de los ojos de aquella imagen de la Guardiana.

Vio al hombre que Zur le había mostrado, al que ahora estaba junto a La Guardiana de las Palabras, solo que en aquella imagen no era un humano, su forma era similar, pero era evidente que estaba en una dimensión que quedaba muy por encima de la que habitaban los cuerpos de las almas perdidas. Se mostraba resplandeciente, poderoso, con un alto dominio de sí mismo. Primero vio una secuencia en la que estaba reunido con lo que parecían Oscuros de alto rango, solo fue un flash en el que le veía hablar con ellos. A continuación, un nuevo destello en el que estudiaba uno de esos pergaminos en los que se firmaban los contratos en el de los Ancianos. Por último, una escena en que se le veía completamente desnudo, sudando, abrazando a Aisha. Y de nuevo la voz: *Todo essss culpa suyyyya. Ahora toooodos están con éllll. No le permmmmitas ganar. Bússsscame. Sáááálvame.*

51
Avances en la Tierra de las Almas Perdidas

Desde que Aisha y Adae se habían instalado en el Gran Templo, hacía ya unos meses, la actividad, las tomas de decisiones y la diligencia entre el peculiar grupo que formaban, se había incrementado notablemente.

La bruja había tenido que desistir en su insistente pretensión de despertar al alma de la Guardiana de las Palabras. Y confiando en que la argumentación de su pupila fuera cierta, se había enfocado en prestarle toda la ayuda necesaria en sus nuevos propósitos. Si lo que Aisha decía era real, cuanto más consciente fuera ella allí, antes despertaría su alma en la cuarta dimensión. Aunque, a menudo, cuando la contemplaba tan comprometida, tan preclara y tan brillante, se preguntaba: «¿cuánto más consciente se puede llegar a ser aquí?». Fuera como fuera, no estaba a su alcance hacerla cambiar de opinión, no estaba en su mano ni en la de ningún otro de los muchos aliados que tenía.

Entre todos estaban logrando establecer una siembra más radiante de lo que hasta entonces habían logrado sus predecesores. Y, ahora sí, aquel entramado que pretendía recuperar poco a poco a los Sin Nombre de su amnesia estaba comenzando a llamar la atención de los Oscuros. Aunque era realmente difícil que pudieran penetrar en los espacios sagrados, una vasta hueste de demonios se había afanado en susurrar al oído de los Perdidos grandes cúmulos de sinsentidos que atenazaban el miedo del que eran prisioneros y, sin mucho esfuerzo, empujando sus egos y acrecentando la importancia de lo intrascendental, habían conseguido apartar a un buen número de posibles candidatos del camino de los Kumara. Aisha, como el resto de sus compañeros, no daban a esta circunstancia más importancia de la que tenía. Es más, la asumían como parte del juego y se empeñaban con más ahínco en su objetivo.

Después de varias revisiones de contratos, de estudiar con detenimiento los planes iniciales de los Kumara y de observar el progreso en aquellos que ya habían sido aleccionados por los Sacerdotes y las Sacerdotisas, estaban preparados para iniciar el nuevo procedimiento que habían ideado...

Aquella mañana todos se habían despertado bastante antes de que el sol prendiera el horizonte. Si bien cada cual había cuidado minuciosamente de su parte y todos habían estado pendientes de los detalles, sabían que cualquier principio puede ser vencido por múltiples imprevistos.

Con los primeros rayos del astro rey, como cada día, se reunieron en la oración vespertina, para bendecir el nuevo día, alinearse y abrirse a ser su mejor manifestación. La diferencia es que hoy todos los Kumara se habían concentrado en la nueva escuela. Era la tercera que terminaban y también era la más grande. A pesar de haber estado presentes durante su construcción y de estar habituados a ver las otras dos, igual de imponentes, contemplar aquella construcción de ciento cincuenta metros de alto y más de doscientos metros de base, elevándose majestuosa hacia el cielo, resultaba sobrecogedor. Sus cuatro caras estaban compuestas de dos planos con una ligera pendiente hacia el centro. Esta disposición generaba un efecto óptico de estrella cuando los rayos del sol incidían de forma indirecta sobre las pulidas superficies. Tanto esta como las dos escuelas anteriores refulgían en un intenso color dorado que podía servir como faro a los buscadores o cegar a los que no quisieran mirar. La entrada estaba camuflada en la base, pasando totalmente desapercibida a los que no conocían su ubicación, se ocultaba perfectamente entre el brillo y la magnanimidad de la edificación. Por ella se podía acceder, a través de laberintos, a algunas cámaras superiores y, de una forma mucho más directa, a la zona inferior. Porque la pirámide no solo se alzaba hacia el cielo, otros ciento cincuenta metros de edificación, se sumergía en la profundidad de la tierra. Aquella era la zona que conectaba de una forma precisa con las otras escuelas que habían construido. Monumentos grandiosos erigidos no solo con la finalidad de limpiar la energía y elevar la frecuencia vibratoria de aquel planeta, sino como anaqueles atemporales donde dejar registro de las vías de acceso al origen de la humanidad y algunas otras informaciones más.

Los Kumara llevaban años enseñando a sus discípulos las técnicas adecuadas para encontrar los lugares idóneos donde esta-

blecer estos colosos arquitectónicos y la forma precisa de construirlos. Para ello habían elegido distintas regiones de la Tierra
y habían ido creando escuelas similares, que se conectaban entre
sí. Si bien el foco central se encontraba allí, en aquella zona de-
sértica y al mismo tiempo fértil, todas y cada una de las pirámides
construidas alrededor de aquel mundo tenían una funcionalidad
básica en la tremenda red de sostenimiento y ayuda que estaban
forjando.

La que inauguraban aquella mañana era la que cerraba la trama
y, de alguna forma, la más importante. Cada vez que habían concluido una, todos los Kumara se regocijaban y podían sentir cómo
se renovaba su fe, igual que sucedería hoy. Pero aquel día se iniciaba algo más. Aquel día comenzarían una nueva forma de adiestramiento ideada por Ahóm y Aisha, que confiaban que acelerase
profusamente la toma de consciencia, primero de los Sin Nombre,
y después de todas las partes de la Guardiana de las Sombras, que
permanecían perdidas en el olvido. Con aquel fin habían decidido
adoptar a todos los bebés de hasta tres años de edad, independientemente de sus existencias anteriores o del nivel de consciencia de
sus progenitores. Según argumentó Aisha, en una sociedad que
veneraba y obedecía a sus mayores debían comprender que los
neonatos, aunque en su forma eran evidentemente más jóvenes,
en su trayectoria eran más antiguos que sus padres, e incluso que
sus abuelos. Tenían que lograr que sus educadores no los trataran
como a estúpidos que debían adiestrar, sino como a almas sabias
que nacían con el objetivo de evolucionar al tiempo que ayudaban
a sus ascendientes a limpiar sus karmas y liberar sus cadenas trans-
generacionales. Al adoptarlos pretendían, por un lado, mantenerlos a salvo de las destructivas tendencias implantadas en aquella
sociedad, darles un espacio y un permiso para que pudieran manifestar su esencia sin estar condicionados por límites irracionales o
juicios egoicos. Y por otro, al dejarlos crecer en conexión con su
alma y su sabiduría real, apoyados y sostenidos por los Kumara, esperaban generar una siembra de consciencia que se autosostuviera
cuando estas generaciones hubieran crecido y generara una nueva
civilización de seres despiertos que supieran dar los pasos adecuados en el sendero de retorno al Hogar.

Aunque durante los meses que se necesitaron para la construcción de la última escuela se esforzaron en hacer saber a todos los Sin Nombre que habitaban aquellos lares que iban a acoger a sus hijos, los Oscuros habían intuido el nuevo plan y se habían ocupado de hacer su tarea. Ese fue el motivo por el que muchos se negaron a entregar a sus herederos, argumentando la mayoría que, si se los llevaban, unos años más adelante no tendrían mano de obra para cuidar sus campos. Otros, que antes habrían dado un brazo por sentirse los elegidos, vencidos por su orgullo, se cerraron en la desconfianza y se apertrecharon en la idea de mantener todo como había sido hasta entonces, impidiendo, hasta donde estuviera en su mano, el cambio. Estos hechos no mermaron la confianza de los Kumara. Al igual que los Oscuros, no se daban por vencidos y consideraban que esta nueva estrategia podía ser muy fructífera. Y con el buen ánimo de los que tienen un propósito claro, aquella mañana elevaron, una vez más, todas las protecciones necesarias para realizar su labor y abrieron las puertas de su nueva escuela.

Minutos más tarde de la apertura, tras haber caminado entre los bebés y los Kumara que se ocuparían de sus enseñanzas, Aisha se dirigió a la Sala Secreta. Adae iba a su lado. Aunque las dos permanecían en silencio, Varilia, sempiterna acompañante de la Guardiana, no dejaba de suspirar, como si ella también tuviera pulmones y diafragma. La bruja no le iba a preguntar, sabía que era su forma de mostrar lo emocionada que estaba por el desarrollo de los acontecimientos entre los Sin Nombre. Y por aquella tremenda oportunidad en que Aisha le había pedido que ayudara a los guías de los recién nacidos en la apertura y ordenamiento de los recuerdos que traían impresos, en el interior de sus occipitales, de otros tiempos, de otras vidas. Si bien el conocimiento de reencarnaciones anteriores no tenía ninguna importancia, el desvelamiento de la continuidad de la vida y del propósito del alma más allá de la muerte, sí la tenía. Adae la miró de reojo, nunca terminaba ni de comprender, ni de compartir su entusiasmo casi pueril. No obstante, valoraba su intención, siempre orientada en la ayuda de los Perdidos y, a su manera, también de lo que pudiera necesitar Aisha.

Cuando entraron la Sala Secreta un rotundo silencio las envolvió. Aquel era el lugar que usaban como centro de reuniones con sus aliados incorpóreos y era con aquel fin con el que habían acudido. Aisha quería hacerle una propuesta al Mago.

Cuando este se manifestó ante ellas, los tres inclinaron sutilmente sus cabezas a forma de respetuoso saludo. La Guardiana observó profundamente al Mago, hacía meses que había percibido una transformación en su energía de la que él siempre había evitado hablar. Ese era el motivo por el cual lo analizaba minuciosamente; y no por desconfianza. Y una vez más confirmó que, bajo aquel extraño halo que endurecía su energía como si de una sombra se tratara, permanecía intacta el alma bella y poderosa de su aliado.

—¿Alguna noticia? —Adae sabía que los meses transcurridos en la Tierra de las Almas perdidas no habían supuesto más que un mero suspiro en la dimensión en la que había desaparecido el Guardián; no obstante, allí abajo, la espera se hacía larga.

—No hemos conseguido encontrarlo —contestó el Mago—. Aunque estoy seguro de que penetró en el infierno, ninguno de nosotros está logrando contactar con él o descubrir dónde está exactamente. —Al oírlo la mirada de Aisha se ensombreció. A pesar de que, en el fondo, sabía que el Guardián seguía perdido, escuchar la aseveración del Mago turbó su paz.

—Ese es el motivo por el que el silencio, antes eterna fuente de sosiego, se ha teñido de pesar y miedo. Somos muchos los que lo hemos percibido —expresó Aisha

—¿Qué le puede suceder si continúa perdido en el Averno? —preguntó Adae

—No lo sabemos —contestó el Mago.

—No veo esperanza en tu mirada… —susurró la bruja al escuchar a su aliado—. Temes, como yo, que si permanece demasiado tiempo perdido en las profundidades, el veneno termine destruyéndolo. —El Mago no contestó. Aisha tampoco dijo nada—. Debe de haber algún modo de contactar con él, de llegar hasta donde esté —continuó la bruja—. Tal vez Ahóm… —se aventuró, dirigiéndose a Aisha.

—Volveré a preguntarle, volveremos a buscar el modo —contestó la Guardiana—. Mago, este no era el motivo de mi llamada —dijo cambiando de conversación.

—Te escucho.

—Como parte de la Guardiana de las Palabras, soy perfectamente consciente de la importancia del conocimiento de los nombres y del poder del verbo. Si algunos Durmientes no hubieran sido aleccionados a este respecto por los Kumara, las escuelas, por ejemplo, no se habrían podido construir. Y es innegable la mejoría en sus tomas de consciencia sobre sí mismos cuando comienzan a hacer un uso responsable del verbo en su pensamiento. Pero ahora que vamos a comenzar a educar a toda una generación, considero que deberíamos dar un paso más… Si te parece bien, me gustaría que me ayudaras a dar forma a las palabras. Si además de decirlas y pensarlas, pudieran expresarlas con algún tipo de grafismo, podrían manifestar con más premura su energía.

—Lo que propones es hermoso. Será un honor ayudarte.

—Una vez que hayamos encontrado los símbolos idóneos para todos los nombres, crearemos un lenguaje más sencillo y se lo regalaremos a los hombres, a todos aquellos que aún no hayan pasado por nuestra escuela. Hay Kumaras dispuestos a ocuparse de esa misión cuando llegue el momento.

—Pero… esta será una tarea que nos llevará mucho tiempo. ¿Quieres que deje de buscar al Guardián? —preguntó sorprendido el Mago.

—No. Solo quiero que maximicemos este tiempo y hagamos más productivo el esfuerzo que todos estamos realizando.

Dando por concluida la reunión, el Mago se disolvió en el aire hasta desaparecer.

Adae dirigió por completo su atención a la Guardiana. La conocía bien e intuía que, bajo aquella apariencia de serenidad, escondía su preocupación por el Guardián. De nuevo se sentía impotente.

52
Luz y oscuridad

El día transcurrió rápido y lleno de tareas que impidieron que Ahóm y Aisha pudieran estar juntos hasta el ocaso.

En la nueva escuela algunos Kumaras, asistidos por los más avanzados de entre los alumnos humanos, que con los años y la instrucción adecuada se habían convertido en sacerdotes, habían estado acomodando a los recién nacidos que pasarían gran parte de sus días y sus noches cobijados dentro de aquel rombo gigantesco. Era importante, sobre todo, mantenerlos a salvo en sus primeros tres años, tiempo durante el cual la información de sus almas y de los nuevos contratos que trazaban los senderos de sus vidas nacientes se terminaba de implantar en sus cerebros. Lo que pretendían no era solo protegerlos de los Oscuros, también querían guarecer su esencia de los gritos, los miedos y los prejuicios de sus progenitores.

A los que ya habían pasado de los veintisiete meses de edad se les comenzaría a instruir para que supieran elevar y mantener las protecciones necesarias por sí mismos. Después, la educación se enfocaría en el acercamiento a todo el conocimiento arcano que permanecía intacto en sus células. Aprenderían a convocarse a sí mismos, podrían acceder a recuerdos de todas sus existencias, se harían diestros en el arte de la magia más elevada, dominarían su propio poder y el de los elementos, serían expertos en el uso de la palabra y, sobre todo, crecerían libres de miedos y del peso de lo intrascendental que trastabillaba el camino de tantos Durmientes.

Fuera de la escuela, por corredores y salas, se podía ver un constante movimiento de sacerdotes y sacerdotisas atareados en múltiples formas. Aquel día los Oscuros habían intensificado sus ataques y, si bien no iban directamente dirigidos contra el recinto Sagrado, era evidente que sabían cómo perturbar la paz obligando a los Kumara a dispersar su atención en varios frentes. A la entrada del templo se agolpaban unos pocos centenares de Perdidos. Unos pedían ayuda porque tenían malos presentimientos y habían tenido terribles pesadillas. Otros, rozando la histeria, vociferaban llamándolos ladrones de niños. E incluso los había que tiraban piedras intentando destruir lo que consideraban la fuente de su desasosiego... Con el fin de paliar aquel sinsentido, varios de los más antiguos Kumara meditaban camuflados entre las columnas del patio central. Entre ellos aunaban sus energías haciendo un esfuerzo por devolver al menos algo de claridad a las mentes perturbadas por la oscuridad, que se empecinaban en buscar culpables ante sus propios estados. A pesar de la quietud en la que permanecían inmersas las formas físicas de los Kumara, sus almas libraban una ardua batalla contra los demonios congregados allí fuera. Iban logrando equilibrar la energía crispada que inundaba el exterior, pero lo hacían poco a poco.

De repente, del entramado de imponentes columnas, surgió Ahóm. Caminaba despacio, con la mirada enfocada en el pórtico central que separaba la zona sagrada de la zona profana. Con cada paso que daba, dirigiéndose hacia la salida, su energía crecía y el silencio y la luz ganaban terreno. Llegó hasta el inmenso dintel que hacía las veces de frontera y se detuvo. Su cuerpo físico comenzó a brillar como si fuera a transformarse en una estrella y su campo áurico creció cientos de metros a la redonda. Hubo un momento en que nadie pudo mirarle, la luz que emanaba era más cegadora que la del sol. Pasaron dos o tres minutos en que todos, divinos y mundanos, parecieron quedarse sin respiración. Después, cuando Ahóm comenzó a volver a su estado habitual, se oyeron chasquidos, algunas sombras oscuras se desplomaron desde las alturas y desaparecieron en la tierra, y entonces reinó la aparente calma. Los Sin Nombre que hasta ese momento se habían hacinado, arrastrados por una enajenación transitoria, a las puertas del recinto, comenzaron a caminar, con semblante turbado, de regreso a sus casas.

Aisha lo había contemplado todo. Había permanecido callada como una observadora más, deleitándose en el magnánimo poder del Guardián de las Luces. Mirando cómo su energía, centrada y concentrada, adormecía a los demonios que intentaban con denodado ahínco perturbar las celebraciones de aquel día y la posibilidad de posteriores progresos. Cuando aquella batalla fue ganada de una forma impecablemente limpia, la Guardiana se acercó a Ahóm y, plena de ternura, le abrazó desde su espalda. Aquel era solo un pequeño triunfo en lo que, sin deber serlo, se había convertido en una guerra. Aún quedaba todo por hacer, toda una inmensidad de tinieblas por reconquistar hasta que la Guardiana de las Sombras se recuperara a sí misma.

Ahóm se giró, acarició la mejilla de Aisha y la besó en los labios.

—Es suficiente por hoy. Además, intuyo que quieres que hablemos —le dijo mientras la cogía de la mano y comenzaba a caminar, de nuevo, hacia el centro del recinto sagrado.

Aisha caminó junto a él sin decir nada. Ese era uno de esos extraños instantes en los que podía olvidarse de sus responsabilidades y disfrutar de algo tan sencillo como caminar de la mano de aquel al que amaba… aunque no fuera el único.

Llegaron al lago, faltaban apenas unos minutos para el ritual del ocaso. Lo completaron junto a sus compañeros y después esperaron a que todos se retiraran, antes de buscar refugio en su rincón favorito, ese que, abovedado entre árboles y flores, les permitía divisar las aguas calmas del lago, las escuelas y algunas otras zonas del templo sin ser vistos.

—Todo ha salido bien hoy ¿qué te preocupa? —comenzó diciendo Ahóm.

—Sabes lo que es. —Ambos se miraron a los ojos como esperando, como buscando.

—Es por el Guardián… —rompió de nuevo el silencio Ahóm.

—No sé cómo llegar a él. Desde que tú y yo nos encontramos, él… Sé que está en peligro.

Aisha calló y miró a Ahóm expectante, pero él no dijo nada.

—Ayúdame, por favor.

—Claro que te voy a ayudar, siempre, pero dime qué es lo que quieres que haga.

—No sé qué es lo que podemos hacer, por eso te pido ayuda. ¿Hay alguna forma que desconozco de llegar hasta él?

—No creo que haya nada que no hayas intentado.

—¡Tiene que haber algo más! —La impotencia de Aisha hizo que elevara la voz.

—¿Acaso no confías en que sea capaz de mantenerse a salvo?

—No estoy segura. Aquí es todo demasiado extraño y desde que desapareció, el silencio…

—¿Has pensado que si no le hemos encontrado puede que sea porque él así lo quiere?

—¡Ahóm! —La contundencia con la que Aisha pronunció su nombre sorprendió al Guardián de las Luces—. ¿Es posible que no desees que le encontremos?

—No, no mi amor... —negó con una ternura que era tan certera como envolvente.

—Igual que se perdió la Guardiana de las Sombras, se puede perder él. Ninguno de nosotros está a salvo del olvido y me consta que él está malherido. No puedo imaginar todo lo que ha pasado desde que... ya sabes.

—Dime qué es lo que quieres que haga —volvió a inquirir Ahóm.

—Oh, no sé qué más podemos hacer. Aquí abajo todo está encauzado, pero temo que si no lo hallamos... Siento una gran pena que sé que no se calmará hasta que dé con él. El Mago y yo estamos seguros de que está en algún rincón del infierno, pero ese es un terreno demasiado vasto y nuestros aliados no tienen completo acceso a él.

—Tampoco yo. Ese es el territorio de la Guardiana de las Sombras, de los Oscuros y de los Perdidos.

—Pero tú llevas eternidades moviéndote en estos planos...

—Déjame que vuelva a mirar. Mañana espero poder darte respuestas.

———⚬———

Mientras tanto, en otro rincón apartado del templo, Aruma se presentaba de improviso frente a Adae.

—¿Hay novedades? —preguntó la bruja, sin demasiadas esperanzas.

—No —contestó la Mujer Murciélago—. Solo quería saber qué tal sigue yendo todo por aquí. —Adae bajo levemente su barbilla sin apartar la mirada de su aliada. Desde poco antes de que el Guardián desapareciera, la percibía distinta, algo más distante, como si se hubiera replegado hacia su interior y procurase esconder alguna preocupación.

—Llevo lo suficiente en este juego como para saber que, por muy elevado que sea vuestro nivel, aunque no sea lo usual, también os puede rozar la preocupación —se aventuró Adae. Pero Aruma no contestó—. Aquí todo parece marchar bien. Las tretas de los Oscuros están siendo correctamente contenidas y los Kumara están logrando una magnífica alineación. Solo nos queda cumplir nuestro auténtico cometido: encontrar al Guardián y lograr que el alma de la Guardiana despierte.

—Me temo que cuanto más se implica Aisha con su propósito de poner luz en las tinieblas generadas por la inconsciencia, más se aleja del Guardián de los Silencios —expresó de improviso la Mujer Murciélago. La expresión de la bruja fue de sorpresa.

—¿Crees que le puede olvidar?

—No, solo pienso que está priorizando y no estoy segura de que lo esté haciendo de forma correcta.

—Ahora debe de estar con Ahóm, pero si es eso lo que te perturba, me esforzaré en hacerle ver que encontrarle es fundamental.

—Seguro que ella lo sabe.

—¿Entonces?

La Mujer Murciélago bajó la mirada unos segundos, antes de contestar.

—Adae, ha sido un placer compartir esta travesía contigo.

—Parece que te estuvieras despidiendo —dijo extrañada la bruja. Aruma sonrió levemente y continuó.

—No, no es una despedida. Es que a menudo se nos olvida hacer uso del verbo para valorar lo bueno.

—¡Ah! Para mí está siendo un honor tenerte como aliada.

—Gracias…

—¿Hay algo más que me quieras decir?

—No… Es solo un mal presentimiento. —Y dicho esto, Aruma se evaporó con la misma rapidez con la que se había aparecido.

Adae se quedó sola, pensando. Un mal presentimiento en una Mujer Murciélago no era algo a desestimar.

53
La estrategia de Aruma

Los Ancianos celebraban la buena marcha de los últimos acontecimientos en la Tierra de las Almas Perdidas y se afanaban en pulir los nuevos contratos y las transiciones de los karmas acumulados a karmas instantáneos. Algunos dragones habían decidido comprometerse con el plan iniciado por los Kumara y perfilado por Ahóm y Aisha, y junto a ellos, gracias a la poderosa luz de su fuego, se disponían a ayudar en la elevación de la consciencia de los que estuvieran preparados. Los ángeles mantenían su función de mensajeros, potenciando las señales que indicaban a los humanos cuáles eran los pasos adecuados a dar para avanzar en el sendero que los haría retornar a sí mismos. Los arcángeles se mantenían como fieles protectores de los Sin Nombre, preservándolos, siempre que ellos se dejaban, de los peligros invisibles de la Oscuridad, la ajena y la propia. Los Kumara continuaban leales a su compromiso y ponían todo su empeño en enraizar la red que habían logrado crear y en conseguir ayudar a recordar a los Perdidos. A los guías les resultaba más sencillo llevar a cabo su labor con todos aquellos que, gracias a los Kumara, habían comenzado a buscarse. Los Oscuros mantenían su dinámica habitual y atacaban a los divinos y entrampaban a los humanos sin cesar. Y en medio de todos aquellos aparentes progresos, el Gran Dragón, Amún, Aruma y el Mago no lograban ningún avance.

Cuando el Gran Dragón apareció frente a la cueva de Adae, se encontró con Aruma. Desde que había descubierto que Zur estaba vivo, su compañera parecía triste. Podía que fuera eso o que fuera el mero transcurrir de las circunstancias que les mantenía aún cautivos de aquella situación. Fuese lo que fuese, el negro de sus ojos parecía más oscuro y profundo que nunca y la habitual serenidad que iluminaba su rostro se había transformado en una tensión que endurecía sus rasgos. Se acercó hasta ella y la rozó con la cabeza, a modo de arrumaco. Ella le sonrió y le devolvió el gesto acariciando su hocico.

—¿Quieres dar un paseo? —preguntó el Gran Dragón.

—No, pero gracias. ¿Traes noticias?

—Sigue sin haber rastro de él. Y vosotros, ¿habéis conseguido algo?

—Aún no, pero creo que sé lo que podemos hacer. Estoy esperando que llegue el Mago. Vamos dentro, con Amún.

Amún permanecía vigilante junto a la parte de la Guardiana de las Palabras que permanecía inconsciente. Sin moverse de la cueva se mantenía al tanto de los acontecimientos acaecidos en la Tierra de las Almas Perdidas mirando el fuego que nunca se apagaba. También sabía de la ausencia de avances en la búsqueda del Guardián y que sus compañeros estaban inquietos. Cuando vio entrar a sus amigos se alegró.

—¿Cómo está la Guardiana? —preguntó el gran Dragón.

—Parece que, muy lentamente, a medida que Aisha toma consciencia de sí misma, su alma aquí consolida su luz. Supongo que podría despertar en cualquier momento… o no.

—Estoy segura de que despertará —apostilló Aruma justo cuando el Mago estaba entrando en la sala de las esferas. Silente se unió al grupo y de forma directa se quedó mirando a la Mujer Murciélago.

—¿Me estabais esperando? —preguntó.

—Sí —respondió Aruma—. Necesito que me ayudéis.

La mirada del Mago era tan directa como expectante. Si bien era cierto que su energía había cambiado desde que mezcló su sangre con la de Zur, también lo era que la Mujer Murciélago no era la misma desde que se reencontró con el antiguo Hombre Murciélago. Ante la pausa de ella él la invitó a continuar.

—Al igual que vosotros, estoy preocupada por la desaparición del Guardián. Todos nos hemos percatado del peso que han comenzado a tener algunos silencios. Si eso está sucediendo es porque el Guardián de los Silencios está siendo vencido por el veneno, por el desgarro, o por algo peor. Y si no se ha puesto en contacto con ninguno de nosotros es, evidentemente, porque no puede. Y creo que hablo en nombre de todos al pensar que lo único que se lo podría impedir es estar perdido o prisionero en el territorio de los Oscuros… —Aruma hizo una nueva pausa antes de continuar—. Necesito que me ayudéis a entrar… a profundizar en el Averno. Tengo que llegar hasta él, esté donde esté.

—Olvidas que ya le buscamos allí. Hasta donde podemos llegar no hay rastro de él —le recordó el Mago.

—Por eso he dicho «profundizar».

—Aruma —intervino el hombre Pájaro con ternura —, ninguno de nosotros te puede apoyar en la estrategia que propones. Es más que suficiente con que uno de nosotros esté desaparecido.

—Si no corremos este riesgo es probable que nunca le encontremos… o algo peor.

—Debe haber alguna otra forma —aventuró el Gran Dragón—. En cuanto los Oscuros se enterasen de que estás allí serías un blanco fácil.

El Mago sabía que el Gran Dragón tenía razón y compartía el recelo de Amún, pero también sabía, porque sus ojos la delataban, que la Mujer Murciélago iba a intentarlo con o sin la ayuda de sus compañeros.

—Ni siquiera aquí es adecuado tomar decisiones cuando estamos nublados por algún tipo de emoción. El mismo sentir que nos puede dar la energía necesaria para el éxito, nos puede empujar a la enajenación y a la consiguiente derrota. —Al oír las palabras del Mago, el semblante de la Mujer Murciélago se endureció. Aun así, su tono no perdió su calidez habitual.

—No es mi intención actuar guiándome por el impulso. Todos nosotros nos hemos visto involucrados en unas circunstancias extraordinarias y es por ello que podemos necesitar optar por medidas igualmente extraordinarias.

—Ojalá tu intención estuviera dictada únicamente por estas circunstancias… Pero todos sabemos que esa no es toda la verdad.

—¿Qué importa eso si llevando a cabo mi plan puedo ayudar a los Guardianes? —Por primera vez el tono de Aruma parecía crispado.

—A mí me importa —respondió Amún.

—Y a mí —se sumó el Gran Dragón, cuya mirada se había ensombrecido al entrever la intención de su compañera. Rápidamente la Mujer Murciélago había contenido su frustración y había recuperado su templanza habitual. De esta manera volvió a intentarlo.

—Estoy segura de que podemos conseguirlo. Aunque nuestro objetivo no sea comenzar ningún altercado, iremos preparados.

—Toda preparación es poca en las zonas profundas del inframundo —sentenció Amún.

—Además, nuestra intrusión sería tomada como una violación de las leyes y los Oscuros tomarían represalias impredecibles.

—¿Aún vamos a permitir que las leyes nos detengan? ¿Cuántas veces más vamos a tener que ver cómo ellos se las saltan y continúan impunes?

El Mago apoyó, con dulce contundencia, su mano sobre el hombro de Aruma, antes de interrumpirla.

—Es de nuevo tu emoción la que habla… impotencia.

—¡Solo siente impotencia aquel que nada puede hacer, nosotros tenemos opciones! —respondió Aruma.

—No puedo apoyar tu idea, no así.

Al oír la sentencia de Amún, Aruma apretó sus perfiladas mandíbulas y cerró los ojos.

54
Las sospechas de Varilia

Varilia hizo una discreta llamada a su maestro, el mayor de los Ancianos, y esperó a ser convocada por el mismo.

Cuando se presentó ante él, este la escudriñó extrañado. Desde que la habían dejado ayudar a Adae en la custodia de Aisha no había sabido nada de ella, exceptuando las ocasiones en que se habían reunido con los demás para perfilar nuevas estrategias. La saludó con una leve inclinación de cabeza y, con un gesto de su mano, la invitó a hablar.

—Maestro, acudo a ti porque siento que no puedo cumplir mi cometido. No puedo ayudar a Aisha. —El tono de la guía no era tan fresco como en ella era habitual, aunque tampoco denotaba derrota.

—Llevas ayudándola desde que tomó cuerpo por primera vez, ¿qué ha cambiado? —Varilia bajó la mirada y se mordió el labio inferior antes de contestar.

—Supongo que ella.

—¿A qué te refieres?

—Cada vez presta menos atención a lo que Mikael, Adae o yo le sugerimos…

—Esa es una actitud habitual entre los encarnados. Precisamente tú estás acostumbrada a no ser escuchada.

—Sí, pero con ella todo es diferente…

—¿Quieres ser relevada? —preguntó astutamente el Anciano.

—No, bueno, no es exactamente eso.

—¿Entonces?

—Hace un tiempo que siento como si esta labor se escapara de mis capacidades.

—Explícate —El mayor de los Ancianos se estaba impacientando.

—Aisha ha llegado mucho más lejos que cualquiera de mis pupilados. Sé que es la condición de su alma y no mi guía la que tiene que ver con este desenlace. La bruja, por su parte, ha hecho una labor extraordinaria, bueno ella y todos los involucrados. Aisha se ha convertido en una mujer plena y consciente y eso me llena de gozo, pero... —El Anciano esperó apremiándola con la mirada, pero Varilia no continuó.

—Varilia, tu «pero» parece invalidar todo lo anteriormente expuesto y yo no estoy consiguiendo entenderte. ¿Para qué me has llamado?

—Maestro, desde poco después de que Aisha se reuniera con Ahóm percibo un fuerte pesar en su corazón. Ella procura ocultarlo a mi sentir y al de su maestra, pero ese tipo de dolor no se puede esconder a los que sabemos mirar.

—Ese dolor es normal. Por un lado está limitada por su cuerpo humano, por otro ha comprendido la magnitud del juego que nos ocupa y, por último, su otra parte, el Guardián de los Silencios, ha desaparecido.

—Sí, lo entiendo, pero presiento que hay algo más. Desde que ese dolor surgió prescinde demasiado a menudo de nuestro apoyo. Parece haber olvidado que es fundamental ocuparse de lo que pesa en el corazón, buscar su propia paz no le interesa, es como si se hubiera entregado a alguna clase de destino aciago.

—¿Qué estás diciendo? A Aisha no la espera ningún acaso terrible. Todos estamos involucrados para que pueda tener una buena vida y una buena muerte y para que, finalmente, pueda despertar por completo.

—Hay más, hace unos días la oí pedirle, una vez más, ayuda a Ahóm para encontrar al Guardián y sentí... es como si él no quisiera ayudarla con esto.

—¿Por qué no iba a querer ayudarla Ahóm? ¿De verdad crees que si él pudiera hacer algo no lo haría?

—Maestro no he venido aquí a acusar a nadie. Solo me pareció conveniente transmitirle mi sensación de incapacidad y... bueno... —Varilia volvió a callarse, como si temiera exponer sus pensamientos en voz alta.

—¿Y? Vamos Varilia, termina de una vez.

—Tal vez usted, que ya conocía a Ahóm... Pensé que tal vez podría comprender algo que a mí me estuviera pasando desapercibido. —El Anciano quedó pensativo durante un momento, después preguntó:

—¿Has hablado de esto con alguien más?

—Por supuesto que no, Maestro.

—Está bien. Tendré en cuenta tu preocupación. Ahora sigue junto a Aisha y apóyala tan bien como puedas y sepas.

Cuando Varilia se desvaneció, el mayor de los Ancianos se mantuvo en una actitud de tremenda quietud. Desde que el contrato que enlazaba las vidas de Ahóm y Aisha se había volatilizado y él se había percatado de su soberbio error, había apoyado incondicionalmente a la parte humana de la Guardiana y a todos sus aliados. En ningún momento había percibido nada que despertara su alerta interior. Sin embargo, era igual de cierto que, a aquellas alturas, no solo seguían sin saber quién había propiciado el secuestro de la Guardiana, sino que parecían haber olvidado que era fundamental descubrir quién o quiénes habían ideado un plan tan siniestro y para qué.

Después de meditar durante largo rato, sin hallar respuestas válidas, lanzó una llamada a Adae y esperó que esta estuviera sola y en disposición de atenderle.

⸺

Cada día, la parte humana de la Guardiana de las Palabras se sentaba junto a unas pocas decenas de niños de entre uno y tres años. Ocupaban la sala central de la gran pirámide, una de las más espaciosas. Estaba situada bajo tierra, justo en el epicentro de aquel coloso. Tenía el techo abovedado y paredes y suelos exquisitamente pulidos. Como los pequeños y algunos de los sacerdotes y sacerdotisas encargados de los mismos, se deslizaba por los pasadizos laberínticos y entraba en el aula a gatas, a través de una pequeña puertecita que permanecía cerrada durante sus clases. Una vez dentro de aquel núcleo, entre todos formaban un círculo y sentados sobre sus rodillas, entonaban distintos sonidos de completa armonía. Así, sumidos en la profundidad de las eufonías, los bebés iban convocando a sus propias almas. Suavemente se preparaban para ser la mejor manifestación de sí mismos. Primero recordaban la magia más sencilla, la primera y tal vez por ello la más olvidada o mal utilizada, la del sonido. Descubrían lo que cada tono era capaz de mover dentro de sí mismo y en su entorno.

Solo con vocales o monosílabos sencillos, podían desterrar la emoción desbordada, la ofuscación, el desasosiego o el miedo, como también podían atraerlos y aumentarlos si utilizaban los sonidos de forma incorrecta. Era precisamente gracias a la efectividad de los mismos, que lograban mantener a los bebés calmados e interesados durante horas.

A partir de los dos años de edad, comenzaban a experimentar con el verbo. Aprendían, primero sus propios nombres, así se llenaban de su identidad. Se convocaban a sí mismos, en sí mismos. Con la consciencia de su nombre, comenzaban a diferenciarse de los Durmientes, instaurando las memorias de sus almas en los cuerpos que habían decidido habitar en aquella travesía.

Después aprendían el apelativo concreto y único de cada cosa creada bajo el cielo y de cada realidad existente más allá del mismo. Aquella era una tarea que parecía idónea para la Guardiana de las Palabras. Fuera como fuera, se había convertido en uno de los mayores placeres en la vida de Aisha. Más allá de la repercusión que tenía en los hijos de los Durmientes, a ella le reportaba una profunda paz, una sensación sin igual de estar cerca de sí misma.

La bruja, que no siempre la acompañaba en aquella disciplina diaria, aprovechó uno de aquellos momentos, en que tanto la Guardiana como el resto de los Kumara estaban centrados en sus tareas, para acercarse a la solitaria orilla del lago y atender la llamada del Anciano.

En cuanto ella dio paso a su llamada, él manifestó sobre las aguas, una imagen incorpórea de sí mismo. Adae estaba extrañada, aunque su desconfianza en el Mayor de los Ancianos había desaparecido a medida que se desarrollaban los nuevos acontecimientos y se consolidaban las nuevas alianzas, no habían acercado demasiado sus posturas y nunca se habían reunido a solas. Cuando la imagen proyectada desde la cuarta dimensión se había estabilizado, la bruja preguntó:

—¿Me has llamado?

—Gracias por contestarme y gracias por hacerlo a solas —respondió el Anciano.

—¿Qué tramas?

—Deja de sospechar de mí, bruja. Vengo a pedir ayuda o tal vez solamente venga a exponerte mi turbación. Algunas veces, expresar lo que nos roba la paz termina mostrándonos cómo volver a hallarla. —Adae lo miró conteniendo su expresión de desconcierto y el leve sentimiento de desasosiego que estaba empezando a experimentar.

—Te escucho.

—Varilia me ha transmitido su preocupación y eso me ha hecho volver a replantearme la calidad de las variables que forman parte de este enigma.

—No sé de qué me estás hablando. Recuerda que no soy uno de tus pupilos y deja de divagar. —Aunque el Anciano se resintió ante el tono utilizado por la bruja y pensó que había cosas más difíciles de cambiar que otras, prosiguió procurando ser más conciso y más concreto.

—¿Confías en Ahóm?

—No confío en nadie, de nadie desconfío —contestó la bruja sin dar ninguna respuesta.

—Eso no quiere decir nada.

—Replantéame la pregunta y tal vez entonces obtengas lo que buscas.

—¿Crees que él podría hacer algo para encontrar al Guardián de los Silencios?

—No lo sé, ¿podría?

—Sigues sin contestarme.

—Más importante que la respuesta correcta es la pregunta adecuada.

—¿Ha cambiado Aisha desde que sus caminos se cruzaron?

—Sí, ha cambiado. Pero eso ya lo sabes. Esa era tu pretensión al entrelazar sus destinos. —El Anciano inhaló profundamente, e ignoró la provocación de la bruja.

—¿Pudo ser él quien iniciara la caída de los Guardianes? —Adae no contestó. Su mirada se perdió entrelazando todos los datos de los que disponía. ¿Era aquello posible? Observaba con toda la atención de que era capaz a Ahóm, cada vez que tenía oportunidad… Sabía con toda certeza que amaba a Aisha, pero a veces el amor dibuja extraños senderos para lograr la cercanía.

—¿Qué quieres que haga? —preguntó la bruja después de meditar en la pregunta del Anciano.

—Ojalá supiera si hay algo que podamos hacer… —Ambos se miraron a los ojos y el Anciano insistió—. Sigues sin contestarme.

—Eso es porque no tengo respuesta a tus preguntas.

55
La apuesta de la Mujer Murciélago

El Guardián permanecía sumido en una quietud forzada. El ambiente que lo rodeaba, le empujaba hacia un letargo que él se empeñaba en evitar. Con las fuerzas que conseguía rescatar del recuerdo de sí mismo, se aferraba a una cordura que se le escapaba entre nebulosas. Nada tenía sentido. Hacía demasiado que nada tenía sentido. Por mucho que lo intentaba no lograba ubicarse. Su voz se había apagado en gritos que no habían sido respondidos por ninguno de sus amigos. El dolor que se había abierto camino a través de su pecho estaba a punto de anegarlo todo. Y en medio de aquel disparate, la perpetua voz que se asemejaba a la de su amante, a la de su amada... Su petición de ayuda. Durante un instante le pareció sentirla cerca, pero fue solo un instante, diminuto, lleno de confusión. Casi pudo notar su añorada presencia, aunque estaba envuelta en gritos, envidias y sufrimiento... Cada cosa que pensaba, cada cosa que percibía, le parecía irreal, como si estuviera prisionero de una pesadilla de la que no podía despertarse. Intentaba refugiarse en su centro, el único lugar de entre todos los universos donde podría permanecer a salvo. Pero hasta allí lo seguía el susurro sibilino que le instaba a mirar imágenes que él no quería ver. A dar rienda suelta al veneno que lentamente le consumía por dentro. A lanzarse en una cruzada que carecía de inicio y que, lejos de buscar objetivos nobles, se alimentaba en la redundancia del dolor. Su dolor... el dolor de todos.

Aruma se resguardó en las sombras de la entrada de la cueva durante un largo momento. Necesitaba estar a solas. Tomar distancia de todo y evaluar con frialdad sus opciones. En el fondo esperaba la negativa de sus compañeros, pero eso no la había ayudado. Saber desde dónde decidían ellos no había amortiguado su desesperación. El tiempo sin tiempo transcurría sobre sí mismo en un bucle de interminable premura. Cuanto más analizaba el cúmulo de circunstancias que los mantenían allí, menos excusas hallaba para mantener una obediencia a las normas de aquellas dimensiones. Hacía mucho que ellos estaban por encima de aquellas extrañas dualidades y aquellos límites. Era cierto que su obligado descenso hasta allí, en cierta medida, les había contaminado. Pero era igual de cierto que debían acabar el cometido que les había arrojado tan abajo para así poder regresar... Si es que quedaba algún lugar, algún Hogar al que regresar.

En medio de su alocución mental se colaban rápidas e insistentes ráfagas que le mostraban la mirada oscura de Zur... su antiguo compañero.

En realidad, no tenía derecho a pedir el apoyo de sus aliados. Su plan era poco menos que una locura, pero sabía que no sería capaz de recuperar la paz si no intentaba todo aquello que estuviera a su alcance, incluso un poco más.

Con la decisión tomada, miró hacia el fondo de la cueva, hacia el lugar donde el alma de la Guardiana de las Palabras yacía y el Hombre Pájaro la velaba. Guardó aquella imagen en su mente y con un propósito claro se deslizó, casi invisible, rumbo a las puertas del Averno.

El Mago percibió el movimiento de la Mujer Murciélago. Aunque en la reunión que acababan de tener todos habían intuido la intención de Aruma, al menos en él había ganado la confianza, y esperaba que descartara la idea de penetrar todos los escalones del inframundo en busca del Guardián. Ahora sabía que su confianza había sido vana. Igual que sabía que tendría que tomar una decisión. La Mujer Murciélago era una baja que no quería asumir, aunque ir tras ella era un movimiento tan suicida como el que ella había iniciado.

Amún también había notado el vacío que Aruma había dejado al teletransportarse al infierno. El Hombre Pájaro había quedado al cuidado del alma de la Guardiana. Incumplir su promesa y dejarla desprotegida no era una opción a contemplar. Solo podía enviar toda su energía de protección y aumentar la fe que ya tenía en aquella guerrera.

Aruma se detuvo en las rocas parduzcas que delimitaban el final de la «Tierra de Nadie» y el principio del infierno. Desde allí ya se percibía el olor acre y la densidad de un cúmulo de emanaciones que generaban confusión y desidia. Hizo acopio de su energía, recordándose a sí misma cuál era su propósito. Se alineó, sintió su propio poder y se regaló un momento deleitándose en sentir la paz desde la que se originaba su fuerza. Fue un breve momento antes de atravesar las áridas puertas que la llevarían a la parte más oscura de los mundos.

Los primeros escalones estaban tan abarrotados como imaginaba. Allí, a diferencia de lo que sintió al encontrarse con Zur, no había poder, ni enfoque ninguno, ni siquiera dolor. Solo caos y un sufrimiento que se alimentaba de sí mismo. Lejos de dar miedo, lo que generaba aquel amasijo de mentes y almas atrapadas en su propia incoherencia, en sus huidas y en sus mentiras, era lástima. Pero allí nadie quería ayuda, al menos de momento. Y aunque alguno la hubiera querido, habría dado igual. La Mujer Murciélago no había descendido hasta allí por ellos. Además, ella sabía, como lo sabían todos sus compañeros, que no era importante quién diera los pasos necesarios hacia la reinstauración de la unidad perdida, era indiferente quién o quiénes fueran los que elevaran la frecuencia y la consciencia, pues fuese quien fuese la repercusión se vertía sobre los demás seres vivientes, como si de una cascada se tratase. Lo mismo sucedía cuando algún ser naufragaba en las trampas del ego, del miedo y de la apariencia de separación; cada vez que un alma caía, todos caían un poco. Así funcionaban las cosas en aquellos planos, como en una red en la que todos los seres vivos estaban interconectados.

Sin perder de vista su auténtico objetivo, Aruma descendió con cuidado, pero con toda la celeridad de la que fue capaz, hasta el séptimo escalón. A medida que profundizaba en el Averno, su energía se debilitaba y el peso del que carecía parecía lastrarla como una cadena que la impidiese avanzar. Le pareció escuchar la voz del Mago, como un susurro lejano. No sabía si era real o una ilusión. Fuese lo que fuese no se podía detener, no ahora que había llegado hasta allí. En aquel momento y en aquel lugar, cualquier duda podía ser fatal. Renovó su alineación intentando volver a sentir su fuerza y continuó… un escalón más.

Desde el portalón que separaba la laguna oscura, de las escaleras descendentes, el Mago la llamaba. Por como recibió de vuelta su propia llamada supo que la Mujer Murciélago había descendido demasiado y demasiado deprisa. Aruma no había estado nunca allí, ni siquiera sabía que, como todo, la profundización en el oscuro abismo requería de un proceso. Había que hacerlo lentamente, sus cuerpos sutiles necesitaban ir adaptándose a la degradación energética. Hasta el sexto escalón, todo parecía un escalado de extinción. Solo densidad y nebulosas que, en distintas formas, parecían poder acabar con el hálito esencial. Penetrar hasta allí deprisa podía provocar la degeneración de la propia energía. Podía abrir fugas, agujeros por los que miedos y dolores antiguos se reactivaran y sobre todo una profunda sensación de agotamiento e incapacidad que podían hacer olvidar el propósito que te había llevado hasta allí. Pero aún peor era lo que se podía encontrar más allá del séptimo umbral si, por su condición excepcional, lograba salir bien parada de este descenso. Era cierto, el Mago nunca había ido más allá, pero tampoco lo había necesitado para conocer algunas de las realidades que allí existían. Tenía que detener el descenso de Aruma de alguna forma. Acababa de amplificar su llamada cuando el Gran Dragón apareció a su lado.

—¡Estas Mujeres Murciélago! ¡Tan cabezotas! —expresó el Gran Dragón entre amistoso y enfadado. El Mago le miró sin saber qué decir.

—Es suficiente con la locura que ha emprendido Aruma, no voy a permitir que vayas tras ella solo —añadió el dragón.

—Para alcanzarla tendríamos que descender a la misma velocidad que lo ha hecho ella y es demasiado peligroso.

—¿Tenemos alguna otra opción? —El Mago pensó un instante antes de responder.

—No.

—Entonces deja de pensar y guíame.

56
Buscando piezas del gran puzle

Habían pasado semanas desde que la bruja recibiera la visita del Anciano. Ni aquel, ni ninguno de los días posteriores, había conseguido dilucidar una respuesta que pudiera tomar como verdad a las preguntas del maestro de guías.

Había intensificado el enfoque de su atención y desde ella había observado a Ahóm y a Aisha. Al contemplarlos cuando estaban juntos, solo percibía amor, un amor que sobrepasaba con mucho los sentimientos humanos. Un amor que irradiaba y contagiaba a todos los que ocupaban un lugar cerca de ellos. Cuando los contemplaba por separado, siempre los veía plenamente centrados en el compromiso que ambos habían adquirido. Ninguna fisura por la que pudiera entrar la distracción. Ninguna grieta que invitara a la suspicacia. Sin embargo... Adae sentía que algo no encajaba. Era algo sutil, como si faltara una pieza en el puzle que día a día se desplegaba frente a ella.

Lejos de rendirse o de tomar lo evidente como única verdad, con cuidado de no abrir las puertas a la desconfianza, la bruja, una vez más, aprovechó las horas que la Guardiana pasaba con los niños en la escuela y se encerró en la Sala Secreta. Sola, se recogió en una profunda quietud. Acalló cualquier sonido mental, cualquier pregunta, cualquier anhelo, cualquier forma de duda y se permitió sentir. Apoyándose en el silencio externo e interno, llevó su atención a su entrecejo y concentró en él su energía. Sintió como los restos de lo exterior desaparecían, entonces se dejó caer hacia dentro, hacia su corazón. Durante un instante, estuvo tentada de olvidar su propósito para, permanecer allí, en aquel rincón luminoso que era simiente de su alma y sostén del cuerpo que esta habitaba. Pero fue solo un instante, si se había encerrado allí era con un objetivo claro y no iba a olvidarse de él.

Así, limpia de pensamientos, lejos de cualquier tipo de elucubración o contagio externo, simplemente sintió. Y su sentir le dijo que Ahóm podía ayudar a la Guardiana de las Palabras a encontrar al Guardián de los Silencios. Con aquella certeza aún latente en el centro de su pecho, abrió los ojos e inhaló profundamente. Fue en aquel preciso instante cuando supo que Aruma corría un grave peligro. Sacudió la cabeza confusa. Apenas habían pasado horas en aquel mundo limitado, desde la última vez que había percibido a la Mujer Murciélago. ¿Qué había despertado su alarma interna? Tenía segundos para decidir qué era lo urgente. Breves segundos en los que, muy por encima de los vínculos y la emoción, tenía que priorizar lo importante. Aruma, alma antigua, sabría cuidar de sí misma. Aunque interiormente sabía que aquella alerta no era vana, también sabía que no era su cometido ocuparse de lo que estuviera sucediendo más allá del cielo que recubría, celeste y hermoso, la Tierra de las Almas Perdidas. Adae tomó una decisión, tal vez después pudiera, de alguna manera, ayudar a Aruma. Y así, sin perder ni un ápice de la calma que aquel recogimiento le había reforzado, llamó a Mikael.

El arcángel no tardó en posarse, tan solemne como sutil, frente a ella.

—Mikael, necesito la ayuda de tus conocimientos.

—Te asistiré en todo lo que me permita mi condición.

—Conoces en profundidad a los Oscuros. Tu andadura te facilita descubrir su naturaleza aun cuando están camuflados.

—Así es…

—¿Podría estar Ahóm participando de alguna forma con ellos?

El habitual hieratismo de Mikael se vio roto ante el interrogante de la bruja.

—Sabes que cualquiera, en cualquier momento, puede aliarse con la oscuridad. Ninguno de nosotros está libre de caer prisionero del olvido, de la ignorancia que devasta la consciencia. —Como ella misma hiciera con el Anciano, el arcángel estaba evadiendo responder sus preguntas. A ninguno de ellos les gustaba acusar, y menos sin una base totalmente fundamentada. Siendo consciente de esta tendencia, Adae replanteó su diálogo.

—No es mi intención acusar a Ahóm, y mucho menos que tú lo acuses Mikael. Solo necesito comprender algunos pequeños detalles que he comenzado a considerar importantes para el buen desenlace de la misión que estamos desempeñando. —El arcángel la observó con interés—. Aquí el tiempo pasa demasiado despacio y el corazón de Aisha no logra reponerse de la pena y la preocupación desde que el Guardián de los Silencios desapareció. Ninguno estamos consiguiendo ningún avance en nuestra intención de ayudarla. Por otra parte, seguimos sin saber quién inició toda esta locura… el secuestro de la Guardiana… Pero ese es otro tema —añadió la bruja como si retomara una conversación que había estado a punto de desviar—. Mikael, sé hasta qué punto son hábiles los Oscuros en el arte del camuflaje. Lo que desconozco, por un lado, es si podrían hacerse pasar por un ser tan comprometido como Ahóm. Y por otro, si este podría ayudar de alguna manera a rescatar al Guardián si es que está, tal y como tememos, perdido en algún profundo rincón del Averno. —El arcángel esperó a que la bruja terminara de hablar antes de intervenir.

—Adae, te conozco desde antes de que tú misma te reconocieras y te reencontraras, desde mucho antes de que este compromiso se iniciara, y me consta que no tiendes a intranquilizarte en vano, pero no tengo la respuesta que buscas. Mi experiencia me dice que Ahóm no se está camuflando, pero es esa misma experiencia la que me recuerda que no lo he visto todo. Si está o no capacitado para acceder al rincón donde se halle en este momento el alma del Guardián, solo él lo sabe. Aunque no puedo darte respuestas, si este es tu deseo redoblaré la protección que ya mantengo sobre Aisha.

—Agradezco tu oferta, pero lo que en realidad necesito…

Mikael interrumpió a la bruja.

—Lo que buscas son garantías. Y sabes perfectamente que las garantías no existen, ni en este, ni en ningún otro plano. —Adae bajó la mirada hacia el suelo frio y pulido de la sala. Sí, era cierto, de alguna manera estaba buscando garantías. Y sí, era igualmente cierto que sabía que no existían. Decidiera lo que decidiera, más allá de su propia certeza, no tendría ningún otro soporte. Elevó de nuevo su rostro, con una sonrisa entre triste y sarcástica dibujada en él. Miró los ojos de Mikael, unos ojos oscuros donde se podía vislumbrar gran parte del Universo y, dándole una vez más las gracias, se despidió.

Había permanecido más tiempo del que había calculado en la Sala Secreta. Cuando Adae salió faltaba poco para el ritual del ocaso. La inmensa mayoría de los Sacerdotes y Sacerdotisas se encaminaban a ritmo lento hacia el lago, muchos de ellos iban acompañados de sus jovencísimos pupilos. La bruja oteó entre las decenas de personas que caminaban formando pequeños ríos. Algunos portaban inciensos, otros llevaban algunas frutas, otros flores, otros, los más mayores de entre los niños, pebeteros con llamas doradas moviéndose en su interior. Había olvidado que hoy iban a iniciar un ciclo de formación en rituales. Todos los Kumara sabían que, en algún momento, se marcharían de allí. Estaban absolutamente implicados en la ayuda que estaban prestando a los Sin Nombre. Podían estimularles a recordar, restablecer parte de su consciencia, enseñarles actitudes sanas que les mantuvieran centrados y enteros, pero no podían despertar por ellos. Ni podían dejar de andar sus propios caminos a la espera de que todos los Durmientes restituyesen su propia separación de sí mismos, hasta que todos y cada uno de ellos se rescatasen de su propio olvido. Era igualmente cierto que, mientras una sola parte de ellos, ya fuera un Durmiente, un Oscuro o cualquier otra entidad, se mantuviera perdida, ajena al uno inicial donde reinaba el amor y no había espacio para el sufrimiento y el miedo, todos los demás tendrían que esperar… Era por estos motivos que, poco a poco iban incrementando los conocimientos que servirían de sostenimiento y nutrición de la siembra que con tanto empeño estaban haciendo. Sí, Adae había olvidado que hoy comenzaban a enseñar rituales que, más tarde, cuando ellos ya no estuvieran físicamente allí, podrían ser compartidos con los que sobrevivían fuera de los muros protegidos de las escuelas. Ella había sido designada para enseñar algunos ritos destinados a activar la consciencia del agradecimiento. Uno de los problemas de los Sin Nombre y de su denso olvido era que desperdiciaban lo que tenían, lo que la vida les ofrecía y lo que eran, excusándose en meras fantasías de lo que podían llegar a tener o a ser. A base de pedir, de fantasear y de despreciar la realidad plena y abundante de la que sí podían disponer, terminaban incrementando su frustración y su desesperanza. Fue por eso por lo que algunos de los Kumara propusieron dar inicio a aquella nueva enseñanza con rituales sencillos que les ayudaran a tomar consciencia de lo que sí llenaba sus vidas. Y fue también por la clara necesidad que los Sin

Nombre tenían de recuperar este conocimiento y la belleza que implicaba, que la bruja había accedido a ser la maestra de ceremonias de los mismos.

Adae tenía que cumplir su compromiso con los Kumara y, por ende, con aquellas almitas que se esforzaban en reencontrar el camino de vuelta al origen. Por eso, aplazó su búsqueda de Ahóm y su creciente preocupación por Aruma y se encaminó hacia el lago.

57
En las profundidades del infierno

El Mago se arrebujó bajo su capa negra. Desde que había atravesado las puertas del abismo sentía una peculiar efervescencia en su sangre que parecía aumentar su propio poder. Dirigió sus manos al frente y, completamente enfocado, lanzó una serie de haces blanquiazulados que, emergiendo desde la punta de sus dedos índices, formaron un pasillo casi invisible por el que podrían descender más o menos protegidos.

El Gran Dragón le siguió de cerca en aquella inmersión. Si bien se había enfrentado a Oscuros de distinto rango en múltiples ocasiones, nunca había navegado los espacios del Averno. No era una experiencia que hubiera querido sumar a las que había acumulado en su larga existencia, pero lo que hubiera preferido no era importante. Sabía que su aliada, en su osadía, había decidido dar aquel paso y no la iba a dejar sola. Ni siquiera importaba si era una locura o no. Ni importaba si Aruma lo había hecho solo para encontrar al Guardián o para intentar un nuevo acercamiento a su antiguo compañero. Lo único que importaba en aquel momento era no perder la concentración, sustentarse en su propio centro e impedir que la densidad y el miedo que se respiraba en aquel espacio infinito, le contaminara a ningún nivel. Confiaba en el Mago. Desde que se había cruzado en sus caminos había demostrado ser un alma capaz, coherente, valiente, sabia y leal. Ahora, al ver el valor desde el que se había lanzado en busca de la Mujer Murciélago, sintió un profundo respeto hacia él.

Su descenso frenó de golpe. Si bien el Mago había enfocado aquellos haces protectores para que les llevaran hasta dónde se encontrara Aruma, algo externo, algo invisible y contundente, había segado el túnel y había detenido su camino. Ellos dos tardaron unos minutos, del inexistente tiempo, en adaptarse mínimamente a aquel lúgubre lugar. Apenas podían ver y ambos se sentían vapuleados y débiles. Allí no parecía existir vida, exceptuando las suyas. Solo un vacío espeso que quería calarse hasta sus corazones. Ninguno se decidía a moverse. Antes de hacerlo necesitaban reubicarse. La prisa les azuzaba, pero un paso dado en el momento inadecuado podía ser fatal.

Cuando el Mago se sintió mínimamente seguro, miró a su compañero. Aunque la luz que emanaba habitualmente se mostraba negruzca y amortiguada, parecía estar bien. Hizo acopio de todas las fuerzas de las que disponía para reforzar la protección de ambos y, desde el fondo de su mente, lanzó una llamada que esperaba que solo Aruma pudiera escuchar. Sabía que estaba cerca. Esta vez su llamada no le vino devuelta como si de un boomerang se tratara. Volvió a llamarla, esta vez tiñó de un suave color morado las palabras, que brotaron desde su entrecejo y se movieron por el aire en busca de la Mujer Murciélago. Despacio y sin bajar la guardia, el Mago y el Gran Dragón siguieron el rastro de aquellas palabras flotantes.

Un trecho más adelante el camino pedregoso y pinchudo terminaba. Allí la llamada del Mago encontraba a Aruma. Había un precipicio cuyo final quedaba lejano e invisible, y frente a ellos, como flotando en el inexistente aire, sobre una roca granate, yacía la Mujer Murciélago. Sabían que no estaba muerta. El descenso había dilapidado sus energías y ahora reposaba inconsciente. Pero ninguno de ellos podía llegar hasta ella. Si intentaban saltar o acceder a aquel pedrusco, de alguna forma, una fuerza inmaterial les frenaba y les devolvía al mismo lugar. Tampoco consiguieron, al aunar sus fuerzas, atraer la roca o el cuerpo de Aruma hasta ellos. Fue entonces, mientras ambos calibraban sus opciones, cuando al Gran Dragón le pareció distinguir algo al fondo de aquel despeñadero eterno. Fue un sutil destello, apenas llegó a verlo, más bien lo presintió, pero reconocería aquella emanación en cualquier lugar. El Gran Dragón supo que el Guardián de los Silencios también estaba allí. Y si bien estaban, aparentemente, impedidos de cualquier acción, al menos ahora sabían dónde estaba el Guardián. Aruma lo había conseguido.

El Gran Dragón le estaba comunicando su descubrimiento al Mago cuando aquel espacio vacío comenzó a llenarse de presencias incorpóreas. Ninguno de ellos necesitaba ver con sus ojos lo que su percepción aguda y entrenada les narraba. Habían sido descubiertos, los tres. Y como si de un pequeño enjambre se tratara, los demonios del lugar comenzaban a rodearlos. Solo uno se hizo visible, Zur, el antiguo Hombre Murciélago. Portando sus ropajes oscuros, su mirada negra y antigua y sus grandes alas, apareció justo en la roca en la que yacía Aruma. Con un gesto de su mano, elevó el cuerpo inconsciente de la Mujer Murciélago. Y mirando a los dos seres que habían descendido hasta allí para ayudarla, gritó. Fue un grito que contenía en sí toda la rabia y todo el dolor que había consumido desde antaño su corazón.

—No deberías haber venido —expresó con una furia gélida.

En aquel momento comenzaron a oírse susurros, sonidos disonantes que parecían colarse en sus sienes intentando aturdirlos. Venían de todas partes, se movían y pasaban de los tonos graves a los agudos de forma tan desarmónica como efectiva. Intentaban hacerles perder la calma. Era una danza de horrores, una batalla siniestra donde tenían muy pocas posibilidades de vencer. Ambos sabían que lo fundamental era mantener su quietud interior. No ceder a la confusión y el desasosiego que se cernía alrededor de ellos. No temer. No temer. No temer. Un deseo fugaz cruzó la mente del Mago, ojalá Aruma no llegara a ver lo que estaba sucediendo, lo que podía llegar a suceder. Fue en aquel mismo instante cuando Zur acercó sus labios a los de ella y con una única exhalación, devolvió el aliento al cuerpo inconsciente de su antigua compañera. Ella abrió los ojos de repente y se encontró, entre sorprendida y confusa, con él. Emitió un susurro dulce que intentaba encontrar al que antaño fuera «Zur…». Y el silencio volvió de forma tan repentina como había desaparecido.

De entre todas las entidades que allí permanecían, una de ellas intensificó su presencia. Una sombra tan grande como el Gran Dragón, que emanaba una oscuridad insondable. En su cabeza se distinguían un par de cuernos grandes y retorcidos y al desplazarse parecía sostenerse sobre una gruesa cola. Giraba en el aire alrededor de la piedra en la que permanecían Zur y Aruma, calibrando la escena.

—¿Qué piensas hacer con tu amiga, Zur? ¿Acaso vio alguna debilidad en ti que la hiciera creer que tenía una posibilidad viniendo hasta aquí? —La voz que emergió de aquella sombra se asemejaba a los truenos, era tan lóbrega como todo lo demás.

—Mis debilidades se extinguieron cuando murió mi corazón —respondió el antiguo Hombre Murciélago mientras mantenía a Aruma suspendida en el aire.

—¿Qué esperas entonces? Acaba con ella.

El Gran Dragón expulsó la mayor llamarada que jamás hubiera salido de su interior. Pero no sirvió de nada. Todo aquel fuego se desvaneció frente a él, con la misma rapidez con la que él lo había lanzado. Nunca antes se había sentido tan impotente. La frustración era una de las armas más eficaces de los Oscuros. Ni podía sucumbir a su furia, ni podía dejarse arrastrar por aquella sensación de incapacidad. Buscó la mirada del Mago y pudo escuchar un mensaje en su mente. El Mago no había perdido todas sus capacidades y se estaba comunicando con él telepáticamente. «Céntrate en Aruma. Va a necesitar todas nuestras fuerzas». El Gran Dragón era consciente de que en aquella situación, de entrada, lo tenían todo perdido. Nada a lo que aferrarse, excepto a la fe en ellos mismos y en el propósito que los había llevado hasta allí. Los Oscuros sabían que la mejor opción, el camino más sencillo hasta la victoria, era hacer pensar a sus contrincantes que estaban derrotados. Ese había sido su juego. Aquel era su territorio, aquellas eran sus reglas. Pero ni el Gran Dragón ni el Mago se darían por vencidos mientras les quedara un mínimo aliento de vida. Aquella fe y el profundo deseo de restablecer el orden que nunca debió ser quebrado, comenzó a abrir un camino de poder en el interior del gran Dragón. Era la esencia de su alma que se removía con un vigor renovado. Si era allí y entonces donde iba a vivir su último hálito, lo haría desde el valor, por él y por todos los que sí estaban dispuestos a dar los pasos necesarios en el camino de retorno al Hogar. Así, comenzó a condensar todo el fuego que era capaz de crear en el centro de su pecho.

El Mago, por su lado, escudriñaba velozmente la escena en busca de puntos débiles. La extinción de su alma no le asustaba. Sabía que todo podía cambiar o acabar en cualquier momento, estaba preparado para ello. Y era aquella consciencia de la existencia de los finales la que le ayudaba a mantener inamovible su paz interior. Por otra parte, había comenzado a darse cuenta de que su sangre, desde que había sido mezclada con la de Zur, le confería una capacidad nueva de ser quien era también dentro del Averno. Una vez que se había adaptado a aquella Oscuridad, había descubierto que la baja frecuencia de aquel lugar no le afectaba como le había afectado en sus otras incursiones. En esta ocasión podía, con atención y cuidado, mantener la calidez de su corazón y la pureza de sus dones sin sentirse confuso o arrastrado por la energía imperante del infierno. Sabía que aquella nueva condición era tan buena como peligrosa. Todo gran don entraña una gran responsabilidad y un gran riesgo. Aún no sabía cuál era el precio que debería pagar por él, pero sí sabía que si disponía de aquella nueva gracia era su deber usarla y hacerlo de la forma más impecable de la que fuera capaz.

Mientras discernía e intentaba ubicarse dentro del cambio que su mestizaje le había otorgado, se mantenía inmóvil. Podía hablar mentalmente con el Dragón y podía intuir sus movimientos. También podía sentir el desgarro que se abría en el pecho de Zur. Aquel dolor que arrasaba reiterativo la consciencia del antiguo Hombre Murciélago era peligroso, mucho. La abrumadora insistencia de aquella sombra que parecía controlarlo todo no ayudaba. Impelido por ella o por su necesidad de vaciarse de furias pretéritas, Zur elevó totalmente su brazo. Aruma se elevó al unísono. No parecía tener ningún dominio sobre sí misma. Solo había vida en sus ojos, su cuerpo se movía como si fuera un montón de trapos inertes. Tal vez por eso, no apartaba su mirada de los negros ojos de su antiguo compañero. Lo miraba buscando al que fue, al que en algún lugar debía seguir siendo. Aruma no lo hallaba, buscaba con más fe que deseo, buscaba con tanta intensidad que ni siquiera parecía estar dándose cuenta de lo que estaba sucediendo, de lo que estaba a punto de suceder. Y era aquella misma fe la que la mantenía a salvo de ser atravesada por el terror. Zur volvió a gritar y aquel grito lanzó a la Mujer Murciélago contra una pared de roca. Antes de que cayera al abismo, Zur la volvió a elevar moviendo una de sus manos. Siguió gritando, siguió lanzándola, siguió elevándola, lo hizo una y otra vez… Por las mejillas de Aruma resbalaban lágrimas. Los mismos golpes habían anestesiado el dolor de su cuerpo, hacía rato que sentía su energía extinta, pero aún había un foco de calor en su corazón. Y era desde él que lloraba. Antes de aquello solo había llorado una vez. Solo el día que su mundo se extinguió. Y como aquella vez, se negaba a apartar la vista, se negaba a rendirse, se negaba a permitir que su fe le fuera arrebatada. A su alrededor oía risas, sonidos esperpénticos que la lastimaban incluso más que las rocas. Pero era también de su alrededor de donde le llegaba un ánimo que le resultaba conocido y reconfortante. Ella no había visto que el Mago y el Gran Dragón habían llegado hasta allí buscándola, sin embargo, su intuición le aseguraba que estaban cerca.

El Mago estaba encontrado una forma, había detectado una mínima fisura de luz, centrándose en ella podría equilibrar las energías, podría recuperar la movilidad para el dragón y para él. Pero tenía que hacerlo en el momento adecuado. Y antes de hacerlo tenía que pensar qué hacer una vez que hubieran recuperado el cuerpo de su aliada. Si permanecer allí era complicado, salir de allí no lo iba a ser menos.

Los golpes continuaron. Zur la elevaba, la atraía hacia sí y la volvía a lanzar. Mientras lo hacía, cada vez que ella conseguía clavar su mirada en la de él, su furia crecía. ¡Era ella la que había bajado hasta allí! ¡Ella la que había cruzado los límites que jamás se deberían cruzar! ¡Ella la que había reavivado sus recuerdos, las memorias que con tanto empeño y a tan alto precio se había esmerado en desvanecer! ¡Era culpa suya! Alimentado de sus propios pensamientos, empoderado en sus justificaciones, repetía el lanzamiento de la Mujer Murciélago una y otra vez. Con cada golpe la lastimaba, la hería, la fracturaba… Pero su mirada se mantenía imperturbable. Su mirada se cernía impasible sobre él, en busca de él mismo. Las sombras le jaleaban. Había gritos, había ira, había odio y sobre todo había dolor, un dolor que hacía demasiado se había convertido en sufrimiento. Zur quería romperla, quería extinguirla hasta acabar con su recuerdo, necesitaba acabar con aquello. Acercó una vez más a Aruma hasta sí, esta vez lo hizo despacio. Esta vez sostuvo su mirada, esta vez fue él el que utilizando únicamente sus ojos, penetró lo que quedaba de la Mujer Murciélago, hasta el rincón más profundo. El cuerpo de ella comenzó a retorcerse, su piel comenzó a teñirse de un apagado tono gris. A medida que él entraba en ella, Aruma era contagiada por todo el horror que llena-

ba el pecho de Zur. Él no se detuvo, continuó, más adentro, más…
Aruma luchaba por asirse al último rincón, al último pedazo de
amor que alumbraba su corazón. Zur la siguió hasta allí. Un nuevo
susurro, un último susurro: «Zur…». Y al unísono, un nuevo grito,
un último grito: «Aaaarrrgggghhhh».

58
La noche más oscura

Adae se despertó sobresaltada. Por primera vez en su vida sintió miedo. Sintió miedo y, al mismo tiempo, sintió amor. Y en medio de aquel amasijo de sensaciones que la habían arrancado del sueño, vio unos ojos, unos ojos oscuros y antiguos. Sin poder contenerse, lloró. Aruma había muerto. No había logrado contactar con ella desde que había sentido que estaba en peligro, y ahora la Mujer Murciélago había muerto.

Tardó varios minutos en calmarse. Primero recuperó la profundidad y el sosiego de su respiración, después acalló su emoción, secó sus lágrimas y salió de su habitación. Sabía que Aisha, como ella, lo había percibido. Pero no era en busca de la Guardiana donde la llevaban sus pasos. Con el peso que la reciente pérdida imprimía en su pecho y el cansancio que genera la incomprensión de los sucesos, se encaminó hacia la alcoba de Ahóm.

Aún se cernía la oscuridad nocturna sobre el cielo del planeta de las almas perdidas, cuando la bruja llegó. En la puerta aguardaba su pupila. No esperaba menos de ella. Intentar ocultarle algo era absurdo. Tampoco es que lo pretendiera. Así sería mejor para todos. Lo que tenía que preguntarle a Ahóm requería respuestas. Nada podría justificar ya, más dilación. Y cualesquiera que fueran las respuestas, la Guardiana debía conocerlas, si es que no las conocía ya.

—Vida plena —saludó la bruja.

—Maestra… Aruma ha muerto. —La tristeza rebosaba los ojos de Aisha. —Nuestra aliada ha muerto y su asesinato ha despertado memorias de mis compartires con ella. Recuerdos de otro tiempo, de otro lugar, de ese al que llamábamos Hogar. —Adae tuvo que posponer su interrogatorio a Ahóm una vez más. Interrumpir ahora a Aisha, no era una opción a contemplar—. Imágenes que hasta ahora habían permanecido ensombrecidas e inalcanzables para mí. Y ahora que realmente sé quién era y todo lo que me unía a ella… Aruma no está. ¿Acaso es necesario vivir un dolor como el que siento ahora para recordar? —Adae dudó antes de intervenir, fue el silencio de su pupila lo que la decidió a hablar.

—No lo sé, ¿era necesario? —contestó con una ironía contenida.

—¿Maestra…? —susurró desubicada por el tono de la bruja.

—Han sido muchos los apoyos de los que has dispuesto. Y múltiples las opciones que se te han ofrecido para que recordases, para que reinstaurases las memorias de tu alma, para que ayudaras a los que te estaban ayudando… Tal vez haya sido tu testarudez al no coger ninguna de esas oportunidades la que haya marcado el desarrollo de los acontecimientos, o tal vez sea, simplemente, que era así como tenía que ser.

—¿Me estás culpando de algo? —preguntó Aisha aún más sorprendida.

—¡Jamás! Sé que no existen culpables. Como sé que existen responsables. —Algunas lágrimas cálidas y silentes, resbalaron desde los ojos de la Guardiana.

—Es cierto que no he compartido toda la información que me ha sido mostrada contigo y con los demás… Solo pretendía cumplir el compromiso que necesité adquirir al descubrir lo que mantenía a los Durmientes en el olvido. Facilitar vuestra tarea, ayudar a restablecer la unidad perdida. Maestra… tú y los demás estáis haciendo mucho por mí, por nosotros. Y, a pesar de lo que acaba de suceder, tengo la certeza de que mi decisión de omitir algunos detalles ha sido la correcta.

—¿Podríamos haber evitado el final de la Mujer Murciélago?

—La respuesta es no, pero no es esa la pregunta que te ha traído hasta aquí —contestó Aisha recuperando su habitual entereza.

Adae escudriñó a su pupila. Los últimos días todo se había acelerado y, a pesar de la urgencia que la instaba a hablar con Ahóm y el mal presentimiento que había tenido respecto a Aruma, no había podido ocuparse de ninguna de las dos cosas. La serenidad de Aisha, en aquel momento, le hacía intuir que los logros que tan rápidamente estaban alcanzando con los Sin Nombre le hacían sentir a la Guardiana que todo había merecido la pena. Mientras observaba, podía ver a Varilia que permanecía junto a Aisha. Aunque no se había expresado desde que ella había llegado, su consternación era más que evidente. La bruja inhaló con profundidad. En sus antiguas existencias se había convertido en una experta en la contención de sus emociones, aunque esa no siempre era la opción correcta, a menudo la había ayudado a hacerse cargo de lo importante, incluso de lo urgente, sin perderse en dolores y emociones. Ahora estaba conteniendo, disimulando, la profunda pena que la muerte de Aruma la hacía sentir y el enfado que bullía en su vientre. Al exhalar, en un breve y efectivo movimiento, soltó su mandíbula y sus hombros. Aisha esperaba que la bruja pronunciara la pregunta, pero no era de ella de la que buscaba respuestas ahora.

—Sabes que no es a ti a la que he venido a buscar.

—Nada te podrá decir Ahóm, que no te pueda decir yo.

—Probablemente sea cierto, pero ahora, después de haberte criado, después de haber cuidado de tu alma exánime, tras haber apoyado cada una de tus decisiones mientras grandes seres se enrolaban en compromisos que no les correspondían, no son tus palabras las que busco. No te voy a impedir que me acompañes, pero espero que no intentes impedirme hablar con él.

—Maestra, nos queda poco tiempo.

Aquella frase confundió a Adae. ¿Qué quería decir Aisha? ¿A quiénes les quedaba poco tiempo? No osaba pensar que la Guardiana la estuviera engañando, pero podía ser solo otra táctica dilatoria… No, ella nunca usaba estratagemas, el uso impecable del verbo requería de la más limpia honestidad.

—¿A quiénes? ¿A quiénes os queda poco tiempo?

—A mí, a casi todos nosotros. —La bruja pudo observar la alteración en la energía de Varilia, sin embargo, no hubo ni un leve temblor en la de Aisha.

—¿De qué estás hablando Aisha?

—Muy pronto, nuestra labor aquí estará terminada. Todo está yendo tal y como deseábamos. La mayoría de los bebés que comenzamos a educar hace unos años, ya han cumplido los diecisiete, en breve serán ellos los que se ocupen de continuar reinstaurando las memorias de los nuevos niños. Serán ellos los que comiencen a mezclarse con los Durmientes que aún viven fuera de estos muros y les recuerden, desde el ejemplo, lo que nunca debieron olvidar. —Si bien antes Adae no había percibido nada inusual en la Guardiana, mientras hablaba era evidente el cambio de color en su aura y la fluctuación de la misma. O bien estaba mintiendo, o estaba ocultando información una vez más. La bruja la interrumpió.

—Sabes bien que nada de lo que me estás diciendo es de mi interés. Si acepté ayudarte no fue por un compromiso con los Sin Nombre, ni con los Kumara, si no con tu otra parte. Con el Guardián de los Silencios. Con ese que parece importarme más a mí que a ti. —Aisha contuvo sus lágrimas y su respiración al oír estas palabras. Aunque sabía que aquel momento era difícil de evitar, habría preferido que no llegara a darse. Amaba a Adae, la respetaba profundamente y nunca quiso ocultarle información alguna, pero había cosas que aún tenían que suceder, sucesos que Ahóm y ella intentaban evitar, que...

—Nunca trabaría tu libertad —expresó finalmente. En aquel instante Ahóm apareció tan absoluto como resplandeciente en la puerta de su alcoba. Miró con ternura a Aisha. Aunque ella se esmeraba en disimularlo, su dolor era evidente para quien supiera mirar. Se situó junto a ella y le acarició con suavidad la cabeza. Solo entonces se dirigió a la bruja.

—Pasa Adae, siempre eres bienvenida. —Los tres caminaron silenciosos hasta el interior de la habitación.

59
Elecciones imposibles

Una milésima de segundo, una única milésima de segundo. El Mago habría necesitado únicamente una milésima de segundo más. En el mismo instante en que consiguió que la luz rompiera la oscuridad de aquel lugar, su aliada caía inerte en el peñasco granate. Sin tiempo para pensar, recuperada su movilidad, el Gran Dragón se lanzó hacia la roca donde Aruma yacía muerta. El Mago comenzó a hacer movimientos circulares con los brazos elevados. Con contundencia y seguridad, repetía palabras de poder que lograban ralentizar el movimiento de casi todos los Oscuros, ahora visibles, que habían disfrutado del espectáculo. Sin embargo, su poder no era suficiente. La sombra, parecía inmune a sus hechizos. Sin perder la concentración, sin dejar de buscar rápidamente la mejor opción para salir de allí, pudo ver cómo el pecho de Zur se inflamaba en un brillante color púrpura.

El Gran Dragón le había arrancado a Aruma de los brazos y se había lanzado en un vuelo desesperado hacia el fondo del abismo. La sombra se erguía frente al Mago amenazadora. Debía permanecer allí el tiempo suficiente para que el gran Dragón pudiera escapar.

Por primera vez la sombra tomó forma. Suspendido en el aire, con el rostro demasiado cerca de su cara, le encaraba un ser de dimensiones descomunales. A aquella distancia solo podía ver sus terribles ojos rojos y unos grandes orificios de lo que debería ser una nariz. Eso y una fea cicatriz que le cruzaba de lado a lado el rostro.

—Tienes valor —dijo aquel engendro mientras olisqueaba al Mago—. Tal vez decida adiestrarte, como hice con Zur. —El Mago, ante la cercanía de aquel ser, unas diez veces mayor que él, perdía fuerza. Su concentración flaqueaba. Necesitaba aguantar un poco más—. O tal vez acabe contigo ahora mismo.

El monstruo se alejó un poco, lo suficiente para que el Mago alzara una de sus manos y lanzara un hechizo de destierro. Uno de los hechizos más poderosos que conocía, totalmente inútil contra aquel demonio. De lo más profundo de las tripas de aquel ser surgió una estruendosa carcajada. El Mago volvía a estar inmovilizado. La sombra había recobrado el control de la situación. Sin dejar de ser visible, inhaló profundamente bajando levemente el mentón. Su aspecto era realmente siniestro. El Mago supo que no podía hacer nada más. Su existencia, sus múltiples existencias, pasaron en rápida secuencia por su mente y sintió un profundo y repentino gozo. Si era en aquel instante cuando todo debía acabar, que así fuera, él estaba plenamente satisfecho. Y fue esa íntima satisfacción la que renovó una vez más sus energías. El Mago también grito, fue un grito interno, primigenio, cardinal. Un grito que le impulsó contra su contrincante mientras este se abalanzaba contra él. Antes de que el inminente choque de potestades se diera, Zur tiró del Mago hacia abajo, empujándolo al mismo descenso que había engullido al Gran Dragón.

Presión, velocidad, angustia, oscuridad, incluso incomprensión fue todo lo que sintió el Mago mientras caía, antes de que el mismo Zur frenara su vuelo, justo a tiempo de posarse en un lóbrego suelo. Cerca de donde ellos habían aterrizado, permanecían tendidos Aruma y el gran Dragón. El Mago, aunque fuera imposible, sintió ganas de vomitar. Respiró despacio y de forma superficial, intentado acostumbrarse al nuevo lugar. Y volviendo a dominar la movilidad de su cuerpo, se acercó a sus compañeros. A su espalda oyó la voz de Zur, tenía un tono quebrado totalmente nuevo en él.

—No te preocupes por él. Se recuperará. Solo ha sido el descenso. Está bien. —El Mago se giró en la dirección de la voz. Mantenía su boca cerrada, llena de palabras que era mejor no expresar. Miró a Zur con una mezcla de rabia y pena y al mirarlo ganó la pena, la pena y la opción del silencio. Volvió a girarse hacia el gran Dragón, tocó con sus dos manos las escamas y sintió la vida latiendo en su interior. El Hombre Murciélago volvió a hablar.

—Tenéis que daros prisa. Vendrán a por vosotros. Si habéis llegado hasta aquí, la única salida que encontraréis está al final del infierno. Tenéis que seguir descendiendo un poco más. Aquí no hay centinelas, pero os buscarán. Casi nadie llega tan abajo, por eso casi nadie sabe que… al final solo existe luz, al final te puedes reencontrar con la luz. Como en un círculo perfecto…

—¿Qué harás tú? —preguntó el Mago.

—Intentaré que no os busquen aquí. Intentaré que crean que te he matado. Haré lo que he aprendido a hacer tan bien, mentir, distraer, retrasar...

—Ven con nosotros —le invitó el Mago mirando de reojo el cuerpo exánime de Aruma.

—Hay un lugar para cada cual y este es el mío. No merezco...

—Tú mismo lo acabas de decir, un círculo perfecto, al final te puedes reencontrar con la luz. Todo lo demás no importa. —Los ojos de Zur eran más negros y profundos que nunca y desde el fondo agradeció que el Mago le estuviera mirando. Él siempre se había empeñado en buscar los rescoldos de lo que un día fuera y ahora, a pesar de haber presenciado cómo acababa con la vida de Aruma, seguía mirándole, seguía creyendo en él. Hizo un esfuerzo y levantó sutilmente la comisura de sus labios, era una sonrisa triste, tristísima. Cerró los ojos y dirigiendo los dedos índice y anular hacia el gran Dragón, le lanzó una pequeña descarga energética que le revivificó.

—Ahora debéis iros. Si mis informaciones son ciertas el Guardián de los Silencios está más abajo, cerca de la salida —dijo antes de darle tiempo al dragón a reaccionar contra él—. Marchaos y llevaros a Aruma con vosotros, este no es su lugar, nunca debió entrar aquí. —El Mago la cargó sobre uno de sus hombros mientras con la mirada le expresaba a su aliado que todo estaba bien. Antes de continuar con un nuevo y escarpado descenso se volvió una última vez hacia el antiguo Hombre Murciélago.

—¿Quién inició todo esto?

—Tenéis que daros prisa —contestó Zur como única respuesta antes de desaparecer entre las sombras.

Muy lejos de allí Amún, recogido en sí mismo, lloraba la muerte de su compañera. Nunca había experimentado una impotencia como la vivida en los últimos minutos del inexistente y largo tiempo.

Desde su posición lejana e inútil, había sentido cada suceso con total nitidez. Su conexión con sus aliados y su percepción, adiestrada desde antaño, le habían traído las imágenes y los sentimientos de todos los implicados en aquel enfrentamiento absurdo. Un cúmulo de gritos, dolores y elecciones imposibles, en los que de ninguna forma pudo interferir. Una concatenación de acontecimientos innecesarios… Mientras le daba el espacio que requería al brutal desgarro que se abría en su interior, permanecía alerta. El Mago y el Gran Dragón seguían perdidos, aunque no prisioneros, en el Averno. Y por si todo aquello fuera poco, el pecho del alma de la Guardiana de las Palabras había comenzado a sangrar. Algo, tal vez la pérdida de Aruma, tal vez alguna otra cosa que no llegaba a adivinar, estaba abriendo la fractura granate que lucía en el centro de su corazón desde que fuera desarraigada de su Hogar, desde que fuera arrancada de la cercanía de su otra parte: el Guardián de los Silencios.

60
Muchas preguntas… una única respuesta

La alcoba estaba tenuemente iluminada con esferas de fuego dorado. La cama estaba deshecha y el aire estaba cargado de olor a copal. La energía era alta, incluso más que en el interior de las escuelas. Aisha y Ahóm habían estado haciendo el amor aquella noche y aquello, como cada vez que lo hacían, había creado un ambiente cálido en el que, hasta Adae, podía descansar. Aquella energía que generaban cuando se unían era distinta a todo lo demás. Era algo inaudito, algo que ningún otro ángel, guía o Kumara lograba recrear de ninguna manera. Cada vez que fundían sus cuerpos y se dejaban caer en la danza sagrada que entrelazaba a sus almas, todo el que estuviera más o menos cerca recordaba lo que era sentirse en el Hogar.

La bruja no sabía si aquella energía la ayudaría o la entorpecería en su propósito. Fuera como fuese, no estaba dispuesta a irse de allí sin hacer las preguntas que deberían haber sido respondidas hacia demasiado tiempo.

Los tres se sentaron formando una especie de pequeño círculo en el suelo. Adae miró fijamente los hermosos ojos de Ahóm y sin más demora preguntó:

—¿Tuviste algo que ver con el secuestro de la Guardiana?

—Maestra —interrumpió Aisha—. Quién lo inició no es importante. Sucedió y ahora estamos aquí. Lo importante es lo que podemos hacer, no lo que ocurrió. —Si bien la bruja no estaba de acuerdo con el comentario de su pupila, decidió seguirle el juego.

—Muy bien, hablemos entonces de lo que podemos hacer y no hemos hecho —continuó con sarcasmo—. Por qué no me explicáis el motivo de la dilación en la tarea de despertar el alma de la Guardiana. O mejor aún, Ahóm, ¿por qué no me hablas de tu desinterés por encontrar al Guardián?

—Maestra —volvió a intervenir Aisha—, parece que hayas olvidado que no somos tus enemigos. —Adae miró a su pupila de forma fulminante, nunca antes la había mirado de una forma parecida. Aunque no olvidaba delante de quién estaba sentada, aunque era consciente de su incapacidad de comprenderlo todo, los acontecimientos de aquella noche habían avivado un extraño desasosiego en ella que de alguna manera alimentaba la desconfianza que, en el fondo, le despertaba Ahóm. Había habido demasiadas incógnitas desde el principio y no iba a estar atenta de sus formas o del tono de sus palabras cuando había tanto en juego. Si Aruma había caído, el resto de sus aliados también podían estar en peligro. De hecho, su instinto así se lo advertía.

—Aisha, si después de lo que acaba de suceder vas a darle más importancia a un tono que a un acontecimiento, a un acontecimiento como… la muerte de Aruma, es que no te he enseñado bien.

—Está bien —intervino Ahóm—. Tú también necesitaste respuestas una vez —dijo refiriéndose a Aisha.

Fue en aquel momento cuando una llamada intensa y apremiante de Amún le llegó con total nitidez a Adae. Cerró los ojos un instante y pudo percibir con total claridad al Hombre Pájaro: «El corazón de la Guardiana llora. Mago y Gran Dragón en peligro». Era conciso y claro, lo imprescindible para ser perfectamente comprendido. La bruja sabía que, si bien estaba dirigido exclusivamente a ella, tanto Aisha como Ahóm lo podían haber percibido. Cuando abrió los ojos, al ver la expresión de urgencia en el armónico rostro de Varilia, tuvo la certeza de que todo los que estaban allí lo habían visto al mismo tiempo que ella. De repente, sintió una compasión tremenda por Varilia. Lo que para ella había empezado como su gran oportunidad, se había convertido en la más compleja de las cruzadas. También sintió compasión por sí misma. Era compasión, sin pena ni juicio. Ella, que disfrutaba de la existencia transitoria en la cuarta dimensión, ella, que había renegado con un «por siempre jamás» de la experiencia de la tercera y de todo lo que esta conllevaba. Ella, que nunca había entendido el empeño de los Ancianos, de los guías, de los Ángeles, de tantos… Ella, que había creído que nunca tendría que volver a caminar un camino ya trillado, se podía mirar a sí misma allí… De nuevo en un cuerpo casi humano, de nuevo expuesta a unas emociones que vapuleaban su entendimiento, de nuevo teniendo que encontrar el camino del medio, el punto de equilibrio en el que, por encima de deseos y temores, fuera capaz de discernir lo correcto. Tal vez la Guardiana tuviera razón y lo importante no fuera quién y por qué había iniciado aquello, tal vez lo único importante fuera lo que podían hacer en aquel momento, lo que les sirviera para resguardar lo que aún no estaba roto. Lo que les ayudara a mantener a salvo todo lo que ahora parecía estar en peligro. Sus pensamientos se sucedían con velocidad. No había confusión, solo opciones, diferentes opciones entre las que ninguna resaltaba como la adecuada. Opciones y cansancio.

Había pospuesto demasiadas veces, demasiado tiempo, aquella conversación y parecía que la iba a tener que aplazar una vez más. Podía sentir sus propias resistencias y al mismo tiempo la urgencia del aviso de Amún.

Aisha miraba a Adae. En su mirada había comprensión.

—Yo me ocupo de la llamada del Hombre Pájaro —dijo Ahóm.

Aisha asintió y miró a su maestra, su expresión había cambiado, le estaba pidiendo un permiso tácito. La bruja percibió aquella petición y con un leve movimiento de cabeza, otorgó. Entonces la Guardiana levitó hasta situarse junto a la bruja y suavemente posó sus tres dedos medios en el entrecejo de Adae. Ambas cerraron los ojos. Adae intuía lo que iba a hacer su pupila, lo que no podía imaginar era lo que le iba a mostrar. Decenas de imágenes se sucedieron de forma coherente. Piezas que encajaban perfectamente en el malogrado puzle que los había arrojado a la situación en la que se encontraban. Holografías de un pasado no muy remoto, de acuerdos y batallas, de amor y sufrimiento, del inicio de aquella trama, del dolor del Guardián de los Silencios, del sufrimiento de la Guardiana de las Sombras, de la herida de la Guardiana de las Palabras, del amor del Guardián de las Luces. Todas y cada una de las preguntas de Adae obtuvieron respuesta. Supo más de lo que necesitaba saber. Y al entrar en contacto con la realidad, con esa realidad que es mayor a las ideas y elucubraciones de cualquier mente, se sintió morir. Cuando abrió los ojos, Adae lloraba.

61
Descendiendo

A medida que el Mago y el Gran Dragón continuaban con su dificultoso descenso, las sensaciones se intensificaban. Permanecían en un terreno desconocido en el que la simple caricia del aire parecía romperlos, separándolos de sí mismos. En medio de aquel silencio enorme, las heridas del alma quedaban desenmascaradas y ellos tenían que mantener toda la energía de que disponían, enfocada en hallar el camino que los ayudara a salir de allí. Encontrar el final del infierno, una puerta desconocida para casi todos. No era de extrañar... desde dónde estaban, habían comenzado a dudar de su propia capacidad para alcanzarla. Aridez bajo sus pies, aridez sobre sus cabezas, aridez en el centro de sus pechos. Aridez y esa sensación amarga de sinsentido que podía enajenar las más hermosas de sus capacidades hasta hacerles olvidar sus propósitos.

El Gran Dragón intentaba mantener su conexión con Amún. No pretendía ningún tipo de ayuda del Hombre pájaro, pero sentirlo, sentir su claridad y su fe, le renovaba las fuerzas. Desde ahí, volvía a llevar su atención a sí mismo, reforzando su intención, recordando su propio poder.

El Mago, por su lado, prestaba atención a cada cosa que sentía. Desde que había entrado en el Averno, con la sangre de Zur mezclada con la suya, todo era extraño, cuanto con mayor fuerza arreciaba el dolor dentro de él, cuanto más hostil y compleja era la situación, más grande se hacía su calma interior, mayor era la nitidez con la que podía contemplar los acontecimientos. Fue en medio de aquel momento de sentires nuevos cuando percibió a Adae. Supo con rotunda certeza que la bruja estaba deshecha, algo la había arrojado lejos de su centro. No supo qué había sido, lo que sí distinguió fue una enorme sensación de prisa. ¿Cómo se actúa deprisa fuera del tiempo? ¿Cómo aliviar aquella urgencia desde allí? Y sin respuesta alguna, el Mago confió. No necesitaba conocer todos los datos, ni siquiera necesitaba comprender, simplemente sabía que todo lo que estaba sucediendo y todo lo que aún estaba por suceder era simplemente lo que tenía que ser. El Mago, por encima de las circunstancias, incluso de las energías que le envolvían en aquel lugar, creyó en sus aliados, sintió la certidumbre absoluta de que lograrían discernir el camino del medio y de que continuarían encontrando el valor para dar los pasos que fueran necesarios. Él, por su parte, le debía a Aruma hallar la salida que le permitiera alejarla de allí, no importaba que hubiera muerto, su energía había vuelto a la nada originaria y desde allí, de alguna forma lo percibiría, lo celebraría.

El sendero escarpado por el que descendían, parecía no tener fin. Algunos recovecos, algunos agujeros oscuros que no conducían a ninguna parte. Un abrupto laberinto en el que no tenían la sensación de avanzar. De no ser por la sutil densidad que, cada vez más intensa, se les colaba hasta dentro, habrían pensado que caminaban en la dirección equivocada.

—¡Detente! —susurró el Dragón. El Mago se detuvo y afinó sus sentidos. No le pareció que hubiera nada diferente. Miró al Gran Dragón, observó su concentración y esperó.

—El Guardián… Puedo sentirlo. Sé que está cerca.

El Mago enfocó su atención. Sin moverse rastreó el espacio circundante en busca de algo que le diera una pista. Zur había dicho que El Guardián de los Silencios estaba cerca y el Gran Dragón acababa de percibir algo que a él le pasaba del todo desapercibido. Lo único diferente, si se orientaba hacia abajo, a la derecha, hacia una pequeña abertura en medio de la multitud de piedras, era una genuina impresión de lejanía o imposibilidad del amor que alimentaba sólidamente al miedo. ¿Cómo iba a estar asociada aquella emanación al Guardián? Aunque, viéndolo en perspectiva, el Guardián estaba malherido y hacía demasiado que había desaparecido. Podía ser una trampa. También podía no ser nada. Fuera lo que fuera, sabía que el Gran Dragón iría a comprobarlo y él le acompañaría.

Ambos se deslizaron con cuidado hacia aquella oquedad. Era estrecha, por su forma ojival no habrían cabido ninguno de los dos, pero sí tenía el espacio suficiente como para que se asomaran a mirar. Y desde ella pudieron contemplar un nuevo abismo en cuyo fondo, en cuyo centro, se distinguía la lejana figura del Guardián de los Silencios. Aparentaba haber menguado en tamaño y de su antiguo brillo apenas quedaba algún vestigio que parecía carecer de fuerzas para mantenerse vivo. Era evidente que el veneno y su estancia allí estaban ganando aquella terrible batalla. Una batalla crucial en medio de aquella guerra antigua y absurda. Después de calibrar las opciones que tenían y de aceptar que no había forma alguna de descender hasta allí, el Mago comenzó a llamar mentalmente al Guardián de los Silencios. Como había hecho cuando buscaba a Aruma, enfocado en su entrecejo, comenzó a lanzar el nombre del Guardián, en pequeños anagramas de un suave color morado. Ninguno llegaba hasta la figura yaciente del Guardián de los Silencios. A medida que descendían por el abismo en dirección a su aliado se iban desvaneciendo sin que él pudiera hacer nada para evitarlo. Al contemplar aquel vano intento de llegar hasta él, el Gran Dragón, sin pararse demasiado a pensar en las consecuencias, rugió con todas sus fuerzas, rugió tan fuerte como pudo llamando a su amigo. El Guardián tampoco escuchó su llamada, sin embargo, ante su bramido, una nueva imagen se manifestó en medio de aquel agujero horrible. Su semblante era tremendamente parecido al de la Guardiana de las Palabras, sin embargo, el tono de su voz y la energía que de ella emanaba no dejaban lugar a las dudas: aquella no era la Guardiana.

—Dejaddddlo, ahora es míííío.

Hubo una especie de estallido de niebla; como si solo hubiera sido una ilusión, ambos seres desaparecieron de su vista y solo quedó la oscuridad.

En aquel instante, casi de forma simultánea, escucharon en la lejanía la voz de Ahóm. «Seguid mi voz», les decía. «Por aquí».

—No pienso ir a ningún sitio sin el Guardián —expresó el Gran Dragón.

—Ha desaparecido, no sabemos dónde está —dijo el Mago después de reflexionar.

—¡Está aquí dentro!

—Llevamos demasiado tiempo aquí, nuestras fuerzas nos están abandonando. Deberíamos encontrar una salida antes de que eso suceda.

—También a él. Le has visto… Parecía derrotado. Tenemos que ayudarle.

—Encontraremos la forma, pero permaneciendo aquí, sin saber qué podemos hacer, ni cómo podemos llegar a él, no le vamos a servir de ayuda.

—Y ¿qué propones? ¿Seguir a esa nueva voz? ¡Puede ser una trampa!

—Comprendo cómo te sientes, pero la furia no te servirá de nada aquí, al contrario. Debemos encontrar la salida. —Ambos se quedaron callados. El Mago esperando la respuesta del Dragón. El Gran Dragón, luchando contra su sentimiento de impotencia. Finalmente, consciente del sentir de su compañero, el Mago volvió a hablar—. Vamos, presiento que la salida está cerca.

Desanduvieron algunos de los pasos que les habían llevado hasta aquella nefasta grieta y volvieron a escuchar la voz. Sí, era la voz de Ahóm, esta vez llegaba hasta ellos acompañada de un tímido brillo dorado que parecía dibujar un camino. Solo fueron unos pocos pasos más, los más difíciles de toda su travesía, los más pesados y costosos. Instantes de absoluta oscuridad en sus consciencias y profundo dolor en sus corazones… Aquella voz brillante al fondo del laberinto se esforzaba en animarlos. «Continuad. Podéis conseguirlo». El aliento se les escapaba y cada mínimo movimiento requería un colosal esfuerzo. Pero en medio de aquel pesaroso intento de avanzar, ni el Mago ni el Dragón, perdieron la fe en sí mismos, en ellos y en un sentido mayor que se escapaba a sus consciencias, en un «para qué» que desconocían casi por completo. Solo un paso más, un último paso y la luz volvió a bañar sus miradas. Como si hubieran estado amordazados y atados, como si hubieran estado alejados de sí mismos, tras aquel último paso se sintieron liberados. Una emanación de Ahóm les esperaba en aquel último rincón del infierno. En aquel recóndito agujero que casi nadie llegaba nunca a conocer, ni siquiera a intuir. En aquel último recoveco que ponía fin al sufrimiento que inundaba, como nutriente primordial, cada minúsculo espacio del Averno.

La irradiación dorada y brillante de Ahóm sonrió al verlos salir de allí.

62
El momento adecuado

La vida en la Tierra de las Almas Perdidas había continuado su transcurrir con aparente normalidad. Un amanecer, un atardecer, una noche oscura, un día luminoso…

Algunos Durmientes, ahora convertidos en iniciados, se afanaban en su despertar. Los Sin Nombre que aún se empeñaban en mantenerse adheridos a sus miedos y recelos continuaban sobreviviendo fuera de los muros de los templos, negando de forma absurda la claridad que, generada y emanada desde los santuarios, intentaba transmutar sus nocivas creencias, sus dañinas inercias.

La mitad de los Kumara que habían descendido hasta aquel hermoso planeta permanecían ocupados sosteniendo cada pieza del puzle que redescubrían sus pupilos. La otra mitad se había comenzado a disgregar a lo largo y ancho de aquel mundo, esparciendo una siembra cuidadosa de conocimientos que nunca debieron ser olvidados y, sobre todo, cimentando la red de redes. Esa que tenía su raíz en el Templo Central y conectaba con distintos puntos del planeta, generando un sólido sostén de la energía, de la luz y la consciencia. Todos los puntos de cruce de la red habían sido cuidadosamente escogidos. La mayoría de ellos estaban alejados de las zonas pobladas. Había algunos, incluso, que habían sido erigidos en zonas abisales. Así evitaban que los que aún no estaban preparados fueran devastados por las altas frecuencias. Los símbolos y códigos protegidos por las construcciones piramidales iban generando un acunamiento suave que, poco a poco, podía romper los cúmulos de oscuridad enquistadas en mentes y corazones.

Y mientras cada uno de ellos se afanaba en hacer de forma impecable su labor, todos ellos mantenían más alta que nunca su atención. Sabían que aquella misma red y el brillo que sus pupilos comenzaban a emanar estaba generando un destello que podía enfadar sobremanera a los Oscuros y podía llamar la atención de entidades ajenas a su juego, como los Devoradores de Almas. Eran conscientes del peligro que se cernía, creciente, sobre ellos. Pero su fe era mucho mayor que cualquier temor. Solo necesitaban consolidar los pequeños y grandes logros que estaban alcanzando. Un poco más y los siguientes pasos serían lo natural.

Desde que Adae conoció toda la realidad, desde que cada una de sus dudas se había disipado, había ocupado sus días en apoyar el compromiso que Aisha había adquirido. Sus rasgos se habían endurecido y era aún más difícil que antes descubrir una sonrisa en su rostro. No obstante, disociada de su propia emoción, se afanaba con todo su empeño en hacer todo lo que podía hacer, de forma excelente.

Habían pasado muchos meses, en aquella tierra dorada, desde la aciaga noche en que la vida de la Mujer Murciélago se extinguió. Desde aquella oscura noche en que fue testigo de cómo Ahóm hacía uso de su poder y de su vasta consciencia para poner a salvo a sus aliados. Desde aquella imborrable noche en que supo más de lo que necesitaba saber. Meses repletos de segundos intensos en los que, aun conociendo el paradero del Guardián de los Silencios, seguían sin poder acceder al él. Un tiempo redundante en que tampoco habían logrado frenar el desgarro en el pecho de la Guardiana de las Palabras.

Como cada tarde, tras el ocaso, se reunió con Aisha. La bruja la observó, en su rostro no quedaba ni una sola traza de la niña a la que había criado. La inocencia había quedado sepultada bajo la realidad; no obstante, la aceptación de la misma dotaba a Aisha de una belleza serena que irradiaba magnanimidad. Aquella noche, al mirarla, lo supo. Supo que había llegado el momento. Aquella noche se iniciaría el principio de un fin. Habían hallado la forma. Aisha y Ahóm rescatarían al Guardián de los Silencios. No sería sencillo. La pretérita noche en que su pupila le mostró los mapas dibujados en el destino, la bruja pudo ver lo que acontecería. Desde aquel instante no hubo preguntas, solo la espera atenta que les indicara el momento adecuado. Los ojos de su pupila brillaban conteniendo océanos de lágrimas que no derramaría.

—Vida plena, Maestra —saludó Aisha.

—Vida plena, Maestra —respondió con voz queda Adae, antes de que ambas volvieran a guardar silencio. Algunos minutos después, la bruja bajó la mirada y preguntó—: ¿Querrás que te acompañe?

—Sería un honor. Pero no es de eso de lo que he venido a hablar hoy contigo.

—Te escucho.

—Debo pedirte que... —Aisha titubeó. Sabía que lo que estaba a punto de pedirle a la bruja era demasiado, pero su corazón le decía que debía hacerlo—. Que cuando mi tarea haya concluido... Debo pedirte que no te marches cuando yo me haya ido. No abandones a los Sin Nombre. Tú... Tú puedes continuar tu camino mientras mantienes el compromiso de evolución con ellos. Debo pedirte que les asistas en su despertar mientras quede uno solo de ellos dormido. —Adae cerró los ojos y pensó en su cueva y en sus añorados espacios de soledad, esos en los que lo único que tenía que hacer era estar atenta de sí misma y de los pasos que aún debía dar. Todo aquello quedaba demasiado lejos, como si solo hubiera sido un bonito sueño. Inspiró profundo y abrió los ojos.

—Lo haré. —Fue su única respuesta.

—Gracias —dijo Aisha con el corazón sonriente—. Los Kumara seleccionados por Ahóm, junto con cuatro de nuestros más aventajados discípulos, partieron hace unas semanas. Tú también puedes elegir a quien sea de tu confianza, necesitaremos toda la ayuda de la que podamos disponer.

—No llevaré a nadie de los que están en esta tierra.

—Como desees. Partiremos dentro de veinticuatro horas.

—¿No hay otra alternativa? —preguntó la bruja conociendo la respuesta.

—No.

———

La noche estaba cerrada, casi todos dormían, cuando Aisha y Ahóm entraron en la Sala Secreta. Aisha pidió respetuosamente a Varilia y a Mikael que la dejaran con Ahóm. Podían velar por ella desde fuera de la Sala, pero necesitaba un rato a solas con él. Ninguno de ellos podía obligarla a su cercanía, así que respetaron sus deseos y esperaron fortificando las defensas ya activas en la sala.

Cuando ambos estuvieron completamente solos, chasquearon los dedos para prender algunos fuegos dorados, elevaron una cúpula de invisibilización, dejaron que la sala se llenara de olor a sándalo, rosa y copal y se desnudaron. Ahóm se sentó en el centro de la sala. Además de su cuerpo desnudo, se podía ver su canal, como un pilar de luz que atravesaba su columna vertebral de arriba abajo y se elevaba lejos de los muros de aquel lugar protegido. En el centro de su pecho latía incandescente un corazón fuerte y luminoso, el mismo que se expandía al sentir la cercanía de Aisha. Ella, también desnuda, se sentó encima de él. Lo hizo con delicadeza, sintiendo cómo el cuerpo de su amante, de su amado, la penetraba más allá de los límites físicos. Sin dejar de mirarle a los ojos, casi en un susurro dijo: «Desde el Amor, por el Amor, para el Amor». Entonces ambos cerraron los ojos y una llama blaquiazulada brilló en el entrecejo de cada uno de ellos. Los movimientos de sus cuerpos eran suaves y armónicos. Parecían un solo ser elevándose de forma sinuosa y acompasada. Sus almas, por el contrario, viajaban raudas. Ambos conocían su destino, ambos tenían claro su propósito, ambos sabían lo que debían hacer. Aquella noche, mientras hacían el amor, no navegarían por universos infinitos descubriendo rincones lejanos. No surcarían las líneas de los tiempos desentrelazando pasados y futuros. Ni siquiera se sumergirían el uno en el otro en busca del abrazo eterno, del cobijo perpetuo de sus almas. Aquella noche descenderían tanto como fuera necesario. El uno junto al otro, atravesarían, deprisa, cada una de las capas que los separaba del hogar de la Guardiana de las Sombras. Habían encontrado el paradero exacto del Guardián de los Silencios, aquel era el momento. Y ellos, mejor que nadie, sabían que había un único momento para cada cosa, un momento exacto e irrepetible que no se debe dejar pasar. Fusionando sus cuerpos, elevando la energía del amor que los unía a su máxima expresión, irían en su busca.

Muy lejos de aquella sala luminosa y protegida, el Guardián de los Silencios yacía derrotado sobre la fría piedra. Había perdido sus fuerzas. Casi había olvidado quién era y qué hacía allí. La imagen de aquella que se asemejaba a su amada había permanecido sempiterna a su lado, esa imagen ya no le inspiraba amor. Solo quería acabar, olvidar todo aquello, cerrar los ojos y dejar de sentir tanto dolor. Tal vez pudiera gritar una última vez. Romper el silencio que había sido su reino y su paz y abandonarse, rendirse, dejar de buscar, dejar de esperar. El susurro sibilino continuaba llenando el espacio: *No me abandonesssssssss*. No quería escuchar, no quería mirar, solo quería terminar. Pero aquella imagen que antaño le recordaba que había un corazón al que volver, le mantenía prisionero de su propia existencia. Entonces la odió.

De repente hubo un grito, no era su voz, era un tono desconocido y al mismo tiempo familiar. Sintió que algo o alguien lo arrancaba de aquella caverna horrible. Hubo un instante de absoluta oscuridad, algo parecido a la nada... Después una suave calidez que le envolvía de forma amorosa y segura. El Guardián no sabía qué había pasado, ni dónde estaba, solo sabía que era un espacio del todo nuevo, tan desconocido como todos los anteriores; tampoco quería estar ahí.

———

Aquel grito había salido de la garganta de Ahóm. Con aquel grito él y Aisha habían vuelto a sus propios cuerpos, pero no habían venido solos. Ambos lo sabían, Aisha acababa de quedarse embarazada.

63
Trazando espirales

Hubo un estremecimiento que surcó el vasto planeta y cada rincón de los cielos y los infiernos. Aquel grito portaba todo el amor, todo el dolor, toda la desesperación y toda la fe.

Mientras Ahóm, sudoroso y cansado, abarazaba a Aisha, el Hombre Pájaro los contemplaba en el fuego que no quema. La herida de la Guardiana de las Palabras sangraba. Fuera lo que fuera lo que acababan de hacer, aquella herida profunda y granate que abría en dos su pecho, se había visto afectada haciéndose mayor.

Desde la protección que le brindaba la cueva de Adae, pudo sentir la crispación de la Oscuridad, la confusión de la Luz… Y tuvo un mal presentimiento. Escuchó la llamada del Anciano al tiempo que el Gran Dragón aparecía en la cueva. Ninguno sabía qué había pasado. Hacía demasiado que todo lo que estaba sucediendo parecía carecer de sentido.

⚊⚊✦⚊⚊

Adae caminaba junto al lago cuando escuchó el grito. Supo que estaba hecho. Aquel grito era la manifestación del máximo esfuerzo. El que dos almas comprometidas con lo que creían que era lo correcto habían tenido que hacer para rescatar a otra alma grande que se había perdido. Aquel grito era la manifestación de aquel esfuerzo y de la suma del dolor del propio Guardián de los Silencios y el que se contenía en el pecho de Ahóm y Aisha.

La bruja siguió caminando, preguntándose si, por su parte, podría haberlo hecho de otra forma, si podría haberlo hecho mejor, cuando el Mago se presentó ante ella.

—No puedo hablar —le dijo al verle.

—Sea lo que sea lo que acaba de suceder, no es bueno. —Adae miró los ojos del Mago, semiocultos bajo las sombras de su capa. Todos habían cambiado mucho desde que aquel nuevo juego se iniciara.

—A estas alturas… ¿quién sabe qué es bueno y qué es malo? —El Mago percibió el abatimiento en la bruja, el cansancio acumulado que siempre traía de su mano a la tristeza. Y con un leve gesto acarició la cicatriz de su mejilla.

—Sigo estando aquí. —Adae forzó una leve sonrisa.

—Y yo… y aquí permaneceré.

Mientras caminaba hacia su alcoba para preparar todo lo necesario para el viaje, se cruzó con Serai.

—Ahóm me ha contado que os marcháis y para qué os marcháis. —La bruja no contestó, solo esperó. —Me gustaría acompañaros, pero comprendo que mi lugar está aquí.

—Estás haciendo una gran labor —expresó por fin Adae.

—Quiero que sepas cuánto valoro todo lo que nos has ayudado a lograr. Eres la mejor aliada con la que se puede contar. Tal vez, cuando esto acabe, puedas continuar tu travesía en los planos superiores. —Adae volvió a forzar una sonrisa que rebosaba tristeza.

—No te despidas tan rápido, es seguro que volveremos a vernos. —Serai, de repente, la abrazó. Fue un abrazo sincero, repleto de corazón, que pilló desprevenida a la bruja. Desde que había tomado cuerpo para cumplir aquella misión, solo la había tocado Aisha cuando era una niña. Y al sentir aquel abrazo envolvente, recordó lo gozoso que resultaba el contacto, las caricias, la piel… Y quiso quedarse quieta, dejarse cobijar, dejarse amar, pero tenía demasiado que hacer.

El alba llegó temprano. Todos los que partirían al ocaso estaban ya despiertos cuando los primeros rayos vespertinos surgieron, trayendo una nueva promesa de luz y esperanza.

Varilia había observado a Aisha, desde que saliera, exhausta, la noche anterior, de la Sala Secreta. Era evidente que había sucedido algo nuevo, una cosa más que escapaba a su conocimiento. Varilia nunca había pecado de soberbia, pero desde que la permitieron actuar como guía de Aisha había descubierto cuán pequeña era su parcela de sabiduría, cuánto le quedaba aún por descubrir, por avanzar, por integrar.

Miró a Mikael, excelso y templado junto a ella. Para ambos era indudable que se acababa de quedar embarazada. Pero él tampoco pudo terminar de definir qué era lo que había pasado la noche anterior; sin embargo, su alerta y la energía de protección que derramaba sobre Aisha se habían multiplicado exponencialmente.

———

Aisha se había internado en la gran pirámide. Estaba reunida con algunos sacerdotes y sacerdotisas. Sabía que echaría de menos a sus niños, a todos esos que había visto nacer y había visto crecer por dentro y por fuera. Después de aquellos años eran muchos los que estaban preparados para apoyar a los Kumara en su tarea. No obstante, no era suficiente. Si bien, en el fondo de su corazón quería creer que estaba equivocada, que la siembra hecha era sólida y que sería suficiente para protegerlos de la tentación de volver a los antiguos caminos de sufrimiento y perdición, no lograba hallar esa fe en su interior. Por eso necesitaba repetir una vez más todo lo que debían seguir haciendo cuando ellos se marcharan. Con cuidado de no transmitir ninguna preocupación y de no olvidar ningún detalle, iba distribuyendo las responsabilidades, iba dando las indicaciones más adecuadas para los rituales de protección, iba recordando lo importante que era mantener siempre la atención despierta en el presente, y mientras tanto se iba despidiendo de cada uno de aquellos que, divinos algunos, humanos otros, habían llenado gran parte de los días de su existencia en la Tierra de las Almas Perdidas.

Cuando no quedaba nada por decir, después de compartir con ellos un último cántico, dudó. ¿Y si era mejor que se quedaran allí? ¿Y si era más seguro para todos? Observó su duda y sonrió al sentirse tan humana. La certeza volvió a emerger rotunda. Y guiada por aquella certidumbre que, hacía ya mucho tiempo, le había mostrado el mapa de su propio destino, ascendió por los pasadizos, lista para concluir su labor en aquel lugar sagrado que habían erigido entre todos, en aquel hermoso planeta.

Caminó despacio, mirando cada uno de los rincones que habían formado su morada durante los últimos años, pretendiendo fijarlos en sí para poder evocarlos cada vez que lo necesitara. Caminó sola y silenciosa hasta llegar a una puerta oculta. Solo Ahóm, Adae y Serai la conocían. Aquella entrada excavada en el suelo daba paso a un gran despliegue de laberintos subterráneos, cada uno de ellos trazado con sumo cuidado para perder a cualquier curioso que lograra encontrar aquel acceso. En el centro de todos aquellos pasadizos permanecía, a salvo, una sala pequeña, custodiada por leonas aladas que carecían de cuerpo físico, grandes guerreras comprometidas con el plan que se iniciaba aquel atardecer. Aisha dio los pasos necesarios para llegar hasta la sala. Ahóm la esperaba. Cuando estuvieron dentro, la puerta fue sellada con doce códigos. El silencio se hizo grande y la luz y las sombras fueron una sola energía. En la parte norte de la sala había un pequeño hueco en el suelo. Aisha se colocó delante de aquella pequeña oquedad, Ahóm se situó detrás de ella. Ambos cerraron los ojos y orientando sus manos, entrelazadas, hacia aquel pequeño hueco, enfocaron sus consciencias hacia arriba y hacia abajo, de forma que no quedara ningún rincón ajeno a su conocimiento. Sus corazones latían al unísono, un solo corazón, un solo ser. Un único propósito, una firme voluntad, un compromiso. Y de ese único corazón, comenzó a emanar una luz sólida que iba escribiendo la historia de aquello que llamaban vida. Desde el origen, desde la ruptura inicial, desde la primera caída, desde antes de antes... Cada recuerdo, cada clave, cada punto de cruce en que la historia pasada, presente y futura unía a todas las almas existentes... Mientras ellos, ajenos al tiempo, danzaban en perfecta armonía, mientras recababan hasta el más minúsculo retazo de información, el haz dorado que se proyectaba desde su único corazón trazaba una espiral cuadrada que se iba depositando suavemente en aquel pequeño cubículo, conteniendo en sí la verdad. Así, cuando todos los Kumara se marcharan de aquel planeta, la consciencia seguiría viva para sostener los pasos de los que buscaran el camino de retorno al Hogar. Así, los que estuvieran dispuestos y preparados, los que adquirieran el auténtico compromiso del Amor, podrían activar las memorias de la realidad. Cuando el proceso de transcripción terminó, crearon un fuego morado, como símbolo de la posibilidad sempiterna de la transformación, un fuego que no quemaba, que nunca se apagaría, y lo situaron sobre la oquedad. Su trabajo allí, de momento, había concluido.

A la hora acordada, Ahóm, Aisha y Adae, acompañados por un par de Sacerdotes y Sacerdotisas, atentamente vigilados por Mikael, por el Gran Dragón y por el Mago, salieron de los muros donde habían habitado sus últimos años, de los muros que custodiaban todo aquello que habían ayudado a manifestar en aquella tierra. Y con firmeza, iniciaron su camino hacia el desierto, hacia una zona situada al sur, que hasta aquel momento no había sido contaminada por las mentes y las obras de los hombres.

64
El último regalo

Amún sostenía de forma perenne y amorosa a la Guardiana de las Palabras, al alma de Aisha, grande y herida. Desde que la lesión de su pecho se abrió la fatídica noche en que Aruma murió, nada había servido para controlar su emanación incandescente de dolor. Mientras tanto Aisha, allí abajo, había continuado con su andadura, con su propósito. Al igual que habían hecho, a veces desde la incomprensión, siempre desde el más absoluto respeto, todos los aliados de aquella que antaño fue Diosa, de aquella que, sin motivo aparente, fue arrancada de su Hogar.

El Hombre Pájaro intuía que un nuevo final estaba cerca. Si bien desconocía los detalles que Ahóm, Aisha y Adae, se habían empeñado en ocultar, todo el flujo de energías traía el dulce aroma de la conclusión. A pesar de percibirlo como algo inminente, pudo contemplar, a través del fuego que había dejado prendido la bruja en su cueva, cómo en la Tierra de las Almas Perdidas los meses seguían sucediéndose. Primero observó cómo sus compañeros caminaron por desiertos blancos y pedregosos, dorados y arenosos. Kilómetros en una sucesión de pasos conscientes y cuidados, resguardados bajo las más elevadas protecciones que se podían concebir. Ahóm preservaba su energía alta, se fusionaba con el corazón de Aisha y así, ambos, encumbrando la vibración de todos sus acompañantes, mantenían una base que les invisibilizaba ante la búsqueda que con tesón habían comenzado los Oscuros. Sí, desde que aquel grito rasgó todos los cielos y todos los infiernos, huestes y huestes de demonios de distinta jerarquía se empeñaban con todo su ahínco en encontrar a Aisha. Y si bien este hecho no preocupaba a Amún, presentir la cercanía de los Devoradores de Almas, sí comenzaba a inquietarlo. Muchos dragones, ángeles, guías y protectores sostenían en formaciones perfectas la elevada frecuencia de la red que habían formado los Kumara. Aunque aún no habían logrado acercarse lo suficiente, él, como todos los demás, sabía que la mínima distracción, la mínima bajada en la atención global, podía generar una fisura fatal en aquella maravillosa red azulada que sustentaba todo lo logrado en aquellos años. Por eso, cada cual procuraba enraizar de la forma más precisa su propia energía en los cauces correspondientes, uniendo cielo y tierra en un recuerdo que era presente y pretendía extenderse hasta más allá de cualquier posible futuro. Cada uno ocupaba su lugar, se enfocaba en su propósito dentro del plan y colaboraba sin temor.

Habían pasado 36 semanas desde que partieran del Templo Central. Evitando usar los portales que podrían haber acelerado la llegada a su destino, habían creado con cada huella dejada por sus pies una senda simbólica. Una travesía que algún día ayudaría a algunos a acercarse a ese centro que era el mismo en todos los seres vivos, aunque la mayoría creyera haberlo perdido, aunque casi todos lo hubieran olvidado…

Hacía ya 224 días que habían llegado al lugar elegido por Ahóm y Aisha. Era una planicie ignota, carecía de nombre, ellos habían sido los primeros en posar sus pies en aquellas arenas que, ocultas tras una pequeña cadena montañosa, lindaban con el principio de un mar infinito. Allí, en aquella tierra tan árida como virgen, habían decidido realizar un último esfuerzo. Junto con la ayuda de algunos de sus aliados, los que habían tomado un cuerpo para poder actuar desde el físico y los que los acompañaban desde otras muchas dimensiones, habían erigido dos enormes templos. Los hombres tardarían muchos, muchos años en descubrirlos y aún muchos más en comprender lo que significaban.

Uno de ellos, de proporciones épicas y formas angulosas, se erigía desde la esencia fundamental que aunaba, o había aunado antaño, las almas del Guardián de las Luces y el Guardián de los Silencios. Al fondo del mismo, tras atravesar un pórtico y un magnífico pasillo de columnas, se podía acceder a una sala pequeña en relación a todo lo demás. Aquella sala carecía de puerta, siempre permanecería abierta para el que estuviera dispuesto a mirar. Al fondo se elevaban dos figuras serenas, dos representaciones simbólicas de ambas almas. Cuando el astro sol emergía sobre el horizonte, sus rayos iluminaban, a través del gran portal, la figura que representaba al Guardián de las Luces, recubriéndola de un hermoso reflejo dorado. Después, durante varias horas al día, recibía una brillante luz dorada que descendía sobre ella a través de una pequeña oquedad en el techo. La refractación de la luz sobre la luz generaba una emanación tan bella como potente, una proyección que habría resultado destructiva si hubiera sido contemplada por los Durmientes. Mientras tanto, a su lado, siempre a su lado, permanecía, en la penumbra, la figura, no menos sublime, del Guardián de los Silencios. De aquel que desde que fuera engullido por los Avernos, sin saber o sin querer, había teñido de temor la profundidad que cada ausencia de palabras generaba en la mente de los Sin Nombre. El silencio que siempre había sido un camino hacia el interior, hacia la esencia olvidada por los Perdidos, ahora apenas tenía espacio en el ruido de sus mentes. Desde que el Guardián se perdió en el desgarrador infierno, la consciencia que siempre había germinado en la ausencia total de sonidos se había camuflado tras apariencias de miedo y oscuridad. Ninguno sabía cuánto tiempo seguiría siendo así, pero eso no era importante, lo fundamental era mantener a salvo esa esencia que no había sido tocada, ese poder sutil y silente que permanecía intacto en el corazón del Guardián de los Silencios.

Si alguien se hubiera parado a mirar aquellos dos colosos que custodiaban como eternos observadores desde el fondo de aquel templo, habría descubierto aquella fina línea que servía para separar el mundo de la oscuridad, del mundo de la luz… para separarlos o para mantenerlos unidos. Aquel vasto rincón desde el que la salvación y el reencuentro eran posibles. Aquel espacio eterno que se escondía detrás, delante y dentro de cada uno, en el que el silencio era la vía imprescindible para reinstaurar la verdad y con ella la luz, el amor.

El otro templo, el de la izquierda, emanaba una tremenda energía femenina. En su interior, desde su centro se manifestaba una proyección divina de la Guardiana de las Palabras.

Construirlos, darles una forma física fue sencillo. Lo que requirió de su mayor esfuerzo fue sembrar de forma inmortal entre aquellas piedras, la realidad que era incognoscible para las mentes mortales. Plasmar, sin lenguaje alguno, el origen, el antes de antes, el siempre. Lo hicieron con cuidado, sin desatender las protecciones que ahora eran más necesarias que nunca. Lo hicieron con fe, pero también con la precaución del que conoce los finales. Lo hicieron como el último regalo o como el primero. Fuera como fuera, era una entrega absoluta, desinteresada y hermosa. Eran ellos derramándose como sabían y como podían. Ellos sembrándose, multiplicándose, perpetuándose con el único fin de regalar una llama que recordase siempre, que el retorno al Hogar, que el camino a la unidad y al amor, eran posibles. No dispusieron en ninguno de los dos templos un espacio para la Guardiana de las Sombras. No era necesario, ella era la que lo habitaba todo en aquella Tierra de Almas Perdidas, de hombres que habían olvidado su nombre y su origen, de seres Durmientes que se empeñaban en retrasar su despertar. Al mismo tiempo, ella habitaba en la esencia de cada uno de ellos tres. Era ella la que les empujaba a avanzar cada vez más hacia la unión de sus corazones. La que les recordaba que nunca había guerras ganadas, solo batallas concluidas. La que, desde la oscuridad, les instaba a ser mejores, a redescubrirse, a rescatar recursos olvidados. De alguna forma aquel juego sólo existía por ella… Y era por ella y por amor a ella que Ahóm y Aisha estaban haciendo lo que estaban haciendo. Ellos y todos los demás seres vivientes, aunque ni siquiera lo supieran.

⎯⎯•⎯⎯

Una jornada más guiada por un único propósito, estaba llegando a su fin. Adae, como cada día, había permanecido largas horas centrada en su labor. Ascendía hasta más allá de los límites que había conocido durante su existencia, traspasaba las demarcaciones del entendimiento y, sin cuestionamientos ni condiciones, navegaba los senderos de la magia más sagrada y más poderosa, aprendiendo formas nuevas de manifestar el poder primero en la realidad última.

Aquella tarde se tomó unos minutos para recogerse, para adentrarse en sí misma. Unos instantes para sentir su vida y su latido en aquel cuerpo semifísico que venía ocupando desde hacía años. Si prestaba la suficiente atención podía ser consciente de cada una de las heridas que la habían marcado. Algunas eran recuerdos de los primeros ataques de los Oscuros, de aquel principio en que se afanaba en cumplir su parte del compromiso mientras, en el fondo, renegaba de aquellas circunstancias a las que se había visto avocada. Otras eran más recientes y mucho más profundas. Eran aquellas que habían emergido como huellas indelebles ante la ruptura entre la consciencia y la resistencia de la recién descubierta realidad. Cada una de aquellas heridas tenía un sentido, permanecían en ella como surcos, como marcas de un camino que carecía de principio o de final. Como recordatorios que ni ahora ni nunca le permitirían pensar que todo estaba hecho. En medio de aquel tránsito de guerras y confrontaciones, había recordado, al observar los devenires de tantos, que el peor enemigo habitaba dentro de cada cual. El peor enemigo se escondía en las suposiciones de que las batallas que ni siquiera habían sido lidiadas, habían sido ganadas. En la inconsciencia que empujaba al alma a la desidia. En el olvido de lo fundamental. Ahora, en aquel pequeño instante inmenso en la eternidad, podía acariciar cada una de aquellas heridas, podía regalarse un cálido envolvimiento de ternura. Podía descansar… Solo un momento, antes de continuar. Mientras lo hacía caminaba, despacio, hacia la parte exterior de los templos. Percibía con meridiana claridad el trabajo que sus compañeros seguían haciendo. Podía navegar en lo que ya habían conseguido. Y podía deleitar sus ojos en lo que habían manifestado. Un conjunto divino que irradiaba amor y consciencia en todas direcciones. Una muestra de la verdad que se mantenía imperturbable por encima de los tiempos, de los credos y de los olvidos. Una emanación, un regalo, el último regalo… Un nuevo principio, un siempre.

Se detuvo entre ambos santuarios, respiró y miró. Vio a Aisha caminar hacia ella. Aunque aún las separaba cierta distancia, pudo presentir lo inevitable. No habría querido que llegara, pero lo inevitable siempre llega. El siguiente amanecer se cumplirían veintinueve años desde que Aisha naciera. Lo inevitable, lo que tenía que ser, sería en unas horas, no más. Recuperó la distancia interior que la había salvado de tantas lágrimas y esperó hasta que la Guardiana estuvo a su lado. Aisha también contempló. Mientras lo hacía acariciaba su vientre abultado, habitado por una vida tan nueva como arcana. Ninguna de las dos habló. Ambas se encararon hacia los templos y, ajenas al ritual del ocaso, los miraron hasta que la oscuridad nocturna ocultó, de forma casi completa, las formas físicas.

Ahóm las observó desde la orilla salada y acuosa. Horas tranquilas en las que Aisha y su aliada, sin emitir ni un solo sonido, se lo dijeron todo. Un espacio diminuto en el propio espacio, en que dos almas grandes se abrazaron en reconocimiento y agradecimiento, que no en despedida. Tras ellas, podía observar la obra concluida. Era solo piedra, una piedra, puede que la primera, pero Ahóm, de alguna forma, sabía que cada piedra era la primera, la única que era realmente fundamental. Como sabía que aquella noche, ni Adae, ni Aisha, ni ninguno de ellos, dormiría... La primera piedra, aunque no hubiese sido la primera. La última noche, aunque nunca hubiera un final.

<hr />

Las estrellas, aquellas luces del mapa que un día el Guardián de los Silencios creara para que la Guardiana recordara el camino hacia él, hacia ellos, refulgían sobre ellos. La bruja agachó ligeramente la cabeza, cogió la mano de Aisha, que se mantenía queda a su lado, la apretó un instante y, tan despacio como había llegado, se alejó de allí. No hubo lágrimas, ninguna de las dos podía permitirse llorar, no en aquel momento.

Aisha continuó quieta, frente a aquellos templos que la inundaban de hermosura y de grandeza con tan solo mirarlos. Continuó de pie a pesar de la pesadez, de sus piernas hinchadas y de los dolores que sentía en su vientre. Continuó de pie, llenándose de cada segundo de contemplación. Colmándose de aquella imagen, de aquella emanación que no era más que un reflejo de su propia alma. Llenándose también de esa vida que solo se podía disfrutar en el planeta de las almas perdidas.

Ahóm la abrazó desde su espalda. La sostuvo al tiempo que se fusionaba con ella. Una sola alma, como siempre habían sido a pesar de las apariencias de la distancia. La abrazó para que recordase, aunque fuera incapaz de olvidarlo, que estaba con ella, junto a ella, en ella... La abrazó, la sintió y la amó como siempre y como nunca y esperó, esperaron.

65
Momentos, batallas, vida y muerte

Comenzaba a clarear cuando Ahóm y Aisha, el Guardián de las Luces y la Guardiana de las Palabras, caminaron hasta el interior del templo femenino. Dentro aguardaba paciente Adae. Sabía que aquel sería el lugar elegido por Aisha. Todos los demás, todos los que les habían acompañado en aquella ardua travesía, habían permanecido despiertos. A todos, aunque no hubieran tenido otra forma de saberlo, les habría bastado observar la cantidad de Oscuros que intentaban, con más ahínco que nunca, atravesar las defensas que ellos habían definido, para discernir que el momento para el que se habían estado preparando los últimos meses, había llegado. Ya no era suficiente con sostener y reforzar las protecciones, la batalla estaba a punto de comenzar.

Sacerdotes y sacerdotisas, ángeles, arcángeles, dragones, guías, brujas y magos, hacían acopio de todo su poder. Todos ellos mantenían desdoblada su atención, pendientes de los pasos de la parte de los Guardianes que, en aquel momento, ocupaban un cuerpo físico. Cada uno de ellos se enfocaba con ahínco en elevar las defensas que podían continuar manteniéndolos a salvo. Amún observaba desde el cielo lejano en el que su alma se había visto obligada a morar. Como los demás, presentía el peligro inminente... Como los demás, sabía que lo más importante que podía hacer era ser, solo ser y permanecer.

Sobre los templos, en el límite de la cúpula blanquidorada que resguardaba aquel lugar sagrado, se desarrollaba una batalla cruenta. Tanto los demonios que hasta allí llegaban intentando traer destrucción, como los seres de luz que se afanaban en evitarla, estaban dispuestos a entregar su existencia por aquel objetivo que, ganara quien ganara, podría cambiar el rumbo de la vida de todos.

Al mismo tiempo, a kilómetros de allí, en el Templo Central y en cada uno de los lugares en los que los Kumara habían dispuesto núcleos de energía original, ejércitos de Oscuros intentaban sacar partido de lo delicado de aquel momento para atravesar las cúpulas que nutrían la siembra de consciencia instaurada en la Tierra de las Almas Perdidas. Junto a ellos, aunque con un propósito diferente, los Devoradores de Almas, y algunas otras razas ávidas de poder se lanzaban en oleadas sobre la red que todo amparaba, buscando una fisura, un pequeño haz deshilachado por el que penetrar, desde el que poder robar la labor que con tanto amor y con tanto sacrificio habían desarrollado los Kumara a lo largo de aquellos años. Todo ellos, ajenos al precio que es necesario pagar para reinstaurar la consciencia pura en el ser, intentaban destruir, usurpar lo que no les pertenecía... Los humanos que habían crecido entre los cánticos y los cuidados de Sacerdotes y Sacerdotisas, todos los que habían sido criados desde el permiso y la oportunidad de redescubrirse, independientemente de su edad, mantenían enfocadas sus mentes en la red. Unían sus voluntades y las emanaciones de sus corazones, comprometidos a salvaguardar lo que había sido instaurado por y para ellos y para todos los que nacieran después de ellos.

Los cielos que debían comenzar a clarear en aquella zona de la Tierra de las Almas Perdidas, se fueron cubriendo de colores oscuros, tonos ficticios, exhalaciones de sombras que intentaban desbaratar la calma y el propósito de los que, apertrechados dentro de la cúpula, emanación directa de la red, procuraban impedir la rotura de la misma. Fuera de esta, se comenzaban a distinguir fogonazos provocados por los enfrentamientos de las energías contrarias, choques de espadas de fuego angélicas contra espadas oscuras, llamaradas de consciencia que arrasaban tinieblas, vertidos de sufrimiento que escudados bajo grandes alas negras, amenazaban la fe de los defensores de la consciencia.

Aisha habría querido acompañar a todos los que estaban dispuestos a dar su vida en aquella batalla, pero su cometido esa mañana era otro. Entre contracción y contracción, caminó mirando las escenas grabadas en la piedra, acarició la historia manifiesta en el interior de aquel, su templo. Junto a Ahóm recordó cada momento vivenciado, se impregnó de las experiencias para no olvidar los pasos dados. Y sin resistencia, se entregó por completo al instante.

Eran casi las once cuando se detuvo. Adae lo había preparado todo de forma minuciosa. Inciensos, agua, flores, fuegos, cristales, ungüentos... Mientras desde arriba, desde los cielos, comenzaban a caer algunos, aliados y demonios, allí dentro se elevaban cánticos sagrados que amplificaban la serenidad que habría sido efímera si no hubiera estado apoyada en el conocimiento profundo de la realidad.

Ahóm se situó una vez más en la espalda de Aisha. Lo harían juntos. Aisha estaba lista, todos estaban listos. La bruja miró el fondo de los ojos de aquella a la que había acompañado desde antes de que naciera. Allí pudo ver una vez más el amor. Era un amor redondo, un amor inhumano, un amor antiguo y renovado que amplificaba la fuerza y la fe de todos los que estaban allí. No era un amor mundano o divino, era el Amor, el primigenio, el que aparentemente fue quebrado cuando los cuatro Guardianes se separaron. El mismo que hoy, a través de la fusión de Aisha y Ahóm, encontraba una nueva oportunidad.

Aisha cerró los ojos y pudo, sin dejar de estar presente en su cuerpo, en el templo, contemplar la intensa batalla… Su consciencia se elevó y observó la lucha en la que se enzarzaban seres de distintas razas, en la que todos por igual recibían heridas que, lejos de disuadirlos, les empujaban a seguir con más fuerza. Miró con compasión absoluta aquella que estaba lejos de ser la primera o la última batalla, escuchó los gritos de algunos, sintió el desgarro de muchos, la fe de otros. La tristeza la rozó al comprobar cómo los Devoradores de Almas intentaban aprovechar aquel caos para acceder a las preciosas energías que se estaban reinstaurando en la dimensión de los hombres, en aquel precioso planeta, en los corazones de aquellos que antes de perderse como humanos pertenecieron al alma de los dioses. Y comprobó cuán complicado era para los Kumara contener a los demonios. Aquella contienda no estaba cerca de terminar, sobre el templo que la guarecía se cernían los más arcanos de los Oscuros, aunaban sus fuerzas intentando quebrantar el sólido Amor que propugnaba. Ellos también eran expertos en enfocar sus mentes y su propósito era evidente, intentaban generar una grieta por la que acceder a ella, a su cuerpo. Un minúsculo corte les bastaría para arremeter contra su parte física, para acabar con su vida, para impedir que ella culminara su misión.

Sabía que tenía que regresar, que necesitaría todas sus fuerzas y toda su consciencia centrada en único punto. Así respiró profundo y dirigió su atención al abrazo de su amante, de su amado, exhaló y al volver a inhalar se diluyó en Ahóm. Ambos se elevaron: hacia dentro, tomando entre sus corazones la vida de su hijo, protegiéndola de todos los que intentaban acabar con ella antes de su inicio. Hacia arriba rescatando las memorias del alma de aquel ser que estaban a punto de parir. Hacia abajo, liberando la oscuridad y el profundo dolor del alma del que estaba a punto de nacer. Aisha apretó las mandíbulas y sin abrir los ojos empujó, un primer empujón en el que abría los caminos. Inhaló y al hacerlo se introdujo aún más en aquella partícula luminosa desde la que los cuatro Guardianes seguían siendo uno solo. Una nueva exhalación, el impulso de la vida...

Sobre ellos se oyó el quebranto del cielo, los Arcanos que se cernían insidiosos sobre las protecciones de los dos templos habían conseguido resquebrajar las pantallas que los guarecían. La energía de Ahóm se expandió aún más, cubriendo por completo a su amada. El cuerpo del Guardián de las luces tembló al comenzar a recibir las embestidas de los Oscuros, no abrió los ojos, estaba preparado, estaba dispuesto a hacer lo que tuviera que hacer para que no llegaran hasta Aisha, para que no impidieran que el siguiente paso fuera dado.

Una tercera inhalación en la que Aisha se abría por completo, en la que podía oler el poder absoluto de la muerte. Una última exhalación, un último empujón, un grito que emergió desde las entrañas del universo, que sacudió las piedras que los cobijaban y aún más allá de ellas, estremeció las cúpulas, las redes, los cielos y los infiernos. La fisura que, un momento antes habían logrado abrir sobre ellos, se diluyó en luz expulsando de aquel espacio a los Arcanos que habían logrado acercarse...

El Guardián de los Silencios acababa de nacer. La bruja lo sostenía mientras era, a su vez, sostenida por la energía de Ahóm. Todos los que allí permanecían se afanaban en amplificar las protecciones del que nunca había tenido un cuerpo humano. Aisha respiraba de forma superficial, la muerte le estaba regalando unos minutos. Unos segundos para que pudiera mirar los ojos de su hijo, para que pudiera susurrarle que le amaba, que aunque a veces fuera más sencillo olvidar, siempre merecía la pena caminar. La bruja había puesto a su hijo sobre su pecho. Aisha la miró con una súplica queda, necesitaba oírlo y Adae lo sabía, por eso dijo: «Me quedaré junto a él, lo cuidaré como te he cuidado a ti». Puso su mano sobre la mano izquierda de Aisha, el tiempo que había cedido la muerte había concluido. Aisha aún pudo susurrar: «Es por Amor, es desde el Amor, es para el Amor». Ahóm sintió cómo la vida se desvanecía entre sus brazos. El cuerpo de la que había amado y siempre amaría yacía deshabitado. Sobre aquel cuerpo muerto latía la vida de su hijo. Con infinita dulzura dejó que el cuerpo de Aisha reposara en el suelo. Sabía que la bruja se ocuparía de todo lo necesario. Tomó a aquel que había comenzado a llorar al percibir la distancia de su madre, a aquel que guardaba en su pecho la esencia del Guardián de los Silencios y se lo llevó, amparado dentro de su propia energía, al templo contiguo.

Adae no había soltado aún la mano izquierda de la que había sido su pupila, su maestra, su amiga, su aliada... Permaneció de rodillas junto a ella, acompañando la travesía que debía hacer a través del río de la vida y la muerte. Y solo cuando la sintió lejos, se desprendió de aquella última caricia y se dejó caer. Adae lloró consciente del intenso dolor que había contenido durante todos aquellos años.

66
El inicio

Primero la emanación dolorosa del pecho de la Guardiana de las Palabras brotó con mayor intensidad. Después el quebranto que recorrió todas las dimensiones existentes. Por último, el fogonazo de luz que despertó a aquella alma que había permanecido dormida en la Cueva de las Esferas.

El Hombre Pájaro estaba a su lado. La Guardiana de las Palabras se incorporó al tiempo que abría los ojos. Un destello inaudito inundó la que había sido la cueva de Adae. Volvió a cerrar los ojos. Sentía su energía dolorida, sentía nostalgia y premura y amor. Sentía muchas cosas que, como alma, nunca había sentido. Sabía que necesitaba un momento para reajustarse a su recién recuperada condición. Pero había prisa. Intentó levantarse, no pudo. Le pidió a Amún que la ayudara, pero el Hombre Pájaro no la ayudó. Solo la miró con reconocimiento y le regaló un abrazo que era más urgente que todo lo demás. Un abrazo que terminó de asentarla en sí, un abrazo que le recordó que no estaba sola. Cuando delicadamente se separó de ella la miró con un interrogante en los ojos. La Guardiana sabía que Amún seguiría ayudándola en lo que fuera preciso, sabía que siempre había estado ahí y que seguiría estando a su lado. Leyó su pregunta, la pregunta que todos se habían estado haciendo desde que su alma fuera arrancada del que durante eones fuera su Hogar, y sin apartar la vista, con tono sereno, contestó: «Fue Ahóm. El que organizó mi secuestro, fue Ahóm. Era necesario». Amún cerró los ojos. A menudo las respuestas no nos ayudan a comprender…

La Guardiana se puso trabajosamente en pie y sin perder ni un minuto más del inexistente tiempo, se acercó hasta el fuego desde el que sus aliados habían estado contemplando el desarrollo de los acontecimientos en la Tierra de las Almas Perdidas. Para ella, más que nunca, había desaparecido la conciencia del tiempo. En lo que dura una muerte, abajo, en el planeta de los Sin Nombre, habían pasado años. Había tardado demasiado en realizar su tránsito. Al mirar pudo ver que la red que con tanto sacrificio habían instaurado tenía hebras deshilachadas. La batalla que se inició instantes antes de su muerte continuaba con feroz terquedad, ningún bando se daba por vencido. Los Devoradores de Almas mantenían su empeño de absorber los secretos de la consciencia instaurada en el planeta. Su hijo, aquel que portaba en su corazón parte del alma del Guardián de los Silencios, tenía ya más de dos años. Ahóm y Adae estaban vigilantes a su lado. En los ojos del niño al que dio la vida, se podía ver tristeza y una rabia profunda. Al contemplar aquella mirada antigua, manchada por la huella de los acontecimientos, temió que sus esfuerzos por rescatar al Guardián de los Silencios del Averno y de la contaminación de la Guardiana de las Sombras no hubieran servido. Y los Durmientes, aquellos por los que había adquirido un nuevo compromiso, seguían dormidos.

La Guardiana de las Palabras llevó la palma de una de sus inmateriales manos hasta su pecho, a la zona donde su quebranto rezumaba dolor como un recuerdo perenne de todo el camino que aún tendrían que recorrer, suspiró y miró con determinación a Amún: «Vamos, hay mucho por hacer. Todo acaba de empezar».

Glosario

Adae. Bruja que consiguió trascender tiempo atrás los límites de la tercera dimensión y los laberintos de ignorancia de la Tierra de las Almas Perdidas.

Ahóm. Es la encarnación en tercera dimensión del Guardián de las Luces. Su alma es una de las partes del cuaternario primigenio.

Aisha. Es la encarnación de la Guardiana de las Palabras.

Amún. Hombre Pájaro, aliado del Guardián de los Silencios y la Guardiana de las Palabras.

Aras. Templo erigido por los Kumara, que por estar alejado de las zonas pobladas, es el elegido por Adae.

Aruma. Mujer Murciélago, una de las pocas supervivientes de un mundo extinguido, amiga de los Guardianes.

Cuarta dimensión. En ella no existe la forma física, ni el tiempo, ni el espacio. Está habitada por multitud de seres que han dado un número significativo de pasos en su evolución. Casi todos los que allí existen no han llegado a descender tanto como para olvidarse de sí mismos, es inusual que hayan tomado cuerpo.

Cueva de Adae. La morada de Adae en cuarta dimensión, al fondo está la Cueva de las Esferas.

El Averno. El infierno. Es el lugar donde moran las almas de aquellos que han caído presos de sus propias trampas, los que han sucumbido a la ignorancia y al sufrimiento. También es el hogar de los Oscuros.

El Gran Dragón. Dragón antiguo, grande y negro, compañero del Guardián de los Silencios.

El Guardián de los Silencios. Macro ser, alma gemela de la Guardiana de las Palabras. También forma parte del cuaternario original.

El Mago. Ser sabio y comedido de cuarta dimensión, se camufla bajo una capa negra. Su trayectoria le permite adentrarse en el infierno sin ser un demonio.

El Templo Central. Templo erigido por los Kumaras en tercera dimensión. En él se educa a los más despiertos de los Sin Nombre y desde él se traza la red de consciencia para el planeta.

Ilkur. Ser de rasgos afilados que compartía hogar con los Guardianes antes de convertirse en su enemigo.

La Guardiana de las Palabras. Ser arcano, una de las cuatro partes primigenias.

Los Ancianos. Entidades de cuarta dimensión que se ocupan de los contratos de vida de los que deben encarnar en la Tierra de las almas perdidas, procurando que sus existencias les sirvan para recordar quienes eran, quienes son. Aquel al que se refieren como «el Anciano» es el que ostenta un mayor rango de entre todos ellos.

Los devoradores de almas. Raza externa al juego del que se ocupan en este relato. Se acercan a los planetas que están en evolución para robar los poderes de los que van despertando.

Los Kumara. Seres de diversas procedencias, todas ellas superiores a la tercera dimensión, que por fe y por amor se han enrolado en la tarea de descender hasta la Tierra de las Almas Perdidas para restaurar la consciencia perdida y recordarle a los Sin Nombre quienes son y de qué son capaces.

Los Oscuros. Son demonios, almas que han sucumbido por completo al sufrimiento y al olvido de sí mismos y del amor.

Los Sin Nombre/ Durmientes/Perdidos. Son los seres humanos, aquellos que están encarnados en la tercera dimensión, en la

Tierra de las Almas Perdidas, prisioneros de su ignorancia y de su olvido.

Mikael. Arcángel especializado en protecciones contra los Oscuros.

Serai. Sumo Sacerdote de los Kumara. Dirige el templo Central en el Planeta de las Almas Perdidas.

Tierra de las Almas Perdidas. Planeta de tercera dimensión donde habitan las almas encarnadas de aquellos que olvidaron su nombre, su origen y su potencial.

Tribunal. Lugar ubicado en la cuarta dimensión, en él son recibidas las almas de los Sin Nombre al morir. Bajo el asesoramiento de los Ancianos y los guías, es dónde se planifican los contratos de vida para las posteriores existencias de los Durmientes.

Varilia. Trabaja para los Ancianos. Su cometido como guía es proteger a los Sin Nombre y darles pistas para que encuentren el camino de retorno a sus consciencias.

Zur. Antiguo Hombre Murciélago que cayó vencido por el dolor, transformándose en un demonio.